Devote

Sei Du selbst

Jedes Mal, wenn ich ihn sah, fühlte ich mich, als träfe mich ein elektrischer Schlag. Mein Herzschlag beschleunigte sich und mir wurde heiß vor Erregung. Doch es durfte nicht sein. Es war ausgeschlossen, mich in diesen Mann zu verlieben.

Sonja steht vor einem Dilemma: Nach fast einem Jahr Funkstille steht ihr Ehemann vor der Tür und bittet sie um Verzeihung, dass er sie verlassen hat. Gleichzeitig hat sie eine Affäre mit ihrem untreuen Ex-Verlobten.

In ihrem Freundeskreis jagt eine Katastrophe die nächste, außerdem muss sie das Familien-unternehmen managen, das in Schieflage gerät.

Doch Kenichi und Theo sind nicht die einzigen, die um einen Platz in ihrem Herzen kämpfen. Es gibt noch einen, der ihr nicht aus dem Kopf geht.

Aber da sind viele Gründe, sich nicht auf ihn einzulassen...

Letzter Teil der Reihe „Deeper. Darker. Devoted."

KIM SOMMAR

Devoted

Sei Du selbst

Erotischer Roman

Bibliografische Information der Deutschen Nationalbibliothek: Die Deutsche Nationalbibliothek verzeichnet diese Publikation in der Deutschen Nationalbibliografie; detaillierte bibliografische Daten sind im Internet über dnb.dnb.de abrufbar.

Umschlagsgestaltung: SOMMAR, K.I.M.

Umschlagsmotiv: © Harry Mueller, Lizenz über *shutterstock*

© Songtitel und -text by Alina Süggeler, Andreas Weizel, Julian Cassel, veröffentlicht 2011 performed von Frida Gold

1. Auflage, Taschenbuch- und Ebook-Ausgabe Januar 2021

Herstellung und Verlag: BoD – Books on Demand, Norderstedt

ISBN: 9783752658422

Wovon sollen wir träumen?
So wie wir sind, so wie wir sind,
So wie wir sind
Woran können wir glauben?
Wo führt das hin? Was kommt und bleibt? So wie wir sind.

„Wovon sollen wir träumen" – Frida Gold

Für den Mann, neben dem ich mein Leben lang aufwachen möchte.

1. Kapitel

Ich stand vor meinem Spiegel und betrachtete mich. Das dunkelblaue Kleid sah gut aus, nicht zu bieder, aber auch nicht zu aufreizend. Schick, das richtige für ein Date.

Meine Lippen verzogen sich zu einem schwachen Lächeln. Was machte ich mir vor? Das Essen war nur ein Vorwand, um vor mir zu rechtfertigen, dass ich mit Theo schlief.

Theo, der mich vor über zehn Jahren zwei Wochen vor unserer Hochzeit betrogen und sitzen gelassen hatte.

Vor ein paar Wochen traf ich ihn auf einer Veranstaltung und er lud mich zum Essen ein, was ich aus Neugier annahm. Kurz darauf saßen wir zusammen in einem Restaurant und unterhielten uns, als sei nichts gewesen.

Fast nichts.

Er bat mich um Entschuldigung und ich nahm sie an. Es war sinnlos, an der Vergangenheit festzuhalten. Unsere Leben seit der Trennung glichen sich: neue Beziehung, Hochzeit, Kinder, Übernahme der elterlichen Firma, Scheidung. Es war tröstlich, sich mit ihm darüber zu unterhalten.

Und irgendwie fragte ich ihn, ob er auf ein Glas Wein rauf käme, als er mich nach Hause brachte. Unverhofft küssten wir uns und es war so vertraut, dass wir ins Schlafzimmer gingen.

Danach fühlte ich mich scheußlich und gut zugleich. Theo war kein One-Night-Stand, mit denen ich ohnehin nicht zurechtkam. Der Sex war gut und er sagte mir, wie sehr er auf eine solche Fügung gehofft hatte. Daraus wurden mehr Dates und mehr Sex.

Gerade bereitete ich mich auf unser sechstes Date vor.

Ich brauchte mir nichts vormachen: ich hoffte auf das unvermeidliche Ende des Abends.

Wir spielten auf Zeit, das war okay für mich.

Fast.

Ich schlüpfte in Pumps und Mantel, zog meinen Zopf fest und verließ die Wohnung. Jan-Philipp schlief heute bei meinen Eltern, wie so oft. Ich sollte deswegen kein schlechtes Gewissen haben. Ich konnte nichts dafür, dass meine Eltern meinen Ehemann ersetzten. Es war Kenichis Schuld und ich konnte mich glücklich schätzen, dass sie mich unterstützten.

Auf dem Weg zum Restaurant klingelte mein Handy.

Claire.

»Süße, denkst du an unser Mittagessen morgen?« Ihre raue melodische Stimme klang gut gelaunt. Seit sie endlich mit ihrem On-Off-Freund Ben eine Beziehung eingegangen war, schwebte sie auf Wolke sieben. Ich gönnte ihr dieses Glück von Herzen.

»Natürlich. Halb eins bei *Sushi Town*?«, fragte ich.

Die Verabredungen zum Mittagessen waren heilig, seitdem ich nicht mehr mit Claire, Em und Sam zusammenarbeitete. Außerdem trafen wir uns regelmäßig abends auf Drinks oder zum Essen.

»Exakt«, sagte Claire. »Sam hat eine Verkündung zu machen, die er uns gemeinsam sagen will. Mal sehen, was es ist.«

»Ich ahne schreckliches«, sagte ich lächelnd. Sam fehlte jedes Schamgefühl, vor allem was Sexgeschichten anging, und liebte es, sich von Claire und Em ihre Eskapaden in allen Einzelheiten berichten zu lassen. Im Gegenzug kannten wir alle Details seiner Ehe.

Claire hatte bis vor Kurzem mit zwei Männern parallel etwas laufen und Em kompensierte das Scheitern ihrer letzten Beziehung mit so viel Sex, dass ich aufgab, die Typen zu zählen. Bis sie Lukas kennenlernte. Dank Sam kannte ich mich mit schwuler Liebe fast so gut aus, als wäre ich Teil seiner Beziehung.

»Du triffst dich heute mit Theo?«, fragte Claire mit bemüht neutralem Tonfall. Weder sie noch die anderen fanden gut, dass wir uns sahen.

»Ja, Abendessen. Französisch.« Ich hätte mich ohrfeigen können. Sam hätte einen versauten Witz gemacht, doch Claire lachte nur. Von ihr waren eher Anzüglichkeiten zu erwarten.

»Dann *bon appetit* und bis morgen, Süße.« Auf meine Freunde war Verlass.

Meine Wangen fühlten sich heiß an. Ich konnte nicht über Sex reden, das war mir unangenehm. Wenn ich es versuchte, war meine Zunge wie gelähmt. Es war furchtbar, denn ich wäre gern so offen wie der Rest unserer Clique.

Stattdessen Schweigen und rote Wangen.

Die anderen neckten mich deswegen, akzeptierten aber meine Spießigkeit. Doch mich störte es. Beim Sex traute ich mich nicht zu sagen, was ich mir wünschte. Also fuhr Theo das gleiche Programm wie damals und darüber durfte ich mich angesichts meiner Sprachlosigkeit nicht beschweren.

Ich parkte mein Auto vor dem Restaurant und ging hinein. Theo erwartete mich und stand auf, als er mich sah. Die Zeit hatte ihm optisch gutgetan und ich lächelte in sein attraktives Gesicht mit den blauen Augen und blonden Haaren über der hohen Stirn.

Er begrüßte mich mit einem Kuss auf die Wange und schmiegte mich ein paar Sekunden eng an sich. Für jeden, der uns beobachtete, wäre klar, dass wir nicht nur Freunde waren.

Ich setzte mich und nahm einen Schluck von dem Wein, den er bestellt hatte.

»Wie war dein Tag?«

»Heute wurde es etwas brenzlig«, berichtete ich und dankte dem Kellner für den Salat. »Ein Kunde rief bei meinem Vater an und wie er so ist, hat er ihm Angebote gemacht, ohne sie mit Vincent oder mir abzusprechen.«

Theo nickte verständnisvoll. »Meinem Vater fiel das Loslassen auch schwer. In der ersten Zeit kam er fast täglich in den Betrieb, bis ich ihn beiseite genommen habe. Aber es ist schwierig für ihn, sein Lebenswerk mir zu überlassen.«

»Ich weiß, so geht es Papa auch. Ich bin ihm nicht böse, aber wie soll ich ihm beibringen, dass er die Angebote nicht ohne mein Wissen erstellen und rausschicken kann? Wenn Iris nicht geschaltet hätte, wäre das erst viel später zu mir durchgedrungen. Zumal er falsche Konditionen genannt hat.«

»Das wird auch noch eine Weile so weitergehen«, prophezeite Theo. »Es dauert, bis er versteht, dass er sich zurückziehen muss. Ich bin damit gut gefahren, meinen Vater zu Besprechungen einzuladen und mich regelmäßig mit ihm zu treffen, um ihn auf dem Laufenden zu halten. Das hat es ihm leichter gemacht.«

»Gute Idee«, sagte ich lächelnd und machte mir eine geistige Notiz. Natürlich wollte ich meinen Vater nicht ausschließen, ich war schließlich erst seit anderthalb Monaten in der Firma, aber manchmal machte er es uns allen unnötig schwer.

Unter dem Tisch legte Theo seine Hand auf meinen Oberschenkel. „Du siehst heute übrigens sehr schön aus." Seine Stimme war leise, verursachte mir dennoch eine Gänsehaut.

Vor meinem geistigen Auge tauchten Möglichkeiten auf, was er mit mir tun könnte, sobald wir bei ihm waren. Er könnte mich einfach im Dunkeln an eine Wand pressen und mit mir Sex im Stehen haben.

Es gab tausend Stellungen, die wir noch nie probiert hatten.

Ich lächelte dünn. Dazu müsste ich ihm meine Wünsche erst einmal mitteilen. Was mir niemals über die Lippen käme. So nahm er an, mit der Missionarsstellung seien alle meine Bedürfnisse befriedigt.

»Alles in Ordnung?« Er streichelte meinen Schenkel.

»Ich freue mich schon den ganzen Tag auf unser Treffen.« Meine Stimme war ebenfalls leise und verfehlte ihre Wirkung nicht, denn seine Berührung wurde kräftiger.

Unser Sex war gut, also würde ich mich nicht beschweren. Ich hoffte darauf und konnte mit einem Mal das Essen nicht mehr genießen. Theo ging es ähnlich.

Ich hätte ihn gern gefragt, wie er mir und der Sache gegenüberstand. Unser ungeklärter Status bereitete mir Unbehagen und das seit einem Monat.

›Egal‹, sagte ich mir, ›mach daraus keinen Staatsakt und genieß, dass du zum ersten Mal seit einem guten Jahr regelmäßig Sex hast.‹

Damit war es eine Affäre. Halbgeheim, weder meine Eltern noch meine Kollegen wussten davon. Das war mir lieber so, denn es hätte Gerede gegeben. Und Streit mit meiner Mutter.

Wir brachten den Hauptgang hinter uns. Ich wollte nur noch losfahren. Meine Gedanken wurden immer wilder, schoben mir Szenarien unter, in denen wir es nicht einmal zu Theo in die Wohnung schafften, sondern im Fahrstuhl Sex hatten und er mir heiße Dinge ins Ohr flüsterte.

Er beglich die Rechnung und fragte nicht einmal, ob ich ein Dessert wollte. Dann sprangen wir beide auf und verließen hastig das Restaurant.

Bis zu ihm war es nicht weit. Ich parkte meinen Wagen am Straßenrand, während er in die Tiefgarage fuhr und wartete im Foyer auf ihn. Der Fahrstuhl hielt im Erdgeschoss und ich stieg zu. Außer Theo war niemand zu sehen und ich verlor keine

Zeit, als ich meine Arme um seinen Nacken schlang und mich an ihn drückte. Sein Kuss war heiß und seine Hände fuhren unter mein Kleid. Wir erreichten das oberste Stockwerk. Er beeilte sich, den Code für seine Tür einzugeben. Drinnen machte er nicht mal das Licht an, sondern zerrte mich ins Schlafzimmer, wo er mich aufs Bett drückte und sich über mich beugte.

Ich schloss die Augen und ließ ihn machen. Durchs Fenster fiel fahles Licht, das mich die Konturen seines Körpers erkennen ließ. Genug für meinen Geschmack, so sah er mein Gesicht nicht. Es war mir lieber, im Verborgenen zu bleiben, damit er mich nicht beobachten konnte.

Seine Hände glitten über meinen Körper und schoben mein Kleid hinauf, entblößte meinen Slip und halterlose Strümpfe.

Theo hielt sich nicht lange auf, sondern zog mir das Kleid über den Kopf, entledigte mich meiner Wäsche und warf sie zusammen mit seinen Sachen hinter sich auf den Boden. Dann küsste er mich wieder und vergrub seine Finger in meinen Haaren, sein Mund wanderte hinunter zu meinen Brüsten. Ich fuhr mit den Fingern über seine Schultern, während ich jede seiner Berührungen verfolgte.

Er war sanft mit mir, vorsichtig, als wäre ich aus Glas. Das gefiel mir. Er behandelte mich wie eine Kostbarkeit.

Ich keuchte auf, als sich eine Hand zwischen meine Schenkel tastete und mich streichelte. Die Kuppe seines Daumens glitt über meine empfindliche Haut und schickte kleine Blitze durch meinen Kopf.

Ich konnte ein Stöhnen nicht verhindern und biss mir auf die Unterlippe, um das Geräusch zu vermeiden. Mein Brustkorb unter seinen Lippen hob und senkte sich schnell, als er weitermachte. Gerade, als das Gefühl sich intensivierte, hörte er auf und angelte nach einem Kondom. Das war mir unangenehm, als würden wir uns nicht kennen und müssten befürchten, uns bei dem anderen mit irgendwas anzustecken. Es war besser so.

Sanft legten sich seine Lippen wieder auf meine. Er drückte meine Knie auseinander und positionierte sich zwischen ihnen, umfasste meine Oberschenkel, zog mich näher an sich heran. Sein heißer Atem auf meinem Hals verursachte mir eine Gänsehaut.

Dann drang er in mich ein, Zentimeter für Zentimeter, und ich holte laut Luft. Er schob seinen Arm unter meine Schulter und begann zu stoßen, langsam und sanft, als könne er mir wehtun. Ich küsste seinen Hals, ein Impuls, der mir beinahe peinlich war, doch er trieb ihn an und ließ ihn schneller machen.

Überrascht stöhnte ich auf.

Das war es!

Das war es, wie ich es mochte. Ich wölbte mich ihm entgegen, schon spürte ich dieses Kitzeln, das sich bemerkbar machte, wenn ich großes Glück hatte.

Vielleicht klappte es heute Nacht.

Ich krallte meine Finger in seine Schultern und versuchte ihm zu zeigen, dass er weitermachen sollte. Durchhalten sollte, um mir einzuheizen und mich kommen zu lassen.

Nur noch ein kleines Bisschen länger und ich …

Theo stieß einen grunzenden Laut aus und kam. Seine Hände verkrampften sich und er brach zuckend über mir zusammen.

Ich versuchte, die Enttäuschung herunterzuschlucken. Die Wahrscheinlichkeit, dass ich beim Sex kam, lief gegen null, ich brauchte nicht enttäuscht zu sein. Stattdessen hielt ich ihn fest in meinen Armen, genoss es, ihn noch in mir zu spüren.

»Süße, das war der Wahnsinn«, murmelte er an meinem Hals und machte sich sanft von mir los. Ich wollte ihn noch nicht freigeben, aber ich hielt ihn nicht fest. »Ich bin so froh, dass wir uns wiedergetroffen haben.«

»Ich auch«, erwiderte ich und schaffte es, dass meine Stimme nicht zitterte. Schnell zog ich die Beine an und strich mir die Haare aus dem Gesicht. Wenigstens blieb alles sauber, wenn man ein Kondom benutzte.

»Wann hast du wieder Zeit?«, fragte er und rieb mit dem Daumen über meine Brustwarze.

»Nächsten Donnerstag?« Das wäre genau in einer Woche, vorher schaffte ich es nicht. Ich hatte unglaublich viel in der Firma zu tun. Der Jahresabschluss stand an und wir mussten eine Bilanz über das abgelaufene Jahr ziehen. Viel Arbeit, weil ich mich in die Zahlen noch hineinfinden musste.

»Das dauert mir fast zu lang, aber andererseits erhöht die Vorfreude ja auch den Spaß.«

Ich wusste nicht, ob er sich noch mit anderen Frauen traf und traute mich nicht, ihn danach zu fragen. Falls es so war, wollte ich es nicht wissen.

Ich traf mich nur mit ihm.

Theo knipste das Licht an. Ich suchte nach meinen Kleidern, zog mich an und folgte ihm ins Wohnzimmer, wo er mir eine Weinschorle reichte.

»Ich freue mich auf nächsten Donnerstag«, flüsterte er mir beim Abschied ins Ohr.

Ich bekam eine Gänsehaut.

»Ich mich auch«, erwiderte ich und küsste ihn.

»Guten Morgen, Sonja!«, schmetterte mir Iris entgegen, als ich ins Büro kam. Sie war immer gut gelaunt, was sich in ihren bunten Kleidern und dem grellen Make-up widerspiegelte. Iris war die gute Seele der Firma, ewig dabei und absolut zuverlässig. Sie arbeitete sehr genau und ihr waren schon manche Ungereimtheiten aufgefallen, was uns vor mittelschweren Problemen bewahrt hatte.

»Guten Morgen, liebe Iris«, sagte ich lächelnd und blieb stehen. Mir ein paar Minuten Zeit für Small Talk zu nehmen gehörte einfach dazu. Ich war erst kurz dabei, aber die meisten kannten mich Jahrzehnte. Es war wichtig, dass ich nicht ›die Tochter von Herrn Lippmann‹ war, sondern die neue Chefin, Mehrheitseignerin mit über siebzig Prozent.

Das würde mich noch einige Mühe kosten, aber ich wollte sie gern investieren. Deswegen verbrachte ich viel Zeit in der Produktion, die aus Tischlern, Drechslern und Schlossern bestand. Das waren andere Kaliber als meine Iris.

Die Tür ging auf und Vincent kam herein. Er besaß die restlichen achtundzwanzig Prozent der Firma und war vor zehn Jahren eingestiegen, als mein Vater einsah, dass er es allein nicht mehr schaffte und jemanden brauchte, der sich mit geschäftlichen Kontakten und Verträgen auskannte. Vincent war für den Vertrieb und die Kundenbetreuung zuständig. Er war großartig und empfing mich mit offenen Armen. Ich wüsste nicht, was ich ohne ihn täte.

Wir zogen uns in unser Büro zurück und gingen den Geschäftsbericht durch, bis es Zeit zum Mittagessen war.

Ich beeilte mich, zur Fähre zu kommen, die mich auf die andere Seite des Hafens brachte, wo meine Freunde auf mich warteten. Obwohl wir uns heute Abend sahen, war es gesetzt, dass wir uns dreimal die Woche zum Mittagessen trafen.

»Die Sonne geht auf!«, begrüßte Sam mich und warf mir eine Kusshand zu, die ich mit einem Lächeln quittierte.

„Was gibt's Neues?", fragte Em und lehnte sich entspannt zurück. Sie trug einen Jumpsuit im Army-Stil zu Stiefeletten in Schlangenlederoptik. Dazu ihre unvermeidlichen knallroten Lippen und ihr platinblonder Pixie. Wieder war ich fasziniert von ihrem Modegeschmack, den zu kopieren ich mich nie trauen würde.

Neben ihr sah ich aus, als würde ich zu einem Poloturnier gehen - schick, aber bieder.

»Jahresabschluss und Vorbereitungen für unsere Weihnachtsfeier nächsten Freitag.« Die Planung nahm viel Zeit in Anspruch. Von dem Budget gar nicht zu sprechen.

»Wie war es gestern mit Theo?«, fragte Claire. Sie war die eleganteste von uns, saß mir in einem grauen Wollkleid gegenüber. Ihr honigblondes Haar fiel bis zu ihren Schultern und ihr dezentes Make-up unterstrich ihre feinen Züge.

Ich warf ihr einen gereizten Blick zu. »Es war ein schöner Abend. Wir haben gegessen.«

»Danach hat er es dir hoffentlich besorgt«, sagte Sam erwartungsvoll. Ich zuckte zusammen und wurde rot.

Er meinte es nicht böse. Er wollte mich auch nicht ärgern - naja, ein bisschen vielleicht - aber in der Hauptsache hoffte er, dass ich guten Sex hatte und auf meine Kosten kam.

Ich wusste nicht, was ich antworten sollte. Während meiner Ehe hatten sie mich meistens in Ruhe gelassen und akzeptiert, dass ich ihnen nicht mitteilen wollte, wie groß der Penis meines Mannes war. Seitdem wir getrennt waren, galt dieser Schutzschild nicht mehr.

Von den dreien wusste ich *alles*. Ich wusste, welche Lukas' Lieblingsstellung war und von Ben, welche BDSM-Tricks Claire ihm schon beigebracht hatte. Seitdem sie wieder fest zusammen waren hielt sie sich etwas zurück, trotzdem fiel es mir schwer, ihm in die Augen zu sehen, wenn ich ihn traf. Ich konnte mir zu bildlich vorstellen, wie er und Claire es trieben.

Und von Tim kannte ich so viele Details, als wäre ich selbst schon mit ihm im Bett gewesen. Sam machte niemals Halt vor den Grenzen der Intimsphäre, genau wie die anderen. Deswegen war es ihnen unverständlich, dass ich nicht so offen sein *konnte* wie sie.

»Wie soll das mit euch beiden eigentlich weitergehen?«, fragte Em und traf meinen nächsten wunden Punkt. Sie hatte die Gabe, Dinge, die man verdrängen wollte, anzusprechen und in einen Satz zu fassen, als fände sich eine simple Lösung, wenn man ein paar Minuten darüber sprach.

Manchmal war es genau richtig.

Manchmal nervte es einfach nur und schmerzte.

So wie jetzt.

»Ich weiß es nicht«, gestand ich. »Es geht ja erst ein paar Wochen und ich kann unsere Treffen nicht einmal einordnen.«

»Als Sex, den du dringend nötig hast?«, schlug Sam vor und legte den sorgfältig gestylten Kopf schief.

»Oder wollt ihr es noch mal versuchen?« Ich kannte Ems Einstellung dazu, ebenso Claires und Sams. Ich schüttelte den Kopf und fand Erleichterung in ihren Gesichtern.

»Sicher nicht. Wie es ist, ist es in Ordnung, aber ich weiß nicht, ob ich ihm vertrauen könnte, nachdem ...« Ich brach ab.

»Er dich damals betrogen hat?«, soufflierte Em. Ich nickte und spürte Beklemmung in meiner Brust. Zu verzeihen war eine schöne Sache, doch über sowas hinwegzukommen, eine andere. Es wäre einfacher, wenn meine Ehe in Ordnung wäre. Von einem hohen Ross verzieh es sich leichter.

»Nimm es einfach, wie es kommt, Sonni«, sagte Claire sanft. Damit gab sie mir denselben Ratschlag, wie ich ihr damals, als sie wegen Ben verzweifelt war.

»Oder besser: wie du kommst«, warf Sam ein und griente. Ich konnte nicht anders, ich musste darüber lächeln.

»Danke, Liebster.« Claire zog die Augenbraue hoch.

»Ich helfe gern«, erwiderte er schulterzuckend. Die beiden benahmen sich, seit ich sie kannte, wie ein altes Ehepaar. Das lag wahrscheinlich daran, dass sie mittlerweile seit fast zwanzig Jahren miteinander durch dick und dünn gingen und zwischen sie kein Blatt passte.

Manchmal war es schwer, sich deswegen nicht ausgeschlossen zu fühlen. Ich wusste, dass es Em hin und wieder genauso ging, aber jeder von uns hatte ein einzigartiges Verhältnis zu dem jeweils anderen. Sam war überraschend meine größte Stütze gewesen, als Kenichi abgehauen war. Nur dank ihm und Aiko hatte ich die Sache überlebt.

»So ist es am besten«, räumte ich ein. »Theo eine willkommene Abwechslung zu dem Stress in der Firma. Eine Beziehung bekäme ich gar nicht auf die Reihe. Die restliche Zeit möchte ich mit JP verbringen. Und mit euch.«

»Du bist viel besser, als du denkst«, sagte Em spröde. Ich schenkte ihr ein schmales Lächeln. Sie alle hielten mich für kompetenter als ich war, aber das Lob tat trotzdem gut.

»Wann treffen wir uns heute Abend?«, fragte ich das Thema wechselnd. Wir planten, auf den Weihnachtsmarkt in Altona zu gehen, worauf ich mich schon freute, seitdem wir den Termin ausgemacht hatten.

»Passt dir neunzehn Uhr?«, fragte Claire entspannt und goss Sojasauce in ihr Schälchen. Ich nickte. Das sollte ich schaffen.

»Kommen Ben und Lukas auch mit?« Sie nickte und ein zartes Lächeln breitete sich auf ihrem Gesicht aus.

Dieses Mal bekam unsere Freundin es hin, denn Ben liebte sie mit einer Bedingungslosigkeit, die mich hin und wieder ratlos machte. Wenn ich jemanden fände, der mich so liebte, wäre ich überglücklich. Aber das wagte ich nicht mal zu hoffen.

»Sam, was ist eigentlich die große Ankündigung, die du versprochen hast?«, fragte Em, während sie ihre Stäbchen auseinanderbrach und sich über ihr Mittagessen hermachte.

»Gut, dass du es sagst, das hätte ich fast vergessen.« Er rührte Wasabi in seine Sojasoße. »Wir haben ein Grundstück gefunden und werden es kaufen. In Finkenwerder.« Wir brauchten einen Moment, um diese Information zu verdauen, Claire war der Schreck anzusehen.

Momentan wohnten Tim und Sam in der HafenCity, doch schon seit einem Jahr sprachen sie davon, ein Haus zu bauen. Tim war Architekt und wollte dieses Projekt selbst angehen, aber die Hamburger Immobilienpreise machten es schwer.

Jetzt war es so weit und ich konnte Claires Gedanken förmlich hören, während sie durch ihren Kopf rasten.

Sam ergriff ihre Hand und lächelte. »Mach dir keine Sorgen, Liebste, ich bin ja nicht aus der Welt. Erstmal werden wir mindestens anderthalb Jahre brauchen, bis wir umziehen können und dann sind es auch nur zehn Minuten länger mit dem Auto. Wir werden den Unterschied kaum merken.«

Claire nickte mit schmalen Lippen. Mit Veränderungen kam sie nicht gut klar und es würde eine Weile dauern, bis sie sich mit dieser Neuigkeit abfand.

Em wusste das auch und schwenkte über zu den neuesten Unmöglichkeiten aus der Kanzlei. Ihr Job im Mandantenmanagement ließ sie viel Zeit mit den Anwälten verbringen, die sie regelmäßig zur Weißglut trieben.

»Als nächstes fragt Kreiß mich noch, ob wir das nächste Event auf der ISS machen können«, schnaubte sie. »Der Mann leidet unter Realitätsverlust. Die Drachenfrau hätte ihn getötet.« Doch die Drachenfrau war in Rente gegangen und ihr Nachfolger schleimte sich lieber bei den Partnern ein, als ein Machtwort zu sprechen.

Wir verbrachten eine entspannte Mittagspause zusammen, bis es Zeit für mich wurde, zurückzufahren. Ich eilte zur Fähre und erwischte sie auf den letzten Drücker.

Als wir ablegten, blieb ich trotz des eisigen Windes an der Reling stehen und blickte zurück auf den Baumwall, wo das

Bürogebäude der Kanzlei stand. Ich hatte acht Jahre bei Lichtenstein und Partner gearbeitet.

Als angestellte Personalleiterin war das Leben einfacher, weil meine Vorgesetzte die Verantwortung übernommen hatte. Jetzt trug ich selbst das Risiko und war mir dessen deutlich bewusst. Auch die drei und unsere Meetings, dass sie mir im Flur gegenübersaßen und immer ansprechbar waren, fehlte mir. Vincent war ein toller Kollege, aber er konnte sie nicht ersetzen.

Ich schüttelte den Kopf und drehte mich zum anderen Ufer, Steinwerder, um. Es hatte keinen Sinn, sentimental zu werden, dafür gab es zu viel zu tun.

Und niemand wusste schließlich, wie lange die drei noch bei der Kanzlei arbeiten würden.

Nachdem Claire die Beförderung zur Head of Office entgangen war, weil ihr Konkurrent Gerüchte über sie verbreitete, war es eine Frage der Zeit, bis es ihr zu viel wurde. Sie hatte es nicht nötig, dass man so mit ihr umging.

Ich vermutete, dass es die anderen dann auch nicht mehr bei L&P halten würde.

Am Ende war ich vielleicht zur rechten Zeit gegangen.

2. Kapitel

Am Abend machte ich meinen Sohn ausgehfertig. Seitdem sein Vater uns verlassen hatte, war Jan-Philipp ruhiger, ernsthafter. Jedes Mal, wenn es mir auffiel, versetzte es mir einen Stich. Heute schien ihn etwas besonders zu beschäftigen.

»Sag es einfach, mein Schatz«, ermunterte ich ihn, während ich kontrollierte, dass seine Mütze seine Ohren bedeckte. Seine blauen mandelförmigen Augen blickten ernst.

»Kommt Papa zu Weihnachten nach Hause?«, fragte er gefasst. Er ahnte, welche Antwort ich ihm geben würde.

»Das weiß ich nicht. Ich hoffe es«, antwortete ich und seine schmalen Schultern sanken herab. Mit dieser Antwort hatte er gerechnet. Ich ging in die Hocke und umarmte ihn. Mein Kind so traurig zu sehen, traf mich wie ein Pfeil im Herzen und ich hasste Kenichi dafür. »Hey, fürs Erste machen wir uns einen schönen Abend, ja? Es sind alle da, auch Em und Aiko.«

Er grinste schief. »Ich mag Em. Sie ist voll verrückt.«

›Wenn du wüsstest, wie verrückt‹, dachte ich und erinnerte mich an ihre Sexeskapaden der letzten Monate. Sie hatte es pro Woche schätzungsweise mit drei Typen getrieben, um ihre Trennung zu verarbeiten. Bis sie an Lukas kleben blieb.

Ich zog meine Daunenjacke und Winterstiefel an und wir machten uns auf den Weg zur S-Bahn. JP liebte das Bahnfahren und ich war froh, in Altona keinen Parkplatz suchen zu müssen. Noch letztes Jahr war er an meiner Hand gelaufen, aber jetzt, mit sieben, war er schon zu groß und zu cool dafür.

Es waren nur vier Stationen mit der Bahn, dann hatten wir unser Ziel erreicht. Ich brauchte einen Moment, um mich am Altonaer Bahnhof zu orientieren, weil ich immer den falschen Ausgang nahm. Auch diesmal stand ich auf der verkehrten Seite und musste mich mit JP über die Busstation quälen, wo es brechend voll war. Jetzt nahm ich ihn doch an der Hand und versuchte, ihn mit meinem Körper zu schützen, damit er nicht abgedrängt wurde. Im Feierabendstress nahmen die Leute keine Rücksicht auf ein Kind.

»Immer verläufst du dich, Mama«, mäkelte er und ich rollte mit den Augen. Sogar ihm fiel es auf. In drei Jahren war er wahrscheinlich schlauer als ich und würde mich an der Hand hinter sich herziehen. Wenn er sich dann überhaupt noch in der Öffentlichkeit mit mir zeigen wollte.

Endlich waren wir durch die dichteste Menschenmenge geschlüpft und erreichten die Straße, in der der Weihnachtsmarkt aufgebaut war. Wie verabredet trafen wir uns am Glühweinstand neben dem Karussell. Sam und Tim warteten bereits und hatten Dionne dabei. Das zweijährige farbige Mädchen war zum Niederknien süß und lächelte uns mit seinen Milchzähnen an. Ich umarmte meine Freunde und sah Aiko und Katharina ankommen.

Meine Schwägerin hatte sich nach einem One-Night-Stand in die hübsche Frau verliebt und damit ihrer bisexuellen Neigung nachgegeben. Kurz darauf fing Katharina in der Kanzlei an - sie war Rechtsanwältin. Zu sehen wie glücklich die beiden waren, ließ mein Herz aufgehen. Aikos Scheidung war hässlich gewesen und gipfelte in einem Sorgerechtsstreit, den sie vorerst verloren hatte.

Heute hatte sie aber meine beiden Nichten dabei, die mich freudig umarmten. »Tante Sonni!«, krähte die vierjährige Rika, während ihre ältere Schwester Mina schon ihren Cousin herzte. Auch sie hatten die asiatischen Gesichtszüge geerbt und sahen puppenhaft süß in ihren dunkelblauen Winterjacken aus.

»Ein richtiges Familientreffen«, erklang Ems spöttische Stimme hinter mir, sie war gerade mit Lukas eingetroffen. Er wohnte um die Ecke, sie kamen zu Fuß.

Ich mochte ihn. Er war Mitte dreißig, hatte ein freches Gesicht und ein loses Mundwerk. Genau die richtige Ergänzung für Em, die es nicht leiden konnte, wenn man ihr kein Paroli bot. Trotzdem war er ein krasser Kontrast zu Curt, der Mitte fünfzig und eher der gesetzte Typ war. Nun ja, über Lukas' Vorzüge Curt gegenüber war ich umfassend aufgeklärt.

In diesem Moment kamen Claire und Ben an, auf die sich die Kinder ebenfalls stürzten, weil alle unbedingt mit ihm spielen wollten. Ich beobachtete die beiden und sah das strahlende Gesicht meiner Freundin, während ihr Partner, dreizehn Jahre jünger als sie, mit den Kindern herumalberte. Dabei fragte ich mich, ob das zum Thema zwischen den beiden werden würde. Claire war, wie ich auch, vierzig, und hatte keine Kinder, was bisher für sie okay gewesen war. Aber was, wenn Ben, für den der Zug noch ewig nicht abgefahren war, diesen Wunsch auf kurz oder lang äußerte?

»Sonni, alles okay bei dir? Du guckst so komisch.« Aikos Gesicht schob sich in mein Blickfeld, die feinen schwarzen Brauen hochgezogen. Neben ihr stand Katharina und amüsierte sich über Lukas, der sie gleich angequatscht hatte. Seine Faszination für das lesbische Paar war offensichtlich. Hoffentlich kam er nicht auf dumme Gedanken, denn es gab auch Sachen, die Em nicht machte. So eine oder zwei.

»Alles bestens«, wiegelte ich lächelnd ab und drückte sie.

»Dann ist ja gut. Ich dachte nur, du wärst vielleicht down, weil du heute Abend der einzige Single bist.«

»Ai!«, machte Katharina vorwurfsvoll und es dauerte eine Sekunde, bis Aiko ihr Fettnäpfchen realisierte. Genau wie ich, denn bis sie es eben angesprochen hatte, war es mir gar nicht in den Sinn gekommen. »Oh Mann, tut mir leid«, presste sie geknickt hervor. »Ich bin so unsensibel.«

»Leider ja.« Sam reichte mir kopfschüttelnd einen Becher Glühwein. »Immer mit Anlauf in die Scheiße.«

Sie streckte ihm die Zunge raus und sah mich bittend an. »Nicht sauer sein.«

»Bin ich nicht«, wehrte ich ab. »Bis eben war es mir nicht einmal aufgefallen.« Aber jetzt guckte Aiko noch bedröppelter und sah sich hilfesuchend nach ihrer Freundin um. Aus dem Augenwinkel bekam ich mit, wie Ben, Lukas und Tim mit den Kindern in Richtung Schmalzgebäckbude abzogen.

»Mach dir keine Sorgen um mich, ich bin gut versorgt.«

Aikos Augenbrauen zogen sich wieder nach oben. »Theo?« Ich nickte kurz und wandte mich meinem Glühwein zu, bevor sie dazu etwas sagen konnte. Dabei fing ich den warnenden Blick auf, den Katharina ihr zuwarf, auf den sie den Mund zuklappte.

Mir aber war der Spaß an dem Abend vergangen. Ich wünschte mir, ich wäre zuhause geblieben, auf der Couch mit JP, einen Film ansehen und Popcorn essen.

Sam legte mir die Hand auf die Schulter. »Hey, nimm noch einen Schluck«, sagte er leise und Em hakte sich bei mir unter. Sie pustete in ihren Becher und setzte dann schulterzuckend an, während sie Lukas mit den Kindern beobachtete. Ihr Gesicht wurde traurig. Sie hatte es ihm immer noch nicht gesagt.

»JP hat mich vorhin gefragt, ob Kenichi zu Weihnachten nach Hause kommt.« Ich wusste nicht, warum ich das sagte, meine Stimmung war doch schon schlecht genug. Wahrscheinlich, um Em nicht auf ihre heimliche Abtreibung ansprechen zu müssen.

»Man hat schon Pferde kotzen sehen«, brummte sie in ihren Becher.

Mein Sohn kam freudestrahlend angerannt und präsentierte mir eine Tüte Schmalzgebäck, die er mit den anderen teilen wollte, bevor jemand sich äußern konnte. Die Hälfte des Puderzuckers verteilte sich bereits über seine Jacke, wie ich seufzend feststellte.

Ich machte einen Schritt beiseite zu Claire, die an dem Stand lehnte und ein wenig müde aussah. »Alles okay bei dir?«

Sie grinste verschmitzt. »Alles bestens. Etwas Muskelkater. Ben hat ...« Sie beugte sich vor. »Ben hat sich was einfallen lassen. Mit einem Mal hing ich mit gefesselten Füßen kopfüber vom Bett und habe versucht, nicht das Haus zusammen zu schreien, während er mich geleckt hat.« Sie erschauderte wohlig und mein Blick zuckte zu ihrem Freund herüber, der gerade von Rika mit einem Stück Schmalzgebäck gefüttert und dabei großzügig mit Puderzucker bestäubt wurde.

Wieder fiel es mir schwer, das Kopfkino auszuschalten.

»Wie ist Theo im Bett? Ist er einfallsreich?«, fragte Claire an ihrem Glühwein nippend. »Es war ja ein bisschen her, dass ihr das letzte Mal gevögelt habt. Ich hoffe, er hat dazugelernt.«

»Es ist in Ordnung«, sagte ich, obwohl ich damit nicht durchkommen würde.

»*In Ordnung*«, schnaubte sie. »Du brauchst jemanden, der dich den ganzen Stress, den du jeden Tag hast, vergessen lässt. Mit *in Ordnung* solltest du dich nicht zufriedengeben.«

»Mehr als ihm möglich ist, kann er mir nicht geben«, sagte ich. Natürlich hätte es mir besser gefallen, wenn er sich mehr Zeit gelassen hätte. Sich mehr um mich gekümmert hätte. Aber dazu hätte ich etwas sagen müssen.

»Egoisten mochte ich noch nie«, murmelte sie. »Wenn er sich bedienen lassen will, schieß ihn ab. Am Ende bläst du, bis dir schwindelig wird, und bekommst nichts zurück.«

Womit wir wieder beim Thema waren, wie ich an der Hitze, die in meine Wangen stieg, nur zu deutlich bemerkte. »Ich brauche mehr Glühwein«, sagte ich in meinen Becher.

»Du weißt schon, was du tust«, meinte sie aufmunternd. »Vielleicht musst du mal die Initiative ergreifen, um ihm ein bisschen einzuheizen. Ein Ouvert-Slip hat schon so manchen Typen aufgerüttelt.«

Ich lächelte schmal. Das mochte sein, aber erstens besaß ich ein solches Wäschestück nicht und zweitens würde ich mich unwohl damit fühlen. Vielleicht gefiel es Theo, aber für mich bedeutete es eine enorme Überwindung, verbunden mit einem übermächtigen Unwohlsein.

Ich präsentierte mich nicht gern nackt, war mir allzu deutlich meiner Schönheitsfehler bewusst: die Kaiserschnittnarbe, die kleinen Dellen am Po und an den Oberschenkeln ... ich fühlte mich einfach wohler, wenn man sie nicht sah.

Claire und Em kannten solche Probleme nicht. Jede von ihnen hatte ich schon nackt gesehen, sie hatten ebenfalls Makel. Aber ihnen war das egal, sie akzeptierten sie als Teil ihres Körpers und das kam bei Männern an, die darauf viel weniger achteten als wir selbst.

Ich seufzte und klopfte JPs Jacke ab, als er zu mir kam und mir sein letztes Stückchen Schmalzgebäck anbot.

Am allermeisten stand ich mir selbst im Weg.

Am nächsten Tag fuhren wir zu meinen Eltern zum Mittagessen. Als Kenichi mich verließ, wollte ich unser Haus schnellstmöglich loswerden und zog mit JP zu meinen Eltern. Die Immobilie war schnell verkauft und von dem Gewinn konnte ich einen Großteil unserer Eigentumswohnung bezahlen. Auch den teuren Wagen gab ich zurück und fuhr seitdem einen Golf aus dem Firmenfuhrpark.

Ohne meine Eltern hätte ich die Zeit nicht überstanden, obwohl es anstrengend war, wie schlecht meine Mutter über Kenichi redete. Ich dachte selbst nicht besser über ihn, aber es war sinnlos, es immer wieder durchzukauen. Wenigstens tat sie es nicht mehr in JPs Gegenwart, nachdem wir uns deshalb einmal in die Haare bekommen hatten. Es war nicht richtig, vor ihm so über seinen Vater zu sprechen. Kam Kenichi irgendwann zurück, musste er sich selbst erklären.

»Ich bin mit dem Helikopter geflogen. Wie ein richtiger Pilot«, berichtete JP von seiner Karussellfahrt. »Ben konnte nicht mit rein, er ist zu groß, aber er hat mir gesagt, wie gut ich es gemacht habe.«

»Ben?«, fragte meine Mutter mit hochgezogener Augenbraue.

»Claires Freund«, erklärte ich und sie nickte enthusiastisch.

»Der attraktive Dunkelhaarige von deiner Geburtstagsfeier? Ein charmanter Mann!«

»Das war Nick, ein guter Freund«, berichtigte ich sie. Vor meinem geistigen Auge tauchte Nicks Gesicht auf, mit dem Claire parallel zu Ben ein Verhältnis hatte. Bis zu meiner Geburtstagsfeier war er mir nie begegnet. Ich wusste nur, dass er fest in der BDSM-Szene verwurzelt war. Für Claire war er eine Art Teilzeit-Dom gewesen, der ihr jedes Mal, wenn sie Sex hatten, den Hintern derartig versohlte, dass sie tagelang kaum sitzen konnte.

Ich hatte ihn mir ganz anders vorgestellt und als er vor mir stand, war mir peinlich, was ich mir ausgemalt hatte.

Meine Mutter hatte recht: er war attraktiv und charmant, auch wenn ich seine sexuellen Vorlieben mehr als erschreckend fand. Claire hatte sich gegen ihn und für Ben entschieden, seitdem hatten sie sich, soweit ich wusste, nicht mehr gesehen. Was auch besser war, denn wegen Nick wäre es fast schiefgegangen. Auf meiner Feier hatte ich Claire und Nick in der Garderobe überrascht, als er die Finger eindeutig zu tief unter ihr Kleid geschoben hatte. Es dauerte einen Moment, bis mein streikendes Gehirn realisierte, was die beiden trieben, und ich muss gestehen, dass es mir seitdem nicht mehr aus dem Kopf ging. Es müsste keine Garderobe sein, aber so ein Abenteuer wünschte ich mir auch. In meiner Phantasie hatte ich diese Szene schon einige Male durchgespielt.

»So? Warum triffst du dich dann nicht mit ihm?«, fragte Mama, während sie eine Erbse einsammelte, die JP vom Teller kullerte.

Ich holte tief Luft. ›Weil ich keinen Mann treffen kann, der eine meiner Freundinnen besinnungslos gevögelt hat‹, wäre die richtige Antwort, die sicher nicht gut ankäme.

Ich sah die schockierten Gesichter meiner Eltern förmlich vor mir und hörte schon die Frage, wie ich so etwas Vulgäres auch nur denken konnte. Wenn sie wüssten, *wie* vulgär meine Gedanken waren, müsste ich ins Schweigekloster.

»Ich weiß nicht, ich kenne ihn kaum«, wich ich aus. »Außerdem habe ich momentan keine Zeit für einen Mann in meinem Leben. Ich möchte erst in der Firma sattelfest werden.«

»Ich kann öfter vorbeikommen, wenn du willst«, bot mein Vater an. »Kann dir alles erklären, noch mal mit den Leuten reden, damit alles hinhaut. 'Ne Ansage machen.«

Ich legte meine Hand auf seine und lächelte. »Danke Papa, aber das brauchst du nicht. Es klappt gut und mit den Kollegen ist alles in Ordnung. Eine Ansage brauchst du nicht machen. Sonst denken sie noch, ich wäre ein kleines Mädchen.«

»Mama ist Chefin, weißt du«, sagte JP stolz. »Sie macht das ganz toll, hat mir Iris gesagt.«

»Das ist sehr lieb von Iris.«

JP grinste und berichtete seinen Großeltern von dem Schmalzgebäck auf dem Weihnachtsmarkt. Meine Gedanken drifteten zurück zu der Garderobenszene. Wie Claire genießerisch die Augen schloss und ihre Stirn gegen seine Schulter sank, als sie gekommen war. Ich bekam Gänsehaut bei der Vorstellung, dass ich an ihrer Stelle gewesen wäre. Nur ein Moment, ein kleiner Kick, an den ich mich erinnern könnte, als ich einmal losgelassen hatte, mir alles egal war.

Heute Abend, wenn JP schlief, würde ich auf meinen Hocker steigen und das Kästchen ganz oben, ganz hinten aus meinem Kleiderschrank holen. Dort verwahrte ich die Gegenstände, die ich von Aiko im Laufe der Zeit bekommen hatte. Da meine Schwägerin Dildos und Vibratoren designte, hatte sie unbegrenzten Zugang zu allen Sexspielzeugen.

Ich verwendete sie nicht oft - zu selten, würden meine Freunde sagen - aber heute Abend war der Zeitpunkt gekommen, an dem ich davon Gebrauch machen würde. Damit käme ein ruhiger Abend vor dem Fernseher zu einem guten Abschluss. Fürs erste musste ich mich zusammenreißen und mich wieder auf das Gespräch bei Tisch konzentrieren. JP erzählte von seinen Kusinen und Katharina.

»Ich kann immer noch nicht glauben, dass Aiko ...«, meine Mutter zögerte und warf ihrem Enkel einen scheuen Blick zu. »Nun ja... diese Art von Beziehung eingegangen ist.«

»Du meinst, dass sie lesbisch ist«, präzisierte ich. Meine Mutter zuckte zusammen. »Sonja!«, zischte sie. »Nicht vor Jan-Philipp!«

»Lesbisch bedeutet, dass Tante Aiko mit einer Frau zusammen ist. Katharina ist sehr nett«, meldete er sich zu Wort. Meine Eltern versteinerten. »Wenn zwei Männer zusammen sind, dann nennt man das schwul, so wie Sam und Tim. Und die anderen sind retro.«

Ich biss mir auf die Lippe, um nicht loszulachen. »Hetero, mein Schatz, obwohl retro es auch trifft.« Mein siebenjähriges

Kind war aufgeklärter als meine Eltern, die aussahen, als hätte sie der Schlag getroffen. »Ich finde es toll, dass wir in einer Gesellschaft leben, wo jeder lieben kann, wen er möchte.« Meine Worte gefielen ihnen nicht und mein Vater schauderte. Mamas Augenbraue hob sich spöttisch.

»Ich wüsste gern, ob sie ihren Eltern von dieser neuen, toleranten Liebe erzählt hat. Ihr Vater wird sicher *begeistert* sein.«

Damit sprach sie ein Thema an, das Aiko seit Beginn ihrer Beziehung umtrieb. Meine Schwiegereltern waren schwierig und ich hatte nur selten bedauert, dass sie in Japan lebten. Dieses Bestehen auf Traditionen, wie mein Schwiegervater es betrieb, war anstrengend und für mich kaum nachvollziehbar. Ina, meine deutsche Schwiegermutter, ordnete sich dem klaglos unter, aber das galt ja nicht für mich. Seit zehn Monaten fragte ich mich, wie Henzo das Verhalten seines Sohnes, seine Familie im Stich zu lassen, bewertete. Wie sich das mit der Ehre japanischer Männer vereinbaren ließ, egal, wie deutsch Kenichi war.

Fakt war aber, dass Aiko ihren Eltern von ihrer Beziehung zu Katharina nichts erzählt hatte. Da sie am anderen Ende der Welt lebten, schien es nicht notwendig. Den daraus resultierenden Stress musste sich niemand antun. So tat ich den Einwurf meiner Mutter mit einem Schulterzucken ab und wandte meine Aufmerksamkeit wieder meinem Sohn zu. Er erzählte gerade von seinem letzten Schultag - ein sichereres Konversationsthema als die sexuelle Orientierung meiner Freunde.

Zuhause setzte ich JP in die bis zum Rand mit Schaum gefüllte Wanne, ging in mein Schlafzimmer und stieg auf besagten Hocker vor meinem Kleiderschrank.

Jetzt hatte ich Zeit, um das richtige Gerät auszuwählen. Vielleicht den pinken Vibrator, der eine Stoßfunktion hatte? Oder doch lieber ... Ich stellte mich auf die Zehenspitzen und angelte nach dem Karton, als es an der Tür klingelte.

Verwundert ließ ich die Arme sinken.

Wer konnte das sein?

Ich erwartete niemanden und mein Handy zeigte keine Nachricht an. Es konnte keiner meiner Freunde sein.

Vielleicht ein Nachbar, der ein Paket für mich hatte?

Ich kletterte vom Hocker und ging zur Tür, die ich nach kurzem Zögern öffnete.

Mir wurde eiskalt und ich machte unwillkürlich einen Schritt zurück, als ich meinen Besucher erkannte.

»Was machst du denn hier?«

Meine Hände fühlten sich taub an, mein Kopf summte und am liebsten hätte ich die Tür zugeschlagen, doch dafür fehlte mir die Kraft.

Vor mir stand mein Mann und sah mich ausdruckslos an.

»Ich ...«, er ließ die Hände sinken. »Darf ich reinkommen?«

»Nein!« Ich stellte mich in die Tür, um ihm den Blick auf mein Refugium zu versperren, doch da trat meine Nachbarin Frau Wildenstein in den Flur. Sie war eine furchtbar neugierige Person, die sich gern über die anderen Bewohner das Maul zerriss. Ich atmete tief durch und trat beiseite.

Scheiße. Oh verdammte Scheiße.

»Komm rein.« Kenichi trat in den Hausflur und sah sich um.

»Wo ist er?«, fragte er mit belegter Stimme.

»In der Wanne.« Ich klang rau, als wäre meine Stimme rissiges Papier, das jeden Moment zu kleinen Stückchen zerfiel, die sich in alle Winde zerstreuten. Mit tauber Hand deutete ich auf die Küche und setzte mich an den kleinen Tisch, an dem wir immer frühstückten.

Er nahm mir gegenüber Platz.

Ich betrachtete meinen Ehemann, der nach Worten rang, und wusste nicht, was ich denken und fühlen sollte. Er trug noch immer den schmalen Kinnbart, doch seine schwarzen Haare waren kürzer als früher.

Ich fühlte mich wie gelähmt.

Normalerweise hätte ich dem Besuch etwas zu trinken angeboten, doch ich wollte nicht, dass er hier war. Tausend Fragen rasten durch meinen Kopf und ich hatte Angst, was JP tun würde, wenn er gleich aus der Badewanne kam.

»Warum bist du hier?«, fragte ich schließlich, nachdem Kenichi sich auf die Lippen gebissen und den Kopf geschüttelt hatte, als sei er ratlos, was er tun sollte.

»Ich muss mit dir reden.«

»Dann rede. Aber sitz hier nicht rum und schweig mich an. Du bist einfach abgehauen«, zischte ich, unfähig, mich zu zügeln. »Ohne ein Wort hast du ein Flugzeug genommen und dein Kind und mich verlassen.«

»Ich weiß. Das schlimmste, was ich je getan habe.«

»Das würde ich unterschreiben«, erwiderte ich beißend.

»Mir war das alles zu viel, die dauernden Streitereien, die Vorwürfe, die schlechte Stimmung zwischen uns. Ich habe es nicht mehr ausgehalten.«

»Rede dich nicht raus, ich habe mit deinem Wehrführer gesprochen. Er hat mir gesagt, dass du die Beurlaubung schon Ende November eingereicht hast. Du hattest dein Verschwinden von langer Hand geplant und mich verarscht.« Tränen traten in meine Augen. »Du hast mir so oft gesagt, dass wir es wieder hinbekommen. Dass du dich anstrengen wirst, es mir nicht so schwer zu machen, und dabei hast du einfach heimlich, still und leise deinen Abgang geplant.«

»Ich ...«, setzte er an, doch ich war noch längst nicht fertig.

»Kannst du dir vorstellen, in welche Situation du uns gebracht hast? Wie Jan-Philipp sich gefühlt hat, als sein Vater verschwunden war, ohne sich von ihm zu verabschieden? Ich musste dich auch noch in Schutz nehmen!« Ich biss mir auf die Lippe. »Ich weiß gar nicht, warum ich dich reingelassen habe. Am liebsten würde ich dich nie wiedersehen.«

»Das verstehe ich«, räumte er ein. »Und es tut mir leid. So leid. Ich habe dich allein gelassen.«

»Uns«, korrigierte ich ihn. »Für unseren Sohn war das Ganze noch zehnmal schlimmer als für mich.«

»Du bist klargekommen, habe ich gemerkt«, sagte er und zum ersten Mal spürte ich seine Wut. »Als ich vor unserem Haus stand, fand ich leider einen anderen Namen an der Klingel.«

»Was hätte ich denn tun sollen?«, fuhr ich ihn an. »Der Abtrag war astronomisch und ich hatte nur noch mein eigenes Einkommen zur Verfügung. Mir blieb nichts anderes übrig. Wie hast du uns eigentlich gefunden? Du warst wohl kaum bei meinen Eltern.« Meine Mutter hätte das Gesicht zerkratzt.

»Aiko.«

Verdammt, ich würde sie umbringen!

»Es hat lange gedauert, bis sie mit der Adresse rausgerückt ist. Nachdem mir eine fremde Frau die Tür geöffnet hat, die ihre lesbische Lebensgefährtin ist, hatten wir ein unschönes Gespräch.«

Wenigstens das, dachte ich grollend.

»Papa?«, riss mich JPs Stimme aus meinen Gedanken. Ich zuckte zusammen und sah ihn in seinem gestreiften Bademantel in der Küchentür stehen, das Gesicht ungläubig verzogen.

Mit einem Mal sah er viel kleiner aus, als er war. So verletzlich und zart.

»Hey, mein Großer.« Kenichi stand auf. JP zögerte, sein Blick zuckte zu mir herüber, auffordernd, die Situation aufzu-

klären, doch ich war wie erstarrt. Mein Herz schien zu zerrei-
ßen, als ich seine Verwirrung sah.

Kenichi legte die Arme um ihn und JP machte sich steif.
»Wie groß du geworden bist. «

»Ich bin schließlich schon sieben«, erwiderte er. Kenichi
nickte. Die beiden hatten geskypt, sodass sie sich nicht gänz-
lich aus den Augen verloren. Doch wegen der Zeitverschiebung
war es schwierig gewesen, sodass mitunter mehr als eine Woche zwischen den Anrufen lag.

Mit mir hatte er es sorgfältig vermieden zu sprechen.

JP machte sich von seinem Vater los und kam zu mir.

»Mama, darf ich auf deinem Schoß sitzen?«, fragte er schüch-
tern und ich zog ihn auf meine Knie. Kenichi nahm gegenüber
Platz.

»Was willst du, Ken?«, fragte ich, so ruhig ich konnte.

Vor meinem Kind würde ich keine Szene machen. Ich würde
stark und tapfer bleiben, wie die letzten Monate. Für ihn war
ich der Fels in der Brandung und ich würde ihm nicht noch
mehr Sicherheit nehmen, nur um Kenichi anzuschreien.

»Ich bin gekommen, weil es mir leidtut, So-Chan«, sagte er
leise. Als er mich bei dem Spitznamen nannte, den er mir gegeben hatte und mich an die glücklichen Zeiten unserer Ehe
erinnerte, verwandelte sich mein Magen in einen Eisklumpen.

»Ich möchte dich um Verzeihung bitten. Dich auch, Großer.
Und euch fragen, was ich tun kann, damit wir wieder eine Familie werden.«

3. Kapitel

»Ist nicht dein Ernst!« Em fiel der Kaffeelöffel aus der Hand und sah mich entsetzt an. Es war Sonntagnachmittag und ich hatte meine Freunde zu einer Notfallsitzung in unser Stammrestaurant *Rosenbergs* einberufen.

»Der Mann traut sich was«, murmelte Claire und strich abwesend über ihren Oberschenkel. Ich fragte mich, ob sich unter ihren Jeans Zeichen von ihrer letzten Session verbargen.

»Du hast ihm hoffentlich eine gescheuert und ihn dann vor die Tür gesetzt! Nachdem du ihn ausgelacht hast, natürlich«, sagte Em und ballte die Hände zu Fäusten.

Ich schüttelte den Kopf. »Nicht vor JP«, erwiderte ich matt. Das Gespräch wiederzugeben hatte mich viel Kraft gekostet.

»Auch JP wird mittlerweile verstanden haben, was für ein Riesenarschloch sein Vater ist«, gab sie unbarmherzig zurück.

»So was diskutierst du nie vor dem Kind«, sagte Sam. Ich sah Aiko nicken, die sich für die Herausgabe meiner Adresse rechtfertigen musste. Ich verstand, warum sie es getan hatte. Außerdem hatte er ein Recht darauf, zu wissen, wo sein Sohn war.

Em schnaubte und trank einen Schluck Kaffee. »Er glaubt also, du könntest ihm verzeihen? Was hast du ihm gesagt?« Sie fixierte Aiko. »Was heißt auf Japanisch: ›Ich will dich an den Eiern aufhängen und verhungern lassen, du Bastard‹?«

»Das müsste ich nachschlagen«, erwiderte sie mit blitzenden Augen. »Würde mich aber auch interessieren.«

»Ich habe ihm gesagt, dass ich keine Chance sehe«, beantwortete ich Ems vorherige Frage. »Dass das, was er getan hat, außerhalb des Rahmens liegt, in dem verzeihliche Dinge stattfinden. Allerdings erst, nachdem ich JP ein wenig beruhigt und mit seinem Abendessen auf die Couch geschickt habe.«

»Für ihn war es sicher ein Schock, Kenichi zu sehen, oder?«, fragte Sam.

»Er konnte die Situation gar nicht einordnen, aber so ging es mir ehrlich gesagt auch. Am liebsten hätte ich Kenichi rausgeworfen.«

»Das hätte ich getan«, murmelte Em. Ich wusste, dass sie die Wahrheit sagte. Aber sie war eben weder Mutter noch Ehefrau, denn auch diese Verpflichtung hatte ich noch.

»Wie soll es weitergehen?«, fragte Claire.

»Er meinte, dass er einen Weg finden würde, wie wir es hinbekommen. Und er hat mich gefragt, ob ich jemand anderen sehe.« Ich schloss die Augen. »Ich weiß nicht, was mich geritten hat, aber ich habe ihm an den Kopf geworfen, dass ich nicht allein bleiben muss, nur weil er abgehauen ist. Daran hatte er zu knabbern.«

»Gut gemacht«, lobte Aiko. »Er kann ruhig wissen, dass du dir seinetwegen nicht die Augen ausgeweint hast.«

Ich hatte mich nach dieser Äußerung beschissen gefühlt. Ein Triumph war mein Ausbruch sicher nicht. Bedrückt sah ich hinunter auf meine Chai Latte und wusste nicht mehr weiter.

Natürlich stand es außer Frage, dass ich ihn zurücknahm, aber ich musste versuchen, ihn in mein Leben zu integrieren, denn er würde in Hamburg bleiben.

»Wo wohnt er eigentlich?«, fragte Claire und sah Aiko an.

Die hob abwehrend die Hände. »Bei mir nicht.«

Jetzt sahen sie mich an, als erwarteten sie, dass ich ihm einen Platz in meinem Bett angeboten hatte. Meine Mundwinkel zogen sich nach unten. Für wie bescheuert hielten sie mich?

»Er hat sich von Japan aus eine Wohnung in der Nähe gesucht. Es hat Vorteile, verbeamtet zu sein.« Ich hatte ihm gesagt, wo er die eingelagerten Möbel fand, so konnte er sich einrichten.

Meine Freunde wirkten erleichtert, aber ich fühlte mich mutlos. Statt einen entspannten Abend mit Schätzen aus meiner Kiste zu verbringen, lag ich wach und wälzte Gedanken, bis ich erschöpft einschlief.

Er würde nicht aufgeben, hatte er mir in Aussicht gestellt, denn er war der festen Überzeugung, dass wir es schaffen könnten, wieder zusammenzukommen. Meinen Widerstand nahm er hin, akzeptierte ihn aber nur als vorübergehend. Ich fürchtete, dass es mich noch viel Kraft kosten würde, bis er es verstand.

»Versuch, an etwas anderes zu denken«, riet Claire mir. »Fahr nach Hause, leg dich in die Badewanne ...«

»Benutz meine Geschenke«, warf Aiko ein.

»... und schalte ein bisschen ab«, beendete sie ihren Satz, nachdem sie Aiko zugenickt hatte. »Von mir aus ruf Theo an, damit er dir die Sorgen aus dem Hirn vögelt. Aber bitte, denk nicht die ganze Zeit daran, was Kenichi als nächstes tun könnte. Du hast deinen Standpunkt klargemacht.«

Mit JP hatte ich heute schon ein langes Gespräch geführt, gerade war er mit meinem Vater bei einem Fußballspiel. Meinen Eltern hatte ich nichts von Kenichis Rückkehr erzählt und JP gebeten, es auch noch nicht zu tun.

Er hatte verstanden warum, ohne dass ich es ihm erklären musste: »Oma und Opa sind böse auf ihn, weil er nicht Tschüss gesagt hat«, sagte er verständig. »Ich behalte das Geheimnis für mich.«

Sam musste los, Tim und Dionne warteten auf ihn und der Sonntag war ihnen als Familie heilig. Claire und Em waren mit ihren Freunden zum gemeinsamen Essen verabredet. Sie machten manchmal so ein Vierer-Ding, weil Ben und Lukas befreundet waren. Darüber hatten er und Em sich auch kennengelernt. Diese Doppeldates hatten mich bis eben nie gestört, doch jetzt fühlte ich mich mir selbst überlassen, obwohl sie alles stehen und liegen gelassen hatten, um sich mit mir zu treffen. Ich schüttelte diesen dummen Gedanken ab. Sie konnten nichts für meine Situation und ich konnte glücklich darüber sein, dass sie sofort und ohne zu zögern für mich da waren. Wie ich auch für sie.

Ich blickte auf meine Uhr. Das Spiel hatte um halb vier angefangen und war vor fünf nicht zu Ende, danach wollten sie noch etwas essen gehen. Ich rechnete gegen sieben mit ihnen, außerdem rief mein Vater immer an, wenn er losfuhr. Es war Viertel nach vier, ich hatte also noch Zeit für mich.

Ich sah Aiko an, dass sie mich nicht gern allein ließ. Wir hatten uns schon in so vielen Situationen Halt gegeben, dass es ihr wahrscheinlich vorkam, als würde sie mich sitzenlassen. Das war nicht so, außerdem hatten sie und Katharina Konzerttickets, um ihr dreimonatiges Jubiläum zu feiern. Ich wollte nicht, dass sie meinetwegen darauf verzichtete.

Ich war ein großes Mädchen, das allein klarkam.

»Es ist in Ordnung, macht euch einen schönen Abend. Ich nehme schon keinen Whiskey mit in die Wanne.« Ich drückte ihr einen Kuss auf die Wange.

Auf dem Weg zum Auto überlegte ich, ob ich Theo anrufen sollte. Es wäre eine knappe Geschichte, aber das könnte die Ablenkung, die ich brauchte, sein. Ich holte mein Smartphone heraus und öffnete unseren Chat.

Hast du Zeit, kurz vorbeizukommen? Ich bräuchte

Ich starrte auf das Display und kam mir dämlich vor. Was würde er über mich denken? Ich klickte auf löschen, traf aber die falsche Taste und schickte die Nachricht ab. Bevor ich sie verschwinden lassen konnte, war er schon online.

Eine starke Schulter zum Anlehnen?

Fast, antwortete ich nach kurzem Zögern. Er konnte seine eigenen Schlüsse ziehen.

Ich bin unterwegs. Zieh dir was Aufreizendes an. Dahinter ein zwinkerndes Emoji.

Mein Puls beschleunigte sich. Er hatte verstanden und stieg darauf ein. Ich musste mich beeilen, damit er nicht vor mir da war. Zehn Minuten später kam ich zuhause an.

Ich eilte hinauf in den zweiten Stock und rannte den Flur hinunter in mein Schlafzimmer. Dort schob ich die herumliegenden Kleidungsstücke zusammen und warf sie in meinen Schrank, aus dem ich ein Kleid zerrte, während ich mir die Klamotten vom Leib riss.

Ich dimmte gerade das Licht, da klingelte es schon. Hektisch zog ich mir das Kleid über den Kopf, während ich zur Tür lief. Theo stand vor mir und bekam große Augen.

Ich sah an mir herunter: der weiße Chiffon war durchsichtig und benötigte ein Unterkleid, an das ich im Eifer des Gefechts nicht gedacht hatte. Außerdem hatte ich meinen BH ausgezogen, sodass sich meine Brüste deutlich durch den Stoff abzeichneten. Schnell trat ich hinter das Türblatt und ließ ihn herein, bevor Frau Wildenstein den nächsten Mann bei mir sah.

»So hatte ich es mir vorgestellt«, sagte er heiser und küsste mich. Sein Daumen strich über meine Brustwarzen, die unter seiner Berührung hart wurden. Ich seufzte leise und genoss es, als er mich gegen die Wand lehnte und seine Finger unter meinen Rock fuhren.

Es war aufregend, dass er einfach auf Bestellung vorbeigekommen war. Noch unkomplizierter und weniger mit schönem Schein verbunden als unsere Essen. Wir würden einfach Sex haben - ohne das ganze Drumherum. Er tastete am Saum meines Slips entlang und ich vergrub meine Finger in seinem Nackenhaar, rieb mich an ihm. »Mmmmhhh, ja«, hauchte ich unwillkürlich, als er mich streichelte, und erschrak über mich selbst. Doch ihm gefiel es offenbar, denn ihn schien der Eifer zu packen, mich heute kommen zu lassen.

Ich ließ mich fallen und schloss die Augen, während er weitermachte, sein Atem über meinen Hals strich und seine Finger mir das gaben, was ich so dringend brauchte. Fürs Erste, denn damit würde ich es nicht gut sein lassen und das spürte er auch.

»Sonja ...«, murmelte er an meinem Hals und schob meinen Slip beiseite. Ich keuchte auf, als er mich berührte, meine Sinne konzentrierten sich auf seine Hände. Seine Lippen fanden meine Brustwarze unter meinem Kleid und als er an ihr knabberte, entkam mir ein Stöhnen, das ich nicht mehr unterdrücken konnte. Er machte immer schneller und härter, ließ mich nicht entkommen und das wollte ich auch nicht. Stattdessen spreizte ich die Beine, damit er mich besser erreichen konnte.

Hitze sammelte sich zwischen meinen Schenkeln, ballte sich zusammen und entlud sich schließlich in einem Orgasmus, der mich laut stöhnen ließ. Meine Hände verkrampften sich an seinen Schultern und ich sah Sterne. Theo hörte auf und zog mich in seine Umarmung, das Kinn auf meinen Kopf gelegt.

»So bist du noch nie abgegangen«, sagte er leise. Blut schoss in meine Wangen und heiße Scham erfüllte mich. »Das gefällt mir sehr.« Er nahm meine Hand und legte sie auf seinen Schritt, der sich deutlich ausbeulte.

Sollte ich ...? Konnte ich das tun?

Gedanken rasten durch meinen Kopf wie ein Karussell, zu schnell, um sie fassen zu können. Ich sah nur Bilder.

Ich auf den Knien vor ihm, seine Hand in meinem Haar.

Ich auf der Kommode, er zwischen meinen Schenkeln.

Ich mit dem Gesicht zur Wand und er hinter mir, hart in mich stoßend.

Mich verließ der Mut, also lehnte ich mich an ihn und flüsterte: »Lass uns in mein Schlafzimmer gehen.«

Ich ging voran, da fasste er im Gehen nach dem Saum des Kleides, schob es hoch und streichelte meinen Po.

»Ich habe eine Idee.« Er zog mich zum Bett. »Bitte knie dich hin.« Ich tat es, lauschte mit angehaltenem Atem, was er nun tat. Seine Kleidung raschelte, als er sie zu Boden fallen ließ.

Dann schob er mein Kleid wieder hoch, über meine Taille und zog meinen Slip hinunter bis zu meinen Knien. Ich verkrampfte mich und sah stur geradeaus.

Was dachte er wohl gerade, wo er meine nackte Rückseite betrachtete? Ob er mich schön fand?

Seine Hände legten sich auf meinen Hintern und kneteten die Backen, dann drückte er meinen Oberkörper noch etwas tiefer. Ich ahnte, was er vorhatte, und es behagte mir nicht.

Aber hatte ich mir nicht Abwechslung gewünscht?

›Lass ihn einfach machen und genieß es‹, sagte ich mir, doch es fiel mir schwer, mich nicht wie eine Zuchtstute zu fühlen. Er bezog Position hinter mir und ich spürte seine Berührung. Vorsichtig suchte er den richtigen Punkt, streichelte mich mit seiner Spitze und versenkte sich dann in mir.

Ich stöhnte auf, es fühlte sich unerwartet gut an. Meine Finger verkrampften sich im Laken, als ich den Kopf endlich ausschaltete. Theo massierte meinen Hintern, begann, sich zu bewegen, bedächtiger, als ich es brauchte.

Ich würde ihm diese Zeit geben.

Ob ich das Gefühl noch intensivieren könnte, wenn ich mich selbst berührte? Ich traute mich nicht, es zu versuchen, sondern drückte den Rücken durch und kam ihm entgegen. Er keuchte, legte seine Hände auf meine Hüfte und wurde schneller.

Ich presste die Lippen zusammen und versuchte, die Geräusche, die an die Oberfläche entweichen wollten, zu unterdrücken. ›Bitte, mach weiter!‹, flehte ich ihn stumm an. ›Bitte nimm mich genau so!‹

Es fühlte sich so gut an, so verboten, was er mit mir machte. Genau richtig, nach allem, was ich mit mir herumschleppte. In diesem Moment existierte nur der Sex, nichts weiter. Als er über mir mit einem unterdrückten Schrei zusammenbrach, schluchzte ich leise. Sanft zog er mich an sich und barg mich in seinen Armen, drückte mir einen Kuss auf die Stirn.

»Das war so scharf«, murmelte er in mein Ohr. Ich schloss die Augen und erwiderte seine Umarmung, mein Mund war wie zugeklebt. »Warum hast du mich angerufen? Das hast du vorher noch nie gemacht. Leider.«

Ich warf einen schnellen Blick auf meinen Wecker. Zwanzig nach fünf, ich hatte Zeit, um ihm die Neuigkeiten zu berichten.

„Möchtest du ein Glas Wein? Dabei erzählt es sich leichter«, sagte ich mit belegter Stimme und ging auf sein Nicken in die Küche, nachdem ich mir meinen Morgenmantel übergezogen hatte. Während ich eingoss, kam er angezogen hinterher und nahm das Glas entgegen.

»Jederzeit. Weißt du, das sage ich dir als Freund, Sonja: Du hast etwas Besseres verdient als deinen Mann und die Scheidung einzureichen war die einzig richtige Reaktion auf sein Verhalten. Du hast es nicht nötig, dich so behandeln zu lassen, ich hoffe, das weißt du. Du bist so viel mehr wert als dieser arme Idiot.« Ich wusste nicht, was ich dazu sagen sollte. Theo klang wie meine Mutter.

Meine Freunde würden so was nie sagen. Zwar, dass ich mich nicht so behandeln lassen sollte, aber sie würden niemals einen anderen Menschen herabsetzen, nicht einmal nach einem Verhalten, wie Kenichi es an den Tag gelegt hatte. Erneut zuckte mein Blick zur Uhr, mein Handy lag auf dem Sofatisch bereit, falls mein Vater anrief.

Theo bemerkte es und trank seinen Wein aus. »Am besten versuchst du, das Ganze erstmal zu verdauen. Ich kann mir vorstellen, dass es ein ziemlicher Schock für dich war, als er vor der Tür stand.« Er stand auf und küsste mich. »Wir sehen uns am Donnerstag, ja? Du schaffst das.« Ich nickte und schickte mich an, ihn zur Tür zu bringen, doch er winkte ab. »Lass gut sein, ich finde den Weg.«

Dann war er weg.

Ich starrte ihm hinterher, da klingelte mein Handy.

»Für mehr als McDonald's konnte ich ihn nicht begeistern«, sagte mein Vater betrübt, Fastfood war nicht sein Geschmack. »Wir sind in zwanzig Minuten da.«

Das reichte, um zu duschen. Ich wollte nicht nach einem fremden Mann riechen, wenn mein Sohn nach Hause kam. Das Kleid warf ich in die Wäsche und hastete ins Badezimmer.

Wenigstens für ein paar Minuten hatte ich die ganze Misere vergessen. Es funktionierte also, was meine Freunde immer behaupteten: Man konnte sich den Kopf freivögeln.

Später, als ich mit JP auf der Couch saß und mir seine Lieblingssendung ansah, kuschelte er sich an mich, etwas, das er seit einiger Zeit nur noch selten machte.

Ich schlang die Arme um seinen zarten Körper und drückte ihn an mich. Bei all dem Mist in meinem Leben waren er und meine Freunde etwas, das mich konstant glücklich machte.

»Mama, bist du noch böse auf Papa?«, fragte er und presste seinen Kopf gegen meine Schulter.

Ein kaltes Gefühl fuhr durch meine Brust.

Schuld.

»Ich bin gar nicht mehr so wütend. Ich bin traurig, weil er so lange weg war und sich nicht um dich gekümmert hat.«

»Jetzt ist er wieder da.«

Das war eine Tatsache.

»Ja, und ich hoffe, dass er jetzt viel Zeit für dich hat, mein Schatz.«

»Papa hat mir gesagt, dass er gern wieder bei uns sein möchte. Aber er muss vorher versuchen, dass du ihn wieder magst und ihm verzeihst, weil er sich so schäbig benommen hat.«

Kenichi hatte mit Jan-Philipp gesprochen, bevor er gestern Abend gegangen war.

Mein Mund wurde trocken, als mein Sohn sich aufrichtete und mir ernst ins Gesicht blickte. Mit einem Mal sah er seinem Vater ähnlicher denn je und mein Herz wurde schwer.

»Wenn ich noch einen Wunsch für Weihnachten freihabe, dann wünsche ich mir, dass wir wieder eine Familie sind.«

4. Kapitel

In dieser Nacht schlief ich schlecht.

Entsprechend fühlte ich mich, als ich am nächsten Morgen aufstand, JP für die Schule fertigmachte und anschließend zur Arbeit fuhr. Müde grüßte ich Iris und meine Mitarbeiter in der Buchhaltung, bevor ich mich mit einem Kaffee in mein Büro zurückzog. Es dauerte nicht lange, da stand sie in der Tür.

»Du siehst nicht gut aus, fehlt dir was?«, fragte sie. Ihre Ketten aus Holzperlen klickten, wenn sie sich bewegte. Ein tröstliches Geräusch, doch ich wollte nicht darüber sprechen, was in meinem Leben alles schieflief, also rang ich mir ein müdes Lächeln ab.

»Ich habe schlecht geschlafen, sonst fehlt mir nichts. Mach dir keine Sorgen.«

»Nicht krank werden. Freitag ist die große Party, da kannst du nicht fehlen.« Iris zog die Augenbrauen so hoch, dass sie fast unter ihrem blonden Pony verschwanden.

»Das lasse ich mir doch nicht entgehen«, versprach ich und sie nickte nachdrücklich.

Vincent kam ins Büro und grüßte uns. »Harte Nacht?«, fragte er, nachdem Iris die Tür geschlossen hatte. Ich schloss die Augen und trank einen Schluck Kaffee.

»Leider ja. Aber nichts, was mit der Firma zu tun hätte, also lass uns anfangen.« Er nickte und rollte auf seinem Stuhl ans vordere Ende unserer Schreibtische, das wir als Besprechungstisch nutzten.

Hier stapelten sich auch die Unterlagen für die Weihnachtsfeier, die er nun zusammenschob.

Ich setzte mich neben ihn und sah zu ihm auf. Vincent war groß und bullig, ohne korpulent zu sein. Er hatte breite Schultern, die von seinem tadellos sitzenden Anzug betont wurden. Ich schätzte seine ruhige Art, ihn brachte nichts aus dem Tritt.

»Wenn du darüber sprechen möchtest, sag Bescheid«, meinte er. Ich lächelte dankbar und er ging zur Tagesordnung über: »Wir liegen in den letzten Zügen der Planung. Der Caterer kommt um sechzehn Uhr. Etwa gleichzeitig kommt die Eventfirma und kümmert sich um die Tische und Dekoration.«

Die Feier fand dieses Jahr nicht in einem Lokal, sondern in der Produktion statt. Wir setzten den Raum mit Beleuchtung und Bildern aus der dreißigjährigen Firmengeschichte in Szene. Mein Vater, Vincent und ich würden einige Worte sagen.

»Ricky ist mit den Transparenten fertig. Sie gibt sie heute in die Druckerei.« Ricarda, Vincents Lebensgefährtin, war Grafikdesignerin. Sie half uns bei Drucksachen und etlichen anderen Dingen, außerdem plante ich, mit ihr unsere CI zu überarbeiten. Unser Logo und Briefpapier benötigten dringend eine Frischzellenkur.

»Ich wünschte, alles liefe so glatt wie die Planung«, sagte ich und ließ meinen Blick über die Unmengen an Papier schweifen, die noch auf ihre Bearbeitung warteten. Von digitaler Arbeit hielten Paula und Karl, unsere Buchhalter, nichts und machten Vincent und mir die Arbeit damit schwer. Sam war fassungslos, als ich ihm davon erzählte. Ich wollte diese Baustelle im nächsten Jahr angehen, bevor wir Lagerräume für unseren Papierkrieg mieten mussten.

»Was haben wir noch?«

»Ich hatte mit Ralph Anfang des Jahres über die Außenanlage gesprochen. Es wäre günstig, diese Investition zu machen. Wir haben bei der GuV noch Luft, was die Instandhaltungskosten angeht, also können wir uns um unser Grundstück kümmern.«

»Gute Idee.« Unser Firmengelände war trist. Wir besaßen zwar ein großes Gelände, aber alles, was begrünt werden könnte, war von gelbbraunem Gras überwuchert. Ich hatte schon öfter gedacht, dass wir nicht besonders einladend wirkten. »Hattet ihr Angebote eingeholt?«

»Noch nicht. Dein Vater war wenig begeistert von dieser Idee und hat sie erst einmal vertagt. Kennst du einen Gärtner oder Landschaftsbauer, den wir kontaktieren können?« Ich wollte eben den Kopf schütteln, als mir siedend heiß etwas einfiel: Nick war Landschaftsbauer, Claires Sexfreund. Und nach dem, was ich gehört hatte, war er gut.

Also auch in seinem Job.

Vielleicht lohnte es sich, ihn zu kontaktieren, im besten Fall könnte ich wegen Claire einen Rabatt aushandeln.

»Ja, allerdings. Ein Bekannter von Claire ist GaLa-Bauer. Ich werde ihn anrufen«, versprach ich und fragte mich, warum mich der Gedanke etwas nervös machte.

Wegen der Garderobenszene? Weil ich alles über ihn und seine ausgefallene sexuelle Neigung wusste? Das hatte nichts mit mir zu tun und er und Claire trafen sich schließlich nicht mehr. Meine Geburtstagsfeier war erst drei Wochen her, die Erinnerung noch präsent. Ich musste professionell sein. Es war nur ein Job, den ich an ihn zu vergeben hatte, mehr nicht.

Vincent und ich gingen die übrigen Themen durch und verteilten die Aufgaben für die kommende Woche. Dann machten wir unseren Gang durch die Produktion und begrüßten die Mitarbeiter. Anschließend hatten wir unseren Montagstermin mit den Abteilungsleitern aus Tischlerei, Drechslerei und Schlosserei. Dabei waren auch Anke vom Einkauf und Bernd aus der Logistik. Wir gingen die Aufträge durch, glichen den Produktionsstatus ab, checkten, ob wir im Lieferfenster waren und ob es Probleme gab, um die wir uns kümmern mussten.

So verstrich der Vormittag und ich fand erst nach der Mittagspause Zeit, Claire nach Nicks Nummer zu fragen. Sie schickte sie mir sofort. Ich hatte gleich geschrieben, worum es ging, um sie nicht auf dumme Gedanken zu bringen.

Mit einem etwas beklommenen Gefühl wählte ich die Nummer und schüttelte über mich den Kopf. Ich telefonierte täglich mit Firmen und Kunden und war nie aufgeregt. Außerdem kannte ich Nick bereits. Entschlossen drückte ich auf *wählen* und lauschte dem Klingeln.

»Aschenfeld.«

»Sonja Lippmann, hallo Nick. Ich bin Claires Freundin, auf deren Geburtstagsfeier du neulich warst.«

»Natürlich. Wie geht es dir, Sonja?« Seine Stimme war weich, leicht rau und hatte die Dehnung in den Vokalen, die auf seine norddeutsche Herkunft verwies. Sie passte nicht zu Claires Geschichten von Andreaskreuzen, Peitschen und Nippelklemmen.

»Gut, danke. Hast du kurz Zeit? Ich suche jemanden, der sich um mein Geschäftsgrundstück kümmern kann und da fielst du mir als Erstes ein.«

»Freut mich. Ich habe momentan einige Projekte, aber wenn dein Grundstück nicht gerade mehrere Quadratkilometer groß ist und du keinen englischen Lustgarten planst, könnte ich dich noch unterbringen.«

Englischer Lustgarten? Was ging denn mit ihm ab?

»Ist es nicht«, sagte ich tapfer und unterdrückte mein sich verselbstständigendes Kopfkino, das unmögliche Szenarien entwarf. Alle Geschichten von Claire waren zu präsent, um sie zu vergessen und prasselten auf mich ein. »Es geht um circa zweitausend Quadratmeter, aber ich bin schlecht im Schätzen. Groß ist groß, oder?«

Was war das?

Er lachte. »Kein Problem, so komme ich zu meiner Daseins-berechtigung. Warte kurz, ich schaue in meinen Kalender.« Ich hörte ein Rascheln. »Wie passt es dir Donnerstagnachmittag?« Ich checkte meinen Outlookkalender. »Gut. Ab vierzehn Uhr kann ich mich freimachen.«

Hatte ich das gerade wirklich gesagt?

»Perfekt, dann bis Donnerstag. Ich freue mich drauf.« Damit legte er auf und ließ mich mit feuerrotem Gesicht zurück.

Was war mit mir los? Auf der Peinlichkeitsskala eine glatte Zehn. Wenigstens war er so charmant, einfach darüber hinweg-zugehen. Wenn ich mich nicht zusammenriss, würde er ahnen, was ich alles wusste.

Wie sollten wir dann zusammenarbeiten?

Vincent kam zurück und ich teilte ihm den Termin mit. Wenn er dabei war, konnte ich mich hoffentlich benehmen, doch er schüttelte den Kopf. »Tut mir leid, da bin ich beim Großhandel mit Anke wegen der Teakholz-Konditionen. Ich bin mir aber sicher, dass du es allein gut hinbekommst.«

Ja, mich zum Vollpfosten zu machen, würde ich auf jeden Fall hinkriegen. Meine innere verklemmte Klosterschülerin freute sich schon unbändig auf den Termin, bei dem ich mich höchstwahrscheinlich noch peinlicher machen würde.

Ruhig, Sonja, ganz ruhig.

Am Abend kam Aiko zu mir. Katharina arbeitete lange in der Kanzlei und weil ihre Töchter bei Marko waren, leistete sie mir abends gern Gesellschaft - von einer Single-Mom zur anderen, von Freundin zu Freundin.

Außerdem hatte sie ein schlechtes Gewissen wegen Sonntag. Zumindest, bis ich ihr erzählte, dass Theo rumgekommen war.

»Das war eine gute Idee«, lobte sie und kuschelte sich in ein Sofakissen. JP war in seinem Zimmer und machte Schularbeiten. Er hatte den Besuch seiner Tante mit einem Lächeln quittiert und »macht euch eine schöne Zeit« gesagt. »Auch wenn sie dir nicht weiterhilft, denn so bist du einfach nicht.«

»Was meinst du?« Sie spitzte die Lippen und legte den Kopf schief, sodass ihre Ponyfransen in die Augen fielen.

»Ach, Liebes, das weißt du doch besser als ich. Du bist nicht der Typ, der seinen Frust mit Sex kompensiert, zumindest nicht mit einem Mann, den du nicht liebst. Du hättest gern wieder einen Partner, oder?«

»Natürlich. Wenn ich einen fände, der passt. Aber der Stress mit Kenichi ist so groß und Theo ... naja ...«

»Ist gut im Bett?«, bot sie an. Mein Mundwinkel zuckte.

»Es ist in Ordnung«, gab ich ihr die gleiche Antwort wie zuvor Claire. Aiko zuckte mit den Schultern.

»Es kann nicht immer die große Explosion geben. Manchmal ist eine passable Nummer besser als die ganze Aufregung, die ein bombastischer orgiastischer Sex mit sich bringt.«

»Meinst du das ernst?«, fragte ich vorsichtshalber, weil sie komisch bei diesen Worten guckte.

»Nein.« Sie griente. »Ich würde immer den Sex bevorzugen, bei dem ich drei Mal komme, als den, bei dem ich an Online-Shopping und Hausarbeit denke.«

»So nichtssagend ist es mit Theo auch nicht.«

»Wäre eine Frau eine Option für dich?« Für sie war das Geschlecht ihres Partners egal.

Ich dachte über ihre Frage nach und schüttelte den Kopf.

»Nein, ich glaube nicht.«

»Dachte ich mir schon, kleine Hete.« Sie lehnte sich zurück. »Ich dachte auch immer, dass Frauen für mich nur eine Abwechslung sind, wenn mir die Schwänze zum Hals raushängen. Oh, komische Formulierung, sorry. Naja, mit Cat ist alles anders, ich glaube, ich war noch nie so verknallt wie in sie.« Sie sah zur Decke. »Manchmal fehlt mir Sex mit Männern, weißt du, aber bei Weitem nicht genug, um etwas deswegen zu unternehmen. Ich glaube, es würde sie verletzen.«

»Sie steht gar nicht auf Männer, oder?«

»Kein Bisschen. Sie akzeptiert meine Neigung zwar, teilt sie aber nicht.« Sie zuckte mit den Schultern. »Also lassen wir uns etwas einfallen, damit ich auf meine Kosten komme. Wozu mache ich schließlich meinen Job? Ich wünsche dir, dass dir bald ein Mann über den Weg läuft, mit dem es klappt. Aber ich bin mir sicher, dass Theo nicht derjenige ist. Dazu ist einfach schon zu viel zwischen euch schiefgegangen.«

Ich nickte und sah auf mein Weinglas. Damit lag sie richtig, aber um mich um Dates zu kümmern, fehlte mir die Zeit und - wenn ich ganz ehrlich war - auch entschieden die Lust.

Am nächsten Tag stand wieder ein Mittagessen auf der anderen Hafenseite an. Die drei warteten ungeduldig auf meine Neuigkeiten und waren erfreut über Theos Besuch am Sonntag. Bis auf eine Sache, die ihnen aufstieß.

»Er ist gegangen und meinte, du könntest ihm am Donnerstag sagen, wie es dir geht?« Sam zog die Augenbrauen hoch. »Ich sag's nicht gern, aber damit hat er sogar noch einen draufgesetzt. Mehr als vögeln solltest du ihn nicht.«

»Das habe ich ja auch nicht vor«, erwiderte ich. Em und Claire nickten bekräftigend.

»Umso besser, das kann nur in Tränen enden. Hast du Nick erreicht?«, fragte Claire. Die anderen starrten mich an.

»Was willst du von Nick?«, fragte Em verdattert. »Einen Ausflug in seinen Keller machen?« Nicks Keller war legendär, in ihm befand sich sein persönlicher SM-Raum, in dem er und Claire sich ihre Zeit vertrieben hatten. Erneut kamen die ungebetenen Fantasien hoch, die mich schaudern ließen.

»Genau. Ich bin gestern aufgewacht und habe mich um hundertachtzig Grad gedreht. Natürlich nicht. Ich möchte ihn als Landschaftsarchitekten für mein Firmengelände engagieren.«

»Und ich dachte schon ...«, murmelte sie und lehnte sich zurück. Dann grinste sie und zuckte mit den Schultern. »Verdenken könnte man es dir nicht, nach dem ganzen Scheiß.«

»Also erstens: Weiterhin nein. Und zweitens würde ich mich mit keinem Mann treffen, der mit einer von euch im Bett war.«

»Ich an deiner Stelle würde die Auswahl nicht so drastisch einschränken, da bleibt ja kaum was übrig.« Sam kassierte einen Rippenstoß von Claire und einen bösen Blick von Em, den sie nicht lange halten konnte.

»Mir wäre das egal, wenn es nicht Curt ist«, versicherte sie. Von Curt hatte sie sich getrennt, weil er sie heiraten wollte.

Ich sah Claire nicken. »Bei mir müsste es nicht Robert sein, aber sonst *keep going, girl*.« Mit Robert war sie ewig zusammen, bis er sie unverhofft abserviert hatte. Das war Jahre her.

Ich schüttelte nachdrücklich den Kopf. »Lieb von euch, aber nein. Mein Treffen mit Nick ist beruflicher Natur und das wird es auch bleiben. Macht euch keinen Kopf.« Machten sie doch, erkannte ich. Offenbar ging jede von ihnen gerade die lange Liste ihrer *Bekanntschaften* auf der Suche nach einem passenden Liebhaber für mich durch.

Das konnte eine Weile dauern und ich würde sicher keinen von ihnen auch nur treffen. Ich hatte mit meinen eigenen Verflossenen genug zu tun.

»Weißt du, Nick ist ein toller Mann«, sagte Sam. Das erinnerte mich daran, dass er schon versucht hatte, Claire davon zu überzeugen, ihm eine Chance zu geben.

»Das bezweifle ich auch nicht. Er ist gutaussehend und sympathisch«, erwiderte ich. »Aber hattet ihr nicht erzählt, dass er deswegen geschieden ist, weil seine Frau es nicht akzeptieren konnte? Das wäre bei mir doch vorprogrammiert. Was soll ich also mit ihm? Da bin ich mit meinem mittelmäßigen Theo-Sex hundertmal besser bedient. Und Nick sicherlich auch.«

Ich schluckte, weil ich zu viel gesagt hatte. Aber es war doch so. Niemals könnte ich es ertragen, wenn der Partner mir nach dem Sex das Gefühl gäbe, ich hätte ihn enttäuscht oder gelangweilt. Sam sah das ein und nickte angesäuert.

»Du hast recht«, mischte Claire sich ein. »Lasst uns Freitag tanzen gehen, dann suchen wir dir jemand frisches aus. «

»Freitag ist meine Weihnachtsfeier.« Sie machte ein betroffenes Gesicht. Die Feier der Kanzlei war vor zwei Wochen. Sie hatten mich eingeladen, was ich gern angenommen hatte, denn ich vermisste meine Mädels aus der Personalabteilung, die sich gefreut hatten, mich zu sehen. Canan, meine Nachfolgerin, machte sich großartig. So gut, dass ich noch wehmütiger wurde, weil ich nicht mehr Teil des tollen Teams war.

»Dann eben am Samstag, das Wochenende hat zwei Nächte«, schlug Em vor, doch ich schüttelte den Kopf.

»Ich habe ein Kind, das sich auch freut, seine Mutter zu sehen«, erinnerte ich meine kinderlosen Freundinnen.

»Was ist mit Kenichi? Möchte er seine Vaterpflichten übernehmen oder ist er immer noch auf seinem Arschlochtrip?«, fragte Em angriffslustig.

»Wir haben noch nicht wieder gesprochen. Er kommt heute Abend vorbei, damit wir das regeln können.« Er hatte sich morgens gemeldet und um das Treffen gebeten. Gestern hatte er seinen Dienst bei der Berufsfeuerwehr aufgenommen.

Ich hätte ihm am liebsten abgesagt, sah aber ein, dass es sein musste. Jetzt, wo er wieder hier war, konnte ich ihm seinen Sohn nicht vorenthalten und wenn alles gut lief, konnte er mich unterstützen und entlasten. Das Mindeste, was er tun konnte, nach der ganzen Scheiße, die er abgezogen hatte.

»Wie läuft es in der Kanzlei?«, fragte ich, um das Thema zu wechseln. Ich hatte keine Lust mehr, über mich zu sprechen.

Em zuckte mit den Achseln und richtete ihre Ponyfransen. »Derselbe Irrsinn wie sonst: Die Anwälte haben Wünsche, die ihnen nur ein Flaschengeist erfüllen kann und die Buchhaltung macht mir deswegen die Hölle heiß.«

Sam, a.k.a. die Buchhaltung, nickte bestätigend. »Genau. Aber es herrscht eine komische Stimmung, oder wie siehst du das, Liebste?« Claire nickte.

»Seit einiger Zeit haben wir Buchungen, die wir nicht richtig zuordnen können. Falsche Fallnummern, unpassende Summen, die nicht zu den Rechnungen passen. Keine Ahnung, welcher Rechtsanwalt da Mist baut, sie kommen aus unterschiedlichen Teams und der Verwaltung. Harry sammelt sie gerade und will das mit Bitter besprechen, aber dafür sehe ich schwarz.«

Wie immer, wenn sie über den Mann sprach, der auf dem Platz saß, den sie verdient hätte, wurde ihre Stimme dunkler und kratziger. Egal was sie sagte, sie hatte diese Niederlage noch längst nicht überwunden.

»Ich kann mich nicht erinnern, dass es solche Ungereimtheiten zu Zeiten der Drachenfrau gegeben hat«, meinte ich.

Em schnaubte, doch Sams und Claires Gesichter waren ernst. »Da gab es sie auch, aber sie hat sowas innerhalb weniger Tage aufgeklärt. Harry müsste dazu seinen Kopf aus den Ärschen der Partneranwälte ziehen«, sagte er kopfschüttelnd.

»Unglaublich, dass wir der Drachenfrau hinterher trauern.«

»Kein Wunder, bei dem Istzustand«, murmelte Claire bitter und Em legte den Arm um sie.

Die Rechnung kam und ich musste mich beeilen, um die Fähre zu bekommen, der nächste Termin wartete auf mich. Während der Fahrt fragte ich mich, ob ich die Kanzlei noch vermisste oder froh sein sollte, dass ich mich mit Harry als Vorgesetzten nicht herumschlagen musste.

Es hatte beides seine Vor- und Nachteile, entschied ich, doch für mich überwogen die Vorteile. Fürs erste hatte ich genug andere Baustellen, um die ich mich kümmern musste.

Den Abend verbrachte ich in Nervosität. Ich wusste nicht, was mich erwartete. Glaubte Kenichi immer noch, dass ich ihm eine zweite Chance gab, nachdem er alles getan hatte, um sämtliche Brücken einzureißen? Warum? In den vergangenen zehn Monaten hatten wir kaum ein Wort gewechselt und wenn, war JP dabei, sodass ich mich zurückhalten musste.

Mein Sohn war ebenfalls unruhig. Er wusste, dass sein Vater vorbeikam, und ich sah seine Hoffnung, dass wir uns heute Abend vertrugen und wieder eine Familie wurden.

Konnte ich so selbstsüchtig sein und meinen Mann abweisen? Oder gab es, wenn ich meinen Stolz hinunterschluckte, eine Möglichkeit, unsere Ehe zu retten?

›Nein‹, dachte ich und ein schlechtes Gewissen breitete sich in mir aus, das mir fast den Atem nahm. ›Was passiert ist, wiegt so schwer, dass ich nicht wüsste, wie ich ihm je wieder vertrauen soll.‹

Es klingelte und JP sprang auf, um Kenichi hereinzulassen. Er hatte den Schock schnell überwunden, der Glückliche.

Ich setzte mich an den Esstisch. Ich wollte Ken nicht auf meiner Couch haben, auf der vor kurzem noch Theo nach unserem Dielensex gesessen hatte.

Theo ... Mit ihm war es nicht auch einfach und genauso zukunftslos wie meine Ehe.

»Sonja?« Er stand im Türrahmen und ich nickte ihm zu.

»Ich spiele in meinem Zimmer«, verkündete JP und verschwand. Kenichi ließ sich auf einem Stuhl nieder.

»So, wie du hier sitzt, fühle ich mich wie vor Gericht«, sagte er angespannt. Ich lächelte nicht, sondern wartete ab, was er zu sagen hatte. »Ich habe in den letzten Tagen viel nachgedacht«, fing er an. »Über alles, was im vergangenen Jahr passiert ist und wie es dazu kommen konnte. Ich weiß jetzt, dass auch mich ein großer Teil der Schuld trifft.«

Auch mich.

Also war er in dem Glauben gefahren, dass alles nur meine Schuld sei. Mir kam die Galle hoch und meine Hände verkrampften sich an der Tischplatte.

»Wie schön, dass du am Ende zu dieser Erkenntnis gelangt bist«, erwiderte ich eisig. »Mir kam sie schon deutlich eher. Ich glaube, das war, als ich plötzlich alleinerziehend war und mein Leben komplett umkrempeln musste, weil mein Mann feige abgehauen ist.«

Er biss sich auf die Unterlippe und ich atmete tief ein.

›Nicht ausflippen‹, ermahnte ich mich selbst. »Wer schreit, hat unrecht, außerdem könnte JP mich hören.‹

»Genau wegen dieser Art ist es erst so dermaßen eskaliert«, eröffnete er mir. Ich ballte die Hände zur Faust.

»Es ist zu spät, um diese Sachen durchzukauen.« Meine Stimme war kalt wie Eis. »Unsere Ehe ist tot, nicht mehr zu retten. Ich habe die Scheidung eingereicht und es wäre hilfreich, wenn du unterschreibst, damit wir dieses Kapitel hinter uns bringen können. Außerdem sollten wir uns überlegen, wie du deine Vaterpflichten erfüllen kannst. Das ist das Einzige, was ich von dir will.«

Sein schmaler Mund zuckte und seine Augen verengten sich. Er hasste es, wenn ich so mit ihm sprach, aber das war die einzige Möglichkeit, um ihn zur Einsicht zu bewegen.

»Ich bin nicht hier, um mich scheiden zu lassen.«

»Weswegen dann?«

»Ich möchte wieder mit dir zusammen sein.«

»Warum? Weil du meine Art so schätzt? Weil du unser gemeinsames Leben so vermisst hast?«, fragte ich beißend. Sein Augenlid zuckte, ein untrügliches Zeichen dafür, dass wir kurz vor einer Eskalation standen.

»Weil ich meinen Fehler einsehe«, sagte er gepresst. »Und verstanden habe, dass ich viel dafür tun kann, dass es dieses Mal funktioniert. Du müsstest natürlich aufhören, deinen Neuen zu sehen ...«

»Wie bitte?« Ich traute meinen Ohren nicht.

»Ich konnte nicht erwarten, dass du auf mich wartest, immerhin bist du eine schöne Frau, aber ...« Sein Mund verzog sich. »Ich war irritiert, als ich erfahren habe, was du alles getrieben hast. So hätte ich dich nicht eingeschätzt.« Ich blinzelte und wusste nicht, was ich sagen sollte. Langsam schüttelte ich den Kopf. Ich hätte wissen müssen, dass mir meine unbedachte Bemerkung von Samstag auf die Füße fallen würde.

»Wovon redest du?«

Er schnaubte. »Na, von deinen Männergeschichten, natürlich.« Mir wurde schlecht. »Aiko musste mir auf die Nase binden, dass du sofort, als ich weg war, mit dem erstbesten Typen in die Kiste gesprungen bist und danach noch einige folgten.«

Ich würde Aiko umbringen!

Natürlich wusste ich, warum sie ihm davon erzählt hatte. Aus demselben Grund hatte ich die Bemerkung ja auch gemacht. Aber meine Schwägerin neigte zu Übertreibungen und hatte sicher nichts davon gesagt, dass es genau drei Männer während der zehn Monate waren, Theo ausgenommen.

Ja, drei mehr als mir lieb war, aber *nur* drei, diese Zahl hatte Em während ihrer Curt-Verdrängungsphase innerhalb einer Woche geschafft. Und mit einem von ihnen hatte ich mich einige Male getroffen, bis der Stress in der Firma zu groß wurde.

»Das geht dich nichts an«, zischte ich. »Und ich glaube nicht, dass du in Japan enthaltsam gelebt hast, also bitte.« Sein Gesicht sagte mir alles, was ich wissen musste. »Und wenn ich jemanden sehen will, um ihn zu vögeln, dann tue ich das, denn ich bin Single, verstehst du?«

»Bist du nicht, du bist verheiratet«, versetzte er.

»Auf dem Papier. Und solange ich Theo ...«

»Theo?«, fuhr er auf und wurde blass. »Du siehst *Theodor Sternhagen?*« Diese Information hatte ihm offenbar gefehlt. *Fuck.*

»Sonja, bist du verrückt geworden? Das kann nicht dein Ernst sein! Mich weist du ab, aber den Typen, der dich nach Strich und Faden belogen und betrogen hat, lässt du ran?«

»Fragt sich, welcher Fehltritt in Summe schwerer wiegt«, erwiderte ich und verkrampfte meine verschlungenen Finger. Er rückte näher und brachte sein Gesicht vor meines. Ich zuckte zurück, als er seine Finger auf meine Hand legte.

»Lass mich fürs Erste eins sagen: Es tut mir leid und ich werde nie wieder so einen Mist bauen, So-Chan. Das verspreche ich dir. Ich werde dir beweisen, dass du dich auf mich verlassen kannst, dass ich dich unterstütze. Du wirst sehen, es kann mit uns wieder funktionieren.« Er stand auf und ging nach nebenan ins Kinderzimmer.

Ich blieb wie betäubt sitzen und starrte auf meine Hände. In mir stritten tausend Gefühle, eins verwirrender als das andere.

Als JP später zu mir kam, um mir Gute Nacht zu sagen und seine Hoffnung äußerte, wir würden uns vertragen, überwog das schlechte Gewissen.

Erwartungsgemäß entrüstet fiel das Echo auf dieses Treffen am Mittwochabend aus, als ich mich mit meinen Freunden im *Rosenbergs* traf und ihnen davon berichtete. Keiner von ihnen konnte fassen, wie dreist er war. Und wie wenig er verstand, was er mir angetan hatte.

Aiko entschuldigte sich reuig für ihren Fehltritt, doch zu meiner Überraschung nahmen die anderen sie in Schutz.

»Gut gedacht, nicht gut gemacht«, meinte Sam. »Aber es hat ihn zum Nachdenken gebracht, also *well done*, Dildofee.«

Aiko grinste ihn frech an. »*Arigato*. Ich musste wenigstens versuchen, meinem Bruder Feuer unterm Hintern zu machen. Scheint funktioniert zu haben.« Sie sah mich an. »Ich wollte allerdings nicht, dass er auf diesen Trichter kommt. Tut mir leid, Sonni.«

»Schon gut, wenn es nicht das gewesen wäre, hätte er sich was Anderes einfallen lassen«, winkte ich ab. »Was gibt es sonst Neues? Vielleicht etwas Erbauliches?«

»Wie erbaulich findest du das: Gestern hat Lukas einen persönlichen Rekord aufgestellt und mich sechs Mal kommen lassen«, bot Em an. »Wenn ich ihn lasse, ist er kreativ mit nahezu jedem Körperteil, das sich dazu eignet.«

»Ich habe das Gefühl, dass du ihn in Zukunft öfters lassen wirst, oder?«, fragte Sam. Em wackelte mit den Augenbrauen.

»Darauf kannst du dich verlassen. Er trifft den richtigen Punkt zwischen versaut und ernsthaft, ansonsten müsste ich darüber lachen, was er mit mir veranstaltet. Zumal er sich Namen einfallen lässt und meint, er würde einen Bestseller darüber schreiben. Ich mag ›Em auf der Klippe‹, hat was mit dem Fußteil des Betts zu tun.«

Jetzt musste ich lachen. Em hatte schon viel Unsinn beim Sex veranstaltet. Von Blowjobs beim Autofahren über im Restaurant auf der Toilette erwischt zu werden, bis zum Zertrümmern von Mobiliar war alles dabei. Die anderen standen ihr darin in nichts nach, auch sie hatten schon die haarsträubendsten Geschichten erlebt.

Wobei Claires Geschichte, wie sie und Ben es in einem Motorboot zwischen den Grachten der Alsterkanäle getrieben hatten, prickelnd war. Das hätte ich mich nie getraut.

Ich konnte mich nicht an Sex außerhalb einer sicheren Umgebung wie der Wohnung oder einem Hotelzimmer erinnern. Wenn man von dem einen Mal in einer Umkleidekabine im Wellnessbereich eines Hotels absah.

Jetzt fühlten sich die anderen animiert, ihre letzten Bettgeschichten zum Besten zu geben. Ich musste versprechen, sie nicht zu vergessen, wenn ich mich mit Theo traf.

»Es dir zu besorgen ist das Mindeste, was er für dich tun kann«, sagte Aiko und die anderen nickten bekräftigend.

»Das werde ich ausrichten«, erwiderte ich lächelnd.

5. Kapitel

Vor meinem Treffen mit Theo am Donnerstagabend stand am Nachmittag noch der Termin mit Nick an.

Über Mittag hatten Vincent und ich einen Kundentermin, weswegen ich das Essen mit meinen Freunden absagte. Ich wühlte mich gerade durch einen Stapel Papier, als es klopfte.

»Sonja?« Iris stand in meiner Tür. »Hier ist Herr Aschenfeld für dich.«

Ich warf den Papierstapel um und starrte die Blätter finster an, als sie zu Boden fielen. Dann sprang ich auf.

Einen Empfang hatten wir nicht, aber die Verwaltung war ausgeschildert und Nick hatte sie offenbar gefunden.

Er stand in einem dunklen Parka vor Iris' Schreibtisch. Mama hatte sich richtig erinnert: er war attraktiv mit seinen dunklen Haaren, die an den Schläfen ein paar helle Strähnen zeigten, dem breiten Kinn und hohen Wangenknochen.

»Hallo Nick, schön, dass du da bist«, sagte ich warm und reichte ihm die Rechte, die er mit einem festen Händedruck ergriff. »Iris hast du ja schon kennengelernt. Wollen wir gleich nach draußen gehen?«

»Gern«, erwiderte er freundlich, während ich mir dazu gratulierte, die Begrüßung ohne seltsame Bemerkungen über die Bühne gebracht zu haben. Iris beobachtete uns genau, als ich meine Daunenjacke anzog und Nick hinaus führte.

»Ich habe schon gesehen, dass hier einiges an Arbeit auf mich zukommt«, sagte er, als wir auf den Hof traten. Der Asphalt war uralt und rissig, an manchen Stellen hatte er Löcher und die wenigen Beete waren verwildert.

»Das stimmt. Es ist quasi eine frei bespielbare Fläche für dich.« Ich wandte stur den Blick ab. ›Warum tust du das?‹

»Das kommt darauf an, was du dir vorstellst und dir gefällt«, erwiderte er und ich drehte mich unwillkürlich zu ihm um. Seine braunen Augen umspielte ein Lächeln.

Machte er sich über mich lustig?

Eigentlich machte er nicht den Eindruck, aber wer konnte das mit Sicherheit sagen? Seine Stimme war zumindest ruhig und freundlich. Ich konnte nicht einmal sagen, ob er Sympathie für mich übrighatte, während mir immer heißer wurde.

Vor Scham.

›Was ist bloß mit dir los?‹, fragte ich mich genervt. ›Frag ihn doch gleich, ob er einen Lack-Schlüpfer unter seiner Jeans trägt und wann er das letzte Mal einen Hintern zum Glühen gebracht hat. Diese ganzen dämlichen Sexgeschichten beeinträchtigen deinen gesunden Menschenverstand. Du benimmst dich wie ein Idiot. Komm klar und zieh durch, verdammt.‹

Das half.

Ich kühlte mich ab und schaffte es, mich zu straffen.

»Ich kenne mich nicht so gut aus und würde ... das Grundstück in deine Hände legen.« Gerade noch gerettet. »Du bist der Profi und wenn du eine gute Idee hast, bin ich ganz Ohr.« Na also, ich war ja noch da.

Er ließ den Blick schweifen. »Ich würde die Parkplätze lockerer verteilen und den Fokus auf grüne Unterbrechungen setzen. Vielleicht auch ein Blickfang in der Hofmitte, in den wir dein Firmenlogo einbauen können. Ihr arbeitet hauptsächlich mit Holz, oder? Das sollten wir aufgreifen und inszenieren, damit die Gäste gleich wissen, was sie erwartet.«

»Ja, im Moment liegt eher im Verborgenen, was wir zu bieten haben«, sagte ich nickend. Seine Augen bohrten sich in meine.

Ich fühlte mich wie erstarrt.

»Das hat seinen Reiz, aber nicht für diesen Hof.« Seine Stimme vibrierte in meinem Körper.

Mist, schon wieder brachte er mich aus dem Konzept. Das durfte doch nicht wahr sein. Ließ ich mich von seinem Aussehen und den Sexgeschichten von Claire so aus der Fassung bringen?

Aber es schadete nicht, wenn wir ein bisschen flirteten, das machte das ganze interessanter. Ich musste mich nicht wie ein Dummchen verhalten.

Ich riss mich zusammen und erwiderte diesen Blick mit einer Kühnheit, die ich nur zu gern empfunden hätte.

Fake it 'till you make it lautete die Devise.

»Du hast recht, dieser Hof darf seine Geheimnisse preisgeben. Dein Vorschlag klingt gut. Ich zeige dir den Hinterhof. Er ist nicht groß, aber ich würde gern eine Terrasse anlegen lassen, wo wir im Sommer grillen können.«

»Hast du ein Budget für mich, bevor die Fantasie mit mir durchgeht?« Nette Vorlage, auf die ich nicht eingehen würde.

Ich nannte ihm die Summe, die ich mit Vincent vereinbart hatte und er nickte zufrieden. »Damit sollten wir etwas schönes aus diesem Grundstück machen können. Wenn du mir den Auftrag erteilst, natürlich.«

»Ich habe keinen anderen Landschaftsarchitekten angefragt«, gab ich zu. Seine Augen funkelten.

»Riskant. Ich könnte dich über den Tisch ziehen.«

Nackt?

Was?

»Sollte ich mir darüber Sorgen machen?«

»Ich könnte dir versprechen, es nicht zu tun.« Er flirtete mit mir. Mein Mund verzog sich. Ich hatte damit angefangen, also konnte ich weitermachen. Langsam gefiel es mir, es war wie ein Spiel.

Und jetzt, wo ich das wusste, wurde es leichter und nicht so peinlich.

»Und auf dein Wort kann ich mich verlassen?«

»Sonja, auf mein Wort ist hundertprozentig Verlass. Ich gebe niemals ein Versprechen ab, das ich nicht halten kann.« Etwas blitzte in seinem Gesicht auf, das ich nur aufgrund meiner Vorkenntnisse als die Dominanz identifizieren konnte, die Claire beschrieben hatte. Sie war nicht bedrohlich, trotzdem erreichten wir jetzt einen Punkt, an dem ich mich unwohl fühlte.

Ich beeilte mich, in den Hinterhof zu kommen, wo sich die Raucherecke befand. Auch dieser Teil war trostlos und das lag nicht nur an dem grauen Dezemberwetter.

Hinter mir hörte ich seine Schritte, dichtauf. Vor meinem geistigen Auge tauchte die Erinnerung an ihn und Claire in der Garderobe wieder auf. Ich hatte sie gestört, keine Ahnung, was er sonst noch mit ihr gemacht hätte.

Musste er auch daran denken, wenn er mich sah?

Schnell beschrieb ich, wie ich mir die Neuerungen vorstellte. Er machte ein paar Vorschläge, die mir gefielen.

»Dann habe ich alles erfahren, was ich fürs erste wissen muss.«

Damit hatte ich nicht gerechnet. »Tatsächlich?«

»Ja. Ich vermesse noch die Flächen, aber dabei brauchst du mir keine Gesellschaft zu leisten. Dir ist sicher kalt, oder?«

Nein, doch ich wusste nicht, was ich sagen sollte und es gab keinen Grund, warum ich ihm bei der Arbeit zuschauen sollte.

»Ich würde noch aushalten, aber ich will dich nicht stören. Wie verbleiben wir?«

»Ich erstelle eine Planung, die wir zusammen durchgehen. Wenn das für dich klar geht, warten wir, bis es keinen Bodenfrost mehr gibt, damit mein Team und ich mit den Erdarbeiten anfangen können.« Er trat an mich heran. »Das dauert ein paar Tage, aber wenn dir noch etwas einfällt, melde dich gern.«

Ich nickte und ergriff seine Hand, die er mir hinhielt, dabei machte ich eine ungeschickte Bewegung nach vorn und taumelte gegen ihn.

Er küsste mich zur Verabschiedung auf beide Wangen.

»Ich freue mich, dass du mich angefragt hast, Sonja. Ich glaube, das wird ein spannendes Projekt.«

Bei dem Wort Projekt schwang ein eigenartiger Tonfall mit, um den ich nicht gebeten hatte. Er sollte den Flirt nicht zu ernst nehmen, denn mein Kopfkino verselbstständigte sich gerade.

Wieder sah ich die Garderobe vor meinem geistigen Auge. War Claire für ihn auch ein Projekt gewesen?

Nun ja, sicher keins mit Bodenarbeiten.

Mein Gott, Sonja, bist du dämlich. Und komplett infantil.

Ich war überarbeitet und müde. Ich sollte heute Abend dringend Sex haben, nur darauf konnte ich diesen Blödsinn zurückführen. Ich atmete tief ein und schenkte ihm ein Lächeln. Er konnte nichts dafür, dass ich auf mein Leben nicht klarkam.

»Bestimmt. Nochmals danke, dass du dir so schnell die Zeit dafür genommen hast. Ich freue mich schon auf den Entwurf. Wenn du noch etwas brauchst, ich bin in meinem Büro.«

Er nickte und ich machte, dass ich ins Gebäude kam. War doch nicht so schwer, wenn ich ihn als das behandelte, was er war: ein externer Dienstleister, den ich erfreulicherweise privat kannte und der mir sicher ein gutes Angebot machen würde. Und den ganzen anderen Kram würde ich einfach vergessen. Die Sache mit ihm und Claire war vorbei, es gab keinen Grund für mich, ewig daran festzuhalten.

Auf dem Weg fing Iris mich ab. »Sonja, in mein Büro!«, rief sie mit scherzhafter Strenge, die ich ihr meist durchgehen ließ. Ich stellte mich in den Türrahmen und nahm dankend die Tasse

Kaffee an, die sie mir reichte. »Sag mir bitte, dass er dich nach einem Rendezvous gefragt hat!«, sagte sie aufgeregt und ihre Halsketten klickten. »Solche Männer sind immer vergeben, aber er trägt keinen Ehering.«

»Iris, oh Gott, worauf du achtest ...«, sagte ich kopfschüttelnd. Sie zuckte mit den Schultern.

»Wäre ich nicht seit dreißig Jahren verheiratet, würde ich ihn daten. Aber du hast doch alle Möglichkeiten.«

»Lieb von dir, aber ich sehe schon jemanden.« Ich biss mir auf die Unterlippe. Es ging niemanden etwas an, dass ich Theo sah, mit dessen Firma wir geschäftliche Beziehungen hatten. Niemand aus der Belegschaft musste das wissen und auch Vincent war nicht eingeweiht.

Außerdem würde ich ihn heute sehen. Ich war empfindlich wegen Kenichi, der nächsten männlichen Baustelle in meinem Leben. Ich sollte mich auf ihn konzentrieren und mir nicht den Kopf über Typen mit Folterkammern im Keller zerbrechen, das war nichts für mich. Allein der Gedanke an solche Praktiken turnten mich dermaßen ab, dass mir alles verging.

Im Sommer hatte ich gesehen, was Nick bei seinen ›Sessions‹ mit Claire gemacht hatte. Die Striemen, die er verursachte, waren kein bisschen sexy. Definitiv war das nicht meine Szene.

Iris schien noch etwas sagen zu wollen, ihre Augenbrauen hatte sie schon angehoben, doch dann besann sie sich und lächelte. »Das wusste ich nicht. Aber falls es mit dem anderen nicht klappt, solltest du dir Herrn Aschenfeld warmhalten.«

»Ich behalte ihn im Hinterkopf«, log ich zwinkernd.

Vincent kam von seinem Kundentermin und Iris zog sich an ihren Schreibtisch zurück. »Ich habe noch kurz mit dem GaLa-Bauern gesprochen. Er sagte, die Umsetzung sollte kein Problem sein, unser Budget ist gut kalkuliert. Ist das der, den du über deine Freundin kennst?«

»Ja genau«, erwiderte ich. »Das glaube ich auch, ich habe ein gutes Gefühl dabei.«
Und darauf kam es ja schließlich an.

Heute Abend war JP das erste Mal bei Kenichi in dessen neuer Wohnung, um dort zu übernachten. Nachdem beide mir hoch und heilig versprachen, es würde kein Problem damit geben, dass er morgen rechtzeitig zur Schule kam, erlaubte ich es.
So konnte ich endlich meine Eltern entlasten und musste kein schlechtes Gewissen haben, wenn ich mich mit Theo traf. Kenichi hatte mich offensiv gefragt, ob es sich bei meinem Termin um ihn handelte. Ich war dem nahenden Streit nur entgangen, weil ich viel zu schnell abhaute.
Ich wollte es für uns alle nicht noch schwerer machen, als es schon war. JP sollte uns nicht streiten sehen und mitbekommen, wie schlecht das Verhältnis war. Er würde einen guten Abend mit seinem Vater verbringen und sich daran gewöhnen, wie es war, dass sich beide Elternteile wieder um ihn kümmerten, wenn auch an verschiedenen Orten.
Ich war bereit, Kenichi auf einer neutralen Basis gegenüberzutreten, damit wir die Erziehung gemeinsam hinbekamen. Dafür würde ich meinen Stolz zügeln, der ihn immer, wenn wir uns sahen, dafür büßen lassen wollte, was er uns angetan hatte.
Doch wenn es eins in letzter Zeit zu viel gegeben hatte, dann Sorgerechtsstreits und das wollte ich meinem Kind nicht antun. Ich würde meinem Sohn vernünftige Eltern ermöglichen, die sich beide um ihn kümmerten.
Ich kam zuhause an und suchte in meinem Schrank nach einem Outfit für heute Abend. Dabei merkte ich, dass ich auf den Restaurantbesuch nicht die geringste Lust hatte. Am Sonntag hatten wir uns einfach bei mir getroffen, warum nicht heute?
Ich rief Theo an.

»Ich habe keinen Hunger«, gestand ich ihm.

»Dann willst du dich heute nicht mit mir treffen?« Er missverstand mich.

»Im Gegenteil. Ich habe einfach nur keinen Appetit - aufs Essen.« Es dauerte ein paar Sekunden, dann hatte er es.

»Ich komme direkt zu dir. Wo ist Jan-Philipp?« Mein Sohn wusste nichts von Theo und das war auch besser so.

»Bei seinem Vater.«

»Ich bin in einer halben Stunde da.«

Aufregung machte sich in mir breit. Was sollte ich vorbereiten? Dieses Mal hatte ich Zeit dazu.

Fürs Erste sprang ich unter die Dusche und wusch die Reste des Tages ab, dann stand ich in mein Handtuch gewickelt vor meinem Schrank und nagte an meiner Lippe. Ich hatte nichts, was als halbwegs sexy durchging. Wozu auch? Während meiner Ehe hatten wir damit rechnen müssen, von JP unterbrochen zu werden und seit Kenichis Abgang fehlten mir auch noch die letzten Anlässe.

Ich sah an mir herab. Dann würde ich eben im Handtuch bleiben. Er würde sofort erraten, dass ich darunter nackt war, also war es aufreizend genug.

Es klingelte, als ich gerade eine Flasche Wein öffnete. Ich beeilte mich, ihm zu öffnen. Als er mich sah, verzog sich sein Mund zu einem Lächeln.

»Du hast recht, mir steht der Sinn auch nicht nach einem steifen Essen. Gut, dass du angerufen hast.« Er küsste mich und strich mit den Fingerspitzen über den Rand meines Handtuchs. Ich bekam eine Gänsehaut auf den Oberschenkeln, als er mich näher an sich heranzog.

Ich spürte eine Berührung zwischen den Schenkeln, zart und tastend, und schloss die Augen. Undeutlich bekam ich mit, dass er mich ins Schlafzimmer zog, dann lag ich auf meinem Bett.

Das Handtuch klaffte an meinen Schenkeln auseinander. Bevor ich es zusammenziehen konnte, griff er nach meinen Knien, drückte sie auseinander und senkte seinen Mund auf meinen Schambereich.

Damit hatte ich nicht gerechnet und war so überrumpelt, dass ich laut aufstöhnte, als seine Zunge meine Haut berührte. Er machte weiter, die Hände fest auf die Innenseite meiner Schenkel gelegt und leckte mich nachdrücklich. Es fühlte sich so gut an, dass ich die Augen schloss und mich hingab.

Ein Bild formte sich vor meinem geistigen Auge, das ungebeten kam: Theos blondes Haar wich plötzlich dunklem und braune Augen beobachteten mich. Er presste sein Gesicht an diese heiße Stelle, die nach seiner Zuwendung schrie.

Ich stellte mir vor, wie er weiter ging, als Theo es jemals wagen würde. Dinge mit mir anstellte, so verrucht, dass ich selbst erschrocken darüber war.

Ich kam nach kurzer Zeit, viel schneller als sonst. Unter ihm bäumte ich mich auf und presste die Hände auf den Mund, um nicht loszuschreien. Gleichzeitig machten sich meine Bein- und Bauchmuskeln selbstständig und zuckten unkontrolliert unter seinem Mund. Ein Schluchzen entkam mir und ich warf den Kopf zur Seite, versuchte, Luft zu bekommen.

Langsam klärte sich meine Sicht. Am Fußende des Betts saß Theo mit zufriedenem Gesicht und streichelte mit dem Daumen meine Klit. Unter dem Stoff seiner Anzughose zeichnete sich eine deutlich sichtbare Beule ab. Auch ihn hatte das Vorspiel erregt und ich wollte, dass er weitermachte.

Ich kam auf die Knie und rutschte an ihn heran. Das Handtuch fiel über meinen Schenkeln zusammen, als ich mich vorbeugte, seinen Krawattenknoten aufzog und erst die Knöpfe seines Hemdes und dann den Verschluss seiner Hose öffnete. »Du bist heute ja richtig wild«, flüsterte er in mein Ohr und erschauderte unter meinen Händen, als ich sie um seine Erektion schloss. Ich verkrampfte mich und kämpfte gegen mein Schamgefühl, das forderte, mich wie eine Lady zu benehmen.

›Scheiß drauf!‹, sagte ich mir und massierte seine Eichel, was ihm ein Zischen entlockte. ›Ich tue nur, was uns beiden gefällt.‹

Mein Blick fiel hinab, doch mir fehlte der Mut, um weiterzugehen. Ich konnte Blowjobs nicht leiden, weil mir nach kurzer Zeit der Kiefer wehtat. In der Regel mied ich sie, aber gerade hatte ich Lust darauf. Seine Spitze glänzte feucht, doch ich konnte nicht mit meiner Zunge darüber streichen, ohne eine Erwartung in ihm zu wecken, der ich nicht gerecht wurde. Einen Samenerguss in meinem Mund fand ich abturnend.

›Dann eben anders‹, entschied ich und schwang mein Bein über ihn, sodass ich auf seinem Schoß saß. Er griff nach dem Handtuch und zog es auseinander, sodass er meinen Unterleib entblößte, überlegte es sich anders und riss es herunter. Ich schauderte, als mein Körper nackt war und er seinen Mund auf meine Brüste senkte. Hart schlossen sich seine Lippen um meine Brustwarze und saugten daran.

Ich holte zitternd Luft, als er meine Hüften umfasste und sich unter mir in Position brachte. Sanft fuhr er durch die Feuchtigkeit, verrieb sie und zog mich herab. Wimmernd presste ich die Lippen zusammen, als er tief in mich eindrang und meine Nerven in Schwingungen brachte. Dies war der beste Sex, den wir beide jemals hatten. Ich schloss die Augen, gab mich seinen Berührungen hin, genoss seine Hände auf meinen Hüften, die mich packten und langsam auf und ab zu bewegen.

»Sonja«, flüsterte er heiser in mein Ohr. Ich warf den Kopf zurück, als er seine Fingerspitzen an meiner Wange hinab über meinen Hals hinunter zu meinen Brüsten wandern ließ. Er sollte weitermachten, mit mir sprechen und mir ins Ohr flüstern, was er alles mit mir machen würde.

Wie er mich erneut kommen lassen und es mir besorgen würde. Stattdessen fuhr seine Zunge über meine Ohrmuschel und verursachte heiße Schauder, die meine Wirbelsäule hinabliefen. Seine Finger kneteten meine Pobacken, immer fester, wie ich erschrocken feststellte. Das kannte ich so von ihm nicht. Es schien, als verlören wir zusammen langsam aber sicher die Beherrschung und es gefiel mir. Wir verließen die ›in Ordnung‹-Zone und näherten uns einer Güte von Sex, die ich mir gewünscht, aber nicht für möglich gehalten hatte.

Ich wollte mehr davon.

Er erhöhte das Tempo und erzeugte eine Reibung zwischen uns, die mich aufkeuchen ließ. Warum hatten wir uns mit der Missionarsstellung zufriedengegeben?

Meine Hände verkrampften sich an seinen Schultern, als sich ein heißes Kribbeln in meinem Unterleib ausbreitete.

›Ja!‹, dachte ich. ›Bitte mach weiter! Hör nicht auf!‹

Mein Atem beschleunigte sich, bis nur noch mein heiseres Keuchen zu hören war, das sich mit seinem Stöhnen vermischte. Kam es mir nur so vor, oder war er heute lauter und ungehemmter als sonst?

»Oh Gott, Süße, du machst mich so geil«, stöhnte er und sein Griff wurde noch fester. Röte schoss in meine Wangen. War ich eine Frau, die einen Mann geil machte?

›Blende das aus‹, sagte ich mir. ›Genieß den Sex.‹

Die braunen Augen kehrten zurück. Ihm würde sicher etwas Erotischeres einfallen, etwas Tieferes, Dunkleres, das mich eher anturnte als ein stumpfes ›geil‹.

Oh Gott, was dachte ich mir bloß? Doch die Vorstellung erregte mich dermaßen, dass ich Theo beinahe vergaß und mich nur noch auf seine Stöße konzentrierte, auf die Reibung, die er in mir erzeugte. Ein Seufzen entwich meinen Lippen, bevor ich es unterdrücken konnte und es war mir egal.

»Ja!«, keuchte ich und kniff die Augen noch fester zusammen, um meine Fantasie nicht zu verlieren, in der raue Hände über meine erhitzte Haut glitten.

Theo gab einen erstickten Laut von sich und kam unter mir. Er presste seine verschwitzte Stirn an meine Schulter und holte zischend Luft. Scham stieg in mir hoch und ich sah stur an die Wand hinter seinem Rücken, brauchte einen Moment, um runterzukommen. Ich sah Theo ins Gesicht, bevor ich ihn küsste.

»Das war sehr schön«, wagte ich zu sagen.

Er schlang lächelnd die Arme fest um meine Taille. »Fand ich auch. Ich mag dein wildes Ich beim Sex, das hättest du mir gern schon früher zeigen können.«

Mein wildes Ich?

Ich wusste nicht, was ich sagen sollte, also küsste ich ihn erneut. »Ein Glas Wein?«, bot ich an. »Wir könnten uns Essen liefern lassen.«

»Gern. Und dann werde ich es dir noch einmal besorgen, meine Süße.« Ausgesprochen klang es nicht so sexy, wie ich es mir vorgestellt hatte. Dennoch hatte ich keine Einwände gegen eine zweite Runde nach dem Essen. Verlegen hangelte ich nach meinem Handtuch und schlang es mir um den Körper, bevor ich meinen Morgenmantel überzog.

Hinter mir entsorgte Theo das gebrauchte Kondom und richtete seine Kleidung, während ich in die Küche ging. Hier stellte er sich dicht hinter mich, fuhr mit den Fingern über meinen Körper und löste unter dem Mantel den Knoten des Handtuchs, sodass es zu Boden fiel. Mein Blick zuckte hinunter. Meine Brustwarzen zeichneten sich durch den dünnen Stoff ab.

»Das gefällt mir noch besser«, raunte er in mein Ohr und nahm mir das Weinglas ab. Gänsehaut breitete sich auf meinen Armen aus, als er einen Tropfen über meinen Hals laufen ließ und ihm mit der Zunge folgte. »Ich weiß nicht, ob ich bis nach dem Essen warten kann.« Er zog mich dicht an sich, so dicht, dass ich jeden Zentimeter seines Körpers spürte.

So merkte ich, dass er durchaus noch etwas Zeit brauchen würde. Im gleichen Moment stellte auch er diesen Zustand fest und lächelte entspannt.

»Andererseits ist der Abend noch jung, also, worauf hast du Appetit?«

6. Kapitel

Am Freitag kam ich kaum zu Atem.

Die Vorbereitungen für die Weihnachtsfeier liefen und meine Eltern waren den ganzen Tag im Betrieb, um Vincent und mir zu helfen. Ich wusste, sie meinten es gut, doch sie hielten uns auf und wollten Änderungen, für die uns keine Zeit mehr blieb.

Ich ahnte, wie Em sich fühlte, wenn sie Events für die Kanzlei organisierte und die Anwälte keine Ruhe gaben.

Obwohl ich mich auf die Feier freute, verfolgte ich mit Wehmut die Aktivitäten in unserer Chatgruppe, in der die anderen ihren Abend planten. Sie würden tanzen gehen, nur Sam, Claire und Em. Ich wäre gern mitgegangen, solche Abende waren rar.

Nachdem es gestern gut mit JP und Kenichi geklappt hatte, erlaubte ich ihnen, den Abend gleich zu wiederholen. So musste ich Aiko nicht bitten, als Babysitterin einzuspringen.

Ich war zwar froh, dass meinem Kind die Ungewissheit genommen war, doch als ich in die leere Wohnung kam, fühlte ich mich seltsam traurig und verloren. Es war, als würde ich von einem Teil der Familie ausgeschlossen werden.

Aber darauf lief es doch hinaus. Kenichi hatte eine eigene Wohnung und wir würden uns unseren Sohn in Zukunft teilen. Das bedeutete, dass er an Feiertagen nicht immer bei mir war, die beiden sicher auch gemeinsam verreisten und wir uns länger nicht sahen.

Mit einem Mal fühlte ich mich verlassen und kämpfte mit den Tränen. Wut auf Kenichi stieg in mir hoch, weil er uns in diese Lage gebracht hatte.

Ich trage auch einen Teil der Schuld.

Meine Hand ballte sich zur Faust und ich ging schnell in mein Schlafzimmer, um mein Outfit für die Feier herauszusuchen. Als ich den Schrank öffnete, fiel mein Blick auf den Karton, in dem ich mein Hochzeitsalbum und unsere Fotos verwahrte.

Wütend biss ich mir auf die Lippe. Ich würde nicht sentimental werden und über den Fotos anfangen zu heulen! Wegen dieser ganzen Sache hatte ich im letzten Jahr schon genug geweint, das war vorbei!

Ich knallte die Schranktür zu und machte mich fertig.

Es gab keine Basis, auf der wir es noch einmal versuchen konnten. Bevor er abgehauen war, hatte Kenichi mir mehrfach versprochen, dass wir es hinbekamen.

Auf welcher Grundlage sollte ich ihm noch vertrauen?

Ein schlechtes Gewissen übermannte mich, weil Jan-Philipp sich so sehr wünschte, dass ich ihm eine Chance gab.

Frustriert machte ich mich in Windeseile fertig und fuhr, viel früher, als ich es geplant hatte, zurück zur Firma. Bloß raus aus meiner Wohnung und diesen düsteren Gedanken!

Die Weihnachtsfeier war ein voller Erfolg. Als ich spätnachts nach Hause kam, fühlte ich mich darin bestärkt, den richtigen Weg eingeschlagen zu haben. Wäre ich auch im Privatleben so zielsicher, wäre vieles einfacher.

Am nächsten Tag waren Jan-Philipp und ich bei meinen Eltern zum Mittagessen, um die Weihnachtsfeier Revue passieren zu lassen. Dabei erzählte JP selbstverständlich, dass er auch einen schönen Abend verbracht hatte - mit seinem Vater. Ich sah die entsetzten Blicke meiner Eltern und wusste, dass ich einen Fehler gemacht hatte - noch einen weiteren zusätzlich zu den vielen, die ich in ihren Augen bereits gemacht hatte.

»Jan-Philipp, möchtest du fernsehen?«, bot meine Mutter mit trügerischer Ruhe an. Er wechselte einen Blick mit mir und folgte ihr auf mein Nicken ins Wohnzimmer, wo sie mit ihm etwas auswählte. Mein Vater sah mich nachdenklich an.

»Warum hast du nichts gesagt, Schätzchen?«, fragte er.

»Weil ich selbst noch nicht weiß, wie ich mit der Sache umgehen soll.«

»Wir hätten dir dabei helfen können«, sagte meine Mutter spitz. Sie ließ sich am Esstisch nieder und blickte mich aus schmalen Augen an. »Ich verstehe dich nicht. Wie kannst du Jan-Philipp zu ihm geben? Nach allem, was er getan hat.«

»Er ist immerhin sein Vater. Es besteht keinen Grund, die beiden voneinander fernzuhalten«, gab ich zurück. »Außerdem will ich es ihm nicht unnötig schwermachen. Die letzten elf Monate waren schlimm genug für ihn.«

»Und wie soll es weitergehen?«

»Wir werden eine Lösung finden, mir der es JP gut geht. Er soll nicht unter der Situation leiden.«

»Und wie geht es dir dabei?«, fragte mein Vater.

Ich lächelte müde. »Chaotisch. Er stand ohne Vorankündigung vor der Tür, das hat mich eiskalt erwischt. Aber wir kriegen das schon hin.«

»Jan-Philipp hat mir eben gesagt, dass er hofft, ihr würdet euch wieder vertragen«, wandte meine Mutter ein, purer Unglauben verzerrte ihr Gesicht. Nächster Kapitalfehler.

»Kenichi hat diesen Wunsch geäußert und ich habe ihm gesagt, dass das für mich nicht in Frage kommt.« Ich sprach schnell, bevor sie über mich herfallen und mir eine Moralpredigt halten konnte. Auf dieses Gespräch hätte ich gut verzichten können und ich spürte Frust und Ärger in mir hochsteigen.

Warum ließ mich keiner in Ruhe? Ich konnte mich nicht einmal mit meinen eigenen Problemen beschäftigen, weil mir alle ständig ihre Wünsche und Bedenken aufdrängten.

Mein Telefon, das auf dem Tisch lag, zeigte einen Anruf an.

Theo.

Auch das noch.

Ich griff schnell danach und wies den Anruf ab.

»Theo?«, fragte meine Mutter gedehnt, natürlich hatte sie den Namen trotzdem gelesen. »Warum ruft Theo dich an?«

Scheiße.

»Wir haben wieder Kontakt, seitdem ich die Firma übernommen habe«, sagte ich vage. Meine Eltern rissen die Augen auf.

»Kontakt?«, echote mein Vater.

»Beruflich. Und wir waren Essen.« Mehr würde ich dazu nicht sagen, wie hätte ich ihnen auch erklären sollen, dass wir uns zum Sex trafen? Schweigen senkte sich über uns, bis meine Mutter sich schließlich räusperte.

»Weißt du, Kind, du bist erwachsen und musst wissen, was du tust. Aber Papa und ich waren immer der Überzeugung, dass du und Kenichi nicht zueinander passt. Leider hat sich das in letzter Konsequenz ja auch bestätigt. Es war furchtbar, wie es mit Theo und dir damals auseinandergegangen ist und von seinen Eltern wissen wir, wie sehr er es bereut hat. Wenn ihr also mehr Zeit miteinander verbringt ... was ich sagen will, ist: Wir würden es eher bevorzugen, dass du Theo eine zweite Chance gibst als Kenichi. Gut, damit wäre dann ja alles zu diesem Thema gesagt.«

»Eltern können einem das Leben zur Hölle machen«, resümierte Sam am Sonntag, als ich meinen Freunden beim Mittagessen von dem Gespräch erzählte. Wegen seiner Eltern war er vor Kurzem in eine Untersuchung beim Jugendamt geraten, nachdem sein Vater gegenüber der Betreuerin behauptete, Sam und Tim würden Dionne misshandeln.

»Ich verstehe, warum du es ihnen nicht erzählt hast«, sagte Claire. »Jetzt ist das passiert, was du nicht wolltest: Sie wissen, dass du Theo triffst und Kenichi dich zurück will. Bei beiden Sachen können sie dir überhaupt nicht helfen.« Sie nippte kopfschüttelnd an ihrem Wasser.

»Dass ich mit keinem von beiden eine Beziehung will, steht für sie gar nicht zur Debatte. Der einzige Vorzug, den Kenichi für meine Eltern hat, wäre der Ausfall der Scheidung.«

Natürlich war das Thema nicht beendet gewesen, sondern hatte sich noch ewig weitergezogen.

»Als wäre es das Ende der Welt, geschieden zu sein«, sagte Aiko trocken. »Wie schwer so ein Schmuckstück sein kann, merkst du erst, wenn du es abnimmst.«

»Wie poetisch«, machte Em spöttisch. Ich betrachtete sie, sie sah heute schlecht aus, unter ihren Augen lagen dunkle Ringe.

»Hast du schlecht geschlafen?«

Sie schüttelte den Kopf. »Es ist wegen Lukas. Eigentlich läuft alles gut zwischen uns, aber wie Männer sind, finden sie immer einen Weg, es zu verkacken. Gestern war dieser Punkt gekommen, als er mich ohne Vorwarnung gefragt hat, wie ich Kindern gegenüberstehe.« Sie stieß langsam Luft aus. »Ich wusste nicht, was ich dazu sagen sollte und er hat schnell das Thema gewechselt. Wahrscheinlich hat er selbst gemerkt, was für ein Scheiß das war. Jedenfalls konnte ich die ganze Nacht an nichts Anderes mehr denken als an ... die Abtreibung.« Das letzte Wort quetschte sie zwischen zusammengebissenen Zähnen heraus.

Ich wusste, wie schlimm diese Sache für sie war. Der Eingriff war wenige Wochen her und Em weit davon entfernt, das ganze abzuhaken. Sie und Lukas trafen sich erst seit zwei Monaten und ich fand es krass, dass er davon anfing. Aber falls es ihm ernst war, war es besser, wenn sie es so früh klärten.

»Denkst du, er ahnt etwas?«, fragte Claire vorsichtig. Em schüttelte den Kopf, ihr Gesicht war blass.

»Ich wüsste nicht, wie. Klar, die Zeit nach dem Eingriff, als ich ihn mit Ausreden vom Sex abhalten musste, kam ihm sicher komisch vor. Aber er hat nicht nachgefragt und jetzt treiben wir es ja auch wieder wie die Tiere. Aber ich habe das Gefühl, dass es mich auffrisst. Ich weiß nicht, wie lange ich es noch verheimlichen kann.«

»Und wenn du es ihm einfach sagst?«, fragte Aiko.

»Wie? Wie soll ich es ihm erklären, ohne dass er sofort Schluss macht?«, fragte Em bitter. »Ich an seiner Stelle würde es tun und mir noch eine runterhauen. Das Dumme ist halt, dass ich nicht will, dass das passiert. Ich will ihn nicht verlieren.«

Wir schwiegen, dazu gab es keinen Rat. Sie hätte es ihm sagen müssen. Stattdessen hatte sie es allein durchgezogen.

Ich verstand ihre Misere, aber ich konnte ihr nicht helfen.

»Du wolltest die Sache vom Freitag noch erklären«, erinnerte Em Sam, dessen Lächeln bei ihren Worten verrutschte.

Ich runzelte die Stirn. »Welche Sache von Freitag?«

»Tim ist von einer Frau angebaggert worden und ... naja ...« Aiko rieb sich den Nacken und sah unsicher zu Sam, der mit den Augen rollte. Offenbar war die Gruppe doch größer gewesen als ursprünglich geplant. Obwohl mir keine Wahl geblieben war, fühlte ich einen Stich in der Brust, weil ich es verpasst hatte.

»Er ist voll drauf eingestiegen. Gut, ich wusste ja, dass das zum Thema wird, also kann ich es ja auch erzählen: Tim hätte gern Sex mit einer Frau. Er hat das noch nie ausprobiert und nachdem er dich und Katharina damals im Club gesehen hat, geht es ihm nicht mehr aus dem Kopf.« Er verschränkte die Arme vor der Brust. »Mir gefällt das nicht, aber ich habe ihm gesagt, dass wir es ausprobieren können, wenn ich eine passende Frau finde. Also: Freiwillige vor!«

Wir starrten ihn so perplex an (außer Claire, wie ich bemerkte), dass nicht einmal Em ein dummer Spruch einfiel. Sam hielt noch ein paar Sekunden aus, dann lachte er.

»Ihr solltet eure Gesichter sehen.«

»Wie soll man nach so einer Verkündung sonst gucken?«, fragte Em verdrießlich und sah Claire vorwurfsvoll an. »Du wusstest es also schon.«

Sie zuckte mit den Schultern. »Stimmt, aber es euch zu sagen ist Sams Sache.« Womit sie recht hatte. Bei dem Blick, den die beiden tauschten, konnte ich mir denken, warum Sam es ihr zuerst gesagt hatte. Sicherlich war sie, seine engste Vertraute, die erste Wahl.

Aiko strich sich die Ponysträhnen aus dem Gesicht. »Weißt du, noch vor ein paar Monaten hätte ich dir sofort eine Zusage gegeben. Wann hat man schon sonst die Möglichkeit mit zwei so heißen Typen zu vögeln? Aber angesichts meiner Freundin, die ja zusammen mit mir ein Auslöser zu sein scheint, lassen wir das wohl lieber.« Sie sah zu mir herüber.

Was sollte das? Wollte sie, dass ich mich anbot?

Nie im Leben!

Als würde ich das hinbekommen! Ich würde vor Scham sterben, davor, währenddessen und auch danach. Und allen, die davon wüssten, könnte ich nie mehr in die Augen sehen.

Sam küsste mich auf die Wange, anscheinend hatte er meine Gedanken erraten. »Mach dir keinen Kopf, ich würde dich nie darum bitten.«

Aber deswegen fühlte ich mich nicht besser. Jetzt kam ich mir nicht nur spießig, sondern auch noch abgelehnt vor.

Claire warf mir einen Blick zu. Sie verstand mich.

Herrgott, war ich für jeden hier am Tisch ein offenes Buch?

»Cat und ich werden zusammenziehen«, verkündete Aiko. Sie

hatte ein Händchen für unpassende Zeitpunkte, aber wenigstens lenkte das ab. Vielleicht war genau das ihr Kalkül.

»Glückwunsch«, sagte Em trocken. Für sie war die Vorstellung, mit jemandem zusammenzuleben, absurd. Sie hatte es phasenweise mit Curt versucht und war ja auch fast sieben Monate mit ihm auf Weltreise. Aber ich war mir sicher, dass Lukas Ewigkeiten warten müsste, bevor sie auch nur darüber nachdachte.

»Das freut mich für euch«, sagte ich und nahm ihre Hand.

Aiko hatte es schwer genug, zumal ihr der Sorgerechtsverlust auf der Seele lag. Marko stellte sie als sexuell unbeständig dar und ihr Job als Dildodesignerin spielte auch eine Rolle.

Es konnte nur gut sein, wenn der Richter sah, dass sie in einer festen Partnerschaft lebte. Ich wusste, dass Katharina sich die Schuld an der Misere gab, obwohl sie nichts dafürkonnte.

Aiko lächelte und drückte meine Hand. Auch wenn meine Scheidung durch war, würde das unserer Freundschaft keinen Abbruch tun.

»Und du? Hast du auch Breaking News für uns?«, fragte Em Claire, die bisher geschwiegen hatte. Sie schüttelte den Kopf.

»Nichts. Wir lassen uns Zeit. Dieses Mal werden wir es hinbekommen.« Sie sagte das mit fester Stimme und wieder trat dieser Glanz in ihre Augen, der immer sichtbar wurde, wenn sie von Ben sprach. Ich hatte es ihr nie gesagt, aber er war schon bei ihrer ersten Beziehung da gewesen. Claire dachte lange, dass sie keinen Mann brauchte, aber mit Ben hatte sich das geändert. Weil ich sie damals darauf ansprach, hatten wir mehrmals Stress und nachdem es in die Brüche ging, litt sie in einer Intensität, die ich ihr nicht zugetraut hätte. Bei ihrem Wiedersehen hatte ich nichts gesagt, obwohl ich mir sicher war, dass sie nur mit- oder ohne einander konnten. Etwas dazwischen gab es bei den beiden nicht.

Ich freute mich, weil sie endlich glücklich war.

»Er lernt schnell«, berichtete sie weiter und ich ahnte, was kam. »Wenn er so weitermacht, lasse ich ihn bald an das schwere Gerät.« Und damit meinte sie leider kein Werkzeug im Sinne des Wortes. »Mit der Gerte kommt er gut zurecht, gestern hat er mich so bearbeitet, dass ich einen Moment keine Luft bekommen habe.« Sie lachte zufrieden, aber mir lief ein kalter Schauer den Rücken hinunter.

Was bitte konnte daran schön sein?

Die anderen hörten interessiert zu, auch wenn keiner außer Claire BDSM in dieser Ausprägung praktizierte. Aiko verwendete gewisse Bondage-Komponenten, Sam war eine Zeitlang intensiv in der Szene unterwegs, doch Tim stand kein Bisschen darauf. Ebenso wie Em, die es lächerlich fand, jemand anderem Anweisungen zu geben oder - Gott bewahre! - selbst welche anzunehmen.

Währenddessen wanderten meine Gedanken zurück zu dem Sex mit Theo am Donnerstag und meinen gedanklichen Ausflug dabei.

Ich sollte mir darüber weniger Gedanken machen. Es war nichts dabei. Und ganz ehrlich: Es war dadurch richtig guter Sex geworden. Theo musste davon nichts wissen.

Gestern Abend hatte Nick mir sein Angebot zukommen lassen. Am Montag schaute er in der Firma vorbei, um es mit mir durchzugehen. Ich freute mich darauf. Das Angebot und die beigefügte Zeichnung trafen genau meinen Geschmack.

Wenn ich ein wenig flirtete, konnte ich vielleicht noch etwas herausholen. So der Plan. Und danach keine Gedanken mehr an braune Augen. Sam stupste mich an. »Alles okay?«

Ich zuckte mit den Schultern. »Es wird sich eine Lösung finden. Ich muss Kenichi nur zu verstehen geben, dass es aus ist. Theo stellt glücklicherweise keine Ansprüche.«

»Er gibt dir, was er kann. Also hoffentlich viele Orgasmen.«

Meine Mundwinkel zuckten. Sam war einfach unmöglich!

»Ich bin froh, dass du nicht mit dem Gedanken spielst, einem eine zweite Chance zu geben«, sagte Em.

»Warum sollte ich?«

»Weil du dich zu Dingen überreden lässt, die du gar nicht machen willst, sie dann aber tust, weil du ein *good girl* bist.«

Wut stieg in mir hoch. »Auch ein *good girl* hat Grenzen«, sagte ich kratzig.

Em zuckte mit den Schultern, sie sah wenig überzeugt aus.

»Wir hoffen alle, dass du den Stress bald überstanden hast«, schaltete sich Claire ein und warf Em einen warnenden Blick zu, den diese offenbar verstand.

Ich hasste es, wenn sie das tat: Mich behandelte, als müsste man mir sagen, was richtig und falsch war, weil ich es nicht beurteilen konnte.

Am schlimmsten war, dass ich wirklich kurz mit dem Gedanken gespielt hatte, mich mit Kenichi zu vertragen - JP zuliebe.

Solche Überlegungen konnte Em nicht nachvollziehen. Sie schuldete niemandem Rechenschaft. Das war ihr Glück, änderte aber nichts daran, dass sich bei mir immer verdammt viele Menschen einmischten.

Ich war froh, als die Rechnung kam und ich mich verabschieden konnte. Am liebsten hätte ich mir JP geschnappt und wäre mit ihm abgehauen, irgendwohin, wo uns niemand kannte und keiner Ansprüche stellte.

Morgen konnte ich mich wenigstens wieder hinter meinem Schreibtisch verstecken.

Ich seufzte, als ich den Motor meines Wagens anließ. Wenigstens eine Baustelle, die ich im Griff hatte.

7. Kapitel

»Hört sich gut an«, sagte Vincent und beugte sich über Nicks Angebot. »Das Budget ist eingehalten und die Positionen klingen plausibel. Ich bin auf die Präsentation gespannt.«

Das fand ich auch und war froh, dass ich Nick kontaktiert hatte. Das Abhaken des Projekts schien in greifbare Nähe zu rücken und ich freute mich, das Grundstück und damit auch das Unternehmen optisch aufzuwerten.

Das Wetter war heute grau in grau, von Schnee keine Spur und es zeichnete sich ab, dass aus JPs Wunsch nach weißer Weihnacht nichts wurde. Um diesen zu erfüllen, müsste ich mit ihm in die Alpen verreisen.

Eine schöne Idee, wenn ich darüber nachdachte. Ich fuhr gern Ski und auf der Piste den Kopf freizubekommen, wäre eine willkommene Abwechslung. Bei dem Gedanken, allein den Hang hinunterzufahren, stahl sich ein Lächeln auf mein Gesicht. Vielleicht konnten wir im Januar oder Februar eine Woche Urlaub einschieben.

Wir saßen im Montagsmeeting und besprachen die Auftragslage, anschließend arbeiteten uns zu den Themen vor, bei denen ich mich sicherer fühlte. Natürlich reichten zwei Monate für die Einarbeitung nicht aus, aber meine innere Perfektionistin verlangte genau das von mir - ob sinnvoll oder nicht.

Niemand stellte diese Ansprüche an mich, dennoch spürte ich den Druck, alles richtig zu machen. Nicht nur um der Belegschaft, sondern vor allem meinem Vater und mir selbst zu beweisen, dass ich es konnte und die richtige Entscheidung gefällt hatte.

Ich wollte gerade etwas sagen, da klingelte sein Telefon. »Berendsen«, murmelte er. Ich wandte mich meinen Unterlagen zu, lauschte aber gleichzeitig, denn Berendsen gehörte eine Luxushotelkette, für die wir Bartresen und anderes Mobiliar fertigten. Sein Auftragsvolumen war hoch und Probleme gingen schnell in die Zehntausende.

Vincent blieb während des Gesprächs gelassen, doch ich sah, wie sich eine tiefe Falte zwischen seinen Augenbrauen bildete.

Mein Herz klopfte. Bekamen wir ein teures Problem?

Er warf einen Blick auf seine Armbanduhr, schloss kurz die Augen und sah mich an. »Nein, das kann ich einrichten. Wir sehen uns heute Nachmittag.« Er legte auf.

»Alles in Ordnung?«

»Das neue Hotel macht Probleme. Der Statiker hat einen Fehler gemacht, sodass sich der Grundriss einer Bar verändert hat. Entsprechend passt der geplante Tresen nicht mehr. Ich werde mit Meike hinfahren und es noch mal ansehen. Sicher lässt sich das Problem beheben. Wenn es kein Auftrag für knapp siebzigtausend Euro plus Folgeaufträge wäre, würde ich den Aufriss kurz vor den Feiertagen nicht betreiben, aber ...«

»Nein, es ist richtig, wenn du hinfährst. Soll ich euch begleiten?«, fragte ich. Diesen speziellen Kunden kannte ich schon, Berendsen Senior war dafür bekannt, alles zu dramatisieren.

»Lass ruhig, das würde ihn noch mehr in Rage bringen. Wenn auch noch die Inhaberin kommt, dreht er völlig ab.« Er grinste und ich fühlte mich besser. Sicher hatte er recht und es war unnötig, dass ich mich auf den Weg machte. Das neue Hotel war an der Nordseeküste und würde mich in Zeitnot bringen, weil ich niemanden hatte, der sich um JP kümmern konnte.

Also würde ich den Termin mit Nick heute Nachmittag allein wahrnehmen. Kein Problem, wir hatten uns schon abgestimmt und es schien mein alleiniges Projekt zu werden.

Der Geschäftsbericht vor mir verlangte nun meine Aufmerksamkeit. Wir beide hatten das Gefühl, dass etwas nicht stimmte. Ich war kein Profi in Bilanzierung und musste mich mit der Materie erst vertraut machen, ebenso Vincent, dessen Stärke im Vertrieb und nicht in den Zahlen lag.

Mein Vater hatte vieles selbst gemacht oder an Paula übergeben. Sicher lag es daran, dass es nicht meine eigene Aufstellung war, aber etwas störte mich. Und dieses ›Etwas‹ hielt mich davon ab, Paula oder meinen Vater dazu zu holen und mir den Bericht erklären zu lassen. Ohne es auszusprechen wusste ich, dass es Vincent ähnlich ging, also hatten wir eine Art stillschweigendes Abkommen, uns allein durchzuschlagen.

Vincent fuhr um elf Uhr mit Meike los und ich verbrachte die Mittagspause mit Iris, die mich mit ihrem Bericht vom Wochenende unterhielt: »Ich habe mich gefragt, für wie alt Heinzi mich hält«, sagte sie kopfschüttelnd.

Er hatte sie mit Karten für eine Schlagershow überrascht und erschrocken festgestellt, dass Iris deswegen nicht vor Freude an die Decke sprang. Ich hätte sie eher zu einem Country-Festival geschickt. Immerhin war die Show lustig gewesen und der Bericht vertrieb mir die Zeit, bis mein Termin mit Nick anstand.

Er war überpünktlich und materialisierte sich buchstäblich vor meiner Bürotür. Ich stand auf, um ihn zu begrüßen.

»Wir sind doch allein, Vincent musste zu einem Kunden.« Nick lächelte, ohne darauf einzugehen. Ich bot ihm Kaffee an und er breitete den Projektentwurf aus.

Es war besser, als ich erwartet hatte, stellte ich mit großen Augen fest. Nick war es gelungen, Unmögliches aus dem Grundstück herauszuholen. Es wirkte allein auf dem Papier viel größer und luftiger.

»Wir werden das schönste Firmengelände des ganzen Industriegebiets haben.« Ich strahlte ihn an.

Genau so hatte ich es mir gewünscht.

»Das ist der Plan. Ich bin nach unserem letzten Termin noch ein bisschen herumgefahren und habe mir die Konkurrenz angesehen. Ihr habt keine.« Ihn schien das zu amüsieren. Wahrscheinlich witterte er Folgeaufträge.

»Umso besser! Dann wissen alle, dass sie bei uns richtig sind. Vielen Dank, so machen wir es!« Ich deutete auf den Plan. »Eine Frage noch zu den Pflanzen: Sind die Büsche immerhart oder müssen wir sie regelmäßig ersetzen?«

Es dauerte einen Moment, bis mir mein Versprecher auffiel. Scheiße, gerade als ich dachte, ich würde heute souverän durch das Treffen kommen, passierte mir so was. »Immerhart ist übrigens eine Kombination aus immergrün und winterhart.« Ich lächelte gequält.

Ein kleines Lächeln kräuselte sein Gesicht. »Das hätte ich mir denken können. Sehr kreativ.«

»Danke.« Ich trank schnell einen Schluck Kaffee. Am besten beschränkte ich mich auf Ein-Wort-Sätze.

Sein schlanker Finger fuhr über die aufgezeichneten Beete und erinnerte mich ungebeten daran, was er mit Claire in der Garderobe gemacht hatte. Ihr verzücktes Gesicht hatte sich unauslöschlich in mein Gedächtnis eingebrannt.

Ich schloss die Augen und atmete tief durch. Die ganze Sache war schwieriger, als ich gedacht hatte. Vielleicht wäre jemand Unbekanntes doch die bessere Wahl gewesen. Dann würde mein Gehirn das tun, wofür ich es brauchte, anstatt mich zur Idiotin zu machen.

»Alles in Ordnung?«, fragte er und ich lächelte halbherzig.

›Abgesehen davon, dass ich in meinem Leben nicht klarkomme, sicher‹, dachte ich düster.

»Viel zu tun«, erwiderte ich entschuldigend. »Ich habe mich aber auf unseren Termin gefreut. Lange bin ich noch nicht hier. Es ist ein schönes Gefühl, ein Projekt zu haben, bei dem ich mitkomme und dafür sorgen kann, dass sich meine Mitarbeiter wohlfühlen.«

»Aller Anfang ist schwer«, sagte er gelassen. »So ging es mir, als ich mich selbstständig gemacht habe, auch. Niemand ist da, der einem sagt, was man machen soll. Einerseits ein gutes Gefühl, andererseits wurde mir erst dann bewusst, welche Verantwortung ich mir aufgehalst habe - und ich war allein. Die Verantwortung für so viele Mitarbeiter wiegt natürlich noch schwerer. Aber hey, du kannst dir Gedanken über die Gestaltung der Grünflächen machen, also scheint es doch zu laufen. Und sich um seine Mitarbeiter zu kümmern, ist immer eine gute Idee.«

Er war nett und bemühte sich um eine angenehme Atmosphäre, was mir leider nur bedingt gelang. Was konnte er dafür, dass ich mich selbst nicht im Griff hatte? Die Garderobenszene war nicht für meine Augen bestimmt gewesen und er hatte sie sicher längst vergessen. Was ich auch tun würde.

»Das ist der Plan, vielen Dank.«

»Immer gern«, sagte er. »Ich bemühe mich um einen guten Kundenservice.«

Seine Worte fuhren wie Pfeile durch meine Brust. Wie sollte ich das denn verstehen? War das anzüglich gedacht oder hatte er mir durch die Blume gesagt, dass ich eine x-beliebige Kundin für ihn war, die ihn wahrscheinlich auch noch mit ihrer Spleenigkeit nervte?

Meine Wangen röteten sich, als Scham in mir hochstieg.

›Unangenehm, Sonja, furchtbar unangenehm. Genau, was du dir redlich verdient hast, nach dem ganzen Quatsch.‹

»Gute Idee, das erhält natürlich den Kundenstamm, egal wie verrückt die Leute sind«, erwiderte ich. Er lächelte auf eine unergründliche Weise und ich wandte mich den Unterlagen zu.

»Verrückt würde ich es nur in den seltensten Fällen nennen. Und ein wenig unüblich ist doch schließlich interessant, oder?«

Seine Worte ließen mich wieder hochblicken und mein Herzschlag beschleunigte sich, als ich in seine Augen sah. Es lag eine Herausforderung darin, unausgesprochen und deutlich tiefer, als alles, was ich bisher bei ihm gesehen hatte.

Meinte er damit sich selbst? Natürlich waren seine Vorlieben (und ich fragte mich, ob er wusste, dass ich davon wusste) alles andere als gängig. Wollte er herausfinden, wie ich dazu stand? Oder hatte er sich doch an meine Geburtstagsfeier erinnert?

»Das stimmt natürlich«, sagte ich kühn. »Abwechslung sollte es im Leben geben, sonst wäre es ja auch langweilig. Und sicher ist es spannender, mit jemandem Zeit zu verbringen, der nicht so wie alle anderen ist.«

Seine Augenbraue hob sich. »Das sehe ich genauso. Also, möchtest du noch ein Highlight setzen?«

Es dauerte ein paar Sekunden, bis ich verstand, dass er das Grundstück meinte. »Gerne«, erwiderte ich. »Ich finde, unser Gelände verdient eins.«

Er lächelte mich wieder auf diese Weise an, die ich nicht einordnen konnte. »Das finde ich auch. Also ein weiteres. Ich kümmere mich darum.«

Als ich nach Hause kam, fühlte ich mich wie erschlagen. Nach dem Meeting mit Nick meldete sich Vincent. Die Neuigkeiten von der Hotelbaustelle waren unerfreulicher als gedacht. Es schien, als wäre das ganze Projekt in Gefahr, ein Verlust, den wir uns nicht erlauben konnten. Den Nachmittag verbrachte ich in der Designabteilung und suchte nach einer Lösung, die ich am nächsten Tag Herrn Berendsen persönlich vorstellen würde. Auf keinen Fall würde ich ihn abspringen lassen, wir hatten schon zu viel Zeit investiert.

Meine Mutter würde JP gegen halb acht nach Hause bringen, er war nach der Schule zu meinen Eltern gegangen. Das ließ mir eine halbe Stunde, um ein wenig runterzukommen. Er sollte mich nicht so abgekämpft sehen.

Ich wollte mir gerade etwas Bequemeres anziehen, als es an der Wohnungstür klingelte.

Frustriert stöhnte ich.

Hatte Mama die Zeit vergessen?

Schnell öffnete ich und wünschte mir einmal mehr, ich hätte vorher durch den Spion gesehen: Vor der Tür standen meine Schwiegereltern, Ina und Henzo, und sahen mich mit einer Mischung aus Vorsicht und Angriffslust an.

Mir stand der Mund offen.

Was zum Teufel wollten die beiden hier?

»Hallo Sonja«, sagte Henzo, dessen raue Stimme einen kräftigen Akzent hatte. Damals, als die beiden hier lebten, hatte ich mich daran gewöhnt, doch jetzt, nachdem wir jahrelang nicht gesprochen hatten, fiel es mir schwer, ihn zu verstehen.

»Hallo«, sagte ich benommen.

»Dürfen wir reinkommen?«, fragte Ina leise. Sie stand schräg hinter Henzo und wirkte wie immer unterwürfig, eine Attitüde, die mir nie gefallen hatte, auf der die beiden aber ihre Ehe aufgebaut hatten. Sie waren kleiner, als ich sie in Erinnerung hatte, und sie fühlten sich offensichtlich unwohl.

Mindestens so unwohl wie ich.

Ich trat beiseite, es wäre einfach zu unhöflich gewesen, meine Schwiegereltern im Flur stehen zu lassen, egal wie gern ich das getan hätte. Die beiden sahen sich unsicher um, folgten mir aber ins Wohnzimmer, wo sie am Esstisch Platz nahmen.

Ich schenkte ihnen Wasser ein, für das sie sich bedankten, ohne es anzurühren.

»Was kann ich für euch tun?« Ich verhinderte nur mit Mühe, dass meine Stimme feindselig klang.

Ich hatte eine halbe Stunde, um die Sache zu klären, auf keinen Fall sollte JP etwas davon mitbekommen. Er hatte fast kein Verhältnis zu seinen Großeltern, denn als wir sie einmal besucht hatten, war er noch klein gewesen. Trotzdem wollte ich ihm nicht zumuten, sie hier, in unserer sicheren Wohnung zu treffen.

Vor allem nicht, wenn ich nicht wusste, was sie von mir wollten. Für ihn hatte es im letzten Jahr schon zu viele Unsicherheiten und böse Überraschungen gegeben.

»Sonja, wir wissen, dass du wütend auf Kenichi bist«, begann Henzo, dem es offensichtlich schwerfiel, dieses Gespräch zu führen. Sein faltiges Gesicht mit den buschigen Brauen war angestrengt und seine ohnehin hängenden Mundwinkel noch weiter heruntergezogen. »Und du hast jedes Recht dazu, denn er hat sich unehrenhaft verhalten. Aber wir möchten dir sagen, dass wir es nicht gut finden, wenn ihr euch scheiden lasst. Es ist schon genug Schande über die Familie gebracht worden durch Aiko.« Bei den letzten Worten zogen sich seine Mundwinkel noch weiter herab.

Ich biss mir auf die Lippe. Dass die beiden Aiko wegen ihrer Scheidung verurteilten, war mir klar. Kein Wunder, dass sie ihnen lange nichts davon gesagt hatte. Ich mochte mir nicht vorstellen, was sie zu Katharina sagen würden.

Wir würden es demnächst wissen.

Nun wollten die Nakamas verhindern, dass sich auch noch ihr Sohn scheiden ließ. Aber ehrlich, das war nicht mein Problem. Ich hatte bis zuletzt versucht, meine Ehe zu retten.

»Daran hätte Kenichi denken sollen, bevor er mich verlassen hat«, erwiderte ich kühl.

Warum führte ich dieses Gespräch mit meinen Schwiegereltern? Sie hatten damit nichts zu tun.

»Weiß er, dass ihr hier seid?«

Henzo schüttelte den Kopf und Inas Gesicht war ein Ausdruck puren Unglücks. »Nein, aber er weiß, wie wir zu der Sache stehen. Und wir wollen, dass du es auch weißt. Wir wissen, dass du nicht die treibende Kraft warst und an eure Ehe glaubst.« Er erhob sich, wegen seines kaputten Knies etwas steif. »Mehr wollten wir dir nicht sagen. Wir möchten nur, dass du das Beste für deine Familie und vor allem deinen Sohn berücksichtigst und keine Entscheidungen aus falschem Stolz fällst. Denk daran, was Jan-Philipp will. Einen schönen Abend und danke für deine Gastfreundschaft.« Er deutete eine Verbeugung an und ging zur Eingangstür.

Ina lächelte mich zaghaft an und beeilte sich, ihrem Mann zu folgen. Ehe ich mich versah, waren die beiden bereits draußen und die Tür fiel ins Schloss.

Ich starrte auf die beiden unberührten Wassergläser und versuchte zu verstehen, was gerade passiert war.

8. Kapitel

Die nächsten zwei Tage waren die Hölle.

Ich begleitete Vincent und Meike am Dienstag zu Berendsen und setzte meinen Charme ein, um den Auftrag zu retten.

Es war meinen Designerinnen zu verdanken, dass er den neuen Entwurf akzeptierte und zwei Folgeaufträge an uns vergab, weil er unseren Einsatz und Engagement so schätzte. Ich hatte das Gefühl, dass mir die Sache über den Kopf wuchs und ich nicht die Richtige für solche Termine war, egal, was Meike und Vincent behaupteten.

Den Mittwoch verbrachten wir damit, die Entwürfe für die Folgeaufträge fertigzustellen. Es waren nur noch drei Werktage bis Heiligabend. Die Firma würde erst im neuen Jahr wieder öffnen. Es war Tradition, dass zwischen den Feiertagen nicht gearbeitet wurde, deswegen mussten wir uns ranhalten.

Den Abend verbrachte JP bei Kenichi. Ich hatte mit ihm noch nicht über seine Eltern und deren Besuch sprechen können, weil kurz nach ihrem Abgang meine Mutter gekommen war. Sie hatte sofort gesehen, dass etwas passiert war, doch ich konnte mich nicht überwinden, ihr davon zu berichten.

Auf den unvermeidlichen Ausbruch nach dem Bericht konnte ich verzichten, also vertröstete ich sie. Außerdem wollte ich erst mit Kenichi sprechen.

Ich war auf dem Weg nach Hause, als mein Handy klingelte und Aiko mich anrief: »Kann ich vorbeikommen? Hast du was Stärkeres da als Wein?«, fragte sie hektisch.

Ich ahnte, was passiert war. »Ich habe Wodka«, bot ich an und sie schwor, in zehn Minuten bei mir zu sein.

Ich beeilte mich, damit sie nicht vor verschlossener Tür stand. Wir erreichten meine Wohnung zeitgleich und sie winkte mir wortlos zu, als sie in ihrer Daunenjacke auf mich zustapfte. Sie sah verweint aus.

»Was ist passiert?«

»Meine Eltern waren bei mir«, sagte sie finster und wartete, dass ich die Tür öffnete. »Diese engstirnigen Idioten, von denen ich leider abstamme.«

Wir mussten abbrechen, weil einer meiner Nachbarn neben uns auf den Fahrstuhl wartete. Auch die Wildenstein musste nichts von unserem Gespräch mitbekommen.

Ich lotste Aiko in meine Wohnung und holte den Wodka, vorsichtshalber eine Flasche Bitter Lemon, obwohl sie Miene machte, den Alkohol pur trinken zu wollen.

»Gestern konnte ich sie abwimmeln, aber heute standen sie vor der Tür. Sie haben mir erzählt, dass sie dir vorgestern einen Überraschungsbesuch abgestattet haben. Dann wollten sie allen Ernstes, dass ich dich überrede, Ken eine Chance zu geben«, sprudelte sie hervor. »Nachdem mein Vater gefühlt eine halbe Stunde ohne Punkt und Komma auf mich eingeredet hat, fragte meine Mutter, wo die Mädchen seien. Du kannst dir vorstellen, wie sie auf die Neuigkeit, dass sie derzeit bei Marko wohnen, reagiert haben, oder? Ich dachte, mein Vater bespuckt mich.«

Ich schenkte wortlos zwei Shots ein, die wir schweigend herunterstürzten. Aiko verzog den Mund, als ich hustete.

»Scheiße, widerliches Zeug. Mach voll, es wird noch schlimmer. Er fragt mich also, wie es sein kann, dass ich das Sorgerecht verloren habe, immerhin hätte ich einen Job und überhaupt. Also habe ich versucht, es ihm zu erklären, dass Markos neue Freundin sich in den Kopf gesetzt hat, eine bessere Mutter für die beiden zu sein als ich. Da schüttelt er den Kopf und meint - womit er recht hat - dass Kinder zur Mutter gehören und - was typisch für ihn ist - was ich jetzt schon wieder falsch gemacht habe, dass ich das Sorgerecht verloren habe. Ich sagte also, dass ihn das nichts anginge. Schlechte Idee, denn dann fing er an, mich zu beschimpfen, und hörte damit erst wieder auf, als die Tür aufging und Cat von der Arbeit nach Hause kam.«

Wir hoben die vollen Gläser an die Lippen und tranken den zweiten Shot. Er schmeckte nicht so widerlich wie der erste. Aikos Wangen färbten sich rosa.

»Ich habe sie einander vorgestellt und weil ich Cat niemals verleugnen würde - auch wenn das eine gute Idee gewesen wäre - habe ich ihnen gesagt, dass sie meine Partnerin ist. Das brachte meinen Vater für ein paar Minuten zum Schweigen und meine Mutter sofort zum Heulen. Am schlimmsten war es für Cat. Ich habe ihr vorher gesagt, dass sie auf einen Riesenhaufen Scheiße gefasst sein muss, wenn sie meine Eltern je kennenlernt, aber damit hat sie sicher nicht gerechnet. Dann fing mein Vater an, mich zu beschimpfen - auf Japanisch, sodass Cat nicht verstehen konnte, dass er uns beide als widerliche Weiber bezeichnet hat, die Schande über ihre Familien bringen. Er schämt sich für mich, für das Leben, das ich führe und die Leute, die ich mit meinem Verhalten enttäusche. Niemals hätte er sich vorstellen können, dass ihn seine Tochter so entehrt.«

Dritter Shot, aber schnell.

»Ich sagte ihm daraufhin, dass ich darauf scheiße, ob er sich schämt oder nicht, weil ich Cat liebe und sie mir eine tausend Mal bessere Partnerin ist als Marko. Und dass ich sowieso immer lieber Pussys geleckt als Schwänze geblasen habe.«

»Das hast du nicht gesagt ...« Ich schenkte nach.

Aiko gab einen erstickten Laut von sich. »Doch, und zwar auf Deutsch, sodass Cat es verstanden hat. Sie ist daraufhin kreidebleich geworden und hat den Raum verlassen und meine Mutter kam nicht mehr klar. Mein Vater ist danach einfach gegangen. Ich habe ihm hinterhergerufen, dass mein Job darin besteht, Gummischwänze zu designen, mit denen sich prüde japanische Hausfrauen befriedigen, wenn sie keinen Bock mehr auf ihre beschissenen Ehemänner haben.«

Vierter Shot.

»Oh Gott, Aiko ...« Mir fehlten die Worte und meine Kehle brannte vom Wodka.

»Ich weiß. Aber du kannst dir nicht vorstellen, wie sehr es mir ein inneres Bedürfnis war, diesem alten Spießer endlich mal die Meinung zu sagen? Sechsunddreißig Jahre lang hat er mir das Gefühl gegeben, wertlos zu sein. Weil ich eine Frau bin, keine Söhne bekommen habe und zu allem Überfluss geschieden bin. Mehrfach hat er mir befohlen, nach Japan zu kommen, damit er versuchen kann, einen Mann zu überzeugen, mich minderwertige Frau zu heiraten, um meine Ehre wiederherzustellen. Kannst du dir das vorstellen?«

Meine Hand zitterte, als ich die Gläser wieder vollmachte.

»Ich habe zu lange dazu nichts gesagt, weil ich ihm Respekt erweisen wollte, den er mir nie gezeigt und nicht verdient hat, aber damit ist Schluss. Wenn er nichts mehr mit mir zu tun haben will, ist das fein für mich, ich verzichte auf einen solchen Vater.« Sie seufzte und lehnte sich zurück, das Schnapsglas in der Hand. »Mein Leben ist ein Haufen Scheiße.«

»Das ist Quatsch.« Ich schüttelte den Kopf. »Zwing mich nicht, dir aufzuzählen, was du alles hast, ja? Im Gegensatz zu mir hast du einen Menschen, der dich liebt, und das mit den Mädchen kommt wieder in Ordnung. Deine Eltern hauen bald wieder ab nach Japan und dann sind alle Probleme gelöst.«

»Auch wieder wahr!« Sie stieß ihr Glas gegen meins und stürzte den Drink herunter. »Und was machen wir mit dir? Du kannst nicht ewig mit diesem Typen vögeln, weißt du das? Du brauchst einen richtigen Mann.« Vor meinem geistigen Auge tauchte Nicks Gesicht auf. Wir hatten noch zweimal wegen des Auftrags telefoniert und die Gespräche waren nett gewesen. Ich hatte kaum noch an ihn gedacht, doch jetzt ...

»An wen denkst du?«, fragte Aiko lauernd. »Und versuch nicht, mir auszuweichen, ich habe zwei Töchter wie du weißt.«

»Ich ... ich ...«, stammelte ich.

»Sag es mir«, zischte sie.

»Ich habe Kontakt mit Nick, wegen des Grundstücks«, murmelte ich. Aiko schenkte nach.

»Nick? Folterkeller-Nick, der Claire auf deiner Party in der Garderobe gefingert hat?« Ich hätte ihr nie davon erzählen dürfen.

»Ja.«

Sie blinzelte, dann begannen ihre Augen zu glänzen. »Oh Mann, Sonni, ich wusste, dass du irgendwann zur Vernunft kommst und diesen ganzen Prinzessinnen-Kram abtust. Ruf ihn an!«, rief sie fröhlich. »Ruf ihn an und frag ihn, ob er es dir so hart besorgen kann, dass du deinen eigenen Namen vergisst.«

Mein Gesicht wurde flammend und ich beeilte mich, mein Glas auszutrinken. »Das werde ich sicher nicht tun.«

»Ich bitte dich, das solltest du aber!« Sie redete sich in Rage. »Wäre ich nicht mit Cat zusammen, hätte *ich* ihn schon angerufen und mich ordentlich durchnehmen lassen. Mein Gott, die Geschichten verfolgen mich nachts, wenn ich allein bin und nicht schlafen kann. Damit bin ich schon einige Male befriedigt zur Ruhe gekommen, weißt du?« Sie wackelte mit den Augenbrauen und zwinkerte.

Das waren eindeutig zu viele Informationen, sogar mit den fünf Kurzen. Oder waren es sechs?

»Aber mal ohne Witz, was ist da zwischen dir und Nick?«, fragte sie, sich wieder etwas beruhigend.

»Nichts. Wir haben uns zweimal getroffen wegen der Gestaltung des Firmengeländes, das war's.« Ich starrte auf mein Glas und wünschte mir, ich hätte nichts gesagt.

»Kann ja nicht, sonst hättest du eben nicht an ihn gedacht«, beharrte sie und ich ahnte, dass ich mich verplappert und alles nur noch schlimmer gemacht hatte.

Andererseits konnte ich einfach mit jemandem darüber reden.

»Es ist nur, dass er attraktiv und nett ist. Wenn ich diese ganzen Sexgeschichten nicht kennen würde, wäre das etwas anderes. Und wenn die Geschichte mit Claire nicht wäre. Die Treffen waren nett«, gestand ich ihr. »Aber ich bin nicht ich selbst, wenn ich ihn sehe - auf unangenehme Weise. Als würden die Geschichten immer in meinem Kopf herumspuken. Ich benehme mich merkwürdig und er denkt sicher, dass ich eine verklemmte Tussi bin, die er nicht im Mindesten interessant findet. Was auch besser so ist, weil es eh nicht passen würde.«

Aiko legte den Kopf schief, sodass ihre Ponyfransen in die Augen fielen, das Schnapsglas drehte sie zwischen den Händen. »Aber du hast darüber nachgedacht.«

»Stimmt, aber aus den Gründen, die wir beide kennen, ist es sowieso hinfällig. Ich habe genug andere Probleme. Es ist alles zu viel, die ganze Situation mit Kenichi, mit Theo, mit der Firma ... ich glaube, mein Kopf sucht einfach Ablenkung, die nichts mit diesen Themen zu tun hat. Da kommt ein attraktiver Mann gerade recht.«

»Du könntest dem Rest deines Körpers die gleiche Ablenkung gönnen.« Sie lächelte schelmisch.

»Warum sollte er darauf eingehen, selbst wenn ich es darauf anlegen würde?«, hielt ich dagegen.

»Wenn du ihn nicht fragst, wirst du es nie erfahren.«

»Ein dritter Mann wäre sicher nicht der richtige Ansatz, um mich wieder zu entwirren.«

»Du musst nur einen anderen - Theo - aussortieren. Ken wird bald verstehen, dass er maximal der Vater deines Sohnes bleiben kann. Spätestens, wenn unsere Eltern nach Hause fahren - was lieber früher als später der Fall sein wird - sieht er es hoffentlich ein und lässt dich mit dem Scheiß in Ruhe. Es ist doch klar, woher da der Wind weht: Zehn Monate lang stellt er sich tot und auf einmal will er wieder, *zufällig* wenn unsere Eltern auch hier sind.«

Dessen war ich mir nicht so sicher wie sie, aber ich hatte mir auch eingebildet, meinen Mann nach acht Jahren Ehe zu kennen. Sein Abgang hatte mich trotzdem eiskalt erwischt, warum sollte ich ihm also dieses Mal glauben? Seine Schwester hatte sicher recht, wenn sie an ihm zweifelte.

»Bitte sag den anderen nichts von dieser Nick-Sache, ja?« Sie legte den Kopf wieder schief und machte ein verständnisvolles Gesicht. Sie ahnte, weshalb ich sie darum bat.

»Es gibt doch eh nichts zu berichten, oder? Abgesehen davon, dass du unerkannte sexuelle Bedürfnisse hast, die nur ein gewisser Landschaftsarchitekt befriedigen kann.«

Ich fiel in ihr Lachen ein. Jetzt, nachdem wir darüber gesprochen hatten, erschien es mir nicht mehr so sonderbar und darüber Witze zu machen, half mir mehr als tagelanges Grübeln.

»Wir sehen uns am Samstag, ja?«, fragte sie später, als sie sich anschickte, zu ihrem unten wartenden Taxi zu gehen. Wir wollten uns am Wochenende treffen, bevor der Feiertagsstress startete. JP würde den ersten Weihnachtstag mit Kenichi verbringen, wahrscheinlich auch mit seinen Großeltern. Aiko hatte mich abends zu sich eingeladen, damit ich nicht die kompletten Feiertage mit meinen Eltern verbringen musste.

Zum ersten Mal wurde mir bewusst, was es hieß, der einzige Single im Freundeskreis zu sein. Im Gegensatz zu den Vorjahren konnte ich nicht einmal auf Claire zählen, die sich ein Herz gefasst hatte und Ben zu seiner Familie nach Fehmarn begleitete. Em verbrachte den zweiten mit Lukas. Tim und Sam waren natürlich unzertrennlich, obwohl Sam mir angeboten hatte, bei ihnen vorbeizuschauen und das obligatorische Sissi-Trinkspiel zu spielen. Das hatte ich mir offengelassen.

Sicher war es die bessere Alternative als allein zuhause zu sitzen, aber ich war damit zufrieden, bei Aiko und Katharina zu sein. Bei den beiden musste ich wenigstens keine Angst haben, dass sie unvermittelt auf einen Porno umschalteten und das Trinkspiel entsprechend anpassten.

Hoffte ich.

»Machen wir«, versprach ich und wankte nach der Umarmung zurück auf mein Sofa. An einem Mittwochabend so viel zu trinken war definitiv eine schlechte Idee. Also stopfte ich noch eine Tüte Chips hinterher, in der Hoffnung, dass das Fett den Alkohol band und mich vor dem schlimmsten verschonte.

Die Chips halfen nicht.

Mein Schädel fühlte sich am nächsten Morgen quadratisch an. Immerhin hatte ich keine Termine, also brachte ich den Donnerstag mit schweren Gliedern und den Freitag wieder unbeschwerter herum, obwohl mich die Aussicht auf die Feiertage wenig fröhlich stimmte.

In der Firma hatte ich so viel zu tun, dass ich auch am Samstag und Sonntag viel Zeit dort verbrachte und die restlichen Stunden mit JP auf der Couch herumhing. So verpasste ich das Mittagessen am Samstag. Das ärgerte mich, denn gerade ein Treffen mit meinen Freunden hätte mich aufgebaut.

Doch die Firma hatte Vorrang. Auch Vincent war die Tage über im Büro. Am Montag verabschiedete ich die Belegschaft in die Weihnachtsferien und schloss zum letzten Mal in diesem Jahr ab.

Jetzt kamen die Feiertage.

Ich beneidete jeden meiner Freunde um ihre Festtagsplanung. JP war aufgeregt, er freute sich auf die Geschenke, die er bekommen würde und war gespannt, was Weihnachten für ihn bereithielt. Das fragte ich mich auch und erhielt die Antwort am Dienstag, als ich mit meiner Mutter den Tisch für die Weihnachtsgans deckte.

»Wir überlegen, übermorgen essen zu gehen«, sagte sie mit einer Miene, die mich misstrauisch werden ließ.

»So?«

»Ja. Als ganze Familie.« Sie ließ die Worte langsam durch den Raum gleiten, bedeutungsschwer, doch es dauerte ein paar Sekunden, bis ich verstand, worauf sie hinauswollte.

»Soll heißen?« Sie sollte es mir trotzdem erklären, mein Gehirn streikte, die Andeutung zu verstehen.

»Am Mittwoch waren Ina und Henzo bei uns, wir haben lange gesprochen.« Ich sah sie ungläubig an, meine Kehle war wie zugeschnürt.

»Wir brauchen nicht darüber reden, wie Kenichis Verhalten zu bewerten ist, darin sind wir uns einig. Aber die beiden haben durchaus recht, wenn es darum geht, was für Jan-Philipp das Richtige ist und auch für die Familie.«

Mein Vater stand unbehaglich im Wohnzimmer und fragte JP, ob sie nach draußen gehen sollten, um den Weihnachtsmann zu suchen. Er warf seinem Großvater einen nachsichtigen Blick zu, nickte aber, als ahnte er, dass es besser war, bei der Diskussion, die nun folgen würde, nicht anwesend zu sein. Die beiden verzogen sich, während ich meine Mutter im Auge behielt. Erst als die Haustür ins Schloss fiel, fand ich die Kraft, zu sprechen:

»Wann geht es mal darum, was für *mich* das richtige ist?«

»Sonja, ich weiß, dass wir uns schon ausführlich darüber unterhalten haben ...«

»Umso erstaunter bin ich, dass du deine Meinung geändert hast. Du findest also, dass ich mich wie eine Ehefrau aus den Fünfzigern verhalten und ihn zurücknehmen soll, als wäre nichts gewesen? Was sollten dann die Vorträge darüber, dass ich schon immer etwas Besseres verdient hätte?« Zu meinem Entsetzen fühlte ich Tränen in meine Augen steigen. »Im Ernst, Mama, das passt alles nicht zusammen!«

»Eine Scheidung ist eine hässliche Sache«, setzte meine Mutter an. Auf ihren Wangen bildeten sich rote Flecken.

»Eine kaputte Ehe ist viel schlimmer!«, hielt ich dagegen. »Und ich möchte diese Entscheidung selbst treffen. Jan-Philipp hat nichts davon, wenn er in zerrütteten Verhältnissen aufwächst. Und welches Weltbild soll ich ihm vermitteln, wenn ich einfach kleinbei gebe?« Sie schnappte nach Luft und suchte offenbar nach Argumenten. Ich beobachtete sie dabei und fühlte meine Unterlippe zittern.

Verdammt, was für ein beschissener Heiligabend!

»Ich möchte nur, dass du die Angelegenheit von allen Seiten betrachtest«, presste sie zwischen den Zähnen hervor.

»*Deiner* Seite.« Am liebsten hätte ich einen der teuren Meißener Teller gegen die Wand geworfen. Erst hielt sie mir monatelang Vorträge darüber, dass ich froh sein sollte, ihn losgeworden zu sein und jetzt das!

»Sonja, ich ...«, setzte sie an und hob die leeren Hände. »Denk doch einmal nach: Anstatt eine geschiedene Vierzigjährige zu sein, die ihr Kind allein großziehen muss, hättest du die Möglichkeit, ihm eine Familie zu bieten.«

»Kenichi wird an der Erziehung teilhaben, es klappt ganz gut. Besser als vorher, um genau zu sein«, widersprach ich, obwohl ich mich fragte, warum ich mich bemühte. Meine Mutter wollte nicht verstehen, Argumente waren ihr egal.

Wenn ich nachgab, konnte sie herumerzählen, dass Kenichi zur Vernunft gekommen war und ich ihm in meiner grenzenlosen Großzügigkeit verziehen hatte. Das hörte sich für sie besser an als eine Scheidung. Meiner Mutter war zuzutrauen, dass sie so getan hatte, als wäre Kenichis Flugzeug verschollen.

»Ich würde es begrüßen, wenn du noch einmal intensiv darüber nachdenkst, was für Konsequenzen deine Entscheidung für alle Beteiligten hat.« Ihr Gesicht war unbeweglich und ihre Stimme kalt, wie immer, wenn wir einen Streit hatten. In diesen seltenen Momenten hasste ich sie, weil sie mich damit mundtot machte.

Ich war nicht Aiko, ich würde niemals meine Mutter anschreien oder ihr Beleidigungen an den Kopf werfen. So funktionierte unsere Beziehung nicht und sie würde es mir nie verzeihen. Alles, was mir übrigblieb, war zu nicken und es gut sein zu lassen, aber meine Stimmung war komplett vermiest.

Das merkten auch mein Vater und JP, als diese zurückkamen und sich an den Tisch setzten. Meine Mutter und ich machten hohle Konversation wie in einem schlechten Theaterstück, bis JP mich fragte, was mit mir los war und ich mit einem künstlichen Lachen abwinkte.

Danach kratzte ich die Kurve, offenbar schneller als meine Eltern gedacht hatten. Aber ehrlich, mit meinem Sohn auf der Couch zu sitzen, Popcorn und Schokolade zu essen und einen Weihnachtsfilm für Kinder zu schauen, war tausend Mal besser als diese beschissene Situation.

Am nächsten Vormittag klingelte es pünktlich um elf an der Tür und Kenichi stand im Hausflur, um JP abzuholen.

»Alles in Ordnung?«, fragte er, als er meine Miene sah.

»Unsere Eltern haben sich zusammengetan.«

»Ich weiß.«

»Ken, das geht so nicht.« Ich brach ab, als JP in den Flur kam und seinen Vater umarmte. Im Arm hatte er sein Weihnachtsgeschenk: ein Tablet für Kinder, randvoll mit Informationen zu seinen beiden Lieblingsthemen: Dinosaurier und Astronomie.

»Hey, mein Großer, bereit für ein Weihnachtsfest nach japanischer Art?«, fragte Ken heiter und ließ sich das Tablet zeigen.

»Wow, tolles Gerät. Können wir nachher darüber reden, wenn wir zurückkommen?«

»Natürlich.« Ich küsste meinen Sohn. Schweren Herzens sah ich ihnen nach, als sie den Hausflur hinuntergingen und mich allein ließen. Wie jedes Mal, wenn ich die beiden weggehen sah, fühlte ich mich verloren. Sie bildeten jetzt einen eigenen kleinen Teil der Familie, der mich ausschloss.

Tränen stiegen in meine Augen. Wieder wünschte ich mir, es hätte das letzte Jahr nicht gegeben. Ich war bereit gewesen, alles in die Waagschale zu werfen, damit unsere Ehe funktionierte. Ich hatte das Gespräch gesucht, meinen Stolz heruntergeschluckt und Lösungen angeboten, bis ich nicht mehr weiterwusste. Nur, um festzustellen, dass er seinen Abgang geplant hatte, während ich noch um uns kämpfte.

War es egoistisch von mir, die Scheidung durchzuziehen?

Trotz allem?

Ich fand darauf keine Antwort und wollte Aiko und Katharina nicht damit belasten. Mina und Rika verbrachten den Tag bei den beiden und würden morgen mit zu dem ›Familienessen‹ kommen. Mir graute vor dieser Begegnung. Es konnte einfach nur schrecklich werden. Auch Aiko und Katharina machten düstere Mienen, als das Gespräch darauf kam.

»Am liebsten würde ich nicht hingehen, aber Mama hat mich angerufen und angefleht, dass wir kommen«, berichtete Aiko.

»Ich glaube nicht, dass mein Vater jemals wieder mit mir sprechen wird - was okay für mich wäre - und kann mir den Tag auch anders versauen. Aber gut, es wird für uns alle grässlich und hoffentlich gibt es reichlich Alkohol, in den ich mich flüchten kann.«

Sie warf einen schnellen Blick auf Katharina und ergriff ihre Hand. Ihr lag die Sache schwer im Magen, was ich verstehen konnte. Sie war zwar tough, aber bei Weitem nicht so abgebrüht wie Aiko. Ich ahnte, dass das erste Treffen mit den Nakamas sie getroffen hatte. Vor allem, weil ihre Familie Aiko mit offenen Armen empfangen hatte.

»Ich denke, der Beschuss wird eher in meine Richtung gehen, jetzt, wo sie sich zusammengeschlossen und die Entscheidung für mich gefällt haben«, meinte ich und nippte an meinem Rotwein. Katharina prostete mir mit einem verzweifelten Lächeln zu.

»Dann auf einen beschissenen zweiten Weihnachtstag!« Aiko fiel mit ein und meine Laune hob sich wieder.

Letzten Endes saßen wir alle im gleichen Boot.

Ich hatte mit Kenichi vereinbart, dass er JP um zwanzig Uhr zurückbrachte. Natürlich wollte ich nicht pedantisch sein, aber als sie erst um zehn nach acht da waren, musste ich mich zwingen, keine scharfe Bemerkung zu machen. Wir hatten noch ein Gespräch zu führen und so ein Einstieg wäre nicht förderlich.

JP war todmüde und zog sich mit seinen Spielsachen in sein Zimmer zurück, nachdem er sich bettfertig gemacht hatte, wie ich mit schwerem Herzen beobachtete. Im letzten Jahr hatte er so viel seiner Kindlichkeit verloren, dass es mir wehtat.

Schnell folgte ich ihm und deckte ihn zu. Er sah jünger aus als sieben, als er sich in seine Bettdecke kuschelte, auf der das Sonnensystem abgebildet war. Die fluoreszierenden Planeten an der Zimmerdecke leuchteten sanft, trotz des Nachtlichts.

»Hattest du einen schönen Tag?«, fragte ich und hockte mich an den Bettrand. Er nickte, sein schmales Gesicht versank zwischen den Kissen und der Decke. Seinen Plüschsaurier hatte er unterm Arm.

»*Sobu* und *Sofu* sind komisch.« Er war einen schnellen Blick zur Zimmertür, die ich geschlossen hatte, als hätte er Angst, sein Vater könne ihn hören, wenn er über seine Großeltern sprach. Ich strich ihm lächelnd das Haar aus der Stirn.

»Stimmt, aber das liegt auch daran, dass du sie so lange nicht gesehen hast. Sie wohnen so weit weg, dass sie andere Dinge gewöhnt sind, als wir.« Er nickte, dann setzte er sich auf und schlang die Arme um mich.

»Hauptsache, du bist immer bei mir, Mama. Ich muss jetzt schlafen. Gute Nacht.« Damit legte er sich hin und schloss die Augen. Ich schluckte den dicken Kloß in meinem Hals hinunter und ging zu Kenichi, der im Wohnzimmer wartete.

»Wein?«, bot ich an.

»Oh Gott, ja bitte.« Er rieb sich müde die Stirn. Das erinnerte mich daran, dass er gestern eine Nachtschicht bekommen und wenig geschlafen hatte.

»Viel los letzte Nacht?«.

»Zum Glück keine Brände, dafür ein paar Skurrilitäten. Von einer Frau, die sich in ihrem Schrank eingesperrt hat, über eine verlegte Axt bis zu einer Drohne, die in einem Baum festhing, war alles dabei. Die Leute werden immer verrückter« Wir prosteten einander zu. »Ich hätte nicht damit gerechnet, dass wir so schnell friedlich zusammensitzen.«

»Ich hätte nicht gedacht, dass wir überhaupt wieder zusammensitzen«, gab ich zu. »Und bis vor kurzem hätte ich das auch kategorisch ausgeschlossen.«

»Du bist sehr großzügig.« Er sagte das ohne Ironie, aber das war mir selbst auch schon aufgegangen.

Erschöpft zuckte ich mit den Schultern. »So egoistisch, wie alle mir einreden wollen, bin ich vielleicht doch nicht.«

»Sicher nicht.« Mein Mann starrte in sein Weinglas. »Es tut mir leid, was meine Eltern getan haben. Sie verstehen nicht, dass sie sich heraushalten sollten.«

»Das kapieren meine auch nicht.« Ich atmete tief durch. »Wann reisen sie ab?«

»Wenn alles gut geht, übermorgen.«

»Das ist ja absehbar.«

Kenichi schnaubte. »Ich bin froh, wenn sie im Flugzeug sitzen und mich in Ruhe lassen.«

»Heißt das, du hast deine Meinung geändert?« Wenn Ken aufhörte, an mir herumzuzerren, würde mir das helfen.

»Nein, aber sicher ist der Weg, den unsere Eltern gehen, der falsche, um dich davon zu überzeugen, dass es mir ernst ist. Ich möchte, dass wir es noch einmal versuchen, aber ohne Druck. Wenn du Zeit brauchst, werde ich sie dir geben.«

Ich schwieg, weil ich nicht wusste, was ich darauf sagen sollte. Die Worte meiner Mutter und meiner Schwiegereltern spukten mir im Kopf herum.

Schweigend tranken wir unseren Wein aus, dann schickte Kenichi sich an, seine Jacke zu holen. Ich folgte ihm in den Flur und vergewisserte mich noch einmal, dass JPs Tür zu war.

»Dann bis morgen«, sagte ich leise.

»Gute Nacht.« Er nahm mein Gesicht in beide Hände und küsste mich auf den Mund. Ich war so überrascht, dass ich stillhielt. Seine Lippen fühlten sich so vertraut an, tröstlich, als hätte ich etwas Verlorenes wiedergefunden. Ich schlang die Arme um seine Taille und ließ zu, dass er mich an sich zog.

Eine dumme Idee?

Möglich, aber es fühlte sich richtig an, ihn mich küssen zu lassen. Auch, als er mich gegen die Wand lehnte und seine

Finger in meinen Haaren vergrub, genoss ich es. Dies könnte ein guter Abschluss für den Tag sein.

Wie in Trance schmiegte ich mich an ihn, ermunterte ihn, weiterzumachen. Ich wollte nur kurz meinen Kopf ausschalten und an etwas Anderes denken als die ganzen Probleme, die sich vor mir auftürmten. Er war schließlich mein Ehemann, es war nichts Verwerfliches daran, wenn ich mit ihm Sex hatte.

Ich knöpfte sein Hemd auf und sog zischend Luft ein, als er den Träger meines Tops über meine Schulter zog, gleich zusammen mit meinem BH. Er entblößte meine Brust und strich mit dem Daumen über meine Brustwarze.

Unser Sex war nie schlecht gewesen. Manchmal, wenn wir uns gerade versöhnt hatten, sogar spontan und für meine Begriffe außergewöhnlich, auf dem Küchentisch oder im Bad, auch wenn meine Freunde darüber nur milde lächeln konnten.

Doch jetzt war es besser, wenn wir uns in mein Schlafzimmer zurückzogen, damit JP nichts davon mitbekam. Seine Eltern an Weihnachten beim Sex im Flur zu erwischen, wollte ich ihm nicht zumuten.

Ken folgte mir schnellen Schrittes und schloss leise die Tür hinter sich. Wieder küssten wir uns, während er mich sanft zum Bett schob und dabei meine Hose öffnete. Wie im Fieber streifte ich ihm das Hemd von den Schultern und zog ihn auf die Matratze. Seine Finger tasteten sich in meinen Hosenbund und unter das Bündchen meines Slips. Ich schnappte nach Luft, als er tiefer wanderte und mich dort berührte, wo sich meine Lust bereits sammelte.

Wieder küssten wir uns, als würden wir uns aneinander festhalten. Er fand meine Klit und rieb sie langsam zwischen den Kuppen. Ich wölbte mich ihm entgegen und genoss seine Berührungen, vertraut, als hätte es nie eine Pause zwischen uns gegeben. Ohne von mir abzulassen zog er mich aus, bis ich nackt vor ihm lag, dann drückte er meine Schenkel auseinander und erhöhte die Reibung.

Ich schnappte nach Luft und biss mir auf die Lippe. Seine Fingerfertigkeit hatte mir schon immer gefallen, er wusste, was er tat. Jetzt versenkte er zwei Finger in mir und küsste mich wieder, während er schneller und tiefer in mich stieß.

In mir baute sich ein Orgasmus auf. Genau, was ich brauchte, genau, was ich wollte. Ich spreizte meine Beine und ließ ihn machen. Bot mich ihm an und stieß ein heiseres Keuchen aus, das in einem unterdrückten Schrei gipfelte, als er mich endlich kommen ließ. Ich presste die Hand vor den Mund und schloss die Augen, während er mich immer weiter bearbeitete und meine Muskeln verrücktspielten.

»Darf ich?«, fragte er und beugte sich über mich. Ich nickte benommen und schnappte nach Luft, als er in mich eindrang und mich dabei keine Sekunde aus den Augen ließ.

Es fühlte sich an, als wäre er nie weggewesen und ich biss mir auf die Unterlippe, um nicht laut zu stöhnen, als er zu stoßen begann. Es fühlte sich so gut an.

Er machte schneller und härter, strich mir mit den Händen durchs Haar und legte mein linkes Bein über seine Schulter, sodass er noch tiefer eindringen konnte. Mir blieb fast die Luft weg und ich genoss das heiße Gefühl, dass sich in mir aufbaute. Dass ich nur selten einen Orgasmus beim Sex bekam, war mir nicht wichtig, solange ich engen Kontakt mit dem Mann hatte, den ich liebte.

Geliebt hatte.

Bevor ich diesen Gedanken verfolgen konnte, zog er sich zurück. Ehe ich mich versah, drehte er mich auf die Knie, sodass mein Hintern ihm entgegen ragte. Ich spürte seine Lippen, seine Zunge, die durch die Nässe fuhr, meine Schamlippen teilte und in mich eindrang. Erschrocken holte ich Luft, mich während des Sex' zu lecken hatte er noch nie gemacht, aber es fühlte sich zu gut an, um zu protestieren.

Warum sollte ich auch?

Mit dem Daumen massierte er meine Klit und schien selbst die Kontrolle zu verlieren. Seine Bewegungen wurden immer wilder und härter, wie ich es auch noch nie erlebt hatte. Und es zeigte seine Wirkung: Ich kam erneut, dieses Mal mit einem dumpfen Stöhnen in mein Kopfkissen, während er meinen Hintern fest umklammert hielt und seine Zunge in mich stieß.

»Ja, oh bitte...«, wimmerte ich und krallte meine Finger in die Bettdecke. Das war der beste Orgasmus des vergangenen Jahres. Kein anderer Mann hatte mich so kommen lassen.

Meine Beine drohten unter mir nachzugeben, doch er hielt mich fest, machte immer weiter und zog meinen Höhepunkt in die Länge. Gerade, als ich dachte, es könnte nicht besser werden, hörte er auf, kam hinter mir auf die Knie und drang erneut in mich ein. Mein Schädel dröhnte, doch ich schaffte es, nicht laut zu schreien. Wie konnte er mich so hart rannehmen, wenn unser Sohn im Nebenraum schlief?

Er setzte alles auf eine Karte und ich bestätigte ihm, wie sehr es mir gefiel. Bei ihm fühlte sich diese Stellung nicht so schmutzig an wie mit Theo. Ich kam mir wild und verrucht vor, gleichzeitig behandelte er mich, als wäre es sein einziger Wunsch, mich zu befriedigen.

Ich nahm seine tiefen Stöße in mir auf und genoss den Griff seiner Hände auf meinen Hüften. Feuchtigkeit rann zwischen meinen Beinen hinab. Meine Muskeln, die sich während des Orgasmus' zusammengezogen hatten, umschlossen ihn fest wie eine Faust, was die Reibung noch intensivierte.

Am liebsten hätte ich geschrien, ihn angefeuert, damit er mich noch einmal kommen ließ. Ich hatte das Gefühl, dass wir darauf zusteuerten, doch schließlich stieß er ein Grunzen aus und seine Hände verkrampften sich. Ein paar Stöße schaffte er noch, bevor er schweratmend innehielt. Seine rauen Hände streichelten meine schweißnasse Haut. Ich spürte nach, fühlte unsere Verbindung, seinen Schwanz in mir und das köstliche Gefühl, das er mir bescherte.

Es war nie einfach zwischen uns, doch ich hatte immer an uns geglaubt. Für uns gekämpft.

Er zog sich zurück und nahm mich in seine Arme, küsste mich erneut. Ich empfing seine Zunge in meinem Mund, saugte seinen vertrauten Geruch ein und fühlte mich wie in eine warme Decke gewickelt.

»Ich liebe dich«, flüsterte er an meinen Lippen.

Ich sah in seine Augen und fühlte mich fast so verloren wie damals, als ich in unserem Schlafzimmer stand und begriff, dass er mich verlassen hatte. Meine Brust krampfte sich zusammen und es gelang mir nur mit Mühe, schwach zu lächeln.

Er bemerkte es und sein Gesicht wurde traurig. »Es tut mir leid«, flüsterte er und küsste meinen Mund. »Wenn ich dir nur zeigen könnte, wie sehr. Vielleicht könntest du mir dann glauben, dass ich es ernst meine.«

»Darum geht es nicht«, antwortete ich heiser. »Als du gegangen bist, hast du etwas zwischen uns zerstört. Ich glaube nicht, dass ich diesen Verlust je verarbeiten kann. Du kannst dir nicht vorstellen, was für ein Gefühl es war, allein dazustehen, ohne Vorwarnung, mit unserem Sohn an der Hand. Und als ich auf der Wache anrief und Martin mir sagte, du hättest deine Beurlaubung schon Wochen vorher beantragt ... ich glaube, da ist etwas in mir gestorben. Und ich sehe nicht, wie du diesen Schaden beheben könntest.«

Daran hatte er zu knabbern. Sein schmaler Mund war nur noch ein Strich und seine schwarzen Brauen zogen sich zusammen.

»Ich verstehe dich«, sagte er leise und strich mir eine Haarsträhne aus dem Gesicht. »Und ich weiß nicht, wie es mir gegangen wäre. Trotzdem werde ich versuchen, dich zu überzeugen, denn ich sehe noch eine Chance.« Er beugte sich vor und küsste mich auf den Mund. »Spätestens seit heute.«

»Ken, ich ...«, machte ich unbehaglich. Dieses Gespräch zu führen während wir noch nackt in meinem Bett lagen, war sicher nicht klug. Genauso wenig wie mit ihm zu schlafen.

»Schon okay. Ich werde mich auf den Weg machen.« Er seufzte und rieb sich den Nacken, seine Enttäuschung war ihm deutlich anzusehen. »Wir sehen uns morgen bei dem beschissensten Weihnachtsessen der Welt.«

»Wenigstens verteilt sich die Scheiße gleichmäßig nach Aikos Streit mit eurem Vater«, meinte ich.

Er schnaubte. »Ich müsste sauer auf sie sein, weil sie so mit ihm geredet hat, aber ich kann sie verstehen. Mein Vater hat leider kein Verständnis dafür, dass man sich in einen Menschen verliebt und nicht nur in das Bild, das er von sich präsentiert. Das wird er wohl nicht mehr lernen.« Damit stand er auf und suchte seine Kleidung zusammen.

Unschlüssig blieb ich im Bett sitzen und beobachtete ihn. Die Feuchtigkeit zwischen meinen Beinen erinnerte mich daran, dass wir es ohne Kondom gemacht hatten.

»Hattest du ungeschützten Sex?«, fragte ich mit belegter Stimme. Er schüttelte den Kopf und ich glaubte ihm bedingungslos. Kenichi würde mich nicht anlügen.

»Ich auch nicht.«

Er warf mir einen seltsamen Blick zu, als könne er nicht glauben, dass ich mit anderen Männern geschlafen hatte. Ich schlug die Augen nieder. Mir wäre es auch lieber, ich hätte keinen Anlass dazu gehabt.

»Bis morgen«, sagte er leise, beugte sich noch einmal vor und küsste mich auf die Wange. »Das muss nicht das letzte Mal sein, weißt du?« Damit verließ er beinahe geräuschlos mein Schlafzimmer und ich hörte ihn die Haustür schließen.

Bewegungslos blieb ich sitzen und versuchte zu begreifen, was ich getan hatte.

Ein verzweifeltes Lächeln verzog meine Lippen. Offenbar hatte ich entschieden, es mir selbst möglichst schwer zu machen.

»Dumm, Sonja, ganz dumm«, murmelte ich und kletterte aus dem Bett, um das Laken abzuziehen.

Das gute Gefühl, das sich nach dem Sex in mir ausgebreitet hatte, verflüchtigte sich bereits und hinterließ einen faden Nachgeschmack.

Wie sollte ich aus dieser Nummer wieder herauskommen?

Und wollte ich es?

Was wollte ich überhaupt?

9. Kapitel

Am nächsten Tag hatte ich keine Lust auf das Essen. Alles wäre mir lieber als dieses Treffen und wenn ich stattdessen den ganzen Tag mit Sam und Tim Schwulenpornos sehen könnte, ich würde es tun.

Leider sah es nicht so aus, als gäbe es einen Grund, aus dem ich absagen könnte. Also machte ich JP und mich mit schlechter Laune fertig. Mir stand auch das Wiedersehen mit Kenichi bevor. Ich wusste nicht, wie ich mich verhalten sollte, ohne alles noch schlimmer zu machen.

»Mama, ist alles okay?«, riss mich JP aus meinen Gedanken. Ich richtete lächelnd seinen Hemdkragen.

»Na klar. Freust du dich?«

Er zuckte mit den Schultern. »Auf Mina und Rika. Und Aiko. Aber die Großeltern sind so anstrengend in letzter Zeit. Na ja, was will man machen?« Er seufzte schicksalsergeben und ich verkniff mir ein Lachen, weil er original wie mein Vater klang, wenn er sich über etwas beschwerte.

»Das hat jeder mal«, meinte ich und kontrollierte den Sitz meines Kleides im Spiegel. Es war hochgeschlossen, einem Weihnachtsessen mit der Familie angemessen. Ich sah nicht aus wie eine Frau, die es mit zwei Männern parallel trieb.

Tat ich auch nicht, rief ich mir in Erinnerung. Theo hatte ich vor einer Woche gesehen und ich war mit keinem von beiden liiert. Ich sollte mir bessere Ausreden einfallen lassen.

Das Essen verlief erwartungsgemäß furchtbar. Die Stimmung war so angespannt, dass man meinte, die Luft schneiden zu können. Henzo sprach kein Wort mit Aiko, bedachte sie dafür mit verächtlichen Blicken oder sah Ken und mich auffordernd an, als erwarte er von uns, zu verkünden, dass wir wieder ein Paar waren. Meine Eltern verhielten sich nicht besser, was dazu führte, dass ich mich grundunwohl fühlte.

Mit Ken allein zu sprechen ergab sich nicht. JP klebte an mir, als spürte er meine Anspannung. Außerdem wollte ich Aiko und Katharina nicht allein bei den Eltern lassen. Es war nicht abzusehen, ob Aiko einen weiteren Anfall bekommen würde, wenn sie die Schnauze gestrichen voll hatte.

Cat ging es sichtlich schlecht mit der ganzen Sache und es tat mir leid, wie sie die Ablehnung der Nakamas quälte. Die sonst so taffe Anwältin war blass und wortkarg, nur dass Kenichi sich um sie bemühte, munterte sie ein wenig auf.

Als wir endlich mit dem Dessert durch waren und sich ein Ende des Treffens abzeichnete, fühlte ich mich, als fiele eine zentnerschwere Last von mir ab.

»Sonja, ist es in Ordnung, wenn ich JP morgen zu mir hole?«, fragte Kenichi. »Wir könnten auch etwas zusammen machen.«

»Ich bin morgen mit Claire, Sam und Em verabredet, aber natürlich kannst du ihn abholen, oder, mein Schatz?«, fragte ich besagtes Kind, das neben mir stand und mich nachdenklich ansah. Jetzt nickte es und lächelte seinen Vater an. Kenichi warf mir einen enttäuschten Blick zu. Offenbar hatte er gehofft, dass wir reden konnten, wenn wir allein waren.

Oder gleich miteinander ins Bett gingen.

Aiko beobachtete mich und wahrscheinlich durchschaute sie mich auch, denn sie zog die Augenbrauen hoch und schüttelte leicht den Kopf.

Ich sollte machen, dass ich hier wegkam.

Schnell verabschiedete ich mich, wünschte den Nakamas einen guten Flug und kratzte die Kurve. Zuhause rollten wir uns wie zwei Katzen auf dem Sofa zusammen und standen erst auf, als es Zeit für JP wurde, ins Bett zu gehen. Ich war im Bad, als ich die Nachrichten auf meinem Handy bemerkte.

Hey Leute, sie haben eine Sturmwarnung rausgegeben und die Fehmarnsundbrücke gesperrt (schon wieder), schrieb Claire. *Ben und ich sitzen auf Fehmarn fest. Wollen wir unser Treffen auf Sonntag verschieben? Dann sind wir hoffentlich wieder in Hamburg. Genießt den letzten Weihnachtsabend.*

Em und Sam hatten bereits zugestimmt und auch mir passte es. Doch jetzt stand ich vor dem Dilemma, für ein Treffen mit Kenichi Zeit zu haben. Sollte ich zusagen?

Es war auch eine Nachricht von Theo eingegangen: *Ich hoffe, du hattest stressfreie Weihnachtstage. Soll ich dich morgen auf andere Gedanken bringen?*

Das Treffen lief auf Sex hinaus, unkompliziert und ohne befangene Momente. Ihn zu treffen ersparte mir einen Abend voll Unsicherheit mit Kenichi, für den ich mich nicht bereit fühlte.

Gerne. Willst du vorbeikommen?

Ich bin um sieben da.

Damit war es abgemacht und ich ging beruhigt ins Bett, auch wenn ich wusste, dass ich meine Probleme nur aufschob und sie nicht löste. Irgendwann musste ich auch mit Theo klare Verhältnisse schaffen.

Wie immer sie auch aussehen mochten.

Den nächsten Vormittag verbrachten JP und ich entspannt. Ich arbeitete ein paar Stunden, anschließend machten wir einen Spaziergang durch Altona. Wir aßen Mittag in einem Restaurant und fuhren ins Planetarium. Dort sahen wir uns eine Vorführung über Asteroiden an, die JP so begeisterte, dass er über nichts anderes mehr sprach. Anschließend mussten wir in eine Buchhandlung gehen und ein Buch über Kometen kaufen.

Gegen halb fünf holte Kenichi ihn ab und ich setzte mich noch einmal an mein Laptop, um ein paar Dinge vorzubereiten. Es gab einiges zu organisieren, weswegen Vincent und ich uns morgen im Büro treffen würden. Auch der Auftrag von Berendsen bereitete mir noch Bauchschmerzen.

Dann wurde es Zeit, mich auf Theos Besuch vorzubereiten. Ich sprang unter die Dusche und entfernte alle lästigen Härchen, die über die Feiertage entstanden waren.

Missmutig betrachtete ich meinen Körper. Das dauernde Essen war nicht spurlos an mir vorübergegangen. Letztes Jahr, während unserer Ehekrise, nahm ich zehn Kilo ab, der einzig positive Effekt. Seitdem ich die Firma übernommen hatte, fehlte mir die Zeit für Sport, aber vielleicht bekam ich das jetzt in den Griff, da Kenichi den fürsorglichen Vater spielte.

Ich schüttelte den Kopf. Es fiel Männern nicht auf, ob ich zwei Kilo mehr oder weniger wog. Ken hatte sich nie für mein Gewicht interessiert und mir sogar während meiner Schwangerschaft, als ich die Figur eines Seelöwen bekam, gesagt, wie hübsch ich aussah. Das Problem bestand in meinem Kopf.

Ich suchte Unterwäsche heraus, die mit etwas Spitze als sexy durchging, und zog ein dunkelblaues Kleid mit V-Ausschnitt über. Dazu trug ich Lippenstift auf und hoffte, dass es Theo gefiel. Ich stieg in Pumps und musste über mich selbst lachen, weil ich einen solchen Aufwand betrieb, nur um mich nach kurzer Zeit wieder auszuziehen.

Ich hielt inne und betrachtete mein Gesicht im Spiegel, versuchte, mich selbst zu verstehen. Hatte ich den Glauben an eine Beziehung aufgegeben und befand mich auf dem Standpunkt meiner Freunde, für die Sex ohne Liebe selbstverständlich war?

Ich war immer stolz darauf, mich in diesem Punkt von ihnen zu unterscheiden. Es war altmodisch, aber mir hatte meine Retroblase gefallen.

Jetzt, ein Jahr als Single später, hatte sich meine Einstellung liberalisiert. Ich schlief zwar nicht willkürlich mit Fremden, aber die Unverbindlichkeit, mit der Theo und ich uns begegneten, machte es einfacher für mich.

Außerdem stimmte Sex ohne Liebe nicht. Weder bei Theo noch bei Kenichi. Beide Männer hatte ich geliebt, auch wenn das in der Vergangenheit lag.

Mein Augenlid zuckte. Oder?

Es klingelte. Schnell fuhr ich mir mit den Fingern durchs Haar und eilte zur Tür, um Theo hereinzulassen. Er hielt eine Flasche Wein in der Hand.

»Ich wollte meinen Alkoholkonsum nach den Feiertagen reduzieren«, sagte ich lächelnd.

»Damit fängst du besser nicht vor Silvester an, das lohnt sich nicht«, meinte er und schob seine Hand unter den Saum meines Kleides. »Du siehst hübsch aus, Sonja.«

»Danke.« Ich genoss seine Berührung und dass er direkt zur Sache kommen wollte, da trat er zurück.

»Würdest du dir etwas Spezielles für mich anziehen? Als nachträgliche Weihnachtsfeier?« Überrumpelt sah ich ihn an und brauchte ein paar Sekunden, um mich zu sammeln. Damit hatte ich nicht gerechnet.

»An was denkst du?«

Er hatte nichts dabei, stellte ich erleichtert fest, also wollte er mich nicht in ein Kostüm aus einem Sexshop stecken. Nichts wäre schlimmer als ein Latexfummel in Katzenoptik.

»Ich dachte, ich schaue in deinem Kleiderschrank nach einer Bluse und einem engen Rock«, erwiderte er mit rauer Stimme. Ich bekam Herzklopfen.

»Sollte ich dahaben.«

Ich wusste nicht, wie ich das finden sollte. Er lächelte und zog mich an der Hand hinter sich her ins Schlafzimmer. Vor meinem Kleiderschrank blieb er stehen, schob die Türen beiseite und besah meine säuberlich aufgehängten Blusen und Röcke. Er zog einen Bleistiftrock, den ich selten trug, weil ich darin nur kleine Schritte machen konnte, und eine weiße Bluse hervor. Ein Business-Outfit, abgesehen von dem engen Rock nichts Besonderes. So was zog Claire jeden Tag ins Büro an. Theo legte die Teile aufs Bett und trat hinter mich. Gänsehaut überzog meine Oberarme, als er mich küsste und gleichzeitig den Reißverschluss meines Kleides aufzog. Er ließ es zu Boden fallen und öffnete meinen BH, der denselben Weg nahm, ebenso mein Slip, den er mir kurzerhand über den Po zog.

Mit warmen Fingerspitzen strich er über meine Brustwarzen und küsste mich hinter dem Ohr. Dann zog er mir die Bluse über. Er knöpfte sie nur soweit zu, dass meine Brüste nicht herausfielen, und machte sich daran, mir den Rock anzuziehen. Meine Pumps trug ich immer noch.

Als er fertig war, drehte er mich herum, sodass ich mich selbst im Spiegel sehen konnte: Auf die Idee, aus einem Bürooutfit etwas Anstößiges zu machen, war ich nicht gekommen. Meine Nippel zeichneten sich durch den weißen Baumwollstoff ab und er zog den Rock höher, entblößte mehr Bein.

»So hatte ich es mir vorgestellt.« Er sah zufrieden aus und streichelte meine Brüste. »Lass uns den Wein probieren.«

Er ließ mich ins Wohnzimmer vorgehen. Ich fühlte mich beklommen, obwohl es aufregend war. Auch, dass ich noch nicht genau wusste, worauf er hinauswollte, hatte seinen Reiz.

Wein war eine gute Idee.

›Entspann dich‹, ermahnte ich mich. ›Am Ende werden wir Sex haben, ob mit dem Bleistiftrock oder in dem Kleid, das ist doch egal. Und wer weiß, was er sich noch einfallen lässt.‹

Oralverkehr auf dem Esstisch? Ich wusste nicht, ob ich das tun konnte, vor allem in dem Wissen, wie oft ich sonst zum

Essen an diesem Möbelstück saß. Andererseits sollte ich diese Chance nutzen, nicht so spießig zu sein. Theo öffnete die Flasche und goss die Gläser voll. Er prostete mir zu und ließ sich auf einem Stuhl nieder, bevor ich jedoch Platz nehmen konnte, hielt er mich auf und schob meinen Rock noch etwas höher.

»Könntest du die Beine für mich spreizen?«, fragte er und legte die Hände auf meine Knie. Seine Augen begannen zu leuchten, anscheinend sah er schon, was er sich vorgestellt hatte. Schnell nahm ich einen großen Schluck Wein.

›Lass ihn machen‹, beschwor ich mich. ›Lass es auf dich zukommen und genieß es. Der letzte Sex war besser als alles davor. Vielleicht sind seine Ideen gut. Komm schon, du willst wild sein und bekommst feuchte Hände, weil er dir unter den Rock sehen kann? Das ist der falsche Körperteil dafür.‹

Ich spreizte die Beine und öffnete einen weiteren Knopf meiner Bluse. Sein Lächeln wurde breiter. Er beugte sich vor, tastete mit seinen Fingern zwischen meine Schenkel. Ein Stöhnen entwich mir, als er meinen Venushügel streichelte.

»Genau so hatte ich es mir vorgestellt«, vertraute er mir an. »Es ist noch schärfer als in meiner Fantasie.« Er griff nach meinem rechten Knöchel und hob mein Bein so an, dass ich tiefer in den Stuhl rutschte. Mein Rock wanderte nun endgültig zu meinen Hüften. Er legte meinen Fuß auf die Tischplatte. Meine Wangen röteten sich, doch gleichzeitig spürte ich dass ich immer schärfer wurde, vor allem, als er mir zwei Finger einführte und mir versprach, es mir zu besorgen.

»Mehrmals und ausführlich, meine Süße«, fügte er hinzu und goss ein wenig Wein über meine Brüste. Die Baumwolle wurde durchsichtig und klebte an meinen Nippeln. Egal, Hauptsache, er machte sein Versprechen wahr.

Er nahm einen dritten Finger hinzu und leckte über mein Dekolleté, als sich die Vorboten eines Orgasmus' ankündigten.

»Kommst du gleich?«.

»Ja«, seufzte ich, warf den Kopf zurück und versuchte, nicht laut aufzuschreien, als es so weit war.

Er lachte zufrieden und packte mich an der Hüfte. Ehe ich mich versah, saß ich auf dem Esstisch, die Beine weit abgespreizt und er bearbeitete mich mit seinem Mund.

Ich sah hinunter und wunderte mich, wie dynamisch und ausgefallen Theo sich verhielt. Von Missionarsstellung keine Spur.

Mir entwich ein lautes Stöhnen, als er meine Klit in seinen Mund saugte und mit der rauen Oberseite seiner Zunge leckte. Ich sah seine Kiefermuskeln arbeiten und spürte den Unterdruck seines Mundes. Meine Nerven waren so reizbar, dass es ihn nicht viel Mühe kostete, mich ein weiteres Mal kommen zu lassen. Ich lag zuckend auf dem Tisch, presste meine Füße gegen die Platte. Nur knapp widerstand ich dem Drang, seinen Kopf noch fester in meinen Schoß zu drücken, damit der Höhepunkt länger dauerte.

Er ließ mir keine Zeit, von dem Orgasmus herunterzukommen. Er erhob sich, öffnete seine Hose, streifte ein Kondom über und drang schnörkellos in meine feuchte Pussy ein, deren Muskeln sich lüstern protestierend wieder ausdehnten. Dann umfasste er meine Oberschenkel und stieß tief in mich. Dabei ließ er mich keine Sekunde aus den Augen.

Ich fühlte mich überfahren, obwohl es sich gut anfühlte. Es kam mir vor, als hätte er sich eine Choreografie überlegt, durch die er mich führte. Ich hatte keine Chance, nicht mitzumachen.

»Heute werde ich nicht in dir kommen, ich werde dir ein Geschenk machen«, flüsterte er und zog sich aus mir zurück. Ich folgte benommen seinen Bewegungen, fand mich auf dem Boden kniend nieder und sah, wie er das Kondom entfernte. Sein Schwanz ragte direkt vor meinem Gesicht auf, als er ihn umfasste und in seine Hand pumpte.

Panik erfasste mich. Wollte er in meinem Mund kommen? Unmöglich! Ich könnte es nicht ertragen, wenn er mir einfach in mein Gesicht ... Was sollte ich machen? Ich konnte doch nicht einfach aufspringen und wegrennen, aber einfach sitzen zu bleiben, würde ich nicht über mich bringen.

»Süße, öffne den Mund«, keuchte er zu meinem Entsetzen auf. »Ich will sehen, wie mein Saft über deine Zunge läuft.«

Das war das Schlimmste, was er zu mir hätte sagen können, alle meine Instinkte schrien nach Flucht. Doch es war zu spät, er war bereits so weit und griff nach meinen Haaren. Nur knapp wich ich seinen Fingern aus, da kam er und sein Sperma ergoss sich über meinen Hals und meine Brüste.

Erschrocken hielt ich still und starrte auf die weiße Flüssigkeit, die sich auf meiner Haut sammelte. Es war nicht das Sperma selbst, das mich so störte, es war die Art, wie er es mir hatte aufzwingen wollen. Ich wollte nicht, dass er einfach in meinen Mund spritzte. Vorher hatte er mich zu fragen, ob das für mich in Ordnung war.

Mit tauben Knien kam ich auf die Beine und suchte nach einer Serviette, da zog er mich an sich und küsste mich.

»Das hat nicht ganz geklappt, aber das war der schärfste Sex, den wir jemals hatten. Ich habe jede Sekunde genossen«, raunte er mir ins Ohr. »Du hast mich so geil gemacht, dass ich nicht mehr aufhören konnte. Wahnsinn.«

Ich wusste nicht, was ich darauf sagen sollte, also angelte ich nach meinem Glas. Ich nahm einen Schluck, dann überlegte ich es mir anders und stürzte den Rest hinterher.

Ich fühlte mich besudelt, der ganze Körper voll Wein, Sperma und meiner eigenen Flüssigkeit ... Scham stieg in mir auf. Das war alles zu schnell gegangen. Ich fühlte mich, als wäre ich zwischendurch ausgestiegen und nicht mehr hinterhergekommen, während er mit mir machte, was er wollte. Unschlüssig stand ich da und spürte nur den Wunsch, duschen zu gehen.

Er streichelte meine Wange. »Ich habe noch Zeit. Willst du dich frisch machen und ich ordere uns Abendessen?«

»Gute Idee.« Ich schaffte ein Lächeln. Essen war okay und wenn ich erst einmal geduscht war, würde ich mich besser fühlen. Dann konnte ich ihm wieder in die Augen blicken.

Es funktionierte: nach dem Duschen verschwand die Befangenheit und ich fühlte mich erleichtert. Vor zwei Wochen hatte ich mich darüber beschwert, dass der Sex mit Theo nur Standard war. Jetzt hatte er den Hebel umgelegt und ich war immer noch nicht zufrieden. Also lag es an mir und ich sollte froh sein, dass er meinen unausgesprochenen Wunsch erfüllt hatte.

Als ich in Jeans und Pullover zurück ins Wohnzimmer kam, sah er von seinem Smartphone auf.

»So gefällst du mir auch gut. Ich hoffe, du hast Appetit auf Pasta.« Er reichte mir mein Weinglas und prostete mir zu. Es war ein guter Tropfen, wie ich bemerkte, ein Grauburgunder mit schönem Schmelz und einer blumigen Note auf der Zunge. Tausend Mal besser als unerwartete Spermaladungen.

»Ich wollte dich noch etwas fragen.« Er nahm meine Hand. »Wir sehen uns seit zwei Monaten regelmäßig und ich habe mir überlegt, dass ich uns gern eine zweite Chance geben möchte. Ich glaube, wir waren damals zu jung, aber jetzt kann es funktionieren. Du bist eine tolle Frau, die ich bewundere.«

Stumm blickte ich auf unsere Hände, während ein Gedankenzug durch meinen Kopf raste, den ich nicht zu fassen bekam.

»Damit habe ich nicht gerechnet«, erwiderte ich. »Du überraschst mich heute am laufenden Band.«

Er lächelte entspannt.

»Es geht dir alles zu schnell, oder?«

Ich nickte. »Du weißt, dass Kenichi um unsere Ehe kämpfen will. Ich möchte diese Sache als Erstes klären.«

»Wenn du mit mir zusammen bist, wird er dich in Ruhe lassen«, entgegnete Theo und streichelte meinen Handrücken. »Aber ich will dich nicht drängen. Morgen fahren wir in den Skiurlaub und ich lasse dich in Ruhe, bis ich zurück bin. Glaubst du, dass du mir dann eine Antwort geben kannst?«

Theo, seine Söhne und seine Ex-Frau würden zweieinhalb Wochen verreisen. Eine gute Zeitspanne, um mich zu ordnen und eine Entscheidung zu fällen.

Mein erster Impuls war ein Nein gewesen.

»Ja, das sollte funktionieren.«

Claires Augenbrauen waren so hochgezogen, dass sie beinahe unter ihrem Haaransatz verschwanden. Em schüttelte den Kopf, Sam grinste schmutzig. Letzteres war mir am liebsten.

»Unsere Sonni ...« Er kicherte leise. »Jemand musste ja die Pornofraktion übernehmen, nachdem Claire und Em sittsam und monogam geworden sind.«

»Halt die Schnauze, Sam«, zischte Em halbherzig und legte den Kopf schief, als sie sich wieder mir zuwandte. »Ich komme ehrlichgesagt nicht mehr mit. Was ist los bei dir? Warum vögelst du beide Typen, die dich so schlecht behandelt haben? Ist das so eine Art Masochismus? Können wir dir helfen?«

»Lass sie doch vögeln, wen sie will. Es war ja gut.« Ich hatte zu viele Details preisgegeben, Sam hatte mich mit Fragen bombardiert.

»Ich weiß selbst nicht, wie das mit Kenichi passiert ist.«

»Willst du ihm noch eine Chance geben?«, fragte Claire vorsichtig. Es war nicht ihre Art, irgendwem Vorhaltungen zu machen. Das hatte sie mir definitiv voraus.

»Nein, will ich nicht.« Ich holte tief Luft. Die drei sahen mich zweifelnd an. »Ich weiß. Und ihr habt recht. Aber es ist alles so verdammt kompliziert. Aber was zwischen uns vorgefallen ist, kann ich nicht verzeihen.«

»Und Theo? Kannst du ihm verzeihen, was vorgefallen ist?«, machte sie behutsam weiter.

»Ich muss darüber nachdenken.« Sie wartete. »Mein erster Impuls war, nein zu sagen. Er meinte, die letzten Jahre hätten uns gutgetan und wir wären an einem Punkt, an dem es besser als damals passt. Aber ich weiß nicht, ob ich das auch glaube. Ich war zufrieden damit, dass es unkompliziert war.«

»Ich verstehe dich ja«, sagte Em. »Du hast dich nicht mit Absicht in diese Situation gebracht. Aber ich kenne dich und ich habe Angst, dass du, wenn nur genug Leute auf dich einreden, einknickst, weil du es nicht erträgst, wenn sie sauer oder enttäuscht deinetwegen sind. Du machst dir immer viel mehr Gedanken um andere als um dich selbst.« Sie hob die leeren Hände. »Ich will dich nur beschützen.«

Tief in meinem Inneren wusste ich das. Doch momentan überwogen Wut und Frustration, weil sie mich behandelte, als versuchte ich nur, anderen zu gefallen.

»Ich glaube nicht, dass du verstehst, wie es mir gerade geht«, sagte ich mit zusammengebissenen Zähnen. »Soweit ich mich erinnere, hast du weder eine Firma zu leiten noch ein Kind zu betreuen. Oh, und eine Familie, die dir ständig im Nacken sitzt, hast du auch nicht, oder?«

Ems hellblonde Brauen zogen sich zusammen und ihr Mund wurde schmal. »Nein, sicher nicht«, sagte sie spitz. »Aber ich kenne dich über zehn Jahre und bilde mir ein, dich gut einschätzen zu können.«

»Hey ihr beiden, kein Grund, sich zu streiten.« Claire wedelte begütigend mit den Händen.

»Ich finde schon, dass ich etwas dazu sagen kann, wenn mir vorgeworfen wird, ich hätte keinen eigenen Willen und würde es immer nur allen recht machen wollen.« Ich biss mir auf die Lippe, als meine Stimme lauter wurde.

»Das habe ich nicht gesagt«, protestierte Em. Sie hörte sich anscheinend selbst nicht beim Reden zu.

»Doch, genau das. ›Einknicken‹ war das Wort«, fauchte ich mit heißen Wangen und ballte die Hände zu Fäusten. »Und ich würde mich freuen, wenn du dieses Vertrauen, dass du mir immer wieder aussprichst, auch mal zeigen würdest, anstatt mich dauernd zu kritisieren.«

»Sonni, ich will dir doch nichts Böses!«, fuhr Em auf. »Aber sei ehrlich: Seitdem beide dir gesagt haben, dass sie eine zweite Chance wollen, denkst du darüber nach, oder nicht? Und du hast ein schlechtes Gewissen, weil alle wegen Kenichi auf dich einreden, oder liege ich damit falsch?«

»Nein, aber das liegt daran, dass meine Eltern und Schwiegereltern mir einreden, ich sei ein furchtbarer Mensch und eine grauenhafte Mutter, wenn ich auf die Scheidung bestehe!« Zu meinem Entsetzen traten Tränen in meine Augen.

»Was für eine Scheiße«, murmelte Sam.

»Allerdings. Und sag mir bitte, wer von euch das einfach über sich ergehen lassen könnte, ohne den geringsten Zweifel zu bekommen.« Ich atmete durch und versuchte, mich zu beruhigen. Meine Freunde verdienten es nicht, wegen des ganzen Mists angemacht zu werden.

»Keiner«, gab Em zu. »Deswegen ist es ja auch gut, dass du mit uns darüber sprichst.«

»Aber wenn ich Sonni richtig verstanden habe, hat sie sich bereits entschieden«, warf Sam ein. »Nämlich, dass du keinem von beiden nachgeben wirst, oder?«

»Ja«, erwiderte ich leise und rieb mir die Schläfen. »Es ist nur alles so verdammt kompliziert, dass ich nicht mehr weiß, wo mir der Kopf steht.«

»Das verstehen wir«, sagte Claire behutsam. Sie hielt sich in solchen Dingen zurück, weil sie sie mit Ben selbst durchgemacht hatte. Auch sie hatte sich rechtfertigen müssen - leider auch vor uns, weil wir ihr davon abgeraten hatten, erneut etwas mit ihm anzufangen. Wir waren überzeugt, dass es in Tränen enden musste, und hatten sie das spüren lassen.

Mittlerweile wusste ich, dass sie es schaffen konnten. Sie waren damals, vor einem Jahr, noch nicht füreinander bereit gewesen. Aber es schien so, als hätten sie sich gefunden und niemand gönnte Claire diese Beziehung mehr als ich.

Und was, wenn es bei Theo oder Kenichi das Gleiche war? Wenn wir damals auch einfach eine Pause gebraucht hatten, um uns selbst besser zu verstehen und entwickeln zu können?

»Je mehr du darüber nachdenkst, desto schlimmer wird es«, sagte Claire, als habe sie meine Gedanken erraten. »Du bist eine Frau, hör auf deine Intuition.«

»Manchmal habe ich das Gefühl, dass genau die mich im Stich lässt«, erwiderte ich matt, aber immerhin brachte ich ein Lächeln zustande. »Ich stehe vor einem Riesenhaufen Problemen, der immer größer wird, ohne, dass ich je etwas löse.«

»Vielleicht ist es nicht der richtige Ansatz, sich auf deine beiden Exmänner einzulassen«, meinte Em.

»Es ist gut, auf andere Gedanken zu kommen«, warf Sam ein.

»Mag sein, aber sie bedrängen sie ja auch beide. Dagegen hilft Sex nur bedingt«, blieb Em beharrlich.

»Theo ist jetzt zweieinhalb Wochen im Skiurlaub«, winkte ich ab. »So lange habe ich Zeit, mir darüber Gedanken zu machen, wie ich es ihm am besten sage. Und wegen Kenichi werde ich eine Lösung finden.«

»Gute Idee.« Sam nickte. »Du bist auf Brinas Feier dabei, o-der?«, wechselte er unvermittelt das Thema.

Ich nickte verdattert. Dienstag war Silvester und wir gingen auf die Party einer Studienfreundin von Claire und Sam. JP war bei meinen Eltern und freute sich schon auf das Kinderfeuer-werk, das mein Vater gekauft hatte. Ungefähr genauso, wie ich mich freute, einen unbeschwerten Partyabend zu verbringen.

Sam und Tim, Ben und Claire und Em und Lukas waren da-bei, Aiko und Katharina waren hingegen bei Freunden von Cat in Lübeck eingeladen. Ich war also wieder der einzige Single, aber das war mir angesichts des Männerchaos' egal.

»Ist das eine Mottoparty? Haben wir darüber schon gespro-chen oder habe ich es vergessen?«, fragte ich. Sam und Claire wechselten einen dieser Blicke, die eine ganze Konversation beinhalteten, dann schüttelten sie die Köpfe.

»Sie hat nichts gesagt«, meinte Claire. »Also gehe ich davon aus, dass es kein Motto gibt.«

»Ist auch besser so«, meinte Sam feixend. »Wenn man ihren Nebenjob bedenkt.«

»Nebenjob? Ich dachte, sie hat mit euch Finance studiert?«

»Hat sie auch. Aber das Studium hat sie sich als Domina fi-nanziert«, informierte Sam mich süß lächelnd. Ich erinnerte mich, dass die beiden diese Freundin erwähnt hatten, mir war aber nicht bewusst, dass Brina diejenige war. Ich kannte sie flüchtig von Partys und hatte sie als sympathisch und aufge-schlossen erlebt, nicht wie jemand, der gern Menschen quälte.

»Was du wieder denkst«, sagte Claire milde kopfschüttelnd. Gut, sie sah auch nicht wie jemand aus, der es genoss, wenn man ihr Klemmen an jedem empfindlichen Körperteil anbrach-te und sie dann mit einer Peitsche bearbeitete.

Und schließlich war sie eine meiner besten Freundinnen.

»Solange sie mich nicht aufs Korn nimmt, hat das mit mir nichts zu tun«, erwiderte ich.

»Wenn du sie nicht darum bittest, tut sie es auch nicht.« Sam lachte bei der bloßen Vorstellung.

»Gut, dann brauche ich mir ja kein Fetischkostüm bis Freitag zulegen«, meinte Em entspannt.

»Da wird Lukas aber traurig sein«, machte Sam scheinheilig.

»Unwahrscheinlich. Er kommt genug auf seine Kosten, glaub mir. Ich war sehr kreativ an Weihnachten und er hat viele Geschenke bekommen, mit denen er nicht gerechnet hat«, sagte Em mit einem koketten Augenaufschlag.

»Du hast meine volle Aufmerksamkeit.« Sam beugte sich vor.

Ems Mund kräuselte ein spitzbübisches Lächeln.

»Sagen wir es so: Er durfte sich austoben, was die Verzierung meines Körpers angeht. In jeder Hinsicht und das gestatte ich ihm nicht oft.« Sam erschauderte wohlig, während Claire beifällig nickte, doch mich erinnerte diese Schilderung an meinen gestrigen Sex mit Theo.

Auf unangenehme Weise.

Stimmte etwas mit mir nicht, weil ich als einzige nicht darauf stand, wenn man meinen ganzen Körper mit Sperma beschmierte? Für meine Freunde war das normal und ich begann zu zweifeln (schon wieder), ob es an mir lag, weil ich furchtbar prüde war.

Unglücklicherweise holte Em nun aus und ich bekam einen ausführlichen Bericht darüber, was sie Lukas sonst noch gestattet hatte. Ich fragte mich, wie ich ihm am Freitag in die Augen sehen sollte. Würde schon schiefgehen, ich wusste ohnehin schon viel zu viel, da machte dieser Abend keinen Unterschied.

Den Unterschied machte Aiko am nächsten Tag. Ich war ins Büro gefahren, um mich mit Vincent zu treffen, während JP bei meinen Eltern war, und entsprechend groggy, als ich nach Hause kam und ihr Auto vor meiner Tür stand. Ich ging hin und stellte fest, dass sie noch drinsaß. Vorsichtig klopfte ich gegen die Fensterscheibe und erschreckte sie zu Tode. Sie sah mich mit weitaufgerissenen Augen an.

»Hey.« Ich öffnete die Tür. »Alles okay? Geht's dir gut?«

»Du warst nicht da, da habe ich gewartet.«

»Warum hast du nicht angerufen? Ich wäre hergekommen. Komm, wir gehen hoch. Was ist denn los?« Sie folgte mir und setzte die Schritte so vorsichtig, als spürte sie ihre Füße nicht. Langsam machte sie mir Angst. »Ist was mit den Mädchen?«, fragte ich. Sie schüttelte den Kopf.

»Nein, die beiden sind okay. Sie sind bei Marko.« Sie wirkte so konfus, dass meine Sorgen noch größer wurden. Wir nahmen den Fahrstuhl und ich lotste sie durch den Flur.

Aiko lief wie eine Traumwandlerin neben mir her und sagte keinen Ton, bis ich sie auf meiner Couch geparkt hatte.

»So, was ist los? Du machst mir Angst.«

Ihre Augen füllten sich mit Tränen. »Es ist wegen Cat und dem, was meine Eltern gesagt haben«, schluchzte sie. »Sie wird das Treffen einfach nicht los, bei dem mein Vater sie wie den letzten Dreck behandelt hat und sagt, dass sie ständig darüber nachdenkt, wie vehement er war. Das hat sie so verletzt, dass sie kaum damit klarkommt. Schlimm genug, dass sie sich eine Mitschuld daran gibt, dass ich die Mädchen verloren habe, jetzt auch noch das. Sie ist zu ihren Eltern nach Lübeck gefahren und meinte, dass sie nachdenken muss.« Aiko sah auf ihre leeren Hände und schluchzte wie ein Kind, das sich verletzt hatte.

Ich nahm sie in den Arm und wartete.

»Mein Vater ist so ein Arschloch«, presste sie zwischen zwei Schluchzern hervor. »Er schafft es, uns allen das Leben zu versauen, dafür reicht es, wenn man ihn alle fünf Jahre zwei Tage sieht. Ich dachte, dass nichts Schlimmes mehr passieren kann, aber falsch.« Sie barg ihr Gesicht in den Händen. »Wenn Cat mich verlässt, weiß ich nicht, was ich machen soll.«

»Hey, so weit ist es doch gar nicht«, tröstete ich sie und wiegte sie sanft hin und her. »Sie braucht ein bisschen Zeit, um die Sache zu verdauen. Das ändert nichts daran, wie sie zu dir steht. Sie wird deswegen nicht aufhören, dich zu lieben.«

»Ach, ich weiß nicht«, machte sie unglücklich. »Mir tut es weh, sie so zu sehen. Ich will nicht, dass sie sich schlecht fühlt und auch nicht, dass sie sich Vorwürfe macht, vor allem nicht wegen Dingen, für die sie nichts kann. Vielleicht sollte ich ...«

»Ai, mach bitte keinen Blödsinn«, unterbrach ich sie. »Allein der Gedanke ist überflüssig und das weißt du. Gib ihr Zeit und dann sprecht darüber. Ganz in Ruhe. Ich bin mir sicher, dass sich alles beruhigen wird.« Aiko atmete tief ein und schien etwas von ihrer Verzweiflung abschütteln zu können.

»Das mache ich. Okay. Das mache ich.« Sie schnaubte noch einmal. Ihre Augen klarten auf und fokussierten mich. Diesen Blick kannte ich und ahnte, was als Nächstes kam. Sie hatte ihre Beobachtung vom Donnerstag nicht vergessen.

»Du warst mit Kenichi im Bett«, sagte sie gnadenlos. Ich bemühte mich, nicht zusammenzuzucken, aber es misslang.

Leugnen war sinnlos. »Ja.«

»Aber warum?«, fragte sie gequält. »Ich weiß, wie sehr die ganze Situation dich nervt, also warum machst du es dir noch schwerer? Willst du den Eltern nachgeben?«

»Nein.«

Aiko rümpfte die Nase. »Hoffentlich. So gern ich dich als Schwägerin habe, das ist kein Grund, dich wieder mit meinem Bruder einzulassen. Ich weiß, dass es ihm leidtut, aber er kann nicht aus seiner Haut. Die gleichen Probleme, die ihr vor seinem Abgang hattet, bestehen weiterhin. So sehr kann sich kein

Mensch ändern, egal wie gern er es möchte." Ich sah auf meine Hände.

Da war sie, die schonungslose Wahrheit, in einer wirksameren Form, als meine anderen Freunde sie mir hinwerfen konnten. Wenn ich eins nicht wollte, dann, dass das Theater von vorn losging und ich den Stress noch einmal erleben musste. Der ganze Streit damals hatte mich viel Kraft gekostet. Soviel, dass ich krank wurde und auf der Arbeit und als Mutter ausfiel. Es wurde so schlimm, dass ich die Vorwürfe, die Kenichi mir machte, glaubte.

Hatte ich das alles schon vergessen?

Aiko sah mich nachdenklich an. »Dachte ich es mir doch.« Sie legte ihre Hand auf meine. »Ich weiß nicht, ob ich das niedlich oder naiv finden soll. Du machst es dir so schwer.«

»Konsequenz ist was für Menschen ohne Verpflichtungen.«

»Hey, das ist Quatsch, aber du bist eben sehr pflichtbewusst.« Sie zuckte mit den Schultern. »Sowas wird gern ausgenutzt und du weißt selbst, wer beim Ausnutzen immer vorne steht.«

Ja, das stimmte und ich war dankbar, dass sie mich darauf angesprochen hatte. In einigen Dingen sah Aiko klarer als Claire, Sam und Em, sie war weniger emotional.

Mein Handy klingelte mit der Nachricht, dass meine Mutter losfuhr, um JP nach Hause zu bringen.

»Bleibst du zum Abendessen?«, fragte ich sie, deren Magen wie auf Kommando zu knurren begann. Sie lachte und ich war froh, dass sie ihr Stimmungstief verlassen hatte.

Es gab einige Paare, in die ich volles Vertrauen hatte: Aiko und Cat sowie Sam und Tim. Gerade schwierige Alltagssituationen schweißten zusammen und schufen einen größeren Zusammenhalt. Zumindest bei ihnen.

Ich wünschte mir, ich hätte ähnliches Glück.

10. Kapitel

An Silvester stand ich mit den anderen am Straßenrand vor der Location und wartete auf Em und Lukas, die sich verspäteten. Der Schnee hatte sich verzogen, dennoch war ich froh, gefütterte Stiefel angezogen zu haben, ob sie nun zu meinem Paillettenkleid passten oder nicht.

»Verdammt, meine Füße sterben ab«, stöhnte Claire, die in Pumps neben mir stand und sich an Ben schmiegte. »Lasst uns reingehen, sie werden uns schon finden.«

»Im nächsten Leben solltest du Inuit werden«, riet Sam ihr, der lässig in Hemd und Sakko dastand und nicht mit der Wimper zuckte, obwohl seine Wangen immer roter wurden. »Aber ich kann dir keinen Wunsch abschlagen, also lasst uns reingehen.« Tim schüttelte belustigt den Kopf, als sein Mann schnellen Schrittes ins Gebäude lief.

»Ist Di bei deinen Eltern?«, fragte ich, als wir ihm folgten.

»Ja, auf die Großeltern ist wie immer Verlass«, sagte er entspannt. Wenn ich so darüber nachdachte, hatte ich Tim nie anders erlebt. Während Sam zu Kurzschlussreaktionen neigte, war Tim ein Muster an Ausgeglichenheit und innerer Ruhe - die perfekte Ergänzung zu seinem Mann. Das war vermutlich der Grund, warum es ihm gelungen war, Sams Seitensprung vor einem Jahr zu verzeihen.

Ich wusste gar nicht, wie der aktuelle Stand bei seinem Wunsch nach Sex mit einer Frau war, Sam hatte sich nicht wieder geäußert. Hielten sie heute Abend Ausschau nach einer Kandidatin? Oder war das Thema vom Tisch? Ich wünschte, ich wäre dreist genug, Tim danach zu fragen.

Wir betraten die Location und ich blieb an der Garderobe zurück, um meine Schuhe zu wechseln. Claire wartete mit mir, während die anderen sich nach der Gastgeberin umsahen. Ich sah meine Freundin an, sie wirkte ausgeglichen. Ein Zustand, der seit der Klärung mit Ben bestand.

»Geht's dir gut?«, fragte sie und zupfte eine blonde Strähne zurecht. Sie sah toll aus in ihrem metallisch glänzenden schwarzen Schlauchkleid, das ihre Kurven zur Geltung brachte.

»Wird schon«, seufzte ich und zog den Reißverschluss meines Booties zu. »Es ist alles viel auf einmal. Ich würde mich einfach über eine kurze Atempause freuen, in der ich mich sortieren und entscheiden kann, wie ich weitermachen soll. Aber es geht zur Not auch ohne.«

»Wie läuft's denn in der Firma?«

Ich zuckte mit den Schultern. »In Ordnung. Wir haben genug Aufträge, um ein gutes Ergebnis zu erzielen, und ich glaube, dass Vincent und ich es noch steigern können, wenn wir eine Geschäftsstrategie beschließen. Glücklicherweise ist Vincent meiner Meinung. Ohne ihn sähe ich alt aus.«

»Ein Hoch auf die Männer, die zur rechten Zeit am rechten Ort sind«, sagte sie grinsend. Sie ließ den Blick schweifen und wurde blass, ihr Lächeln verschwand. »Oh *fuck*.«

Ich drehte mich um, da sah ich ihn und mein Herz machte einen Satz: Nick war hereingekommen. Allein.

Er kam auf uns zu, einen Ausdruck milder Überraschung in seinem Gesicht. Auf Claires hingegen breitete sich Anspannung aus, was ich verstehen konnte: Seinetwegen hätte Ben ihr beinahe keine zweite Chance gegeben, weil er der Meinung war, dass die beiden ineinander verliebt seien. Es hatte sie viel Überzeugungsarbeit gekostet, ihn umzustimmen.

»Hallo Claire, hallo Sonja«, begrüßte er uns und gab jeder ein Küsschen auf die Wange. Claire wirkte, als wäre ihr schlimmster Albtraum wahr geworden. Ihr Blick ging hektisch in den Saal, wo bereits viele Gäste zusammengekommen waren, zweifellos, um festzustellen, ob Ben sie gesehen hatte.

»Hallo Nick«, sagte ich. »Mit dir hatte ich nicht gerechnet.« Er wandte sich mir zu, sein Gesicht war unverbindlich freundlich, wie man sich eben einer flüchtigen Bekanntschaft gegenüber verhielt. Mir versetzte dieser Ausdruck einen Stich, den ich nicht näher interpretieren wollte.

»Ich kenne Brina schon lange, wir sind gut befreundet«, sagte er und es machte Klick in meinem Kopf. Brina hatte Claire und Nick damals einander vorgestellt, nachdem Robert sie verlassen hatte. Und durch Nick hatte Claire zu ihrer besonderen Vorliebe gefunden.

»Wie schön. Dann hoffe ich, dass die Party ein voller Erfolg wird«, zwang ich mich zu sagen und endlich wachte Claire aus ihrer Starre auf.

»Natürlich«, sagte sie mit einer Coolness, von der sie wenige Sekunden zuvor noch meilenweit entfernt war. »Brinas Partys sind immer gut. Ich hoffe, sie hat wieder den DJ aus dem *Lace* engagiert, der ist klasse.«

»Wir werden es herausfinden. Aber ihr seid doch sicher nicht allein hier, oder?«, fragte Nick gelassen.

Claire schüttelte den Kopf. »Natürlich in Begleitung.«

»Dann halte ich euch nicht länger auf. Wir sehen uns im Laufe des Abends«, sagte er freundlich und trat an die Garderobe. Claire packte mein Handgelenk und zerrte mich in den Saal.

»Scheiße«, stöhnte sie. »Daran habe ich gar nicht gedacht, als Brina uns eingeladen hat. Ben wird *begeistert* sein.«

»Eines Tages wärt ihr euch eh über den Weg gelaufen.«

»Ich hatte gehofft, dass bis dahin mehr Zeit vergeht. Im Moment ist das alles noch zu frisch. Na gut, das schaffe ich schon«, baute sie sich selbst auf. »Wir sind Erwachsene ...«

»...die schon miteinander geschlafen haben«, warf ich ein.

»Mit Schlafen hatte das nichts zu tun. Mit beiden gleichzeitig zu vögeln, während ich gefesselt war, ist meilenweit weg von schlafen.« Sie seufzte. »Gott, das war einer der besten Abende meines Lebens. Egal.«

Wir erreichten die anderen, die bereits die Gastgeberin gefunden hatten und sich mit ihr unterhielten. Ich konnte Brina nicht mit den Geschichten zusammenbringen, die Sam mir erzählt hatte. Sie trug ihr weizenblondes Haar über eine Schulter gestrichen. Dazu ein weißes Minikleid mit langen Ärmeln und tiefem V-Ausschnitt, das an der Taille mit silbernem Strass verziert war.

Neben ihr sah Em in ihrem kleinen Schwarzen mit Lackoberteil mehr nach Domina aus als sie. Sie lächelte uns an.

»Da seid ihr ja!«

Wir machten Smalltalk, dann stellte ich mich unauffällig neben Em, die mir einen irritierten Blick zuwarf. »Was ist mit Claire?«, wollte sie wissen. Sie hatte es sofort bemerkt.

»Nick ist hier.«

Sie rollte mit den Augen. »Na super. Wollen wir hoffen, dass es hier nicht zu 'ner blöden Situation kommt.«

Es dauerte, bis sich die Befangenheit wieder abbaute, doch die Drinks halfen. Claire erzählte ihrem Freund von dem anderen Partyteilnehmer - bedingungslose Ehrlichkeit war die Basis ihrer Beziehung. Doch die blöde Situation, wie Em es genannt hatte, blieb aus.

Nick schien viele Leute auf der Party zu kennen, viele kamen aus seiner Szene, und wenn ich ihn doch ausmachte, war er im Gespräch. Ich bekam mit, dass Sam und Tim hinübergingen, um ihn zu begrüßen, doch ich hatte nicht vor, ihn anzusprechen. Worüber hätte ich mit ihm auch reden sollen? Außer, dass er mein Grundstück aufpolierte, hatten wir nichts miteinander zu tun und für eine Silvesterparty war das kein gutes Gesprächsthema.

Also tanzte ich, unterhielt mich mit anderen Gästen, die Sam und Claire kannten, und hielt mich ansonsten an meine Freunde, zumal auch Ben und Lukas neu waren. Lukas war bestens aufgelegt und sorgte dafür, dass wir immer flüssigen Nachschub hatten. Nach ein paar Drinks hatte er meist einen Hang zum Blödsinn. Ich bekam mit, wie er Em etwas ins Ohr flüsterte, das ihre Augen zum Leuchten brachte.

Wahrscheinlich hatte er einen Ort ausgemacht, an den die beiden sich verdrücken wollten. Und tatsächlich: Ben lenkte mich kurz ab und als ich mich umdrehte, waren die beiden verschwunden. Claires Freund schüttelte grinsend den Kopf.

»Keine Körperbeherrschung, die beiden.«

»Nicht das erste Mal?« Ich nippte an meinem Moscow Mule.

Ben lachte. »Wie lange kennst du Em?«

»Gutes Argument. Sie war nie ein Kind von Traurigkeit.«

»Sein Vorgänger ist nicht mit ihr verschwunden.«

»Letztes Jahr war einiges anders. Ich freue mich für dich und Claire«, erwiderte ich, auch wenn mein Lächeln nicht ganz ehrlich war. Letztes Jahr war Kenichi noch kurz vor Mitternacht dazu gekommen. Wir hatten getanzt und uns zum neuen Jahr geküsst, dann hatte er mir versprochen, dass alles besser werden würde zwischen uns.

Da hatte er sein Flugticket nach Japan schon gekauft.

»Anders heißt nicht immer besser«, meinte Ben achselzuckend. »Und ich muss dir sagen, dass du heute besser aussiehst als letztes Jahr. Claire hat mir von deiner Firmenübernahme erzählt. Ich finde dich ziemlich beeindruckend.«

»Bitte keine Komplimente. Damit kann ich nicht umgehen.«

Ben prostete mir zu, da verhärtete sich sein Gesicht, sein jungenhaftes Grinsen wurde angespannt. Gleich darauf wusste ich, wieso: Nick kam herüber, wir standen an der Bar. Die beiden Männer begrüßten sich mit Handschlag, doch die Anspannung war quasi mit Händen zu greifen.

So war das wohl, wenn man sich wiedersah, nachdem man eine Frau zeitgleich gevögelt hatte. Mein Kopfkino mischte sich ungebeten ein und entwarf verrückte Bilder, die mir beinahe die Schamesröte ins Gesicht trieben. Ich wusste zu viele Details von jenem Tag, wie Nick und Ben Claire abwechselnd oder gleichzeitig befriedigt hatten, oral, vaginal, anal. Wie oft sie dabei gekommen war, in welcher Position. Wie Nick sein ganzes Können eingesetzt, sie gleichzeitig mit einer Peitsche bearbeitet hatte, während Ben sie leckte, bis sie nicht mehr klar kam.

Wie musste das für die beiden Männer gewesen sein? Hatten sie wirklich gemeinsam versucht, Claire den besten Sex zu bescheren, oder war es ein Konkurrenzkampf, bei dem es darum ging, wer sie am besten, schnellsten, längsten kommen ließ?

»Darf ich Sonja entführen?«, fragte Nick und riss mich aus meinen völlig außer Kontrolle geratenen Gedanken, die mich nun doch erröten ließen.

Ben indes entspannte sich und nickte. »Klar.« Er trat zurück, lächelte mich an und schloss zu Tim auf, der sich gerade an die Bar gestellt hatte. Ich wandte mich zu Nick um.

»Möchtest du tanzen?«, fragte er und ich folgte ihm auf die Tanzfläche, wo er mich im Takt der Musik bewegte. Er war ein guter Tänzer, der mich sicher führte, aber etwas anderes hatte ich nicht erwartet.

»Hast du das mal professionell gemacht?«, fragte ich, nachdem er mich durch eine doppelte Drehung geführt hatte, ohne dass ich aus dem Takt kam. »Nein, aber ich habe früher regelmäßig getanzt. Ich wusste, dass das bei Frauen gut ankommt.«

»Stimmt. Wenn die Frau selbst gern tanzt«, erwiderte ich. Weder Theo noch Kenichi waren gute Tänzer, aber das hatte mich nie gestört. Mit beiden hatte ich den Hochzeitstanz überstanden, wenn auch mit Theo nur in den privaten Tanzstunden, bevor er alles abgesagt hatte.

Nick lächelte und zog mich etwas enger an sich, damit wir beide genug Schwung für die nächste Drehung hatten.

»Woher kennst du eigentlich Brina?«

Was wollte er hören? ›Wir haben schon gemeinsam Männer ausgepeitscht und treffen uns sonst im Sexshop zum Shoppen‹?

»Nur von ein paar anderen Partys und Sams Hochzeit«, antwortete ich wahrheitsgemäß. »Ich bin heute Anhängsel.«

»Zu schade«, machte er, doch ich konnte nicht deuten, auf welchen Teil meiner Antwort es sich bezog. Wir drehten uns erneut und er drückte mich wieder an sich. Er roch gut, wie ich feststellte, erdig, was meinen Herzschlag beschleunigte. Normalerweise stand ich auf cleanere Noten, doch bei ihm war ich mir nicht einmal sicher, ob es ein Parfum war.

Ich sah in sein Gesicht, durch die Partybeleuchtung in unterschiedliche Farben getaucht, die sein kantiges Kinn betonten. Ich fand ihn attraktiv, es hatte keinen Sinn, das abzustreiten. Er war ein interessanter Mann, sah gut aus und ich konnte mich mit ihm unterhalten, was wollte ich mehr?

Aber das Wissen von ihm und Claire wog schwer. Wie sollte ich etwas mit ihm anfangen? Ich könnte nicht einmal von ihm erzählen, ohne zu wissen, dass Claire seinen Körper besser kannte als ich. Was er alles mit ihr gemacht und ich sogar gesehen hatte, wie er es machte. Und wie sie es genossen hatte.

Dazu kam noch, dass ich seine Vorlieben nicht teilte. Allein der Gedanke war Unsinn und mehr als diesen Tanz würde es nicht zwischen uns geben.

Die Musik ging aus und wir verharrten irritiert.

»Nur noch eine Minute bis zum neuen Jahr!«, verkündete der DJ euphorisch, der fürchterlicherweise *The Final Countdown* einspielte und alle jubelten.

Erschrocken sah ich Nick an. Ich hatte die Zeit aus den Augen verloren, doch er wirkte gelassen, fast, als habe er es so geplant, sogar meine Hand hielt er noch.

Um uns herum zählten alle rückwärts. Ich blieb stehen. Ich konnte ja schlecht wegrennen und meine Freunde suchen.

»Zwei ... eins ... null! Frohes neues Jahr!«, rief der DJ. Um uns fielen sich alle in die Arme, während er Abba einspielte.

»Frohes neues Jahr«, sagte Nick und beugte sich vor. Wie im Traum registrierte ich, dass sich seine Lippen auf meine legten, warm und fest. Seine Arme schlangen sich um meinen Körper, dabei liebkosten seine Finger meinen Nacken.

Ich bekam eine Gänsehaut und versank in diesem Kuss.

Ich öffnete meinen Mund und ließ seine Zunge hinein, empfing sie mit meiner und intensivierte unseren Kontakt. Unsere Körper rückten zusammen, ich lehnte an ihm und legte meine Arme um seinen Nacken, genoss diesen Moment.

So sehr.

Mir wurde heiß. Ich schwankte zwischen dem Wunsch, dieser Kuss möge niemals enden und dem Verlangen, ihn irgendwo hinzuzerren und uns die Kleider vom Leib zu reißen. Er neigte meinen Kopf, sodass ich mich noch enger an ihn schmiegen konnte. Ich wusste nicht mehr, wo mein Körper aufhörte und seiner begann. An meiner Brust spürte ich seinen Herzschlag, fühlte seine Wärme und fürchtete, er könnte die Hitze, die sich in meinem Unterleib sammelte, fühlen und richtig deuten.

Oh Gott, sollte er doch! Er konnte wissen, wie sehr er mich erregte und ich mit mir rang. Nur knapp widerstand ich dem Drang, mich an ihm zu reiben und so seinen Körper kennenzulernen. Ob ich so wohl seinen Schwanz erfühlen könnte?

Unvermittelt strich er mir die Haare aus dem Gesicht und löste sich von mir. Als der Kontakt abbrach, fühlte ich mich, als hätte ich einen Schock erlitten und sah ihn erschrocken an.

Er lächelte und flüsterte »deine Freunde suchen dich bestimmt schon« in mein Ohr, dabei strich sein rauer Daumen über meine nackte Schulter.

Ich nickte benommen und trat einen Schritt zurück, als er sich umsah und jemand auf ihn zukam, um ihm ein frohes neues Jahr zu wünschen. Mit zittrigen Beinen ging ich zu dem Tisch, an dem ich die anderen zuletzt gesehen hatte. Em fiel mir um den Hals.

»Frohes Neues, Süße!«, rief sie. »Wo warst du denn?«

›Sie hatten mich nicht gesehen‹, schoss es mir durch den Kopf und eine Welle der Dankbarkeit breitete sich in mir aus.

»Auf der Tanzfläche«, antwortete ich, da umarmten mich die anderen. Ben warf mir einen nachdenklichen Blick zu, sagte aber nichts und ich würde schweigen wie ein Grab.

Es war nur ein Kuss.

Eine Kurzschlussreaktion seinerseits vermutlich.

Eine einmalige Sache, die sich nicht wiederholen würde.

Wir hielten bis drei Uhr nachts durch, dann riefen wir uns Taxis. Ich fing die unsicheren Blicke meiner Freunde auf, als ich allein in meins stieg, weil ich als einzige in einer anderen Richtung wohnte. Erwarteten sie von mir, dass ich etwas Dummes tat, wie Kenichi anzurufen und mit ihm die Nacht zu verbringen, damit ich nicht allein sein musste?

Das hatte ich nicht vor, dennoch war ich traurig, als ich nach Hause kam. Allein.

Ich schüttelte den Kopf und konzentrierte mich auf die Müdigkeit, die mir in den Knochen steckte. Das war in Ordnung, der Tag war verwirrend gewesen. Mit ungeahnten Wendungen, von denen ich mir sicher war, dass ich sie nicht brauchte, jetzt, da ich in der Stille meiner Wohnung mit etwas Abstand darüber nachdachte.

Zeit, ins Bett zu gehen, sich die Decke über den Kopf zu ziehen und nicht mehr daran zu denken. Ich würde schlafen und an niemanden denken. Weder an Theo noch an Kenichi und schon gar nicht an Nick.

Ich machte mich bettfertig und vergrub mich in meinem Bettzeug. Nachdrücklich schloss ich die Augen und zwang mich, meine Atmung zu regulieren und zu schlafen.

Ohne Erfolg, denn meine Gedanken summten wie ein Bienenschwarm. Noch immer spürte ich Nicks Berührung auf meiner Haut, seine Lippen auf meinen, als hätte er mich vor einer Sekunde erst losgelassen. Wie mein Herz gepumpt hatte.

Ich wünschte, ich hätte den Mut gehabt, weiterzugehen, noch etwas zu ihm zu sagen, ihn zu fragen, warum er mich geküsst hatte. Doch zu wissen, dass meine Freunde in der Nähe waren, ließ mich kneifen.

Außerdem hatte er mich quasi weggeschickt. Oder hatte er etwas Anderes gemeint? Wie dumm ich war, nicht einmal nachzufragen, einfach so zu gehen!

Ob Nick bereute, mich geküsst zu haben? War das nur ein Impuls gewesen, weil ich in seiner Nähe stand und er wusste, dass ich Single war? Oder bedauerte er auch, dass wir nicht weitergegangen waren? Und wie wäre es gelaufen, wenn ich die Initiative ergriffen hätte? Wären wir dann bei ihm und würden es miteinander treiben?

Ich konnte an nichts Anderes denken.

Ohne klaren Gedanken schob ich meine Hand unter den Saum meines Nachthemds und tastete mich zwischen meinen Schenkeln zu meinem Slip. Sanft strich ich über meinen Venushügel und seufzte wohlig. Das war eine gute Idee und ich war allein zuhause. So konnte ich mich auf andere Gedanken bringen und dieses Verlangen stillen. Danach würde es mir besser gehen.

Zärtlich rieb ich über den dünnen Baumwollstoff und strich mit der anderen Hand über meine Brüste, zog den Halsausschnitt meines Nachthemds beiseite und massierte meine Nippel, bis sie hart wurden. Dabei stellte ich mir vor, er würde mich berühren.

Langsam schob ich meinen Mittelfinger in den Beinausschnitt meines Slips und ertastete Feuchtigkeit, die ich sanft verteilte. Meine Klit pochte und Hitze sammelte sich, als ich den Finger einführte und bewegte. Dabei entstand das Bild in meinem Kopf, dass Nick mich beobachtete. Er stand ruhig an meinem Bett und sah mich mit seinen tiefbraunen Augen an, seine Lippen leicht geöffnet und von einem Lächeln gekräuselt.

»Mach weiter«, sagte er. »Ich stehe darauf, dir zuzusehen.«

Ich nahm einen zweiten Finger zur Hilfe und stöhnte auf, während ich meine Brust weitermassierte. Mein Slip war im Weg, also schob ich ihn beiseite und spreizte die Beine, dabei hob sich mein Becken. Jetzt hatte er vollen Sichtkontakt und beugte sich interessiert vor, während ich mich selbst berührte.

»Willst du mir helfen?«, fragte ich. Er schüttelte den Kopf.

»Ich will sehen, wie du es dir selbst machst, damit ich lerne, was dir gefällt.« Die Bewegung meiner Hand beschleunigte sich und ich nutzte die andere, um meine Klit zu reiben.

»Das hier gefällt mir«, teilte ich ihm mit, in meiner Fantasie hatte ich keine Hemmungen, mit ihm zu sprechen. »Und dass du mir zusiehst.«

»Ich will sehen, wie du kommst.« Er kniete sich auf die Matratze, dabei ließ er mich keine Sekunde aus den Augen.

»Gleich. Ich bin gleich so weit«, keuchte ich und warf den Kopf zurück. Es war unglaublich heiß, dass er mir zusah. Niemals würde ich mich das vor jemand anderem trauen. Ich wusste, dass Männer darauf standen, aber ich hatte es nie gewagt. Jetzt wollte ich diesen Schritt gehen und ihm zeigen, wie ich mich selbst kommen ließ, obwohl er diese Lehrstunde sicher nicht brauchte. Er würde mich auch so zum Schreien bringen.

Meine Beine zuckten und der Druck kanalisierte sich unter meinen Fingern. Ich wünschte mir, ich hätte zusätzlich einen Vibrator benutzt, damit ich etwas hätte, das mich ausfüllte, doch es war zu spät: Ich würde auch so kommen und mir einen für die zweite Runde holen.

Ich schnappte nach Luft und ließ los, als der Orgasmus kam. Ich presste mein Becken gegen meine Finger, gab mich keuchend diesem Gefühl hin und hielt die Vorstellung, dass er mich sehen konnte, fest.

Als die Welle abflachte und ich wieder Luft bekam, fühlte ich mich fantastisch. Zwischen meinen Beinen pochte es. Ich hatte noch nicht genug und brauchte eine zweite Runde. Mit weichen Knien wankte ich zu meinem Kleiderschrank, suchte meine Kiste und fischte einen Vibrator heraus.

Ich kniete mich auf meine Matratze, drückte mein Gesicht in die Decke und führte ihn mir ein, feucht wie ich war, brauchte ich kein Gleitgel. Als der Kunststoff mich ausfüllte, stöhnte ich wohlig auf.

Bei weitem nicht so gut wie ein echter Schwanz, aber das Beste, was ich zur Hand hatte. Es würde reichen, um die dringendste Lust zu befriedigen. Es *musste* reichen.

Ich stellte ihn auf eine harte Stufe ein und drückte den Stimulator gegen meine Klit. Das Gerät nahm seine Arbeit auf und schickte heiße Wellen durch meinen Körper. Ich seufzte und trieb ihn immer härter in mich hinein, stellte mir vor, es wäre Nick, der mich von hinten nahm, während seine Hände auf meinen Hüften lagen. Diese Fantasie erfüllte ihren Dienst und ließ mich kurz darauf erneut kommen.

Und noch ein weiteres Mal.

Schwer atmend rollte ich mich auf die Seite, legte den Vibrator auf meinen Nachttisch.

Benommen suchte ich nach meinem Handy und rief die Messenger-App auf.

Wir müssen uns sehen, schrieb ich und drückte auf senden, dann sank ich in meine Kissen und schlief ein.

11. Kapitel

Es war nach zehn, als ich am nächsten Vormittag aufwachte und mir den Schlaf aus den Augen rieb. So lange zu schlafen schaffte ich nur selten. Normalerweise war meine Nacht gegen acht zu Ende, spätestens dann stand JP auf und obwohl er im Laufe der Zeit leiser geworden war, bekam ich es immer mit.

Ich rollte mich auf den Rücken und atmete tief durch, dann setzte ich mich auf und schwang die Beine über die Bettkante. Schnell rückte ich meinen beiseitegeschobenen Slip zurecht und nahm den Vibrator mit, um ihn zu säubern.

Dabei fiel mein Blick auf mein Handy, das eine ungelesene Nachricht anzeigte.

Nick hatte mir noch letzte Nacht auf meine Nachricht, an die ich mich kaum erinnern konnte, geantwortet. Mit klopfendem Herzen rief ich sie auf.

Was hältst du von Montag?

Mir fiel ein Stein vom Herzen, weil er nicht einmal fünf Minuten gebraucht hatte, um auf meine Nachricht zu antworten.

Als hätte er auf mich gewartet. Anscheinend tat es ihm nicht leid, mich geküsst zu haben.

Ich musste feststellen, ob da etwas zwischen uns war.

War ich verrückt geworden?

Ich war mir doch absolut sicher, dass ich auf keinen Fall etwas mit ihm anfangen konnte und nun vereinbarte ich ein Treffen, weil er mich um Mitternacht geküsst hatte?

Was würde Claire dazu sagen, wenn ich ihr davon erzählte?

Wie würde sie sich dabei fühlen?

Wenn sich doch etwas ergeben sollte, würde sie immer wieder auf ihn treffen, was sowohl ein Problem für sie als auch für Ben sein konnte.

Was würden die anderen dazu sagen?

Verdammt, was hatte ich mir nur dabei gedacht?

Ich brachte es bis zum Montag nicht über mich, meinen Freunden von meinem Date zu erzählen. Dass ich sie am Samstag nicht zu einer Party begleitete, nahmen sie klaglos hin und keiner fragte nach, warum ich an Silvester niemanden abgeschleppt hatte.

Theo meldete sich nicht, wie versprochen, und Kenichi holte JP heute Abend ab, damit er bei ihm übernachtete. Ich hatte nichts weiter dazu gesagt, warum ich diesen Termin vorschlug.

Ich fühlte mich schlecht wegen der Geheimniskrämerei. Sogar Vincent hatte mich mehrmals gefragt, was mit mir los sei. Ich musste mich konzentrieren, denn da das Jahr jetzt herum war, mussten wir bald mit dem Jahresabschluss beginnen, um einen Geschäftsplan für das kommende erstellen zu können. Eine Aufgabe, bei der ich hundertprozentig bei der Sache sein musste, um zu verstehen, was die Zahlen bedeuteten, die Paula und Karl vorlegten.

Ich würde heute einfach ein Date mit einem interessanten Mann haben, der mich geküsst hatte, mehr nicht.

Von dem Kuss träumte ich beinahe jede Nacht und es war mir unmöglich einzuschlafen, ohne mich vorher selbst zu berühren. Zu heiß war die Erinnerung daran. Und die Fantasien, die in meinem Kopf herumspukten, wurden immer ausgefallener und drängender, sodass ich mir nicht anders zu helfen wusste.

Es war gleichzeitig dumm und verrückt, außerdem aussichtslos. Als ich ins Auto stieg, um zu dem Restaurant zu fahren, in dem wir uns trafen, fühlte ich mich unbehaglich.

Vielleicht musste ich mit ihm ins Bett gehen, um über diese Verrücktheit hinwegzukommen. Ich musste mir beweisen, dass es nicht passte, sonst würde ich immer weiter darüber nachdenken und mir Vorwürfe machen, dass ich gekniffen hatte.

Am Ende wusste ich, dass ich mit keinem der drei Männer zusammen sein würde. Diese Erkenntnis nahm mir etwas Gewicht von der Brust, weil ich nun eine Marschrichtung hatte:

Mit Kenichi einen Weg finden, wie wir beide gute Eltern sein konnten, ohne ein Paar zu sein.

Theo mitteilen, dass aus uns nichts wurde, ich mich aber mit ihm zu Sex treffen würde, ohne dass eine Verpflichtung daraus wurde, bis wir jemand anderes fanden.

Mich selbst darin bestätigen, dass es mit Nick nicht passte und dann gelassen da weitermachen, wo es wichtig war: In meiner Firma und als JPs Mutter, denn ich hatte das Gefühl, dass er zu kurz kam. Wie immer.

Das schien die Urschuld aller berufstätigen Mütter zu sein.

Ich parkte und strich beim Aussteigen meinen schwarzen Rock glatt, den ich mit einem Blusentop und Blazer kombiniert hatte. Ich sah an mir herunter und zweifelte, ob ich nicht zu sehr nach einem Geschäftsessen und zu wenig nach einem Date aussah. Es war zu spät, um daran etwas zu ändern, doch dieser Zweifel trug nicht dazu bei, dass ich mich behaglicher fühlte.

Nick erwartete mich und stand auf, als der Kellner mir den Weg zu ihm deutete. Er begrüßte mich mit einem Kuss auf die Wange und zog mir den Stuhl zurecht, ein Gentleman der alten Schule. Mit einer Vorliebe für Rohrstöcke und Peitschen.

Ich lächelte verkrampft und ließ ihn den Wein aussuchen, er hingegen wirkte entspannt.

»Ich habe mich gefreut, dass du mir noch in der Neujahrsnacht geschrieben hast«, sagte er warm, gleichzeitig bemerkte ich ein lauerndes Funkeln in seinen Augen. Er erwartete von mir, dass ich ihm sagte, was ich im Sinn hatte.

»Unser Kuss ist mir nicht mehr aus dem Kopf gegangen«, erwiderte ich. »Da dachte ich, wir sollten uns einmal abseits des Büros treffen und besser kennenlernen.«

Er nickte und das Funkeln nahm zu, es forderte mich heraus, zum Punkt zu kommen. Hatte ich nicht einmal Zeit bis nach dem Hauptgang?

»Ich bin gespannt darauf, dich besser kennenzulernen«, sagte er schließlich, nachdem ich hartnäckig geschwiegen hatte. »Ich muss sagen, dass ich mich auf unsere Termine immer freue. Du bist schlagfertig, das mag ich.«

Ich und schlagfertig? Mir lief ein Schauder über den Rücken, als ich mich daran erinnerte, wie haarsträubend ich mich verhalten hatte. Dennoch lächelte ich. Er hielt mich nicht für eine Idiotin, vielleicht hatte er meine Unsicherheit sogar als Sarkasmus gedeutet.

Oje, es würde nicht lange dauern, bis er merkte, dass ich alles war, aber nicht sarkastisch, es sei denn, man verärgerte mich. Das war sicher kein Ziel für ein Date.

Ich fühlte mich aus dem Konzept gebracht, da legte Nick mir die Hand auf den Arm. »Was möchtest du essen? Ich bin öfters hier und kann beinahe alles empfehlen, ob du einen Snack möchtest oder ein ganzes Menü.« Bildete ich es mir nur ein, oder schlug er einen eindeutigen Unterton an?

»Etwas dazwischen wäre gut«, erwiderte ich. »Man muss ja nicht gleich übertreiben.«

Ein amüsiertes Grinsen zog sich über sein Gesicht. »Das stimmt natürlich. Warst du schon im Büro seit Neujahr?«

Ich war von dem Themenwechsel überrumpelt, gleichzeitig froh, mich auf sicherem Terrain zu bewegen. »Ja, seit letzter

Woche. Zwischen den Feiertagen schließen wir, aber dann wird es Zeit, die Arbeit wieder aufzunehmen.«

»Klingt, als hättet ihr genug Aufträge.«

»Glücklicherweise. Wir haben einen guten Ruf und ein Erstauftrag zieht meistens Folgeaufträge nach sich. Vincent ist dabei, einen Auftrag für eine Reederei an Land zu ziehen.«

»Hört sich vielversprechend an.«

»Wie sieht es bei dir aus?«

»Ich befinde mich in der Planungsphase. Für Erdarbeiten ist es zu kalt, aber ich kann die Aufträge verteilen, die ich schon bekommen habe.«

»Wir können froh sein, dass das Handwerk momentan so gut läuft.« Ich hielt inne und beschloss, das Thema zu wechseln, bevor es sich wirklich wie ein Geschäftsessen anfühlte. »Kommst du eigentlich gebürtig aus Hamburg?«

»Nicht ganz. Ich komme aus Himmelpforten.«

»Wo der Weihnachtsmann lebt«, sagte ich lächelnd und schneller als ich denken konnte. Nick sah mich irritiert an und ich spürte, dass ich rot wurde. »Es gibt jedes Jahr eine Aktion, wo Kinder an den Weihnachtsmann ihre Wünsche schicken können und der wohnt angeblich in Himmelpforten. Ich mache das immer mit meinem Sohn.«

Nick schien das erste Mal aus dem Konzept gebracht. Ich sah, wie sich seine Augen verengten und er anscheinend nicht wusste, was er sagen sollte.

»Das ist nett von dir. Dein Kind weiß das sicher zu schätzen«, meinte er. »Erzähl mir von ihm.«

»Naja, Jan-Philipp ist sieben«, begann ich. Warum kam es mir seltsam vor, über ihn zu sprechen? Schließlich war er der wichtigste Mensch in meinem Leben. Nick wirkte irritiert, mit einem Gespräch über Kinder hatte er nicht gerechnet.

»Anscheinend hat Claire ihn nicht erwähnt.«

»Nein, über die Kinder ihrer Freunde haben wir uns in der Regel nicht unterhalten. Sonja, ich weiß nicht, worauf du hinauswillst, wenn ich ehrlich bin.«

»Wie bitte?« Ich blinzelte.

»Als du dich in der Neujahrsnacht gemeldet hast, war ich davon ausgegangen, dass du dich mit mir treffen willst, weil du dich entschieden hast, mit mir ins Bett zu gehen.«

Mir fiel beinahe mein Buttermesser aus der Hand vor Schreck. Er hatte mich einfach durchschaut, wahrscheinlich ahnte er sogar, dass ich beim Masturbieren an ihn dachte.

»Ich ... ich ... nein, so war das nicht«, stammelte ich. Adrenalin pumpte durch meine Adern und der Drang, aus dem Restaurant zu rennen, wurde übermächtig.

Verdammt, was war denn los?

Nick sah mich lange an, schweigend und nachdenklich. »Dann tut es mir leid, ich wollte nicht, dass du dich unwohl fühlst. Ich nahm an, dass du mit Claire gesprochen hast und sie - das klingt vielleicht merkwürdig - mich dir empfohlen hat.«

»Was bist du, ein Callboy?« Ein kleines, etwas verrücktes Lachen stieg in mir auf. »Bitte entschuldige, sowas mache ich nicht. Ich habe dich wegen meines Grundstücks angerufen und ich finde dich sympathisch. Als du mich um Mitternacht geküsst hast, dachte ich, dass wir ausgehen sollten, aber ich glaube, das war keine gute Idee. Bitte entschuldige. Die ganze Sache ist zu verquer, deine Geschichte mit Claire ... das steht doch von vornherein unter keinem guten Stern. Tut mir leid, dass ich die falschen Signale gesendet habe.«

Das Essen war bereits bestellt, also mussten wir noch mindestens eine Stunde ausharren. Meine Instinkte schrien danach, zu gehen und mich dieser furchtbaren Situation zu entziehen. Das war das schlimmste, das peinlichste Date meines ganzen Lebens. Und es war nicht einmal seine oder meine Schuld. Wir hatten uns komplett missverstanden.

Verdammt!

Ich legte die Scheibe Brot, die ich mit Butter bestrichen hatte, beiseite und traute mich, ihn anzusehen. Nick hatte das Kinn auf eine Hand gestützt, er wirkte weder wütend noch enttäuscht, sondern als müsse er sich mit der Situation arrangieren.

Wenn es ihm gelang, wäre es gut, wenn er mir sagte, wie, denn ich war ratlos.

»Ich bin mir nicht so sicher, dass es eine schlechte Idee ist, wenn wir ein Date haben«, sagte er langsam. »Aber du weißt, was es hieße, wenn wir miteinander schlafen würden, oder?«

»Wer redet denn davon, dass ich mit dir schlafen will?«, fragte ich, doch er zog nur schweigend die Augenbrauen hoch. »Gut, ja, ich weiß, dass wir weit auseinanderliegen.«

Ich brach ab, weil der Kellner unsere Speisen brachte. Unschlüssig starrte ich auf meinen Teller und konnte dem Gericht, auf das ich mich eben noch gefreut hatte, nichts mehr abgewinnen. Dennoch griff ich nach dem Besteck und machte mich daran, den Fisch zu zerlegen. Wenigstens etwas Ablenkung.

»Wie meinst du das?«, fragte Nick, einen Schluck Wein trinkend. Mein Gott, es wurde immer schlimmer, aber ich sollte ihm wenigstens eine ehrliche Antwort geben.

»Ich stehe nicht auf solche Sachen«, fasste ich es kurz. »Deswegen und auch, weil du und Claire Sex hattet, ist es gar keine gute Idee, wenn wir beide uns sehen.«

»Was hat das mit Claire zu tun?«

»Na, fändest du es nicht merkwürdig, dich mit einer ihrer Freundinnen zu treffen?«

»Hast du Angst, dass ich Vergleiche ziehe?«

»Oh Gott, müssen wir dieses Gespräch führen?«

»Natürlich nicht. Du hast deinen Standpunkt klargemacht. Wir werden gesittet essen, mehr nicht.«

Ich wusste nicht, was ich sagen sollte. Enttäuschung breitete sich in mir aus und ich wusste nicht einmal, warum. Nick nahm sein Besteck auf, abermals wirkte er tiefenentspannt. Warum gelang mir das nicht?

Es war alles geklärt, auf die peinlichste Weise, die es gab.

Ich fühlte mich, als hätte man einen Eimer Eiswasser über mir ausgeleert und meine Hände kribbelten seltsam. Es war alles anders verlaufen, als ich es mir vorgestellt hatte.

Musste ich jetzt Vincent bitten, die Termine mit Nick zu übernehmen, weil wir uns nach diesem Treffen nicht mehr in die Augen sehen konnten?

»Du wolltest von deinem Sohn erzählen«, erinnerte Nick mich nach ein paar Minuten.

Wollte ich das? Ich wusste nicht, ob ich überhaupt noch eine Konversation führen *konnte*.

»Was willst du denn wissen?« Ich zuckte mit den Schultern.

»Er liebt Astronomie und Dinosaurier, also verbringe ich meine Freizeit im Planetarium und im Museum, vor allem, wenn es eine neue Ausstellung gibt. Ansonsten schauen wir uns Filme über diese Themen an oder durchforsten Buchhandlungen nach geeigneten Nachschlagewerken.«

»Klingt so, als hättest du ein Kind, das sich mit etwas Anderem beschäftigen kann als mit Medien«, meinte Nick.

»Das kann er auch. Vermutlich kann er mir schon nächstes Jahr alle Geräte konfigurieren. Bei Kindern scheint das wesentlich intuitiver abzulaufen als bei Erwachsenen. Heute Abend ist er bei seinem Vater, wir haben uns vor einem Jahr getrennt.« Warum hatte ich das gesagt? Ich lächelte und entschied mich zu einem eleganten Themenwechsel. »Wie hast du eigentlich Sam kennengelernt?«

Nick lächelte. »Das war purer Zufall. Ich habe mich mit siebenundzwanzig selbstständig gemacht und Seminare für Gründer besucht, unter anderem Steuerseminare. An einer dieser Veranstaltungen nahmen Brina und Sam teil, sie waren Praktikanten bei der Steuerkanzlei, die das Seminar durchführte. Beim Mittagessen kamen wir ins Gespräch und haben uns auf Anhieb gut verstanden. Daraus wurde eine Freundschaft.«

Also ganz anders, als ich es mir vorgestellt hatte. In meiner Fantasie hatten sie sich in einem Sadomaso-Club am Andreaskreuz kennengelernt und waren zwischen Peitschen und Nippelklemmen ins Gespräch gekommen.

Unangenehm. Wieder einmal. Glücklicherweise konnte Nick keine Gedanken lesen.

Er legte den Kopf schief. »Du kennt Brina ja, für einen Typen vom Land wie mich war sie unglaublich faszinierend.«

Das stimmte, Brina hatte eine besondere Ausstrahlung. Es war weniger ihr Aussehen, als die sichere Art, wie sie sich bewegte. Die gezielten Gesten, mit denen sie ihre Worte unterstrich und die präzise Art und Weise, in der sie sprach. Sie hatte etwas kühl-effizientes an sich und war gleichzeitig warm und herzlich, eine solche Mischung hatte ich bisher bei noch keinem anderen Menschen erlebt.

»Jedenfalls haben wir uns angefreundet und viel Zeit miteinander verbracht. Durch sie bin ich auch mit gewissen Dingen in Kontakt gekommen, die dir nicht behagen.«

Er zog mich auf.

»Das ist nicht der richtige Ausdruck«, hielt ich dagegen. Er zog die Augenbrauen hoch. »Es ist nur nicht die Art von Sex, die ich bevorzuge.«

»Und wie bevorzugst du es?«, fragte er.

Ich beugte mich vor. »Da wir darin übereingekommen sind, dass wir keinen Sex haben werden, kann das mein Geheimnis bleiben.« Er lachte und ich fühlte mich etwas besser. Vielleicht war ich doch schlagfertiger als ich es mir selbst zutraute.

Ab diesem Moment kam unsere Unterhaltung leichter zustande und ich schaffte es, die Peinlichkeit zu verdrängen und mich zu entspannen. Wir würden Freunde sein, nicht mehr.

Und die Sex-Fantasien, die mich ständig begleiteten, würden aufhören. Irgendwann. Obwohl er nicht das bekam, was er sich vorgestellt hatte, bestand Nick darauf, die Rechnung zu begleichen.

Schließlich standen wir auf dem Parkplatz und ich wusste nicht, was ich sagen sollte, auch er schien unschlüssig zu sein.

Ich ergriff die Initiative und machte einen Schritt auf ihn zu, entschlossen, ihm einen Kuss auf die Wange zu drücken und es gut sein zu lassen. Doch ich erwischte ihn nicht richtig und landete mit meinen Lippen auf seinem Mund.

Erschrocken wollte ich zurückweichen, doch ich schaffte es nicht. Im Gegenteil.

Scheißegal.

Es fühlte sich zu gut an und falls er überrascht war, ließ er es sich nicht anmerken. Er schlang seine Arme um mich und küsste mich mit der gleichen Intensität wie in der Silvesternacht.

Fuck, würde Em sagen. Sie hätte recht.

Nicks Finger fuhren durch mein Haar und verursachten eine Gänsehaut an meinem ganzen Körper. Ich schmiegte mich an ihn und berauschte mich an diesem Gefühl. Ich legte den Kopf in den Nacken und drückte mich noch enger an ihn, spürte seinen Körper der ganzen Länge nach an meinem.

Gleichzeitig kamen Zweifel in mir hoch, dass ich es gut sein lassen *konnte*. Ich hatte ihm gesagt, dass ich keinen Sex mit ihm wollte. Eine glatte Lüge, wie er mittlerweile auch schon festgestellt hatte. Aber ich wollte mich nicht in diese billige Ecke begeben. Ich würde niemals eine meiner Freundinnen fragen, wen von ihren Bekannten sie für losen Sex empfehlen konnte und das sollte Nick auch nicht von mir denken.

Er konnte mich für unentschlossen oder wankelmütig halten, immerhin war ich das in Bezug auf ihn auch, aber seine Lippen auf meinen fühlten sich zu gut an, um den Kuss zu beenden.

Sollte ich ihn doch mit zu mir bitten?

Aber damit würde ich ihm wieder das falsche Signal senden. Bevor ich darüber nachdenken konnte, klingelte mein Handy in meiner Manteltasche. Erschrocken fuhr ich zurück und sah in Nicks fiebrige Augen, seine Lippen waren etwas geöffnet und zu einem leichten Lächeln verzogen.

»Du steckst voller Überraschungen«, meinte er. Ich lächelte verlegen und zog das Smartphone aus meiner Tasche. Es war Kenichi, also ging es um JP. Ich stellte den Anruf stumm, würde gleich zurückrufen, sobald ich im Auto saß und nicht mehr Nicks brennenden Blick auf mir spürte.

»Ich muss los«, erwiderte ich mit belegter Stimme. Er machte einen Schritt auf mich zu, jetzt standen wir wieder so nahe zusammen, als würden wir uns küssen.

»Bleibst du dabei, dass wir uns kein zweites Mal treffen?«, fragte er in mein Ohr. Ich bekam Gänsehaut am ganzen Körper.

»Nein.«

Selten war mir ein einzelnes Wort so nachdrücklich über die Lippen gekommen, die immer noch von seinem Kuss pochten und sich heiß anfühlten.

»Gut. Dann sehen wir uns nächste Woche Dienstag wieder.« Das war keine Bitte, sondern eine Anweisung. Ich war versucht, zu protestieren, ließ es aber. Ich wollte es.

»Einverstanden.«

Abermals legte sich seine Hand in meinen Nacken und er zog mich zu einem Kuss an sich heran, kürzer dieses Mal, aber er fühlte sich wie ein Versprechen an, dass es nicht der letzte bleiben würde. Dann ließ er mich los und ich ging mit weichen Knien zu meinem Auto und sank hinters Steuer.

Mit tauben Fingern holte ich mein Handy hervor und rief Kenichi zurück. »JP möchte nur gute Nacht sagen«, informierte er mich angespannt.

»Dann reich ihn mir«, sagte ich gelassen und betastete meine Lippen mit den Fingerspitzen. Mein Sohn kam ans Telefon und wünschte mir artig eine gute Nacht und einen schönen nächsten Tag. Ich würde ihn von der Schule abholen und versprach ihm einen gemütlichen Abend mit einem Film seiner Wahl.

Ich legte auf und schloss kurz die Augen.

Mein Leben wurde immer verrückter. Und ich hatte keine Idee, wie ich es wieder normalisieren konnte.

12. Kapitel

Am nächsten Tag war ich früh im Büro und bereitete die Besprechung am Vormittag vor. Zusammen mit den Abteilungsleitern wollten wir das erste Quartal planen.

Diese Meetings hatte Vincent eingeführt, als die Firma größer wurde. Mein Vater wusste sie nicht zu schätzen, ich fand sie umso wichtiger. Nur wenn alle an einem Strang zogen, waren wir erfolgreich, also stürzte ich mich mit Feuereifer in die Vorbereitung.

Vincent stieß um halb neun zu mir und brachte Kaffee mit. Meine Unterlagen ließen ihn anerkennend nicken.

»Ich arbeite gern mit dir zusammen«, sagte er und ließ sich in seinen Sessel fallen. »Es ist schön, dass wir die gleichen Ansätze haben. Das macht das Arbeiten leichter.«

Ich lächelte, schließlich wusste ich, was er meinte. Ich kannte meinen Vater, seine Stärken und Schwächen. Er würde mich heute Nachmittag anrufen und nach der Besprechung fragen.

Mein Handy vibrierte, eine Nachricht kam in unserer Chatgruppe an. Sie war von Em, die sich abgemeldet hatte, weil sie mit Lukas an der Nordsee war: *Welche Uhrzeit habt ihr heute ausgemacht? Ich muss dringend mit euch sprechen.*

›*13 Uhr. Ist was passiert?*‹, hatte Sam bereits geantwortet.

Ja.

Wie ich Em kannte, würde sie nicht mehr dazu schreiben. Sie hasste Messenger-Apps und vor allem Gruppenchats. Deswegen beschränkten wir uns aufs Wesentliche, doch ich las aus den wenigen Worten, dass etwas gewaltig schiefgegangen war.

»Alles in Ordnung?«, fragte Vincent. Ich zuckte mit den Schultern.

»Das werde ich erst heute Mittag erfahren. Lass uns weitermachen.« Obwohl meine Gedanken wie ein Adler um Ems Nachricht kreisten, bemühte ich mich, mich auf die Unterlagen zu konzentrieren. Es fiel mir unerwartet schwer.

Die Besprechung verlief zufriedenstellend. Die Abteilungsleiter hatten sich vorbereitet und brachten Ideen ein, wie wir die Effizienz steigern konnten. Ich war davon angetan, wie viele Gedanken sich vor allem Heiner aus der Tischlerei machte. Er hatte auf einer Messe eine Maschine gesehen, die mittels Lasertechnik noch präzisere Kanten sägte als unsere derzeitigen Geräte. Laut Kostenvoranschlag, den er bereits angefordert hatte, war sie auch noch in der Leasingrate günstiger.

Ich bat Anke, unsere Einkäuferin, das Ganze zu prüfen, und gab den Auftrag frei, dann beendeten wir das Meeting und ich sah auf meine Uhr. Es war schon zwanzig vor eins, ich musste mich beeilen, wenn ich pünktlich sein wollte.

»Ist es für dich in Ordnung, wenn wir die Nachbesprechung heute Nachmittag machen?«, fragte ich Vincent. Er nickte und wünschte mir eine schöne Mittagspause, von der ich nicht wusste, ob ich sie haben würde. Mit einem mulmigen Gefühl lief ich zur Fähre, sprang hinauf und sah hinüber zur Hamburger Seite, auf der meine Freunde auf mich warteten.

Atemlos stolperte ich um kurz nach eins in unseren Stammitaliener, wo sie sich in einer ruhigen Ecke zusammengesetzt hatten. Ich erspähte Em, die mit dem Gesicht zu mir saß und mir schwante Böses: sie war blass und ungeschminkt, was sie für gewöhnlich niemals in der Öffentlichkeit war.

Schnell war ich am Tisch und setzte mich neben sie.

»Em, was ist los?«, fragte Claire, ihre Besorgnis war ihr deutlich anzusehen. »Ihr wolltet doch an die Nordsee fahren.«

»Ist abgesagt. Für immer.« Ems Stimme war rau und sie sah aus, als könne sie es nicht glauben. Ihre Hände verkrampften sich an ihrer Serviette und sie biss sich auf die Unterlippe. »Ich habe es ihm gesagt. Er hat Schluss gemacht.«

Es dauerte, bis ich verstand. »Du meinst den Schwangerschaftsabbruch?« Em nickte.

»Aber wieso?«, wollte Sam wissen. »Du hast es zwei Monate für dich behalten, warum jetzt?«

»Weil er wieder mit dem Thema angefangen hat, heute Morgen beim Frühstück«, erwiderte sie mit erstickter Stimme. »Er machte irgendeinen dummen Spruch, von wegen das Hotel wäre ein wunderbarer Ort, um ein Baby zu machen. Freunde von ihm wären da schwanger geworden und was ich davon halten würde. Und dann war das Thema da, breit und fett am Küchentisch und ich bin in Erklärungsnot gekommen, aus der Situation kam ich nicht mehr raus. Er hat gemerkt, dass was im Busch ist und hat so lange nachgefragt, bis ich es ihm sagen musste. Ihr hättet sein Gesicht sehen müssen, das pure Entsetzen.« Sie holte tief Luft und schloss die Augen. »Dann ging es los: ›warum hast du mir nichts gesagt? Wie konntest du nur? Wie verantwortungslos kann man sein? Warum hast du mich angelogen?‹ Die ganze Palette.«

Diese Fragen stellte Lukas zurecht. Ich hatte Em damals gesagt, dass er meiner Meinung nach zumindest das Recht hatte, von ihrer Schwangerschaft zu erfahren. Sie war eine ehrliche Haut und ich wusste, dass es sie belastet hatte, zu schweigen. Vor allem, weil sie in Lukas jemanden gefunden hatte, mit dem es ihr überraschend leichtfiel, eine Beziehung aufzubauen. Damit hatte niemand gerechnet, weil sie überzeugt war, kein Beziehungsmensch zu sein.

Dass sie nach Curts Heiratsantrag Reißaus genommen hatte, passte ihrer Meinung nach dazu, aber sie und der gesetzte

Mann Mitte fünfzig passten einfach nicht zusammen. Lukas war lebhaft, lustig und machte gern einen drauf, genau wie Em. Ihre Schwangerschaft nach kaum vier Wochen (und das mit einundvierzig) war ein Schock. Doch sie wie ein Häufchen Elend vor uns sitzen zu sehen, war genauso schlimm.

»Bereust du es?«, fragte ich vorsichtig, merkte aber sofort, dass sie es in den falschen Hals bekam, ihre Miene verfinsterte sich augenblicklich.

»Nein, verdammt«, zischte sie. »Ich bereue, dass es überhaupt passiert ist.« Sie zerknüllte ihre Serviette. »Und bitte keine Moralpredigt, Sonja.«

»Wollte ich doch auch gar nicht!« Ärger stieg in mir hoch, Frust, weil sie mir immer alles zum Nachteil auslegte. Für Em war ich nur die Spießerin, die es kaum erwarten konnte, zu heiraten, ein Kind zu bekommen und heile Welt zu spielen. Wahrscheinlich erfüllte es sie mit Genugtuung, dass das alles bei mir schief gegangen war.

Ich atmete durch, um mich wieder runterzubringen. Das war vollkommener Blödsinn und ich würde es nur schlimmer machen, wenn ich darauf einstieg.

»Was hat Lukas gesagt, Em?«, fragte Sam. Warum gelang es ihm, den richtigen Ton zu treffen und bei mir eskalierte es regelmäßig?

Der Schmerz kehrte in ihr Gesicht zurück. »Dass er mich nicht sehen will und nachdenken muss. Ich soll ihn nicht anrufen und mich vor allem nicht rausreden. Er war stocksauer.« Sie senkte den Blick und wirkte wie ein kleines Kind. Genau so sah JP aus, wenn etwas richtig schiefgelaufen und er am Boden zerstört war. »Wäre auch zu schön gewesen, wenn es gut gelaufen wäre. Also wieder nichts.«

Dabei klang sie so hoffnungslos, dass mir eiskalt wurde. Impulsiv legte ich ihr den Arm um die Schultern und zog sie an mich. Erst machte sie sich steif, dann sackte sie in sich zusammen und schniefte. »Ach, fuck«, murmelte sie in meine Bluse. »Kann mir mal einer sagen, warum ich immer alles verkacke?«

»Kannst du uns hier einen zeigen, bei dem immer alles glattläuft?«, fragte Sam schnaubend. Em zuckte mit den Schultern und richtete sich auf.

»Hast recht, wir sind ein Haufen Loser.« Claire lachte.

»Du solltest noch nicht aufgeben«, wagte ich mich vor. »Vielleicht besteht ja noch Hoffnung.« Ich hielt den Atem an, als ich auf ihre Reaktion wartete, doch statt wütend zu werden sah sie noch trauriger aus.

»Das ist lieb, aber im Ernst: Ich könnte ihm sowas nicht verzeihen, also kann ich kaum von ihm verlangen, dass er es tut.«

Selten hatte ich sie so mutlos gesehen und es tat mir weh.

»Wo warst du eigentlich gestern?«, fragte sie unvermittelt.

Ich öffnete den Mund, doch es kam kein Ton heraus. Scham überflutete mich bei dem Gedanken an die Peinlichkeiten, die gestern passiert waren und wie ich mich verhalten hatte. Wie furchtbar es zwischendurch gewesen war und wie inkonsequent ich gehandelt hatte.

Ich konnte nicht einschätzen, wie sie auf die Information, dass ich mich mit Nick getroffen hatte, reagieren würden.

Claire hatte berichtet, wie erschrocken sie an Silvester war, als er vor ihr stand. Das Treffen hatte zu Spannungen zwischen ihr und Ben geführt, die sie nur durch ausführlichen Sex und ein anschließendes Gespräch klären konnte.

Konfliktmanagement à la Claire in Reinform.

Ihr wäre es sicher am liebsten, ihn nicht wiederzusehen. Ein Monat war eine zu kurze Zeit, um zu vergessen, wie schwer es gewesen war und wie Claires Verhalten Ben verunsichert hatte.

Ich konnte ihr unmöglich sagen, dass ich mich ... dass ich ihn ... ich mit ihm ... was auch immer das war, ich fürchtete, dass es ihr wehtun würde, wenn ich jetzt damit herauskam und mir fehlte der Mut, mich dieser Wahrheit zu stellen. Ich könnte es eines Tages beiläufig erwähnen, wenn sich die Sache erledigt hatte und sie nicht mehr so angespannt reagierte.

Besserer Plan, als für noch mehr Aufregung zu sorgen.

»Ich kann nicht ständig auf Partys gehen«, winkte ich deswegen ab. »Außerdem stand heute das wichtige Meeting an, deswegen wollte ich mich vorbereiten, damit ich nicht wie ein Trottel dastehe.« Nach dem vermasselten Date hatte ich noch von der Couch aus gearbeitet, um mich abzulenken.

Und dann ... na ja ... hatte ich das getan, was ich seit Silvester ständig tat: versucht, nicht an Nick zu denken und mich dann selbst kommen lassen, während ich an ihn dachte. Ich glaube, so oft wie in den letzten Tagen hatte ich noch nie Hand an mich selbst gelegt. Auch davon mussten sie nichts wissen.

»Und, wie lief es?«, fragte Sam dankbar, dass wir das Thema wechselten, und warf Em besorgte Blicke zu.

»Besser als erhofft. Alle ziehen mit, mehr können Vincent und ich uns nicht wünschen.« Die anderen lächelten, Ems Gesicht war dennoch traurig. Sie konnte niemandem etwas vormachen: Wir alle wussten, wie wohl sie sich mit Lukas fühlte und es war sichtbar, dass sie unter der Situation litt.

Ich hoffte, dass sie ihn dazu bewegen konnte, ihr zu verzeihen, obwohl ich wusste, dass ihr Stolz es ihr schwer machen würde, auf ihn zuzugehen. Ich sah, wie verletzt sie war, obwohl sie seine Reaktion verstand.

Das war das Schlimmste: zu wissen, dass sie es verdorben und etwas getan hatte, das sie selbst nicht verzeihen könnte.

Was keiner von uns ahnte: Es kam noch viel schlimmer und das gleich am nächsten Tag.

Ich bereitete mich gerade auf ein Kundentelefonat vor, als Claire anrief. »Hey Süße, was gibt es?«, fragte ich und klemmte das Telefon zwischen Wange und Schulter, weil ich nach dem Angebot suchte, das ich dem Kunden vorstellen wollte.

»Wir sind alle hier«, hörte ich Sams Stimme, sie klang merkwürdig mechanisch.

Ich richtete mich stirnrunzelnd auf und griff nach dem Telefon. »Was ist passiert?«

»Sie ... sie ...«, begann Claire und brach ab, ich hörte sie schluchzen. Mir wurde kalt. Was war los?

»Seid ihr unverletzt? Ist alles in Ordnung?«

»Nichts ist in Ordnung!«, platzte sie heraus und schluchzte erneut, ich hörte Sam leise auf sie einreden.

»Claire und Sam wurden zu Bitter und Harry zitiert«, meldete sich Em. »Die Kanzleikonten stimmen nicht, es fehlt Geld. Sie haben die beiden freigestellt, Verdacht auf Untreue. Diese Wichser!« Sie schäumte vor Wut, aber ich kam nicht mehr mit.

»Was?«

»Sie glauben, Sam und Claire haben Kohle verschwinden lassen!«, wiederholte Em überdeutlich, als fiele mir das Verstehen schwer und tatsächlich fühlte sich mein Kopf an, als wäre er mit Watte gefüllt. Meine Hände waren eiskalt und taub.

»Ich fasse es nicht ...«, machte ich leise.

»Ist das rechtens?«, fragte Em aggressiv. »Die beiden haben einen Wisch bekommen, *widerrufliche Freistellung* steht da drauf. Dürfen die das?«

Ich atmete tief durch. Riss mich zusammen und versuchte, in den professionellen Modus umzuschalten. Ich war Personalerin, verdammt, und meine Freunde brauchten mich.

»Widerrufliche Freistellung?«, hakte ich nach. Em bejahte. »Volle Bezüge?«

»Unter Anrechnung von Überstunden, die die beiden sowieso nicht aufschreiben«, knurrte Em. Die Bereichsleiter erfassten keine Arbeitszeiten, dafür waren die Gehälter zu hoch.

»Ja, das dürfen sie«, musste ich bestätigen. »Wenn sie weiterhin ihr Gehalt beziehen, hat der Arbeitgeber das Recht dazu. Was haben sie gesagt, was als Nächstes passiert? Wie ist das Gespräch abgelaufen?«

»Sie haben uns die Konten hingeknallt, uns Buchungs- und Fallnummern um die Ohren gehauen und dann erwartet, dass wir sofort etwas dazu sagen können«, meldete sich Sam zu Wort. Er klang wie ein Roboter.

»Haben sie nicht!« Claires Stimme war dünn. »Es ist doch klar, dass wir dazu aus dem Stegreif nichts sagen können ... egal, was wir erklärt hätten, die Entscheidung ist gefallen. Sie haben uns freigestellt und werden uns kündigen.« Bei den letzten Worten brach ihre Stimme und ich hörte sie schniefen.

»Das können die doch nicht machen, oder?«, mischte Em sich wieder ein, die ihre Aggressivität und ihren Frust kaum zügeln konnte. »Die können den beiden doch nicht einfach was unterschieben. Sie können doch nicht einfach irgendwas behaupten und sie dann einfach nach Hause schicken, *oder?*«

»Sie müssen zumindest glauben, etwas zu haben, sonst würde Bitter das nicht tun.« Mein Gehirn nahm die Arbeit wieder auf und ratterte auf Höchsttempo. Blitzschnell ging ich alle Kündigungen durch, an denen ich jemals beteiligt war, auf der Suche nach einem vergleichbaren Fall. Diebstähle hatte ich schon bearbeitet, ebenso Kündigungen, die aufgrund von Lügen und Verleumdung stattgefunden hatten, aber noch kein Verdacht auf Veruntreuung von Firmenvermögen.

»Verdammt«, murmelte ich. »Ich muss darüber nachdenken.« Vincent kam ins Büro und schien irritiert, mich mit dem Handy in der Hand mitten im Raum stehen zu sehen. Siedend heiß fiel mir wieder ein, dass mein Kundenanruf schon fünf Minuten überfällig war. Ich unterdrückte den Wunsch, laut zu fluchen. »Ihr solltet euch einen Rechtsanwalt suchen.«

»Anwälte sind das letzte, was ich momentan sehen möchte«, sagte Sam.

»Ich weiß, aber ihr solltet erst mal nach Hause gehen. Ich melde mich, sobald ich eine Idee habe, ja? Ich muss zu einem Termin, es tut mir so leid.«

»Ich wünschte, du wärst hier, dann wäre diese ganze Scheiße nicht passiert«, hörte ich noch Claires erstickte Stimme, dann hatte ich aufgelegt. Ihre Worte trafen mich ins Herz und ein schlechtes Gewissen breitete sich wie eine Welle in mir aus.

Ja, vermutlich wäre diese Freistellung ebenso wie die drohende Kündigung niemals bei mir durchgegangen. Auch die Drachenfrau hatte gern mit Abmahnungen und Kündigungen gedroht, doch in der Regel hatte ich sie davon abhalten können. Vor allem, wenn es keine belastbare Grundlage gab.

Ich unterdrückte den Drang, Canan anzurufen und mir Details geben zu lassen. Ich musste den Anruf mit dem Kunden machen, bevor wir den Auftrag nicht bekamen, aber es fiel mir unglaublich schwer.

»Alles okay?«, fragte Vincent besorgt. Ich schüttelte den Kopf, er griff zum Hörer und wählte. »Dann machen wir das schnell zusammen, in Ordnung?«

Der Kunde meldete sich mürrisch, die knapp zehnminütige Verspätung nahm er uns übel und ich musste eine Charmeoffensive starten, um ihn zu besänftigen. Dank Vincent unterbreiteten wir das Angebot schnell und stimmten die fehlenden Details ab, sodass er uns trotz des Patzers den Zuschlag gab. Mir fiel ein Stein vom Herzen, als wir auflegten.

»Danke. Ohne dich hätte ich das versiebt.«

Vincent legte die Stirn in Falten. »Was ist los? Als ich reinkam, dachte ich, es wäre etwas Schlimmes passiert.«

»Ist es auch, aber nicht hier. Trotzdem muss ich mich drum kümmern«, erwiderte ich und starrte die Papiere auf meinem

Schreibtisch an. Mein schlechtes Gewissen verstärkte sich. Ich hatte noch so viel zu tun, aber das Problem in der Kanzlei schien am Drängendsten zu sein.

Mein Handy klingelte erneut. Was konnte noch passiert sein? Es war die Schule.

»Frau Lippmann, könnten Sie Jan-Philipp abholen? Er ist krank«, informierte mich die Schulsekretärin mit betont ruhiger Stimme. Anscheinend erwartete man von mir, einen hysterischen Anfall zu bekommen. Ich rollte mit den Augen. Natürlich würde ich ihn abholen, aber solange kein Rettungshubschrauber involviert war, blieb der Anfall aus.

Ich versprach, mich auf den Weg zu machen, und legte auf.

Vincent beobachtete mich. »Nicht dein Tag heute, was?«

»Manchmal habe ich das Gefühl, es ist nicht mein Leben«, erwiderte ich mit müdem Lächeln. »Ich muss JP abholen, er ist krank. Den Rest des Tages arbeite ich von zuhause aus, ja?«

»Wir haben keine Termine mehr, also mach in Ruhe«, erwiderte er nach einem Blick auf seinen Kalender. »Ich bleibe hier und melde mich, wenn etwas ansteht.«

»Ich weiß gar nicht, was ich ohne dich täte«, seufzte ich und sammelte meine Sachen zusammen.

Er grinste und tat so, als würde er imaginäres langes Haar über seine Schulter zurückwerfen. Bei seiner bulligen Statur sah das urkomisch aus. »Ich auch nicht, aber glücklicherweise musst du das nicht herausfinden, Darling.«

»Hast du wieder die Modelshow mit Marilen angesehen?«, fragte ich, während ich meine Jacke anzog. Vincent hatte eine fünfzehnjährige Tochter aus erster Ehe.

»Und ob.« Er seufzte. »Und jedes Mal sieht sie mich bedeutungsschwer an und sagt: ›nächstes Jahr bin ich alt genug, Papa, dann werde ich da auch mitmachen‹. Das beunruhigt mich, die Hälfte der Zeit sind diese Frauen halbnackt.«

»Vielleicht überlegt sie es sich. Sie hat ja noch etwas Zeit.«
Ich war dankbar, dass ich dieses Gespräch mit JP nie führen
musste. Es war sehr viel wahrscheinlicher, dass er später in der
Wüste nach Knochen grub, als dass er Model werden wollte.

Ich verabschiedete mich von Vincent und Iris und bat sie,
mich anzurufen, wenn sie mich brauchten. Dann sprang ich in
mein Auto und fuhr los. Der Verkehr war jetzt, kurz vor Mittag, durchlässig. Dennoch musste ich über die Köhlbrandbrücke fahren und brauchte deswegen eine knappe halbe Stunde,
bis ich JPs Schule erreichte.

Ich rief Canan an. »Hallo Sonja, wie geht es dir?«

»Es geht, um ehrlich zu sein. Du kannst dir denken, warum
ich anrufe, oder?« Sie schwieg einen Moment, dann stieß sie
einen frustrierten Seufzer aus.

»Ja, allerdings. Harry war eben hier und hat mir die Freistellungen von Claire und Sam auf den Tisch geworfen. Ich versuche immer noch, zu verstehen, was hier los ist.«

»Du hast sie nicht verfasst?« Ich verstand gar nichts mehr.

Canan schnaubte. »Nein, mich haben sie außen vorgelassen.
Es ist zwar unser Briefpapier aber im Zeichen steht *KN*, das
sagt mir nichts. Kannst du das zuordnen?«

»Das sind *Kohlhoff & Neuwirth*. Arbeitsrechtler, die ich angefragt habe, wenn ich eine Beratung brauchte.« Was nur selten
der Fall gewesen war. Wegen des Stundenhonorars von drei-
hundertfünfzig Euro hatte ich ungern angerufen.

Es sah Harry und Dr. Bitter ähnlich, diesen Weg zu gehen,
anstatt Canan einzubeziehen. Dr. Bitter war von ihrer Beförderung nicht begeistert. Er hatte so getan, als wollten die Drachenfrau und ich ein Flüchtlingsmädchen ohne Ausbildung und
Sprachkenntnisse als meine Nachfolgerin einsetzen, nur weil
Canans Eltern aus der Türkei kamen.

»Verdammte Scheiße«, murmelte sie und ich konnte ihr nur von Herzen zustimmen. »Ich wusste ehrlich nichts davon.«

»Das glaube ich. Entsprechend hast du auch keine weiteren Informationen bekommen, oder?«

»Außer, dass Harry mir mitgeteilt hat, dass ich beiden zu den Austritten packen soll, nicht. Dann habe ich in den Personalaktenschrank geschaut und gesehen, dass sie fehlen. Der Idiot hat sie sich einfach rausgeholt, als ich nicht da war.« Sie klang wütend. Zurecht, denn deutlicher konnte man seine Geringschätzung nicht zeigen. Das hatte sie nicht verdient.

»Scheiße.« Mehr fiel mir dazu nicht ein.

»Was soll denn passiert sein? Ich kann mir nicht mal im Ansatz denken, was los ist«, wollte sie wissen.

Ich überlegte schnell, entschied dann aber, dass es besser war, wenn sie Bescheid wusste. Canan war, wie man es in ihrem Beruf erwarten konnte, äußerst diskret und verschwiegen, außerdem konnte sie die Vorgänge in der Kanzlei besser im Auge behalten als ich. Wenn sie eine Möglichkeit hatte, mehr herauszufinden, half uns das. Also schilderte ich ihr kurz, was ich wusste. Sie schwieg betroffen.

Ich hielt an einer roten Ampel, die mich auf die A7 zum Elbtunnel lassen würde und hoffte, dass die Verbindung hielt. Ungeduldig trommelte ich mit den Fingern auf dem Lenkrad herum und wünschte mich weit weg, auf eine einsame Insel mit JP, wo es diese ganzen Probleme einfach nicht gab.

»Das ist eine krasse Anschuldigung«, sagte Canan endlich. »Und ohne hieb- und stichfeste Beweise ...«

»Das weiß ich«, unterbrach ich sie. »Aber ich weiß sicher, dass die Gründe an den Haaren herbeigezogen sind. Nie im Leben würden die beiden Geld von der Kanzlei veruntreuen.«

Canan brauchte einen Moment, um zu antworten. Sie war mit ihren Kollegen nicht befreundet und hatte eine andere Meinung, die ich nicht hören wollte, aber wohl besser abfragte. »Okay, sag mir, was du denkst. Dann kann ich mir Gedanken machen, wie sie argumentieren.«

»Gut. Als Harry befördert wurde, hat Claire darauf bestanden, dass sie und Sam direkt an die Partner berichten und nicht mehr an den Head of Office. Die Partner haben von Buchhaltung und Mahnwesen keine Ahnung.«

»Harry auch nicht«, gab ich zu bedenken.

»Das würde ich so nicht sagen«, erwiderte sie. »Er kennt sich mit Buchungen und Bilanzen aus, notgedrungen, er muss ja die Forecasts aus den Abteilungen zusammenfassen und den Partnern vorstellen. Entsprechend hat er, auch wenn die beiden nicht an ihn berichten, einen Einblick in die Konten und die finanzielle Situation der Sozietät. Wenn man aber von deinem Stand ausgeht, nämlich, dass Harry keine Ahnung hat und die Partner auch nicht, erscheint die Forderung, dass Claire und Sam selbstbestimmt agieren, fragwürdig.«

»Claire ist die Stelle als Head of Office entgangen, weil Harry bösartige Gerüchte über sie gestreut hat«, verteidigte ich meine Freundin. »Natürlich wollte sie nicht an ihn berichten.«

»Aber das macht die ganze Sache nur noch plausibler«, hielt Canan dagegen und ich sah ein, dass sie recht hatte. »Damit haben wir das Motiv. Dass sie Sam mit ins Boot holt, macht das Bild komplett. Wie sollte es sonst gewesen sein?«

»Es gibt tausend Möglichkeiten«, sagte ich, nachdem ich tief durchgeatmet habe. »Und keine davon muss so offensichtlich sein. Sie könnten reingelegt worden sein.«

»Aber Sonja, von wem und warum?«, fragte Canan vorsichtig. »Wenn ich dich richtig verstehe, sind die Gelder sorgfältig versteckt worden, sodass ihr Fehlen nicht auffiel. Und gerade die beiden, die sich um alle Zahlungen und Bilanzen kümmern, haben alles Wissen und Können, um das so einzufädeln.«

»Du hast vollkommen recht«, gab ich zu und trat aufs Gas. »Und es kann sein, dass alles gegen sie spricht, aber ich weiß sicher, dass sie das niemals tun würden.«

»Dann werdet ihr das beweisen müssen«, sagte sie ruhig.

»Und das dürfte von außen schwierig werden. Aber die Kündigungen sind noch nicht ausgesprochen, oder?«

»Nein, nur die Freistellungen.« Jetzt klang sie wieder frustriert. Bei einem so wichtigen Vorgang übergangen zu werden war ein schlechtes Zeichen. Deutlicher hätten Bitter und Harry ihr nicht zeigen können, dass sie es ihr nicht zutrauten oder sie für nicht vertrauenswürdig hielten.

»Würdest du mich auf dem Laufenden halten?«

Sie zögerte. »Ja, das mache ich«, sagte sie dann. »Und Sonja, ich hoffe, dass du recht hast. Ich mag die beiden auch.«

Ich dankte ihr und legte auf. Es tat gut, zu wissen, eine weitere Verbündete in der Kanzlei zu haben und Em würde alles tun, was in ihrer Macht stand.

Endlich erreichte ich die Schule und sammelte JP im Sekretariat ein. Er saß dort mit elendem Gesichtsausdruck und sah in seiner Winterjacke winzig aus. Seinen Rucksack trug er schon, obwohl er so nicht richtig auf dem Stuhl sitzen konnte.

Der Glanz seiner Augen deutete auf Fieber hin. Ich schloss ihn in meine Arme und wiegte ihn. Dass er das zuließ zeigte mir, wie schwach er sich fühlte. Schnell bedankte ich mich bei der Sekretärin für ihren Anruf und ergriff seine heiße Hand, um ihn zum Auto zu bringen.

»Mama«, seufzte er, als ich ihn in seinen Sitz verfrachtet und angeschnallt hatte. Sonst bestand er darauf, es selbst zu tun. »Endlich bist du da. Warum hast du so lange gebraucht?«

»Weil die Firma so weit weg ist. Tut mir leid, mein Schatz. Ich bin so schnell gekommen, wie ich konnte«, sagte ich und startete den Motor erneut. Das schlechte Gewissen, das ich schon die ganze Zeit mit mir herumtrug, wurde noch schlimmer, als ich sein bleiches Gesicht im Rückspiegel betrachtete.

Ich konnte mich um nichts so kümmern, wie es notwendig war. Weder um Jan-Philipp, noch um die Firma oder meine Freunde. Frust stieg in mir auf, den ich nur schwer bekämpfen konnte. Er war wie ein dicker Kloß in meinem Hals.

Der Weg nach Hause war kurz. Ich wollte ihm nicht zumuten, den ganzen Tag in seinem Bett zu liegen, also holte ich sein Bettzeug aufs Sofa. Ich legte ihn im Schlafanzug hin und machte seinen Lieblingsfilm an, während ich in der Küche Tee und Brühe für ihn kochte.

Danach setzte ich mich an den Esstisch und arbeitete mich durch meine Mails. Anschließend nahm ich mir die Zeit, Recherchen zu Claires und Sams Fall vorzunehmen.

Grundsätzlich war es so: Kündigte die Kanzlei den beiden, mussten sie klagen, egal, wie die Beweislage war. Allerdings konnte es sein, dass auch die Kanzlei gegen sie klagte. Dann würde es hart auf hart kommen und auch die Kündigungsschutzklage vor dem Arbeitsgericht beeinflussen, je nachdem, was sie vorbringen konnten.

Ich seufzte und setzte mich neben mein fieberndes Kind aufs Sofa, strich ihm die verschwitzten Haare aus der Stirn und sah in sein mattes Gesicht.

›Hoffentlich wird es bald wieder besser‹, dachte ich, während ich seine Temperatur maß. Glücklicherweise nur achtunddreißig vier, aber schlimm genug.

»Was für ein Käse«, murmelte ich kinderkonform und meinte damit mein komplettes Leben.

»Mir geht's bald wieder besser, Mama«, versprach er und krabbelte auf meinen Schoß. Ich schmiegte ihn an mich und hielt ihn fest.

»Das weiß ich, mein Schatz.«

13. Kapitel

Es ging ihm am Freitag besser, aber noch nicht so gut, dass ich ihn allein lassen wollte, um mit den anderen etwas trinken zu gehen. Also verschoben wir es auf Samstagabend, als meine Mutter kam, um mich ›abzulösen‹, wie sie meinte.

JPs Temperatur war nur noch leicht erhöht. Die meiste Zeit war er wieder agil, also holte meine Mutter ihn auf die Couch und stopfte ihn dort quasi unter seiner Decke fest.

»Kranke Kinder gehören ins Bett«, sagte sie nachdrücklich, als er protestierte. »Und du solltest an die frische Luft gehen, du siehst furchtbar blass aus.« Das ging in meine Richtung. Ich hatte ihr kurz geschildert, dass Claire und Sam dringend meine Hilfe brauchten, was sie glücklicherweise akzeptierte.

Ich küsste meinen Sohn und fuhr zum *Rosenbergs*. Die anderen warteten schon auf mich, auch Aiko und Katharina hatten heute Zeit. Aiko war froh, nicht zuhause zu sein, die Mädchen waren bei ihr gewesen und wenn Marko sie abholte, brach ihr jedes Mal das Herz. Die Situation mit Cat hatte sich entspannt, wenn auch nicht ganz. Die Sache mit Henzo stand zwischen ihnen und Katharina tat sich schwer, sie abzuschütteln. Ich konnte sie verstehen, wusste aber auch, wie schwer es für Aiko war, sie vom Gegenteil zu überzeugen.

Ich blickte in fünf abgespannte Gesichter und mir ging auf, dass es keinem momentan gut ging. Wie schnell sich alles drehen konnte. Noch vor einer Woche dachte ich, dass nur Aiko und ich Probleme zu lösen hatten. Jetzt stand Em schlimmer da, was ihre Beziehung anging, und bei Claire und Sam ging es sprichwörtlich ums Ganze.

»Schön, dass du da bist«, machte Claire matt und drückte mich an sich. »Geht es dem Kleinen besser?«

»Ja, es war nur ein kurzer Fieberanfall, er ist schon fast wieder auf dem Damm. Meine Mutter ist bei ihm.«

»Weißt du was Neues?«, fragte Em. Anscheinend war sie der Meinung, dass dieses Thema damit abgehandelt war. Ich sah ihr an, wie sehr auch sie die ganze Sache mitnahm. Ohne Sam und Claire im Büro verlor ihr Job auch noch das letzte Fünkchen Attraktivität für sie.

»Ich habe am Donnerstag noch mit Canan gesprochen. Bitter und Harry haben die ganze Sache an ihr vorbeigeschleust und externe Arbeitsrechtler eingeschaltet«, berichtete ich. »Ich weiß nicht, was es ist, aber sie müssen sich sicher sein, etwas gegen euch in der Hand zu haben.«

»Aber ich weiß nicht, was!«, rief Claire unglücklich und sah Sam an. »Ich habe keine Ahnung, was sie da gefunden haben. Ich ... wir würden doch niemals Geld veruntreuen!«

»Und wie dämlich wären wir bitte, nur zweihundertfünfzigtausend Euro abzuzweigen, davon kommt man doch nirgendwo hin«, sagte Sam kopfschüttelnd. Er wirkte eher wütend als verzweifelt, glücklicherweise klang er nicht mehr wie ein Roboter. »Ich bin Bilanzbuchhalter, natürlich kann ich Geld so verstecken und Konten frisieren, dass mir nie einer auf die Schliche kommt, schon gar nicht einer wie Harry. Und er muss es ja gewesen sein, der unseren ›Betrug‹ aufgedeckt hat, sonst wühlt sich keiner durch die Konten.«

»Wahrscheinlich war er es selber«, knurrte Em und ballte die Hände zu Fäusten.

»Warum sollte er das tun?«, fragte ich.

Em holte Luft und stieß sie frustriert wieder aus. »Was weiß ich denn? Außerdem gibt es noch andere, die in den Konten herumwühlen können. Es könnte jemand aus Sams oder Claires

Team gewesen sein. Sogar einer der Partner käme infrage, wenn er sich die richtige Unterstützung holt. Vielleicht vögelt einer der Anwälte mit Swetlana ...«

»Auf keinen Fall«, verteidigte Sam seine Stellvertreterin. »Weder sie noch ein anderer aus dem Team würde das tun.«

»Würdest du das beschwören?«, fragte Katharina in ihren Anwaltsmodus verfallend. Ich sah Aiko an, dass sie das scharf fand. Sam schwieg. »Siehst du, genau das ist das Problem. Du kannst in niemandes Kopf sehen. Am Ende sind es oft Leute, denen man es niemals zugetraut hätte.«

»Von meinem Team *kann* es keiner gewesen sein«, beharrte Claire. »Dazu fehlen ihnen die technischen Möglichkeiten.«

»Und Franzi hat sicher nicht deine Zugänge für den Notfall?«, fragte Katharina und Claire klappte betroffen den Mund wieder zu. »Genau das meine ich. Je mehr man darüber spricht, desto mehr Leute kommen in Betracht.«

»Aber wie wahrscheinlich ist es, dass die Kanzlei Sam und Claire deswegen kündigen kann?«, fragte Aiko.

»Das kommt darauf an, was sie vorbringen können«, erwiderte ich. »Ob sie nachweisen können, dass die beiden es waren, die das Geld genommen haben. Dazu müssen sie Konten oder Buchungen vorweisen können, die zu den beiden führen.«

»Als ob wir so dämlich wären«, murmelte Sam verächtlich.

Ich zuckte mit den Schultern. »Wenn sie keine finden, fällt der Tatbestand der Veruntreuung weg. Dann könnten sie euch noch vorwerfen, dass ihr das Fehlen des Geldes nicht bemerkt habt und eurer Sorgfaltspflicht nicht nachgekommen seid.«

»Die können mich kreuzweise. Wenn hier jemand sorgfältig arbeitet, dann wir«, protestierte Sam.

»Aber ihr *habt* die Unstimmigkeiten nicht bemerkt, oder?«, fragte ich und sah, wie sehr den beiden das Thema zum Hals raushing. Mit finsteren Mienen nickten sie. »Unterm Strich ist doch die Frage, was ihr wollt: eure Jobs zurück, notfalls über den Klageweg, oder wollt ihr euch auszahlen lassen?«

Sie sahen mich erschrocken an und ich verkniff mir ein Seufzen. Hatten sie mir in all den Jahren nie zugehört, wenn ich von Exits sprach? Am Ende war alles eine Frage des Geldes und niemand wollte etwas tun, was ihm sein Stolz verbot.

»Fuck«, murmelte Claire und nahm einen tiefen Zug aus ihrem Cocktailglas. »Vorgestern waren wir zum letzten Mal im Büro, Liebster«, sagte sie an Sam gewandt. Dessen Gesicht war eine Maske puren Entsetzens.

»Das lasse ich mit mir nicht machen«, sagte er gepresst. »Ich lasse mich hier nicht zum Sündenbock für die Fehler anderer machen und verliere dadurch auch noch meinen Job!«

»Abwarten«, sagte Em. »Damit kommen die nicht durch!«

»Ihr solltet euch auf jeden Fall rechtlichen Beistand holen«, brachte Katharina sich ein. Ich nickte zustimmend. Darum würden sie kaum herumkommen, doch die beiden sahen automatisch mich an.

»Ich kann das nicht für euch tun«, wehrte ich ab und hob die Hand. »Kein Jurastudium, erinnert ihr euch?« Ein Studium in Personalmanagement deckte zwar viele rechtliche Themen ab und natürlich war ich praktisch erfahren, doch eine Vertretung in einer Klage konnte ich nicht übernehmen.

»Anwälte«, knurrte Sam. Katharina räusperte sich. »Anwesende ausgeschlossen. Aber bitte entschuldige, Cat, dein Berufsstand geht mir auf den Sack.«

»Verstehe ich«, winkte sie ab. »Ich schaue in meinem Netzwerk nach jemanden, den ich euch empfehlen kann.«

»Das wäre nett.«

Claires Gesicht war bleich, Sam nickte mit verkniffener Miene. Em sah genauso unglücklich aus.

»Hast du was von Lukas gehört?«, fragte ich leise. Sie zuckte mit den Schultern und raufte sich das kurze platinblonde Haar. Ihr Markenzeichen, der rote Lippenstift, fehlte. Sie sah blass und erschöpft aus.

»Nein. Und ich traue mich nicht, ihn anzurufen. Fuck, am liebsten würde ich es tun, aber ich habe Angst, dass er nicht mal rangeht.« Sie betrachtete ihre schwarzlackierten Nägel und seufzte. »Ich sollte mir nichts vormachen: es ist aus. Je eher ich das kapiere, desto besser.« Sie wiegte den Kopf, als würde sie sich strecken. »Zeit, meine Freunde zu reaktivieren.«

»Willst du wieder damit anfangen?«, fragte ich stirnrunzelnd. In den drei Monaten zwischen Curt und Lukas hatte Em es krachen lassen und mit etwa fünfzig Männern geschlafen. Ich betrachtete ihr schmales Gesicht und fragte mich, ob sie es ewig so weiterlaufen lassen wollte: Unverbindlicher Sex und ansonsten nichts festes als die Freundschaft zu uns.

War es nicht das, was ich auch praktizierte, nur dass ich mich auf einen Mann beschränkte? Sie sah mich gereizt an und ich hob begütigend die Hände. »Du wirst wissen, was du tust.«

»Ja, allerdings«, knurrte sie und winkte die Bedienung heran. Sie bestellte eine Runde Shots.

»Ich bin mit dem Auto hier«, protestierte ich.

Sie zuckte mit den Schultern. »Wen interessiert's?«

»Mich, denn ich brauche meinen Führerschein«, zischte ich, doch sie stellte mir den Shot nachdrücklich hin.

»Trink das gefälligst. Die Situation ist scheiße und verlangt danach.« Die anderen griffen beherzt nach ihren Gläsern und ich fragte mich, wo der Abend hinführte, als wir gemeinsam tranken.

Mein Handy klingelte, Kenichi rief an.

Stirnrunzelnd nahm ich das Gespräch an und stand vom Tisch auf, um ungestört sprechen zu können. »Hey.«

»Hey, kann ich vorbeikommen? Ich würde den Kleinen gern sehen« Ich hatte ihm Bescheid gesagt, dass JP krank war, doch seine Schichten hatten einen Besuch bisher verhindert.

»Ich bin mit den anderen im *Rosenbergs*«, antwortete ich, da fiel mir etwas ein. »Wann denn?«

»Meine Schicht ist um neun zu Ende.«

Ich sah auf meine Uhr. Es war gerade kurz nach acht. Und mir kam eine Idee. »Wenn du mich abholst, gerne. Dann fahren wir gemeinsam.« Auf keinen Fall würde ich zulassen, dass er mit meiner Mutter allein war. Gerade hatte ich das Gefühl, dass sich unser Verhältnis ein wenig entspannte und wenn sie jetzt wieder mit ihrer Leier anfing, trug das nicht zur Verbesserung bei. Kenichi hatte noch nicht aufgegeben, aber er verlegte sich darauf, mir geduldig zu zeigen, dass er sich gebessert hatte.

»Ich bin um viertel nach da.«

Ich beendete das Gespräch und kehrte an den Tisch zurück, wo ich einen weiteren Shot vorfand. Em sah mich herausfordernd an, doch ihr Gesicht entspannte sich, als ich ihn umstandslos aufhob und ihr zuprostete. Wenn ich es nicht übertrieb, konnte ich zwar nicht mehr fahren, würde aber morgen keinen Kater haben. Bis ich nach Hause kam, hatte meine Mutter JP sowieso ins Bett gebracht.

»Was wollte er?«, fragte Aiko mit schmalen Augen«.

»Seinen Sohn sehen. Er holt mich in einer Stunde ab und bringt mich nach Hause. *Cheers*.«

»Willst du wieder mit ihm vögeln?« Ich fragte mich, wie viele Runden sie während meines zweiminütigen Gesprächs getrunken hatten. Katharina sah ihre Freundin entgeistert an.

»Nein.«

»Hm.« Aiko sah nicht überzeugt aus.

»Mach doch«, grummelte Em und schwenkte das kleine Glas. »Man weiß nie, wie lange man dazu Gelegenheit hat.«

»Ich werde nicht mit ihm ins Bett gehen.«

»Wenn du so weiter trinkst, wird er das bestimmt ausnutzen.«

»Leute, im Ernst«, unterbrach ich meine Schwägerin, die einen Schmollmund machte. »Ich werde nicht mit ihm schlafen.«

»Aber mit wem dann?«, fragte Sam. »Theo ist im Skiurlaub.«

»Ich kann durchaus zwei Wochen ohne Sex auskommen, und noch viel länger, wenn es sein muss«, hielt ich dagegen.

»Kein Mensch sollte das müssen«, meinte Claire, die die Arme vor der Brust verschränkte. Sie war als Single kaum besser als Em, was den Männerverschleiß anging.

Ich schüttelte den Kopf, weil ich nicht weiterwusste. Mein Herzschlag beschleunigte sich, als ich an mein zweites Date mit Nick dachte. In zwei Tagen schon und ich hatte noch nichts gesagt. Aber jetzt damit herauszukommen wäre auch keine gute Idee. Sie würden sich auf mich stürzen wie Hyänen und ich war mir sicher, dass es bei Claire nicht gut ankam.

Wie kam ich aus der Nummer nur wieder heraus?

»Ich denke, das weißt du am besten«, mischte Katharina sich unverhofft ein und warf Aiko einen strafenden Blick zu. »Am Ende entscheiden wir selbst, was gut für uns ist.« Aiko sah hinunter auf die Tischplatte. Ich fühlte mich unwohl, weil so viel Unterschwelliges in diesem Satz mitschwang.

Em löste die Situation auf ihre Art: »Prost, verdammt!«, rief sie und hielt ihr Glas in die Mitte. Wir stießen an und sie gab der Bedienung das Zeichen für eine weitere Runde.

Claire und Sam tauschten einen für sie typischen Blick. Wieder beeindruckte es mich, wie tief eine Freundschaft sein konnte. Jeder der beiden würde für den anderen durchs Feuer gehen. Ich wusste, dass sie auch immer zu mir hielten und mich bei allem unterstützten, aber ihre Bindung war etwas Besonderes.

Trotz der nächsten zwei Runden wurde die Stimmung nicht besser und ich hatte das Gefühl, dass jeder seinen eigenen Gedanken nachhing. So wortkarg erlebte ich uns selten, aber mir ging es nicht anders. Um viertel nach neun klingelte mein Handy. Kenichi war da. Ich verabschiedete mich und drückte ihm meine Schlüssel in die Hand. »Danke, dass du hier bist.«

»Kein Problem. Ich wollte mich vergewissern, dass es JP gut geht«, fragte er und warf mir einen Blick zu, den ich als vorwurfsvoll deuten könnte, wenn ich mich konzentrierte, aber ich wollte nicht. Bei meiner Mutter war er in den besten Händen.

Schweigend fuhren wir zu mir, bis Kenichi mich fragte, was los sei. Also erzählte ich es ihm in knappen Worten, ohne ins Detail zu gehen. Er hörte es sich an und nickte ernst.

»Fast wie vor einem Jahr, oder?«, fragte er dann und seine Worte fuhren wie Pfeile durch meine Brust.

»Wie meinst du das?«

»Auch vor einem Jahr hatte jeder deiner Freunde Probleme, nur, dass es sich mittlerweile umgedreht hat: Em hat Beziehungsprobleme und Claire und Sam berufliche.« Er verdrehte die Augen. »Von der Scheiße, die Aiko sich selbst eingebrockt hat, will ich gar nicht anfangen.«

»Soll heißen?«

»Sie hat es drauf ankommen lassen, dass der ganze Mist mit dem Sorgerecht passiert. Du weißt selbst, wie unbesorgt sie immer an alle Sachen herangeht. Marko hat seit der Scheidung deutlich gemacht, dass er die Mädchen bei sich haben will und was macht sie? Arbeitet weiter bei der Sexfabrik und lässt sich auch noch beim Rumvögeln erwischen. Ich finde Katharina nett, sie ist eine hübsche und intelligente Frau, aber auch das ist doch zum Scheitern verurteilt.«

»Sag das nicht, die beiden lieben sich«, murmelte ich. »Und den Job hatte sie schon, als sie mit Marko verheiratet war.«

»Mag sein, aber sie hat alles dafür getan, um es ihm leicht zu machen. Allerdings hatte ich auch das Gefühl, dass Katharina mit den Mädchen nicht viel anfangen kann.« Ich atmete tief durch, bevor ich einen Streit vom Zaun brach, um Aiko zu verteidigen. Sollte Kenichi doch denken, was er wollte.

»Es ist leicht, über andere zu urteilen.« Ich starrte durch die Windschutzscheibe. »Wahrscheinlich haben sie das über uns auch getan, als unsere Probleme aufkamen. Sicher hätte jeder von ihnen es anders gemacht und uns gern Tipps gegeben.«

Er schwieg, die Botschaft war angekommen. Ich betrachtete die Häuser, an denen wir vorbeifuhren, und fragte mich, ob es eine gute Idee war, dass er mich nach Hause fuhr. Trotz aller guten Vorsätze waren wir ein Ehepaar in Scheidung, das eine schlimme Trennung hinter sich hatte.

Wir erreichten mein Wohnhaus und ich stieg aus, während Kenichi in die Tiefgarage fuhr und parkte. Das ließ mir einen Vorsprung, um meine Mutter nach Hause zu schicken. Ich hatte ihr von unterwegs eine Nachricht geschickt, sodass sie mich bereits erwartete, ihren Mantel überm Arm.

»Hast du etwa getrunken?«, fragte sie naserümpfend.

»Ja, aber ich bin gefahren worden, mach dir keine Sorgen«, erwiderte ich und wünschte mich in mein Bett. Kenichi hätte doch auch morgen vorbeikommen können. »Danke, dass du eingesprungen bist, das hat mir gutgetan.«

»Konntest du den anderen helfen?«

»Unterstützen zumindest. Helfen müssen sie sich allein, das kann ich ihnen nicht abnehmen.« Sie nickte zustimmend. Es wäre ihr nicht recht, wenn ich mich in ›anderer Leute Angelegenheiten‹ einmischte, wie sie es ausdrückte. Sie selbst bevorzugte es, nur informiert zu sein und darüber zu sprechen.

Ich nahm sie zum Abschied in den Arm und hoffte, dass ich nicht so werden würde wie sie. Ich liebte meine Mutter, aber sie hatte keinen Sinn für Freundschaften. Ihre waren oberflächlicher und sie legte den größten Wert darauf, keinen schlechten

Eindruck zu machen. Keine Schwäche zu zeigen. Das hatte sie mir beigebracht, und bis zu einem gewissen Punkt hatte ich das verinnerlicht, aber nie würde ich mich vor meinen Freunden verstellen. Ich fragte mich, ob das Verschweigen meiner Dates mit Nick schon in die Richtung ging.

»Grüß Papa. Ich komme am Mittwoch mit JP zum Abendessen zu euch.« Sie nickte und verließ die Wohnung. Müde schloss ich die Tür und hängte meinen Mantel an die Garderobe, da klingelte es schon.

»Hast du dich im Treppenhaus versteckt?«, fragte ich meinen zukünftigen Exmann. Er zuckte mit den Schultern.

»Nichts für ungut, aber auf ein Treffen mit deiner Mutter kann ich verzichten.« Dagegen konnte ich nichts sagen. Vorsichtig öffnete ich die Tür zu JPs Zimmer und sah in seine wachen Augen.

»Hey mein Großer, ich bin wieder da. Und Papa ist auch mitgekommen, weil er dich sehen wollte.«

Mein Sohn lächelte und sah Kenichi erschreckend ähnlich. Während der Zeit, als er in Japan war, hatte ich versucht, diese Ähnlichkeit zu ignorieren, obwohl sie offensichtlich war. Sie hatte mich auch immer an den Schmerz erinnert, den ich vor und nach der Trennung empfunden hatte und noch empfand.

Ich beobachtete, wie Kenichi sich auf die Bettkante setzte und sich mit unserem Kind darüber beratschlagte, ob es eher eine Jura-Krankheit oder eine Kreidezeit-Krankheit war. Sie rätselten, ob T-Rexe auch Erkältungen bekommen hatten. Dabei spürte ich einen dicken Kloß im Hals, den ich mit aller Macht bekämpfen musste.

Vor einem Jahr war ich fest davon überzeugt, dass unsere Familie stabil war. Weit davon entfernt, perfekt zu sein, aber dass wir es schafften, unsere Probleme zu lösen und miteinander glücklich zu sein. Kenichis Abgang war ein Schock, von dem ich nicht wusste, ob ich ihn schon überwunden hatte.

Jetzt, wo er hier war und sie miteinander flüsterten, kam es mir kurz so vor, als sei er nie weggewesen. Ein grausamer Trugschluss, der mich umso trauriger machte.

Es gab unsere Familie, so wie ich sie in Erinnerung hatte, nicht mehr, das war unumkehrbar.

JP schlief ein und Kenichi erhob sich. Als er sich zu mir umdrehte, erstarrte er mitten in der Bewegung und sah mich alarmiert an. Erst jetzt merkte ich, dass ich weinte.

Schnell wischte ich mir mit dem Blusenärmel übers Gesicht und wandte mich ab. Er kam zu mir herüber, schob mich in den Flur und schloss leise die Tür hinter sich.

»So-chan, was hast du denn?« Er sah mir prüfend ins Gesicht und nahm mich in seine Arme. Ich schloss die Augen und atmete seinen vertrauten Geruch ein, der noch mehr Erinnerungen hochkommen ließ.

Und es kein bisschen besser machte.

Entschlossen wand ich mich aus seiner Umarmung und drehte mich weg, atmete tief durch, um wieder zu mir zu kommen.

Egal wie traurig es mich machte, es änderte doch nichts daran, wie die Dinge jetzt lagen.

Er drehte mich herum und sah mir ins Gesicht.

»Es tut mir so leid«, murmelte er. »Alles. Ich wusste nicht, wieviel ich zu verlieren hatte und wünschte, ich könnte es wiedergutmachen.«

»Kannst du nicht«, flüsterte ich. »Es ist zu spät.«

»Bitte sag das nicht. Wenn wir uns bemühen, haben wir noch eine Chance.« Er hob mein Kinn an und küsste mich. Ich schloss die Augen und machte einen Schritt zurück.

»Ich glaube nicht, dass wir das können.« Ich heftete meinen Blick an seine Brust. »Mir tut es auch leid, weißt du? Um das

Leben, das wir jetzt nicht mehr führen können. Ich hatte gedacht, dass wir es schaffen.«

Er ballte die Hände zu Fäusten. »Wenn du daran glaubst, ist es immer noch möglich. Du bist wütend, dazu hast du jedes Recht, aber Sonja: irgendwann musst du das überwinden und wenn du dich genug mit deinem idiotischen Exverlobten und wer weiß wem ausgetobt hast, wirst du verstehen, dass ich recht habe. Und dieses Mal werde ich da sein, wenn es so weit ist.« Bevor ich noch etwas sagen konnte, drehte er sich um und verschwand durch die Wohnungstür.

Mit tauben Händen ging ich hinüber in mein Schlafzimmer und schlang die Arme um meine Schultern, während ich tief atmete, um mich zu beruhigen.

›Nicht wieder weinen‹, ermahnte ich mich und schluckte den Kloß in meiner Kehle hinunter. ›Nicht weinen.‹

Das schlechte Gewissen kehrte mit voller Wucht zurück. Gemeinsam mit den Zweifeln, ob mein Verhalten richtig war, ob ich die richtige Entscheidung gefällt hatte.

Oder war es einfach egoistisch und dumm, mich gegen sein Angebot zu sperren?

Wieder fand ich keine Antwort auf diese quälenden Fragen.

14. Kapitel

Bis Dienstagabend hatte sich an keiner Front etwas getan: Weder war Em mit Lukas in Kontakt getreten, noch hörten Claire und Sam etwas aus der Kanzlei. Dafür rief mich Ben an und erkundigte sich, ob er etwas machen könnte.

»Es ist beschissen, weißt du«, informierte er mich, als wäre ich nicht selbst draufgekommen. »Ich mache mir Sorgen, weil sie so schlecht aussieht und sich den Kopf darüber zerbricht, ob sie nicht doch etwas falsch gemacht oder übersehen hat. So sehr die Sache mit Harry sie auch ankotzt, so hängt sie doch an ihrem Job. Ich weiß nicht, wie sie damit umgehen wird, wenn es hart auf hart kommt.«

»Ich weiß«, erwiderte ich und fühlte mich machtlos. »Aber wir können momentan nichts tun. Noch haben sie keine Kündigung ausgesprochen. Das ist für uns alle unbefriedigend, Ben, glaube mir. Wenn es etwas gäbe, das ich tun könnte, würde ich es sofort machen.«

»Katharina hat Claire die Hilfe einer Anwältin empfohlen. Denkst du, dass das notwendig ist?«

»Ich fürchte, ja.« Ich starrte in meinen Kleiderschrank, eigentlich wollte ich mich für mein Date anziehen. Ben brachte mich aus dem Konzept und langsam wurde mir kalt.

»Also kommt es nicht wieder in Ordnung?« Er klang ratlos. Dies war einer der Momente, in denen ich ihm sein Alter anmerkte. Er selbst war erst ein Jahr in einem richtigen Job.

»Ich denke eher nicht. Selbst wenn sie einen Rückzieher machen, aus welchem Grund sollte Claire nach so einer Demütigung dort weiterhin arbeiten?«

»Das hat sie nicht nötig«, sagte Ben sofort. »Aber du weißt, wie sehr sie an ihrem Team hängt und dass es ihr schon schwer genug gefallen ist, als du gegangen bist. Wenn sie jetzt noch auf Sam und Em verzichten muss ...«

»Auch das wird sie schaffen«, unterbrach ich ihn. Es rührte mich, welche Sorgen er sich um seine Freundin machte, doch Claire war nicht aus Zucker. Es war normal, nicht mit seinen besten Freunden zusammenzuarbeiten. Sie war, ebenso wie Sam, kompetent und es war ein leichtes für sie, einen neuen Job zu finden. Ich hatte mich schließlich auch umgewöhnt und meine Aufgaben als Firmeninhaberin waren um einiges heikler.

Ben schwieg, da fiel mir noch etwas anderes ein.

»Wie geht es Lukas?«

Er seufzte. »Die nächste Baustelle. Ihm geht's scheiße. Er redet nicht gern darüber, aber ich merke, wie enttäuscht er von ihr ist. Ich weiß ja auch erst seit Kurzem davon. Claire hat kein Wort gesagt, und ich war auch schockiert. Ich verstehe nicht, warum sie ihm nichts gesagt hat.«

»Es war ihre Entscheidung.« Ich fragte mich, warum ich sie in Schutz nahm, aber ich musste es einfach tun.

»Es war auch sein Kind«, beharrte Ben, ohne laut zu werden. »Eine so wichtige Entscheidung sollte ein Paar zusammen fällen und nicht einer allein für sich.«

»Aber sie waren damals nicht zusammen«, hielt ich dagegen und sank auf mein Bett. »Du musst Em verstehen, sie hatte Angst. Es war nicht geplant und sie kannte Lukas kaum. Es hätte auch sein können, dass er sie einfach sitzenlässt.«

»Das glaube ich nicht. Aber ich verstehe, warum sie es getan hat. Mir tut es einfach leid für die beiden, ich hatte das Gefühl, dass sie sich gesucht und gefunden haben.« Er seufzte wieder. »Ich rede mit ihm, ja? Aber versprechen kann ich nichts.«

»Danke.« Wenn die winzigste Chance bestand, dass sie sich

zumindest aussprachen, wollte ich alles dafür tun. Ich verabschiedete mich und konzentrierte mich wieder auf mein Date.

Es war so viel in den letzten Tagen passiert, dass ich kaum daran gedacht hatte, doch jetzt kam meine Aufregung zurück. Was würde heute passieren? Wohin würde sich das Treffen entwickeln?

Ich entschied mich für ein Etuikleid, das an Audrey Hepburn erinnerte. Sexy, aber vor allem elegant. Mein langes braunes Haar band ich zu einem Pferdeschwanz, schminkte mich dezent und stieg in meine weinroten Lederstiefel mit hohem Absatz. Zumindest etwas Sex-Appeal, außerdem passte die dazugehörige Tasche wunderbar zum Kleid. Noch ein Spritzer Parfum und ich war bereit.

Ein letztes Mal kontrollierte ich mein Smartphone. JP hatte ich schon gute Nacht gesagt, als Kenichi ihn vor einer Stunde abholte. Von dem Thema von Samstag hatte er nicht wieder angefangen. Wenigstens etwas. Ich warf meinen camelfarbenen Wollmantel über und fuhr hinunter zu meinem Auto.

Als ich das Bistro erreichte, wartete Nick bereits auf mich. Dieses Mal war es kein schickes Restaurant, sondern ein Nischenlokal mit gutem Essen. Ich hatte es ausgesucht, weil ich hoffte, durch die zwanglosere Atmosphäre besser durch den Abend zu kommen.

Er nahm mir den Mantel ab und küsste mich auf die Wange. Das verunsicherte mich. Ich hatte mit einem ähnlichen Kuss wie zum Abschied bei unserem letzten Treffen gerechnet. Er hatte bereits Wein bestellt, einen Rosé, der mir ausgezeichnet gefiel. Ich orderte Linguine in Hummersauce und sah den Mann vor mir an, der entspannt lächelte.

»Wie war deine Woche?«, fragte er nach dem Anstoßen.
»Durchwachsen«, erwiderte ich, hatte aber keine Lust, davon

zu erzählen. Damit hatte ich mich schon genug befasst, heute Abend wollte ich mich auf ihn konzentrieren. »Umso mehr habe ich mich auf unser Treffen gefreut.«

»Ich mich auch. Beim letzten Mal habe ich es dir nicht leicht gemacht, bitte entschuldige. Erst hinterher ist mir aufgefallen, dass ich unhöflich zu dir war.«

»Danke, aber nicht nötig. Wir sind von unterschiedlichen Dingen ausgegangen. Ich verstehe, warum du irritiert warst.«

»Aber jetzt haben wir alles ja geklärt«, erwiderte er und warf mir einen Blick zu, unter dem mir heiß und kalt wurde. Zumindest an seiner Intention hatte sich nichts geändert. Wenn ich ihm das richtige Signal gab, würde er keine Zeit verlieren.

Ich hatte es in der Hand.

Das gab mir ein gutes Gefühl und ich lenkte das Gespräch, fand mehr über ihn heraus, über sein Leben und seine Familie. Nick hatte einen älteren Bruder, der mit seiner Familie in Rosengarten wohnte und Architekt war. Er arbeitete in der gleichen Firma wie Tim, durch Nick hatten sich Sam und Tim kennengelernt.

»Die Welt ist klein«, murmelte ich kopfschüttelnd. Diese Information war bisher an mir vorbeigegangen.

»In gewissen Kreisen noch kleiner, da kennt jeder jeden.« Sein Tonfall machte deutlich, worauf er anspielte.

»Wie bist du in diese *Kreise* hineingekommen?«, wagte ich zu fragen. »Hattest du schon immer die Neigung?«

»Nicht bewusst zumindest«, erwiderte er und rückte etwas näher. »Ich bin mit fünfundzwanzig mit meiner damaligen Freundin von Himmelpforten nach Hamburg gezogen. Es lief nicht so gut mit uns, aber wir haben es trotzdem gemacht. Ich dachte, wenn wir vom Dorf wegkommen, wo uns jeder kennt und sich einmischt, wird es wieder besser. Das war leider nicht so und parallel lernte ich Sam und Brina kennen. Nachdem

Annette und ich uns getrennt hatten, bin ich öfters mit den beiden losgezogen und irgendwann erwähnte Brina beiläufig, dass sie ihr Studium als Domina finanziert. Ich konnte mir nichts darunter vorstellen und habe dumme Fragen gestellt, für die sie mich heute noch auslacht. Sam hat vorgeschlagen, dass ich die beiden zu einer Szene-Party begleite. Was ich machte und seitdem hat es mich nicht mehr losgelassen.«

»Dann warst du mal mit Brina liiert?«

Nick schüttelte sofort den Kopf. »Nein. Sie und ich sind zu gleich, Brina ist ebenfalls ausschließlich dominant. Das passt nicht, wie wir schnell festgestellt haben. Nichtsdestotrotz haben wir einiges an ... Erfahrung gemeinsam gesammelt.« Tausend Fragen schossen mir durch den Kopf, doch ich traute mich nicht, sie zu stellen. Zu sehr erschien mir das ein Eingriff in Nicks und Brinas Privatsphäre zu sein.

»Wahrscheinlich gibt es vieles, was man darüber lernen muss«, versuchte ich, etwas abzulenken. Er nickte.

»Allerdings. Es ist eine Sache, die äußerste Aufmerksamkeit und Fingerspitzengefühl erfordert, sonst geht sie schnell schief. Schließlich geht es darum, dass es beiden gefällt und auf die individuellen Bedürfnisse abgestimmt sein soll. Was gefällt dir beispielsweise?«

Ich musste schlucken, mit diesem drastischen Wechsel hatte ich nicht gerechnet. »Naja ... ich ... also ...«, stammelte ich. »Das ist nichts für mich. Ich finde Schmerzen furchtbar.«

»Schmerzen ...«, sagte Nick gedehnt. »Es geht ja nicht darum, jemanden zu foltern. Die Facetten sind vielfältig, es geht darum, eigene Grenzen auszutesten und den Reiz zu erhöhen.«

Ich zuckte hilflos mit den Schultern. »Auch alles drum herum finde ich eher abschreckend.« Nicks Brauen zogen sich zusammen. »Hast du damit eine schlechte Erfahrung gemacht?«

»Ich finde die Vorstellung an sich nicht so erregend, dass ich es ausprobieren möchte«, erwiderte ich ehrlich, auch wenn das Sex mit ihm ausschloss. Nick war in dieser Welt verwurzelt und ich konnte mir nicht vorstellen, auch nur einen Fuß hineinzusetzen. Wahrscheinlich erkannte er in diesem Moment, was für eine Spießerin vor ihm saß.

Er machte ein nachdenkliches Gesicht, dann beugte er sich zu mir herüber. »Möchtest du, dass ich es dir zeige?«

Seine Stimme strich wie Samt über meine Haut und ich bekam Gänsehaut auf den Oberarmen. Mein Atem beschleunigte sich, als er sanft seine Fingerkuppen über meinen Arm gleiten ließ. Mit ihm konnte ich mir beinahe alles vorstellen, wenn er mich so berührte und küsste wie beim letzten Mal.

»Ich weiß nicht, ob ich dir geben kann, was du suchst«, murmelte ich und wandte den Blick ab. Er zögerte kurz, dann glitten seine Hände zu meinen Rippen, umfassten sie und zogen mich zu sich heran. Atemlos ließ ich ihn gewähren, mein ganzer Körper schrie nach seinen Berührungen. Endlich küsste er mich mit der gleichen Intensität wie beim letzten Mal und es war, als stünde ich lichterloh in Flammen.

Ich schlang meine Arme um seinen Nacken und versank immer tiefer in seinem Kuss, spürte seine Hände auf mir und schaltete mein Denken aus. Es fühlte sich so gut an, so richtig, dass ich für einen kurzen Moment meine Zweifel vergaß.

Jemand räusperte sich und wir lösten uns voneinander. Vor uns stand die Kellnerin mit unseren Gerichten und lächelte entschuldigend.

»Nicht das beste Timing«, feixte Nick.

Sie lachte. »Wenn ich die Teller jetzt nicht bringe, wird das Essen kalt, also überlegt es euch«, sagte sie gutgelaunt und stellte sie vor uns ab.

Ich bedankte mich mit belegter Stimme und griff nach meinem Besteck. »Wie unangenehm«, flüsterte ich.

Er sah mich überrascht an. »Nicht im Geringsten. Warum soll das unangenehm sein?«

»Weil sie uns unterbrechen musste und es sich in einem Restaurant nicht gehört ...« Ich seufzte und legte meine Gabel wieder hin, um nach meinem Glas zu greifen. »Ich klinge wie meine Mutter. Furchtbar. Sie legt größten Wert auf Etikette und Benehmen. Anscheinend bin ich auch so.«

»Verstehe«, machte er und aß einen Bissen. »Bei mir musst du das nicht tun. Versteh mich nicht falsch, ich bevorzuge es auch, wenn du deine Linguine mit Messer und Gabel statt mit den Fingern isst, aber du musst dich nicht verstellen oder zurückhalten.« Sein Blick traf meinen, als sähen seine Augen in mich hinein. Als durchschaute er mich.

»Wie meinst du das?«

»Ich meine, dass du eine spannende Frau bist, die sich nicht hinter ihrer strengen Erziehung verstecken muss. Das weißt du selbst, aber es schadet dir nicht, wenn ich dich erinnere.«

»Das ist wenig schmeichelhaft«, sagte ich trocken.

»Magst du es, wenn man dir schmeichelt?«

»Kein bisschen.«

Er prostete mir zu. »Umso besser.«

Ich erwiderte den Gruß und schmunzelte. Wenn er mich nicht völlig aus der Fassung brachte, war es wunderbar, sich mit ihm zu unterhalten. Es fühlte sich leicht und ungezwungen an.

Ich wollte mehr davon, doch irgendwann war das Essen verzehrt und Nick hatte die Rechnung beglichen.

»Möchtest du mit zu mir kommen?«, fragte ich schneller, als ich denken konnte.

»Was ist mit deinem Sohn?«

»Er übernachtet bei seinem Vater.« Er nickte und erhob sich, dabei nahm er meine Hand und holte mich so zu sich heran, dass wir eng beieinanderstanden. »Dann umso lieber.«

Ich war nervös, als ich durch meine Wohnungstür trat und das Licht im Flur anmachte. Es war etwas Besonderes, Nick in meine Wohnung zu lassen. Der nächste Schritt auf einem Weg, den ich nicht einschätzen konnte.

Mein Blick fiel auf meine Schlafzimmertür, doch mir fehlte der Mut, sie einfach aufzustoßen und ihn hineinzubitten. Also geleitete ich ihn ins Wohnzimmer und holte Gläser aus dem Schrank. Noch bevor ich ihm etwas anbieten konnte, schlang er seine Arme um mich und legte seine Lippen auf meine.

Es war noch berauschender, wenn ich wusste, dass niemand in der Nähe war. Meine Hemmungen fielen, ich drängte ihn zur Couch und ließ mich auf seinem Schoß nieder. Dabei rutschte mein Kleid hoch, doch das war mir egal.

Ich brauchte mich nicht verstellen oder ›benehmen‹, ich konnte tun, was ich wollte. Seine Hände wanderten meinen Rücken hinunter und umfassten meinen Po, zogen mich noch näher an ihn heran, als der Kuss immer intensiver wurde.

Mein Denken schaltete sich aus und ich bestand nur noch aus den Körperteilen, die ihn berührten, die durch ihn in Flammen standen und nach mehr gierten.

Ich wollte viel mehr von ihm.

Alles, ich wollte alles.

Diesen Mann mit Haut und Haaren. Ich fuhr mit den Händen unter den Saum seines Pullovers und strich über seine Brust, dabei seufzte ich wohlig. Wie seine Statur es schon hatte vermuten lassen, war sein Körper fest und muskulös. Ihn zu berühren fühlte sich überwältigend gut an.

Was sollte ich als Nächstes machen? Was konnte ich tun, sollte ich wagen? Seine Hände lagen fest auf meinen Pobacken, massierten mich und pressten mich an ihn.

Ich rutschte auf seinen Schoß, spürte den Stoff seiner Jeans an meinem Schritt, der nur noch von meiner Strumpfhose und meinem Slip bedeckt wurde. Ich wünschte mir, diese Hindernisse aus dem Weg zu räumen, meine Erregung stieg von Sekunde zu Sekunde.

Sollte ich springen? Sollte ich den nächsten Schritt gehen?

Zweifel stiegen in mir auf, weil ich nicht wusste, was ich tun sollte. Welche Konsequenzen mein Handeln hätte.

Die Gesichter meiner Freunde tauchten vor meinem geistigen Auge auf, fassungslos über das, was ich hier gerade tat.

Vorsichtig löste ich meine Lippen von seinen und sah in sein ruhiges Gesicht. Seine Augen glänzten, doch er wirkte weder irritiert noch ängstlich. Er wusste genau, was er bereit war zu tun, um die Folgen, die es für ihn nicht geben würde, brauchte er sich keine Gedanken zu machen.

»Ich ...«, setzte ich an, verstummte dann aber.

Er lächelte und strich mir eine Haarsträhne aus der Stirn.

»Es geht zu schnell«, soufflierte er und ich nickte stumm.
»Das ist vollkommen in Ordnung. Genau das mag ich an dir. Du bist ein bisschen altmodisch, aber das finde ich charmant. Nein«, sagte er, als ich protestieren wollte. »Ich finde es zur Abwechslung schön, es etwas langsamer anzugehen.«

Denn seine sonstigen Kontakte waren rein körperlich, schwang in seinen Worten mit. Ich presste die Lippen zusammen. So wirkte ich also auf ihn: altmodisch, aber charmant.

Was für ein schreckliches Kompliment, wenn man auf jemandes Schoß saß und mit sich rang, ob es zu Sex kommen sollte oder nicht.

Beschämt rutschte ich von seinen Knien und zog mein Kleid hinunter, richtete mein Haar. Dann stellte ich entsetzt fest, dass Nick Anstalten machte, vom Sofa aufzustehen.

»Willst du schon gehen?«, fragte ich mit dünner Stimme.

»Ja, für heute.« Er sah mir in die Augen und zog mich an sich. »Aber nur für heute. Wenn du mich wiedersehen willst.«

Wie könnte ich etwas anderes wollen?

Und doch ... je mehr Zeit wir miteinander verbrachten, desto wohler und gleichzeitig verlorener fühlte ich mich. Im selben Zuge, wie meine Unsicherheit in Bezug auf ihn schrumpfte, wuchs meine Angst, wohin es gehen konnte.

Trotzdem.

»Ja, das möchte ich.«

»Ich habe eine Freundin, die sich auf Unternehmens- und Arbeitsrecht spezialisiert hat«, erzählte Katharina am Donnerstag beim Abendessen. JP war bei Kenichi und ich verarbeitete noch immer mein Date von Dienstag, von dem ich niemandem erzählt hatte. »Sie weiß im Groben Bescheid, ich habe mich mit ihr getroffen und ihr eure Situation geschildert. Wenn ihr möchtet, steht sie euch gern zur Seite.«

Claire nickte bedrückt und griff nach der Visitenkarte, die Cat über den Tisch schob. »Aneta Borowska?«

»Ja, wir haben zusammen studiert.«

Ich sah Aiko die Stirn runzeln. »Aneta?«, fragte sie mit einer Stimme, die ich von ihr nicht kannte.

Katharina warf ihr einen kurzen Blick zu. »Ja.«

»Sollten wir etwas über Aneta wissen, bevor wir ihr das Mandat erteilen?«, fragte Sam interessiert. Im Gegensatz zu Claire schien er sich entschlossen zu haben, das Ganze locker anzugehen. Obwohl ich wusste, dass er unzufrieden mit der Situation und wütend war, wartete er, bis er etwas unternehmen konnte. Inzwischen sparte er sich seine Energie auf und genoss es, mehr Zeit mit Dionne zu verbringen.

Ich fand seine Einstellung gesünder als Claires, die sich selbst zerfleischte und verzweifelt darüber nachdachte, ob sie etwas falsch gemacht hatte. Gestern Abend hatte sie mich angerufen, als ich mit JP bei meinen Eltern beim Essen war. Sie hatte mich mit tränenerstickter Stimme gefragt, ob sie sich eine Verfehlung geleistet haben könnte, die das Verhalten der Kanzlei rechtfertigte, ohne dass sie sich dessen bewusst war.

Es hatte gedauert, sie zu beruhigen, und es war nur Ben zu verdanken, der nach Hause gekommen und sie - mit Sex - von ihren Sorgen abgelenkt hatte. Da hatten wir glücklicherweise schon aufgelegt.

Danach kam es zu einer Diskussion mit meiner Mutter, weil ich das Gespräch während des Essens angenommen hatte. Ich erinnerte mich an Nicks Worte und ließ die Tirade über Respekt innerhalb der Familie an mir abprallen. Sie führte mir vor Augen, was er mir gesagt hatte: Ich hatte es nicht nötig, mich hinter solchen Oberflächlichkeiten zu verstecken. Meinen Freunden zu helfen war kein schlechter Zug und hatte nichts mit Geringschätzung meiner Familie zu tun.

»Aneta ist eine kompetente Anwältin.« Katharinas Stimme riss mich aus meinen Gedanken. »Ich kann sie besten Gewissens empfehlen.« Aiko holte tief Luft.

»Ach, ihr hattet mal was?«, bohrte Sam mit einer Präzision, die ich sonst nur von meiner Mutter kannte. Aikos Mund wurde noch schmaler, doch Katharina zuckte mit den Schultern.

»Während des Studiums. Ist schon Jahre her.«

Ich sagte nichts, sah Aiko aber an, was sie empfand. Eifersucht kannte ich von ihr nicht. Ich machte mir Sorgen um sie.

Sam hatte glücklicherweise ein Einsehen und fragte nicht weiter nach. Ich schnitt den Blick, den er mit Claire und auch mit Em tauschte, aber mit. Ihnen war die Veränderung aufgefallen, doch sie mischten sich nicht ein. Der Blick, den ich von Em auffing, sagte mir stattdessen, dass das meine Baustelle war. Womit sie recht hatte, Aiko stand mir am nächsten.

»Danke, Katharina«, sagte Claire. »Ich weiß das zu schätzen, auch wenn ich hoffe, dass wir diesen Beistand nicht brauchen.«

»Nur für den Fall«, betonte Cat, obwohl uns allen bewusst war, wie unwahrscheinlich es war, dass L&P es sich anders überlegte und die beiden bat, ihre Arbeit wiederaufzunehmen.

»Was sagen eigentlich eure Teams dazu?«, fragte ich.

Sam schnaubte. »Das kann ich dir sagen: Swetlana hat mich angerufen und mir deutlich gesagt, was sie von der ganzen Aktion hält. Sie weiß, dass wir sauber arbeiten und glaubt nicht, dass der Fehler bei uns liegt. Sie meint, entweder gab es Fehlbuchungen oder es ist ein Hirngespinst von Harry und Bitter. Sie klemmt sich dahinter und überprüft das.«

»So sieht Franzi es auch«, bestätigte Claire. »Sie und das Team sind die Buchungen der letzten Monate durchgegangen und Alex ist etwas eingefallen: Im Herbst erhielten wir ein oder zwei Mahnungen, die wir nicht zuordnen konnten, weil es keine Vorgänge dazu gab. Harry wollte mir damals nicht helfen, also habe ich sie an Gero, seinen Nachfolger, weitergegeben und hier nichts mehr gehört.«

»Ich erinnere mich«, nickte Sam. »Ich habe die Vorgänge damals mit Kreiß besprochen, weil Bitter im Urlaub war. Überflüssig zu sagen, dass der gute alte Dieter zwar von Finanzierung eine Ahnung hat, von Bilanzierung aber leider gar nicht. Am Ende saß ich ewig mit Swetlana bei ihm im Büro und er hat schließlich entschieden, dass wir die Außenstände begleichen und sie verbuchen.«

»Aber damit wäre das Thema doch erledigt sein, oder?«, fragte Em stirnrunzelnd. »Die Kohle ist raus und wurde verbucht. Wie kann sie woanders fehlen?«

»Es ist nur eine Vermutung, weil das die einzige komische Geschichte war, die uns eingefallen ist«, erwiderte Claire. »Das muss es nicht sein. Aber mein Team ist sich sicher, dass wir nichts falsch gemacht haben. Und selbstverständlich glaubt keiner, dass Sam oder ich das Geld veruntreut haben.«

»Swetlana meinte, dass sie sich einen anderen Job sucht, wenn ich gehe«, brachte Sam ein. Das glaubte ich ihm aufs Wort. Swetlana hatte in der Kanzlei den Spitznamen *Bullterrier* und nicht wenige der Anwälte zogen vorsichtshalber den Kopf ein, wenn sie mit einer Rechnung ins Büro gestürmt kam. Sie war nur einen Meter fünfzig groß und zierlich, doch sie hatte den lauten Schritt eines Feldwebels und ihre Stimme mit dem russischen Akzent war durchdringend und kaum zu überhören.

»Alex auch«, sagte Claire. Auch das glaubte ich unbesehen. Genau wie mein ehemaliges Team waren auch die Mitarbeiter meiner Freunde loyal und eingeschworen. Das mussten sie auch sein, denn viele der Anwälte machten die Verwaltung gern verantwortlich, wenn etwas schieflief.

»Wie ist es bei dir?«, fragte Em mich, der das Thema offenbar zum Hals raushing.

»Viel zu tun. Wir stecken mitten in der Jahresplanung, außerdem steht der Jahresabschluss an. Ich muss sagen, mit Sam wäre mir das Ganze lieber. Paula und Karl geben uns das Gefühl, in ihr Heiligtum einzudringen. Mein Vater hat die beiden immer machen lassen und Vincent aus den Büchern weitestgehend herausgehalten. Die Jahresbilanz haben sie natürlich besprochen, aber so im Detail war er bisher nicht.«

»Wenn du nicht durchsteigst, sag Bescheid, ich habe ja jetzt viel Zeit«, bot Sam an.

Ich lächelte. Wenn ich jemandem meine Buchhaltung jederzeit anvertrauen würde, dann ihm, doch ich konnte meine langjährigen Mitarbeiter nicht einfach übergehen.

»Wann kommt Theo zurück?«, fragte Em, die Betriebsinterna interessierten sie nur mäßig. Jetzt hatte sie die ungeteilte Aufmerksamkeit aller, auch Katharinas und Aikos, die eben noch leise gesprochen hatten.

»Morgen«, erwiderte ich knapp.

»Hat er sich gemeldet?«

»Ja, wir sehen uns am Samstag.« Ich hatte ein schlechtes Gewissen, weil ich JP dafür bei meinen Eltern parken musste, aber er hatte solange gedrängt, bis ich nachgab.

»Er will wohl eine Antwort auf seine Frage«, mutmaßte Claire. Ich nickte. »Und was wirst du ihm sagen?«

»Dass ich mir keine Beziehung mit ihm vorstellen kann und das auch für keine gute Idee halte«, erwiderte ich und spürte Anspannung in mir aufsteigen.

»Das wird ihn wenig freuen.« Aiko klang schadenfroh.

»Sicher wird Sonni etwas einfallen, wie sie ihn mit ihrer charmanten Art besänftigen kann«, meinte Sam.

»So bin ich: altmodisch, aber charmant«, erwiderte ich schneller, als ich denken konnte, und biss mir erschrocken auf die Lippe. Doch die anderen lachten nur, was in mir die Erkenntnis reifen ließ, dass sie Nicks Ansicht teilten.

Auch das noch.

Anscheinend hatte er damit voll ins Schwarze getroffen.

Gut, dann würde ich das nutzen müssen, um meinem Ex-Verlobten am Samstag die Wahrheit zu sagen.

15. Kapitel

Ich verbrachte den Freitagabend zusammen mit JP und nahm mir am Samstag viel Zeit für ihn, um die fehlenden Abende auszugleichen.

»Findest du es eigentlich doof, bei Oma und Opa oder Papa zu schlafen?«, fragte ich ihn während des Mittagessens bei seinem Lieblingsitaliener.

Er sah mich überrascht an und legte sein Stück Pizza beiseite.

»Nein.« Er hob es wieder auf und biss hinein. Ich lächelte, weil er mich in solchen Dingen an meinen Vater erinnerte.

»Wirklich nicht?«, hakte ich nach.

»Mama.« Er sah mich streng an, ein wenig Tomatensoße klebte an seinem Mundwinkel. »Ich bin gern bei Papa und auch bei Oma und Opa. Willst du, dass ich da nicht mehr hingehe?« Jetzt sah er etwas bang aus und ich entspannte mich. Es machte ihm nichts aus.

»Nein, ich wollte nur wissen, ob es dich stört.«

Er schüttelte den Kopf und biss erneut in seine Pizza. »Manchmal redest du mit mir wie mit einem Großen«, sagte er zufrieden kauend.

»Du bist ja auch schon groß.« Er nickte nachdrücklich und ich unterdrückte den Impuls, ihn in meine Arme zu reißen. Der einzige Mann, den ich um mich haben wollte, war definitiv er.

Am Nachmittag holte ihn mein Vater zum Fußballspiel ab und ich sah ihm nach, während er mit seinem Rucksack den Flur hinunterlief. Das Trikot hatte er sich über seine Jacke gezogen, weil es sonst zu kalt im Stadion wäre. Am Fahrstuhl drehte er sich noch einmal um und winkte fröhlich.

Schnell räumte ich auf und versuchte, nicht an mein heutiges Treffen mit Theo zu denken. Er würde eine Antwort auf seine Frage haben wollen und immerhin hatte ich genug Zeit, darüber nachzudenken.

Es sollte mir nicht so schwerfallen. Es war doch leicht, ja oder nein zu sagen. Als ich mit meinen Freunden gesprochen hatte, war ich fest überzeugt, doch ich spürte diese Überzeugung bereits bröckeln. Ich sah auf und fand mich vor dem Spiegel wieder, blickte mich ratlos an.

Ratlos und ein wenig ängstlich. Was, wenn es die falsche Entscheidung war, ihm abzusagen? Wenn es eine Chance gab, dass wir es im zweiten Versuch hinbekamen?

Warum konnte ich mich dann nicht dafür entscheiden und dabei gut fühlen? Allerdings konnte ich mir nicht erklären, warum er eine Neuauflage unserer Beziehung wollte. Bevor er davon angefangen hatte, war mir der Gedanke nicht gekommen. Seitdem versuchte ich erfolglos, mich zu entscheiden.

Was sollte ich tun? Die Situation war ungünstig, die Sache mit Kenichi und auch Nick einfach zu akut, um eine solche Entscheidung fällen zu können.

Mein Handy klingelte, Aiko rief an. »Hey, alles okay?«, fragte ich und setzte mich an den Küchentisch, nachdem ich meinen Becher mit Kaffee gefüllt hatte. Koffein würde helfen.

»Scheiße, nein«, antwortete sie zu meiner Verwunderung. Damit hatte ich nicht gerechnet.

»Was ist los?« Bitte keine weitere Katastrophe!

»Ach Sonni, ich weiß auch nicht«, sagte sie traurig. »Seit Weihnachten läuft es nicht mehr und ich ... naja ... ich weiß nicht, was ich machen soll. Schlimm genug, dass ich die Mädchen nur jedes zweite Wochenende bei mir habe, aber seitdem meine Eltern hier aufgetaucht sind, ist es zwischen Cat und mir so angespannt. Und dann die Sache mit Aneta ...«

»Die Freundin aus dem Studium?«, fragte ich vorsichtig.

Aiko schnaubte. »*Freundin*, genau. Sie waren zwei Jahre zusammen.« Ich schwieg betroffen. Aiko lachte bitter.

»Ja, so habe ich auch reagiert. Ich habe sie Donnerstagabend noch einmal nach ihr gefragt. Erst hatte ich den Eindruck, dass sie nicht mit der Sprache rausrücken wollte, dann hat sie versucht, es runterzuspielen.«

»Aber das ist ja schon ein paar Jahre her.«

»Das sagte sie auch, aber was mir zu denken gibt, ist, dass sie sie sofort kontaktiert und sich auch mit ihr getroffen hat, ohne mir davon zu erzählen. Eigentlich sind wir immer ehrlich miteinander.« Ich hatte das Bedürfnis, zu ihr zu fahren. Ein Blick auf die Uhr sagte mir, dass ich es nicht schaffen würde, Theo kam in einer Dreiviertelstunde. Es sei denn, ich sagte ihm ab. Verdammt.

»Aber das muss nichts heißen«, sagte ich, obwohl das nur Worthülsen waren. Woher sollte ich wissen, was Katharina umtrieb? Wir kannten uns erst kurz und ich konnte sie noch nicht einschätzen. »Rede mit ihr. Sag ihr, was dich beschäftigt und sei ehrlich, dann werdet ihr sicher eine Lösung finden.«

»Ich habe Angst, dass sie sich über diesen Kontakt noch weiter von mir distanziert. Ich möchte sie nicht mit der Nase drauf stoßen. Scheiße, Sonja, es lief so gut mit uns, sie kann doch nichts dafür, dass Marko und mein Vater Arschlöcher sind.«

»Natürlich nicht, aber es ist an dir, sie davon zu überzeugen. Du bist die einzige, die das kann.«

»Es war einfacher, als wir uns die Sorgen noch aus dem Hirn vögeln konnten. Ich vermisse das.«

»Habt ihr keinen Sex mehr?«

»Weniger. Manchmal fährt sie jetzt in ihre Wohnung, wenn sie abends lange arbeitet. Das war uns früher egal.« »Du solltest ihr das sagen. Zeig ihr, wie wichtig sie dir ist.«

Ich wusste nicht, was ich Aiko noch raten sollte. Ich war schließlich diejenige, deren Beziehungen schiefgingen. Woher sollte ich wissen, wie sie die Sache geradebiegen konnte?

»Ach Süße, du hast recht«, schniefte sie. »Ich sollte mich frisch machen, sie kommt demnächst nach Hause. Und Theo kommt bestimmt auch bald, oder? Weißt du, das wollte ich dir schon gestern sagen: Du hast es verdient, dass er sich um dich bemüht. Außerdem brauchst du dringend Sex. Mein Bruder sollte nicht die einzige Aktivität sein.«

Ich schüttelte den Kopf über sie und legte auf, holte die Weingläser aus dem Schrank und bereitete das Risotto vor. Ich trug ein weiß-blau-gestreiftes Hemdblusenkleid im Etuistil, mit langen Ärmeln und durchgehender Knopfleiste. Ich wusste, dass es nicht das Nonplusultra an Sexyness war, aber ich hatte mich gleich verliebt, als ich es entdeckte.

Es klingelte pünktlich an der Wohnungstür und ich ließ Theo herein. Sein Gesicht war sonnengebräunt, offenbar hatten sie im Skiurlaub Glück mit dem Wetter.

»Endlich sehen wir uns«, sagte er und zog mich in seine Arme. Ehe ich mich versah, küsste er mich und presste meinen Körper der Länge nach gegen seinen. Ich legte den Kopf in den Nacken und ließ mich hineinfallen, doch es fehlte etwas.

Lächelnd ließ er mich los und schnippte den obersten Knopf meines Kleides auf. »So steht es dir noch besser.«

Ich strich eine Locke aus meinem Gesicht und bot ihm Wein an. Anschließend trug ich das Risotto auf und bemerkte, dass er wartete. Auf meine Antwort wartete.

»Wie war dein Urlaub?«, fragte ich nervös, obwohl wir uns darüber schon unterhalten hatten.

»Entspannt. Glücklicherweise. Manchmal, wenn auch nur kurz, hat es sich angefühlt, als wären wir wieder eine Familie. Zumindest, bis ich in mein Einzelzimmer zurückgekehrt bin.«

Ob er beim Après-Ski Frauen kennengelernt hatte? Ob er sauer wäre, wenn er von dem Sex mit Kenichi und den Dates mit Nick wüsste? Warum wäre es mir lieber, wenn er Sex mit anderen Frauen gehabt hätte?

Ich lächelte gezwungen und nahm noch einen Schluck Wein.

»Wie ist es dir ergangen?«

»Ich wünschte, ich wäre auch im Skiurlaub gewesen.« Ich berichtete kurz, was bei mir losgewesen war und ließ die brisanten Themen aus. Theo runzelte verständnisvoll die Stirn.

»Was für eine böse Überraschung mit deinen Schwiegereltern. Das hat dich sicher verwirrt, oder?«

»Es hat alles durcheinandergebracht. Auch, dass meine Eltern auf einmal eine Kehrtwende gemacht haben. Und Kenichi lässt nicht locker. Was soll ich sagen, das schlechte Gewissen wird immer größer.« Er nickte bedächtig und stellte sein Weinglas auf den Tisch. Sein Blick war lauernd, etwas Seltsames glitzerte darin, das ich nicht deuten konnte und von ihm nicht kannte.

»Hattest du Zeit, über meine Frage nachzudenken?«

»Ja, aber es fällt mir nicht leicht und ...« Er unterbrach mich, indem er seine Hand auf meine legte.

»Ich will dich nicht unter Druck setzen. Das ist das Letzte, was du gebrauchen kannst. Es läuft gut zwischen uns, oder nicht? Lass dir so viel Zeit, wie du brauchst, kläre die Sache mit deinem Mann und deinen Eltern. Bei mir war es damals so, dass alles leichter wurde, nachdem die Scheidungspapiere unterzeichnet waren. Vielleicht ist das bei dir genauso. Und bis dahin ...« Er legte seine Hände auf meine Knie. »Lass uns die gemeinsame Zeit genießen, was meinst du?«

Ich nickte und mir wurde leichter ums Herz. Er war mir nicht böse oder frustriert, weil ich ihm kein Ja geben konnte. Wenigstens einer, der mich nicht stresste. Zwar zögerte ich damit mein Nein nur hinaus, aber das war mir recht.

In mir machte sich ein Druck breit, bei dessen Abbau Theo mir helfen musste.

»Es wird besser, weißt du? Ich bin immer für dich da. Und jetzt habe ich genau das richtige, um dich auf andere Gedanken zu bringen.« Er ging zur Garderobe und zog eine kleine Plastiktüte aus seiner Manteltasche, die er mir feierlich überreichte.

Ich ahnte, dass es kein Souvenir aus Tirol war. Zögerlich griff ich hinein und holte etwas Stoff heraus, den ich auseinanderfaltete. Eine Sportleggings und ein bauchfreies Top.

»Was ...« Ich sah ihn verwirrt an.

»Zieh es an«, ermunterte er mich und streichelte mein Gesicht. »Das würde mich sehr glücklich machen. Und dann kann ich dich glücklich machen, meine Süße.«

Oh Gott, das war ein Sex-Outfit! Mein Puls stieg vor Stress. Theos fiebriger Blick wanderte zwischen den Kleidungsstücken und meinem Gesicht hin und her.

Aber ich wollte mich doch abreagieren. In eine andere Rolle zu schlüpfen half, den Kopf freizubekommen und mir weniger Gedanken um Claire und Sam zu machen. Mit etwas Glück gelang es mir sogar, nicht mehr an Nick zu denken.

Ich nickte und ging mit dem Outfit ins Schlafzimmer.

»Ohne Wäsche, Sonja«, rief er mir nach und ich lächelte gequält in meinen Wandspiegel. Das machte es nicht leichter.

Das Outfit war hauteng und überließ wenig der Fantasie, aber ich verstand nicht, warum er ausgerechnet dieses Ensemble ausgesucht hatte und nichts, das zum Beispiel aus Spitze bestand. Mit gemischten Gefühlen ging ich hinüber ins Wohnzimmer, wo er bereits auf mich wartete. Er hatte meine Yogamatte aus der Zimmerecke hinter dem Sofa geholt und sie auf dem Boden ausgerollt, außerdem hatte er sein Hemd ausgezogen, unter dem er ein weißes Shirt trug. Als er mich sah, begannen seine Augen zu leuchten.

»Perfekt. So hatte ich es mir vorgestellt. Komm her, Süße.«
Ich ergriff seine Hand und ließ mich zur Matte ziehen.

»Ich verstehe noch nicht, was du dir überlegt hast«, traute ich
mich zu sagen und blickte in sein eifriges Gesicht.

»Ich habe die Phantasie, dass du eine sexy Sportschülerin
bist, deren Trainingsstunde viel heißer wird, als sie erwartet
hat. Die Idee kam mir schon im Urlaub und seitdem hat sie
mich nicht mehr losgelassen.«

Ich schluckte. Das klang wie der Plot eines billigen Pornos
und ich bekam eine Ahnung, womit er sich die Abende oder
Nächte vertrieben hatte. Andererseits war unser Sex besser
geworden, so wie ich es mir gewünscht hatte. Jetzt machte er
Vorschläge und ich sollte mich darauf einlassen, anstatt zu
zweifeln und zu kritisieren.

Ich stellte mich also auf die Matte und befolgte die Anweisungen, die er mir gab: ein paar leichte Übungen, wie ich sie
auch aus dem Kardiokurs kannte, zu dem ich Claire früher be-
gleitet hatte. Dann dirigierte er mich in eine Art herabschauen-
den Hund und wies mich an, in dieser Position zu bleiben. Ein
paar Schweißperlen rannen über meine Stirn, die Sportlichste
war ich noch nie gewesen und mir war bereits warm. Er bezog
hinter mir Stellung und legte seine Hände auf meinen Hintern,
knetete die Backen und knurrte dabei wohlwollend.

»Genau so.« Er glitt mit seinen Fingern nach vorn, begann,
meinen Venushügel zu streicheln und zu reiben. Ich sog Luft
durch den Mund ein und schloss die Augen.

Es war unerwartet, aber es fühlte sich gut an. Seine Hände
waren warm und fordernd, er fand genau den richtigen Punkt,
um mir ein kleines Stöhnen zu entlocken.

»Macht dich das an? Mich macht es mega scharf« flüsterte er
in mein Ohr. Ich nickte und holte tief Luft, als er seine Anstrengungen intensivierte. Porno hin oder her, es war wirklich

scharf. Theo fuhr mit der Zunge über die Haut hinter meinem Ohr und rieb immer weiter, da griff er mit einem Mal nach dem Stoff, der sich über meinen Hintern spannte.

Ich hörte ein Reißen und schrak zusammen, als meine Haut unverhofft freilag. Meine Knie knickten ein, doch er griff meine Hüften und stabilisierte mich.

»Das wäre der ungünstigste Zeitpunkt, glaub mir«, versprach er und versenkte seine Finger in mir, widerstandslos, denn sein Streicheln zeigte Wirkung, ich war feucht. Meine Hände verkrampften sich auf der Matte, als ich versuchte, mich auf ihn einzulassen.

In mir kämpften Lust und Schamgefühl miteinander. Die eine wollte unbedingt, dass er weitermachte, mich kommen ließ und beweisen, dass ich die Richtige war, um solche Dinge auszuprobieren. Das wäre andere am liebsten in die Knie gegangen, um meinen Intimbereich zu verstecken.

Theo hielt mich fest und ließ mir keine andere Wahl, als der Lust nachzugeben. Jetzt legten sich seine Lippen auf meine Haut. Seine Zunge fuhr zwischen meine Pobacken und leckte mich dort, kurz über der Stelle, an der er mich immer schneller mit seinen Fingern stimulierte. Ich atmete tief ein und ließ los, gab mich dem Fühlen hin und schaffte es endlich, zu genießen, was er mit mir machte.

Den Rücken durchstreckend schob ich ihm meinen Po weiter entgegen, spreizte meine Beine etwas mehr, um ihm seine Arbeit zu erleichtern. Er nutzte seinen Daumen, um zusätzlich meine Klit zu reiben. Jetzt dauerte es nicht mehr lange, bis sich ein Orgasmus ankündigte und mich zum Erbeben brachte.

Ich schluchzte auf und war froh, dass er mich festhielt. Meine Knie waren weich und meine Arme drohten unter meinem Gewicht einzuknicken. Vorsichtig ließ er mich hinabsinken und zog meinen Oberkörper hoch, sodass ich aufrecht kniete.

Zwischen meinen Beinen pochte es und mein Atem ging schnell. Er stellte sich vor mich.

»Ich habe einen Wunsch«, raunte er und zog das Top so weit nach unten, dass meine Brüste entblößt waren. »Darf ich?« Erschrocken verfolgte ich, wie er seine Hose öffnete und meine Hände an meine Brüste legte. Dann begann er, seinen Schwanz zwischen ihnen zu reiben. Genießerisch schloss er die Augen und machte schneller, während ich mit einem etwas bangen Gefühl beobachtete, was er tat.

Wenigstens kein Blowjob, aber die Aussicht, dass er wieder auf mir kommen würde, behagte mir nicht. ›Stell dich nicht so an‹, wies ich mich zurecht. ›Lass dich einfach darauf ein!‹

Also senkte ich den Kopf, presste meine Lippen zusammen und pustete auf seine Eichel, die zwischen meinen Brüsten rieb, dabei drückte ich sie noch etwas fester zusammen. Theos Hände griffen in mein Haar und streichelten meinen Nacken.

»Oh ja, mach das noch mal!« Vorsichtig senkte ich mein Kinn hinab und streckte meine Zunge aus, sie erreichte gerade die äußerste Spitze seines Schwanzes, sodass ich darüber lecken konnte.

»Oh Gott!« Er machte schneller, seine Finger krallten sich in meine Haare und ich bereitete mich innerlich auf das Unausweichliche vor, als er aufhörte und mir auf die Beine zog.

»Nicht so schnell. Ich bin noch nicht fertig.« Er sah mir in die Augen und küsste mich, dabei schob er seine Finge zwischen meine Beine und nahm meine Klit zwischen Zeige- und Mittelfinger. »Du willst doch meinen Schwanz noch in dir spüren, oder?« Unter seinem fordernden Blick nickte ich und er küsste mich erneut, während er seine Finger in mir versenkte.

Dann schob er mich hinüber zur Couch und dirigierte mich so, dass ich kniete und ihm den Rücken zudrehte. Er drückte meinen Oberkörper hinunter und ich hörte das Knistern des

Kondompäckchens, dann war er soweit und drang in mich ein. Ich krallte mich in meine Sofakissen und nahm seine tiefen Stöße in mir auf, versuchte die Tatsache mit dem Outfit zu vergessen und mich fallen zu lassen.

»Streichle dich selbst!«, stieß er hinter mir hervor. Ich zögerte, dann strich ich vorsichtig mit den Fingern über meine Klit, spürte seinen Schwanz, wie er in mich eindrang und die Hitze, die wir beide erzeugten. »Oh Gott, ja, mach weiter. Ich will, dass du kommst, wenn ich in dir bin!«

Wie sollte mir das gelingen? Ich hatte noch nie versucht, es mir währenddessen selbst zu machen.

›Mach es einfach! Trau dich!‹

Ich machte vorsichtig, langsam und versuchte dabei, mich zu entspannen, in einen Zustand zu kommen, in dem ich mich wohlfühlte. Es fühlte sich gut an, aber es war ungewohnt und ich spürte, dass ich viel zu lange brauchen würde.

Theos Hände lagen auf meinen Hüften und begannen zu krampfen, dabei gab er mir Anweisungen, was ich tun sollte, doch Überforderung machte sich in mir breit. Mit einem Mal zog er sich aus mir zurück und rieb seinen Schwanz schnell zwischen meinen Pobacken. Ich hörte ihn laut seufzen und spürte, wie warme Flüssigkeit auf meinen Rücken tropfte.

Schockiert versteifte ich mich und hielt den Atem an.

War er ohne Vorwarnung auf meinem Rücken gekommen? Auf meiner Couch?

Ich hatte nicht einmal etwas untergelegt, um das Polster zu schützen!

Oh Gott, genau das würde meine Mutter wahrscheinlich jetzt auch denken!

Mir war elend zumute und gleichzeitig wurde ich wütend. Er hätte mich wenigstens vorwarnen können! Vorsichtig angelte ich nach meiner Sofadecke, während er heftig atmend hinter mir kniete, seine Hände auf meinem Hintern. Ich zog den Plaid unter mich und richtete mich langsam auf, während ich ihn hochraffte. Ohne Theo anzusehen, stand ich auf und ging hinüber ins Badezimmer, wo ich die Tür hinter mir schloss.

Errötend betrachtete ich mich im Spiegel, nachdem ich die Decke in die Waschmaschine gestopft hatte. Der Anblick, der sich mir bot, war einfach ... ich fand keine Worte dafür, aber ich fühlte mich peinlich berührt, beschämt und benutzt.

Er hatte mich wie eine Pornodarstellerin ausstaffiert, um seine Wünsche auszuleben. Dieses und letztes Mal auch.

Aber das war ich nicht. Ich konnte dabei nicht loslassen und hinterher fühlte ich mich im besten Fall seltsam, im schlimmsten Fall, so wie jetzt, als hätte ich eine Mutprobe bestanden.

Ernüchtert zog ich die Sachen aus und warf sie direkt in den Mülleimer. Das würde ich nie wieder anziehen! Und, wenn ich ehrlich war, wollte ich das nicht wieder erleben.

Nebenan hörte ich ein Handy klingeln und er nahm das Telefonat an. Durch das Türblatt konnte ich nicht verstehen, worum es ging, aber seinen Tonfall schnitt ich mit. Wenn ich mich nicht irrte, sprach er mit einer Frau.

›Umso besser‹, dachte ich und sah mich selbst verblüfft im Spiegel an. Umso besser?

Ich ließ die Worte sacken und mir kam eine Erkenntnis:

Umso besser, wenn er andere Frauen traf, mit denen er seine Wünsche ausleben konnte.

Umso besser, wenn ich nicht die war, mit der er es machte.

Umso besser, wenn wir uns erst einmal nicht mehr sahen, denn er irrte sich: Es passte auch jetzt nicht mit uns beiden.

Umso besser, dass ich das verstanden hatte, jetzt konnte ich mit diesem Kapitel abschließen.

Ich stellte mich unter die Dusche und entfernte die Reste seines Spermas. Anschließend streifte ich meinen Morgenmantel über und ging zurück ins Wohnzimmer, wo Theo vollständig angezogen auf mich wartete. »Es tut mir leid, aber ich muss los«, sagte er. »Eben hat Wencke angerufen, Carl ist krank.« Er log mich an.

Diese Erkenntnis hätte mich schockieren müssen, aber im Gegenteil: Ich fühlte mich erleichtert. Theo verhielt sich anders als sonst. Etwas musste im Urlaub vorgefallen sein. Ich konnte mir denken, dass es etwas mit der Anruferin, die sicher nicht seine Ex-Frau Wencke gewesen war, zu tun hatte.

»Ich hoffe, es geht ihm schnell besser.«

»Du bist die Beste. Ich melde mich.« Theo gab mir einen Kuss, den ich halbherzig erwiderte, dann war er zur Tür hinaus.

Ich sah ihm nach, versuchte, mich zu begreifen. Hätte ich trauriger sein müssen, dass sich die Angelegenheit erledigt hatte? Denn sie hatte sich erledigt, das war mir klar. Zumindest für mich, denn ich war mit der Causa Theo durch.

Ich rollte die Yogamatte zusammen und setzte mich aufs Sofa. Mein Blick fiel auf die beiden Weingläser und das Geschirr auf dem Esstisch. Seufzend stand ich auf und räumte ab, goss Theos Wein weg und setzte mich mit meinem Glas wieder hin.

Ich starrte auf den ausgestellten Fernseher und versuchte zu verstehen, was passiert war. Unter meinem Morgenmantel war ich nackt und beim Sitzen war er ein wenig auseinandergerutscht. Zögerlich fuhr ich mit den Fingern über den Saum und strich über meinen Bauch.

Mit Theo hatte es damals nicht gepasst und heute auch nicht. Er machte wieder etwas hinter meinem Rücken, anstatt es mir zu sagen. Nur, dass ich es dieses Mal genauso machte.

Meine Hand tastete sich abwärts, zwischen meine Schenkel. Ich beschloss, dass ich unbeschadet aus der Sache herauskommen würde. Wenigstens dieses Mal schien es auch zu funktionieren. Ich sollte mich auf den Mann konzentrieren, den ich nicht loswurde: Kenichi, und mit ihm ein funktionierendes Konzept entwerfen, wie wir es für JP hinbekamen.

Stattdessen dachte ich an Nick, als ich meinen Venushügel erreichte. Ich spürte seine Hände auf meiner Haut und seine Lippen auf meinem Mund. Seine Hitze, die sich auf mich übertrug. Zischend sog ich Luft ein, als ich mich selbst streichelte, mein Kopf sank gegen die Polster meines Sofas. Ich wusste nicht, was ich von unseren Treffen halten sollte. Das schlechte Gewissen Claire gegenüber bestand fort, doch ich hatte für ihn Feuer gefangen und spürte, dass mir keine andere Wahl blieb, als noch weiterzugehen.

Ich schaffte es nicht, ihn aus meinem Leben zu schneiden, ich *musste* herausfinden, was zwischen uns passieren konnte. Und es Claire beichten und hoffen, dass sie mich verstand.

Die Erinnerungen an Dienstag kamen zurück, wir beide auf diesem Sofa, ich auf seinem Schoß ... ich seufzte und intensivierte meine Berührungen, meine Knie sanken seitlich weg und ich schloss die Augen.

Ich hatte es so bedauert, als er plötzlich aufgehört hatte, gleichzeitig war ich auch erleichtert. So stand mir das, worauf ich wartete, noch bevor.

Du weißt, was es bedeutet, mit mir ins Bett zu gehen.

Nein und ja, ein Teil meiner Erleichterung rührte von dieser Ungewissheit. Ich hatte Angst davor, dass der Sex zu einer Enttäuschung wurde. Und gleichzeitig wartete ich sehnsüchtig darauf, dass es passierte.

Meine Fingerspitzen waren nass von meiner Lust.

Du weißt nicht, was du verpasst, wenn du es nie ausprobierst, hatte Claire einmal zu mir gesagt. Und jetzt war ich kurz davor, es trotz aller Bedenken auszuprobieren. Was, wenn es mir genauso wenig gefiel wie der Pornosex mit Theo? Wenn ich mich danach auch so schmutzig und peinlich berührt fühlte?

Ich verdrängte den Gedanken und konzentrierte mich auf das, was ich wusste: Wie sich seine Küsse und Berührungen anfühlten - nichts davon hatte in mir Unbehagen ausgelöst.

Im Gegenteil.

Ich drückte den Rücken durch und versenkte zwei Finger in der Feuchtigkeit. Dabei entwischte mir ein weiteres Stöhnen. Ich stellte mir vor, es wäre seine Zunge und wir hätten den Sex, der mir gefiel: sinnlich, ohne Druck.

Es würde mir gefallen, wenn er mich anleitete und mir über meine Scham hinweghalf, ohne dass ich mich dafür verstellen müsste. Wenn er sich meines Körpers bemächtigte, ohne mich dabei zu erniedrigen oder zu benutzen. Wenn er mir meine Wünsche erfüllte und mir Wege zeigte, seine ebenfalls zu befriedigen, sodass ich mich gut dabei fühlte.

Meine Unterleibsmuskeln verkrampften sich und ich kam mit einem heiseren Schrei. Mein Oberkörper bebte und meine Beine zuckten, zwischen meinen Schenkeln stand ich in Flammen und wurde von heißen Wellen überflutet.

Schweratmend zog ich meine Finger zurück und legte den Kopf auf das Polster, dabei zog ich langsam den Morgenmantel wieder zu.

Mir blieb nichts anderes übrig, als es herauszufinden.

16. Kapitel

Am Montagvormittag saß ich erneut mit Vincent über den Geschäftszahlen. Berge von Ausdrucken stapelten sich auf unseren Schreibtischen und Verzweiflung machte sich bemerkbar, weil ich nicht verstand, was ich vor mir hatte. Hilflos sah ich zu ihm hinüber, auf seiner Stirn bildeten sich tiefe Falten. Er fing meinen Blick auf, dann schüttelte er den Kopf.

»Ich bin nicht der Schlechteste, was Zahlen angeht, aber ich verstehe manche Konten einfach nicht«, sagte er finster. »Zum Beispiel, dass die Kapitalertragssteuer so hoch ist und wie manche Summen verbucht sind. Meiner Meinung nach waren unsere Investitionen im letzten Jahr höher, aber ich kann die Zahlen nirgendwo finden. Und dann noch die Kosten für die Arbeitsausfälle ... wir müssten Umlagen erhalten haben!«

»Ich verstehe es auch nicht«, erwiderte ich unglücklich. »Ich habe das Gefühl, dass das Geld versickert und ...« Ich schob Vincent das Angebot für eine neue Fräsmaschine zu, die wir brauchten, um den Auftrag bei Berendsen zu behalten. »Wenn ich unsere GuV richtig deute, fehlt uns das Geld für die Maschine.« Mit kalten Lippen zog ich Nicks Angebot heran. »Und für die Außenarbeiten auch.«

Wie hatte das passieren können?

Die vorläufige Bilanz hatte so gut ausgesehen. Die Umsätze waren gestiegen und wir waren von einem guten Puffer für Investitionen ausgegangen. Aber die Zahlen aus der Buchhaltung waren besorgniserregend. Das Geld schien in unseren Verbindlichkeiten versickert zu sein. Die Steuern fielen viel höher aus, als angenommen.

»Wir müssen mit Paula und Karl sprechen«, entgegnete Vincent grimmig. »Das wird kein angenehmes Gespräch.«

Das war mir bewusst. Unsere Buchhalter waren es nicht gewöhnt, dass wir in ihren Büchern herumwühlten. Die letzten Jahrzehnte hatte mein Vater alles mit ihnen geregelt und ich argwöhnte, dass er wenig hinterfragt hatte. Mein Vater vertraute seinen Leuten bedingungslos, was gut war, aber eben auch Risiken barg. Und wenn ich mir die Papierstapel ansah, ahnte ich, dass einige der Risiken überproportional groß waren.

Das mussten Paula und Karl uns erklären. Vincent und ich hatten ein Recht darauf, zu wissen, woran unsere Firma krankte. Es bestand kein Engpass - alle Verbindlichkeiten konnten wir bedienen - aber die Zahlen waren ernüchternd.

»Wie habt ihr es in den letzten Jahren gemacht?«, fragte ich. Er zuckte mit den breiten Schultern und runzelte die Stirn.

»Ich bin die Zahlen mit deinem Vater durchgegangen und er hat mir kurz auseinandergesetzt, wie viel Spielraum wir haben. Der war meist so, dass wir unsere Investitionen machen konnten. Allerdings muss ich zugeben, dass ich mir vorher nie die vorläufige Bilanz angesehen habe. Ein Fehler, wie es aussieht.«

Ich starrte auf meine Unterlagen und versuchte, das ungute Gefühl zu verdrängen. Es war definitiv kein Geld verschwunden, aber ich hatte das Gefühl, dass Fehler gemacht wurden, die unsere Firma viel Geld kosteten.

»Lass uns mit Paula und Karl sprechen«, sagte ich. »Ich werde außerdem meinen Vater bitten, dass er auch noch einmal mit uns über die Bücher schaut. Gemeinsam kriegen wir das hin.«

Ich hoffte es zumindest.

Das Gespräch fand am nächsten Tag statt und war so unangenehm, wie wir es erwarteten. Unsere Buchhalter fühlten sich angegriffen, als unterstellten wir ihnen, Geld abzuzweigen.

»Ich arbeite jetzt seit zwanzig Jahren für die Firma und musste mich noch nie für meine Arbeit rechtfertigen!«, brauste Paula auf und bekam hektische Flecken auf den Wangen. »Herr Lippmann wusste, dass auf uns Verlass ist und wir nur im Sinne der Firma agieren!«

»Darum geht es doch gar nicht«, versuchte ich es in Ruhe. »Wir wollen wissen, warum zwischen der vorläufigen und der endgültigen Bilanz so ein Unterschied ist.«

»Das liegt an den Steuern!«, mischte sich Karl mit seiner ächzenden Stimme ein. »Das ist doch klar. Niemand kann von vornherein auf den Pfennig genau sagen, wie hoch die ausfallen, und dann haben wir immer noch Forderungen wie die Schwerbehindertenzulage und ...«

Es ging noch eine Weile so weiter. Die beiden erklärten uns jede Buchung mit beleidigter Miene und anklagender Stimme. Dabei tauschten sie bedeutsame Blicke, als hätten sich ihre schlimmsten Befürchtungen bestätigt. Auch, dass mein Vater ihre Kompetenz niemals angezweifelt hatte, ließen sie mehrmals fallen und ich spürte ihre Enttäuschung über dieses Gespräch.

Zum ersten Mal bemerkte ich, dass Vincent an die Grenzen seiner Geduld stieß. Paula und Karl waren beide bereits über sechzig, langgediente Mitarbeiter der Firma, Paula sogar fast seit Gründung dabei. Ich wusste, dass die beiden verlässlich waren und ich zweifelte auch nicht an ihrer Loyalität, doch ich spürte, dass es nicht rund lief.

Es kostete mich all meine Geduld und meinen ganzen Erfahrungsschatz in Sachen Mitarbeitergespräche, um die beiden einzufangen und nicht wütend und demotiviert aus dem Gespräch zu entlassen.

Danach fühlte ich mich wie erschossen. Die Tür war kaum hinter ihnen ins Schloss gefallen, als ich an meine unterste

Schreibtischschublade ging und den Gin herausholte. Ein Geschenk von Em für schlechte Zeiten.

Das hier war *der* Moment dafür.

Vincent wirkte kurz irritiert, dann hielt er mir sein Glas hin. »Was für eine Scheiße«, murmelte er. »Ich musste mich zusammenreißen, um die beiden nicht anzuschreien. Wie kann man nur so verbohrt sein?«

»Vielleicht sind wir nicht in der Lage, es zu verstehen, wie sie deutlich gemacht haben, ohne es zu sagen«, meinte ich und goss ein. »Ich fürchte nur, dass ein Gespräch mit meinem Vater auch nicht anders ablaufen würde.«

Knapp drei Monate war es gut gelaufen, aber es schien so, als wäre diese milde Eingewöhnungsphase beendet. Mir war klar, dass es Baustellen gab und ich auf Dinge stieß, die ich anders anging als meine Eltern. Ich hatte nur gehofft, es wären nicht solche grundsätzlichen Punkte. Die Buchhaltung war ein so wichtiger Teil des Unternehmens, dass wir uns hier keine Fehler erlauben durften.

Ich tauschte einen Blick mit Vincent, dessen Haar zerrauft in die Stirn hing, und lächelte ihn schwach an. »Wir werden uns noch einmal in die Unterlagen vertiefen müssen.«

Er nickte finster und stieß sein Glas gegen meines.

Die Mittagspause verbrachte ich mit Em und Katharina. Es war ein seltsames Gefühl, dass Claire und Sam fehlten. Die beiden hatten morgen ihren ersten Termin mit Aneta.

»Wenn ich diesen kleinen Flachwichser nur sehe, könnte ich schreien«, sagte Em wütend. »Stolziert durch die Kanzlei und tut, als hätte er Wunder was geleistet.«

»Was sagt eigentlich der Buschfunk?«, fragte ich.

Em schnaubte. »Keiner, der ein Hirn hat, glaubt, dass Claire und Sam Scheiße gebaut haben, aber es gehen natürlich Gerüchte um. Die Teams halten sich bedeckt und keiner von denen lässt sich hinreißen, aber aus den anderen Bereichen kommen natürlich fantasievolle Geschichten.«

»Aus den Anwaltsteams auch«, nickte Katharina. »Ich bin mehrfach angesprochen worden, weil sie wissen, dass wir befreundet sind. Ständig versucht jemand, mich auszuquetschen, aber die Partner halten, zumindest momentan, dicht.«

»Ist ja auch peinlich genug, wenn sie sich irren. Und selbst wenn es so wäre, würde ich es nicht an die große Glocke hängen«, meinte ich.

»Mich beäugen sie misstrauisch«, berichtete Em und schien sich darüber zu freuen. »Anscheinend erwarten sie von mir, dass ich jetzt die Mandantenevents platzen lasse oder etwas Ähnliches. Und im Ernst: ich habe darüber nachgedacht.«

»Was wirst du tun?«, fragte ich.

»Bis das Ganze geklärt ist, werde ich dableiben. Wenn ich was für die beiden tun kann, mache ich es. Swetlana und Franzi helfen mir, Canan auch.« Mich wunderte nicht, dass Em die Leute eingespannt hatte, um sie zu unterstützen. Und genauso war mir bewusst, dass Sams und Claires Teams nicht einverstanden mit der Behandlung ihrer Vorgesetzten waren.

»Sobald ich bewiesen habe, dass die beiden aufs Kreuz gelegt wurden, werde ich hinschmeißen, das verspreche ich euch.« Ihr Mund verzog sich und sie trank einen großen Schluck Wein.

Sie sah schlecht aus, die Trennung von Lukas setzte ihr zu. Seit knapp zwei Wochen herrschte nun Funkstille, ich hatte sie noch nie so gesehen. Nach der Trennung von Curt war ihr kaum etwas anzumerken, doch jetzt war es anders. Ich machte mir Sorgen um sie.

Katharinas Handy klingelte und sie verließ den Tisch.

»Wie geht es dir?« Em rang sich ein zynisches Lächeln ab. »Wenn ich gewusst hätte, was hier für eine Scheiße auf mich einprasselt, hätte ich Curt doch geheiratet. Dann wäre ich jetzt auf irgendeiner schönen Insel und hätte damit nichts zu tun.«

Sie sah aus dem Fenster hinaus auf den Hamburger Hafen und seufzte. »Es geht mir nicht gut. Dass du gegangen bist, ist mir schwergefallen und die Sache mit Claire und Sam setzt dem Ganzen die Krone auf. Du weißt, dass ich meinen Job schon früher zum Kotzen fand, aber mittlerweile ist es unerträglich.«

»Und wegen Lukas?«

Sie zuckte mit den Schultern. »Was soll sein? Ich habe es verkackt, das weißt du doch. Aber ich hätte nie gedacht, dass ich mich deswegen so mies fühlen würde.« Sie starrte auf ihren Teller und mein Herz wurde schwer. »Ich hatte es nicht so geplant. Ich wollte mich weder in ihn verlieben, noch, dass es so zu Ende geht. Scheiße, Sonni, du hattest recht, ich hätte mit ihm sprechen müssen. Dumm, wenn man so feige ist.«

»Ich verstehe, warum du es ihm nicht gesagt hast«, erwiderte ich leise. »Und schlussendlich ist es so gekommen, wie du befürchtet hast. Es tut mir einfach leid für dich.«

Sie brummte etwas Unverständliches und sah mich an. »Wie ist es bei dir?« Von meinem Stress in der Buchhaltung hatte ich schon berichtet, das meinte sie nicht.

»Die Sache mit Theo hat sich erledigt«, erwiderte ich. »Er war am Samstag bei mir und bekam einen Anruf, dabei bin ich mir sicher, dass es eine andere Frau war. Vielleicht hat er sie im Skiurlaub kennengelernt. Danach ist er gegangen. Und als ich ihm gesagt habe, dass ich momentan keine Beziehung möchte, war er überraschend verständnisvoll.«

»Ein Wichser bleibt immer ein Wichser«, sagte Em weise. »Er ist also vor dem Vögeln abgehauen?«

Ich wurde rot, als die Erinnerung an das unsägliche Sportoutfit zurückkam. »Nein, danach.«

Em betrachtete mich mit schmalen Augen. »Was?«

»Nichts.« Ich wollte das Thema wechseln, doch sie schüttelte den Kopf.

»Erzähl es mir.«

»Ich bin froh, dass es sich erledigt hat«, gestand ich ihr leise.
»Er hatte in letzter Zeit... Wünsche.«

»Wünsche?«, echote sie mit hochgezogenen Augenbrauen.

»Du würdest darüber lachen, aber ich ... ich mag das einfach nicht.« Ich spürte die Worte in mir aufsteigen, unaufhaltsam wie eine Springflut. Ich musste mit ihr darüber sprechen, auch wenn sie mich danach für bekloppt hielt. »Ich möchte nicht in ›Outfits‹ gesteckt werden und ich hasse es, wenn er Dinge tut, die nicht abgesprochen sind. Das ist... das ist einfach widerlich. Am Anfang war der Sex Standard. Ich habe mir gewünscht, dass er aufregend ist, aber das heißt doch nicht, dass er mit mir machen kann, was er will!«

Ich biss mir auf die Lippe und wartete auf ihr Unverständnis.

»Sei froh, dass du ihn los bist«, sagte sie stattdessen. Ich sah sie überrascht an. »Du weißt, ich bin immer dafür, etwas Neues auszuprobieren, aber wenn er einfach sein Ding durchzieht, egal ob es dir gefällt oder nicht, dann passt es einfach nicht. Wenn du dich beim Sex nicht wohlfühlst, hat das ganze keinen Sinn. Und wenn er darauf keine Rücksicht nimmt, solltest du ihn auch nicht treffen.«

»Ich habe ja nichts gesagt«, erwiderte ich leise. »Ich habe gedacht, dass ich mich nicht so anstellen und es einfach ausprobieren muss. Aber ich mag es einfach nicht. Und ich schätze, wenn ich nicht mitmache, verliert er sowieso das Interesse.«

»Umso besser. Dann bist du den Spinner endlich los«, meinte sie schulterzuckend. »Und wenn er eine andere am Start hat, kann sie ja den ganzen Kram machen.«

»Das habe ich mir auch schon überlegt. Aber ich habe mich bei dem Gedanken mies gefühlt, weil ich so ... na ja ...«

Mir fehlten die Worte.

»Du hast gedacht, du müsstest emotionaler sein?« Ich nickte.

Em traf den Nagel auf den Kopf. »Gerade das ist ein Zeichen dafür, dass es nicht passt. Sei doch froh, dass ihr Sex hattet, der dich auf andere Gedanken gebracht hat. Alles andere kann dir doch egal sein. Sonja, du machst dir immer zu viele Sorgen darum, wie es anderen Menschen gehen könnte. Ich glaube, Theo hat darüber nicht im Ansatz so lange nachgedacht.«

Damit hatte sie sicher recht.

Morgen, am Mittwoch, würde ich Nick wiedertreffen.

Unser drittes Date.

Meine Hände wurden bei dem Gedanken feucht. Ich fragte mich ununterbrochen, was zwischen uns passieren würde. Ich wollte Em davon erzählen, aber etwas hielt mich zurück. Dabei war ich mir sicher, dass sie es einfach akzeptieren würde.

Aber sie würde mir auch raten, es Claire zu sagen. Damit wären wir wieder am Anfang meiner Misere, auch sie könnte mir nicht sagen, wie unsere Freundin damit umgehen würde. Außerdem müsste ich dann darüber sprechen, was ich mir von den Treffen versprach und das wusste ich selbst nicht.

Katharina kam zurück und ich musste mich beeilen, um die Fähre zu bekommen.

Ich ging mit einem schlechten Gefühl, es gab überall einfach viel zu viele Probleme und das schlimmste: Bei den meisten konnte ich nicht einmal helfen.

Am Mittwochabend machte ich mich für mein Date mit Nick fertig. Die ruhigen Abende davor taten mir gut, vor allem, weil ich mich so um JP kümmern konnte, wie er es verdiente.

Jetzt stand ich vor meinem Spiegel im Schlafzimmer und betrachtete mein Kleid. Es war knielang, leicht ausgestellt und mit einem blauen Farbverlauf, an der Taille zierten weiße Blütenranken den Stoff. Es war nicht supersexy, aber ich fühlte mich wohl darin und wie ich selbst.

Wir trafen uns auf seiner Seite der Elbe, in einem Restaurant in Finkenwerder, von dem ich schon einiges gehört hatte. Ich fieberte dem Treffen entgegen, gleichzeitig hatte ich so viel auf der Arbeit zu tun, dass ich kaum zu Atem kam.

Dann stand auch noch Claires und Sams Termin mit Aneta an, von dem ich wohl erst morgen etwas hören würde. Ich musste mich in Geduld üben und hoffen, dass ich gut durch den Feierabendverkehr kam. Ich war pünktlich und stand mit klopfendem Herzen auf dem Parkplatz.

»Sonja.« Ich drehte mich um, Nick war gerade aus seinem Wagen gestiegen und kam auf mich zu.

Plötzlich fühlte ich mich befangen und lächelte unbeholfen. Seit unserem letzten Treffen hatte ich es vermisst, ihn zu sehen. Unsere Kommunikation war über Textnachrichten gelaufen und als ich jetzt seine tiefe Stimme hörte, vibrierte sie in meinem Brustkorb.

Ob er sich auch auf unseren Abend gefreut hatte?

Er trat an mich heran und küsste mich auf den Mund. Meine Welt blieb einen kleinen Moment stehen und meine Sorgen hörten auf zu existieren.

Es fühlte sich viel zu gut an, mit ihm zusammen zu sein.

Er nahm meine Hand und führte mich in das Restaurant, wo wir einen Tisch in einer Nische zugewiesen bekamen. Wir saßen dicht zusammen und unsere Knie berührten sich. Wo wir Kontakt hatten, wurde mir warm und Hitze breitete sich wie ein Kribbeln in meinem ganzen Körper aus.

»Wie war dein Tag?«, fragte er, doch bevor ich etwas antworten konnte, klingelte mein Telefon. Theo.

Mir wurde heiß und kalt vor Schreck. Gleichzeitig sah ich, dass schon einige Nachrichten in unserem Gruppenchat eingegangen waren, wahrscheinlich gab es schon Infos zu dem Gespräch mit Aneta.

Mein Puls beschleunigte sich und ich fühlte Stress in mir aufsteigen. Verdammt, warum ausgerechnet jetzt?

»Alles in Ordnung?«, fragte Nick mit gerunzelter Stirn. Ich wies Theos Anruf ab und rang mir ein schwaches Lächeln ab.

»Nichts, was sich in diesem Moment lösen ließe.«

»Erzähl mir davon.«

»Das ist hier nicht der richtige Rahmen. Außerdem möchte ich dich nicht volljammern.«

»Du könntest mir davon erzählen, ohne zu jammern«, entgegnete er und zog die Augenbraue hoch. Ich lächelte, wusste aber nicht, wo ich beginnen sollte.

»Fang doch mit Theo an«, schlug er vor. Er hatte den Anruf also gesehen.

»Ausgerechnet«, sagte ich bedrückt. »Gut, die Kurzfassung: Wir waren vor zehn Jahren verlobt, er hat mich kurz vor der Hochzeit betrogen. Vor Kurzem haben wir uns wiedergesehen und ein paar Mal getroffen, er will wieder eine Beziehung mit mir, aber ich möchte nicht. Ich muss es ihm noch sagen.«

»Klingt so, als wärest du dir sicher.«

»Das bin ich auch«, bestätigte ich. »Aber wir konnten die Sache von damals klären, auch wenn sie immer zwischen uns stehen wird. Auf dieser Basis ist es, zumindest für mich, unmöglich, eine Beziehung aufzubauen. Außerdem ...«, ich lächelte ihn an. »Außerdem treffe ich mich gern mit dir, das ginge dann ja auch nicht mehr.«

Er warf mir einen Blick zu, in dem etwas Dunkles glitzerte, das mich vielleicht warnen sollte.

»Die andere Baustelle ist beruflicher Natur. Ich habe dir ja schon erzählt, dass ich die Firma meiner Eltern übernommen habe und der Einstieg ist doch schwieriger als gedacht.« Ich holte tief Luft, weil ich Angst vor dem nächsten Satz hatte. »Ich hoffe, dass wir das klären, aber es ist etwas Unvorhergesehenes passiert, das deinen Auftrag verzögern könnte.« Ich sah ihn bang an, hatte Angst, dass er enttäuscht oder wütend war, doch er wirkte gelassen.

»Sag mir einfach Bescheid, wenn du mehr weißt. Und Sonja, mach dir meinetwegen keinen Kopf. Ich möchte kein Stressfaktor für dich sein.«

»Bist du nicht. Im Gegenteil. Ich bin zwar jedes Mal verwirrt, wenn wir uns sehen, aber ...« Oh Gott, warum hatte ich das gesagt? Nick sah mich mit hochgezogener Augenbraue an, dann nahm er meine Hand und zog mich hoch.

»Komm mit.« Im Losgehen warf er einen Schein für unsere kaum angerührten Getränke auf den Tisch.

»Was? Wohin?«, fragte ich und glitt aus der Nische.

»Du machst dir Gedanken über das, was ich dir bei unserem ersten Date gesagt habe und was Claire dir alles berichtet hat.«

»Ja.« Meine Stimme war beinahe tonlos, doch ich hielt mit ihm Schritt. Was hatte er jetzt vor?

»Willst du es kennenlernen?«

Ich blieb stehen, mitten im Eingangsbereich, und starrte ihn an. »Was?«

Er zog mich aus dem Weg und ließ ein paar andere Gäste vorbei, die uns misstrauisch beäugten, dabei trat er nah an mich heran. »Wenn du möchtest, zeige ich es dir. So, dass du es nehmen kannst. Aber nur, wenn du es willst.« Er strich mir eine Locke aus dem Gesicht. »Du entscheidest.«

Mein Mund wurde trocken und mein Herz raste. Was sollte ich machen? Was konnte ich tun?

Wenn ich jetzt mit ihm ging, würden wir Sex haben. Seine Art von Sex. Ich konnte das auf keinen Fall. Panik stieg in mir auf, weil ich Angst davor hatte, dass es schieflaufen könnte.

Dass ich mich bei Nick genauso wie bei Theo fühlen könnte.

»Kann das überhaupt gutgehen?«, fragte ich mit tauben Lippen. Das schlimmste, was passieren könnte, wäre, dass ich Nick nicht wiedersehen wollte.

Diese Erkenntnis versetzte mir einen Stich.

»Ich werde alles dafür tun, aber du musst dich darauf einlassen.« Er zog mich noch näher, seine Finger fuhren in meinen Nacken und durch meine Haare. Gänsehaut breitete sich an meinem ganzen Körper aus.

›Was ist jetzt, Sonja? Springst du oder kneifst du?‹

»In Ordnung.«

Sein Gesicht hellte sich auf und er zog mich weiter zu seinem Auto. »Mein Wagen?«

»Den holen wir später.« Er hielt mir die Beifahrertür auf.

Mit einem mulmigen Gefühl stieg ich ein und sah zu ihm hinüber. Er war konzentriert, gleichzeitig gelassen und angespannt. Er verließ den Parkplatz und fuhr auf die Deichstraße, legte seine Hand auf meine und lächelte. Mein Herz klopfte mir bis zum Hals, meine Unterlippe zitterte vor Nervosität.

Angst und Vorfreude stritten sich in beinahe absurder Weise in mir und ich wusste nicht, was ich denken sollte.

War es eine Scheißidee, mit zu ihm zu gehen? Konnte ich versuchen, loszulassen, mich auf ihn einzulassen, oder würde ich letztendlich doch kneifen?

Ich traf mich zu gern mit ihm, um ihn zu verlieren. Dieser nächste Schritt war unvermeidlich, ich musste ihn gehen. Ewig konnten wir uns nicht mehr mit Küssen aufhalten.

›Tu es einfach. Er hat dir versprochen, dass er auf dich Rücksicht nehmen wird.‹

Ich konnte mir zwar nicht vorstellen, wie das aussehen sollte, aber ich vertraute darauf, dass er wusste, was er tat.

17. Kapitel

Er hielt vor einem Haus am Deich und mir brach der Schweiß aus. Finger legten sich an mein Kinn und drehten meinen Kopf sanft herum, sodass ich ihn ansah. Er lächelte entspannt und küsste mich. Wie in Hypnose saugte ich das Gefühl seiner Lippen auf meinen auf. Wie seine Zunge in meinen Mund glitt und seine Hand in meinem Nacken lag.

Mir entwich ein Seufzen, weil es sich so gut anfühlte.

Verschwommen bekam ich mit, dass er mich abschnallte, dann löste er sich von mir, stieg aus und öffnete meine Tür. Meine Nervosität stieg weiter, ich hatte weiche Knie. Es war beinahe wie beim ersten Mal, wenn man noch nicht wusste, wie es sein würde, ob es gefiel und was der Partner tun würde.

Über diesen Gedanken musste ich lächeln. Hier stand ich, mit vierzig Jahren, alleinerziehende Mutter und in Trennung lebend, und fühlte mich wie eine Jungfrau.

Ich stieg aus und folgte ihm zur Haustür. Am Fenster eines Nachbarhauses sah ich jemanden stehen. Ob die Nachbarn häufig Frauen bei Nick sahen? Ahnten sie etwas?

Er schloss die Tür auf und führte mich ins Haus, vorbei an der Garderobe und zur Treppe, die in den Keller führte. Den Keller, über den ich schon so viel gehört hatte. In dem Claire so viele Male gewesen war. Konnte ich das tun?

Er nahm meine Hand und ich folgte ihm die Stufen hinunter. Seine Wärme beruhigte und erregte mich gleichermaßen.

Ich würde es tun. Den Konsequenzen würde ich mich danach stellen und hoffen, dass sie keinen Streit mit einer meiner besten Freundinnen bedeuteten.

Er stieß die Tür auf und ich blieb eingeschüchtert stehen, betrachtete die Einrichtung. Die dunkelroten, teils verspiegelten Wände, das Andreaskreuz an der Wand. Die Dusche, der Bartresen, die mit Leder bezogene Liege und das Möbelstück, das wie ein Pferd aus dem Turnunterricht aussah. An den Wänden standen schwarze Schränke, in einer Ecke ein Sessel.

»Willst du es noch?«, fragte sein Mund an meinem Ohr.

»Ja. Aber bitte ...«

Er drehte mich zu sich herum und küsste mich. »Versprochen.« Seine Hände strichen über meinen Arm, dann ließ er mich los und griff nach etwas auf dem Sessel. Er trat wieder hinter mich, sein Atem prickelte in meinem Nacken, verursachte eine Gänsehaut. Dunkelheit legte sich über meine Augen. Unwillkürlich versteifte ich mich, da spürte ich seine Lippen auf meiner Haut, direkt unter meinem Haaransatz.

»Entspann dich, Sonja, du bist bei mir in den besten Händen«, flüsterte er in mein Ohr.

Meine Gänsehaut intensivierte sich, als seine raue Zungenspitze die Kontur meiner Ohrmuschel nachfuhr. Gleichzeitig wanderten seine Hände zu meinen Brüsten. Heiße Blitze fuhren durch meinen Körper und sammelten sich zwischen meinen Beinen. Sanft knetete er meine Brüste, konzentrierte sich auf meine empfindlicher werdenden Nippel, die sich unter seinen Fingern aufrichteten. Es war so heiß, so verboten, dass ich kaum zu atmen wagte.

Ein Traum wurde wahr und ich hatte Angst, ihn durch eine unbedachte Bewegung zu beenden.

Eine Hand verließ meine Brust und machte sich an dem Reißverschluss meines Kleides zu schaffen, während die andere langsam die Träger über meine Schultern strich. Ich atmete tief ein und versuchte, die Panik darüber, dass er vorhatte mich nackt zu sehen, zu kontrollieren.

Er hatte mir nie das Gefühl gegeben, dass er mich unattraktiv fand, und ich spürte seine Erektion in meinem Rücken.

Auch ihn machte dieses Spiel an.

Mein Kleid rutschte zu meinen Knöcheln, als seine Finger unter den Stoff meines BHs wandern und ihre Arbeit an meinen Nippeln wiederaufnahmen. Mein Atem beschleunigte sich und ich biss mir auf die Unterlippe, um nicht zu stöhnen. Seine andere Hand fuhr am Bündchen meines Slips entlang.

»Ich habe eine Idee«, raunte er. »Mal sehen, ob sie dir gefällt. Ich glaube, du wirst es lieben, wenn du mich machen lässt. Vertraust du mir?« Ich zögerte. Würde er versuchen, irgendeine SM-Komponente einfließen zu lassen, um mich davon zu überzeugen, dass ich es gut fand?

Er bemerkte mein Zaudern, trat vor mich und legte seine Lippen auf meine, mein Gesicht nahm er in seine Hände.

Genau so wollte ich geküsst werden!

Ich spürte seine Wärme durch seine Kleidung, die Kontur seines Oberkörpers, seiner Beine und dessen, was mich erwarten würde, wenn ich ihn gewähren ließ. Nick war ein Mann, der ausstrahlte, dass er mit seinem Körper umgehen konnte. Mein Gott, ich hatte mir so lange ausgemalt, seinen Schwanz in natura zu sehen. Ihn zu berühren und ihn mir genüsslich einzuführen, bevor er mich kommen ließ, wieder und wieder.

Ich wollte unbedingt, dass er mich vögelte.

Wenn ich diese Gelegenheit verstreichen ließ, würde ich es ewig bereuen. Es war an der Zeit, die Zweifel beiseitezuschieben und mir zu nehmen, was ich unbedingt wollte: ihn.

»Ich vertraue dir«, flüsterte ich und rieb mich an ihm. Wieder empfing ich seine Zunge in meinem Mund und merkte, dass er meinen BH öffnete. Seine warmen Hände legten sich auf meine nackten Brüste, kneteten sie und strichen mit den rauen Fingerkuppen über meine harten Nippel.

»Gefällt dir das?«, fragte er und ich nickte stumm. »Dann zeig es mir.« Als fiele eine Last von mir ab, entschlüpfte mir ein wohliges Stöhnen, das er mit einem weiteren Kuss belohnte. Er umfasste meine Handgelenke und legte einen Arm um meine Taille, führte mich durch den Raum und half mir, auf etwas Weiches zu steigen. Der Sessel in der hinteren Ecke?

Mit sicherer Hand hob er meine Arme über meinen Kopf, da spürte ich, wie er etwas weiches, warmes um die Gelenke legte. Schock überflutete mich zusammen mit Aufregung.

»Nick?« Erneut legten sich seine Lippen auf meine.

»Vertrau mir. Ich werde nichts tun, was dir nicht gefällt. Aber du wirst auch keine Möglichkeit haben, mir auszuweichen.« In mir stritten der Impuls, ihn aufzufordern, mich loszubinden und zu verschwinden, und die viel stärkere Neugier, was er mit mir tun würde, wenn ich ihn gewähren ließ. Er hatte einen Plan und der beinhaltete sicher, es mir zu besorgen. Mein Schritt wurde feucht, als ich mir eingestand, dass ich das viel mehr wollte.

»In Ordnung.«

»Gut.« Er schob seine Daumen unter das Bündchen meines Slips und zog ihn hinunter. Jetzt sah er mich nackt. Mein Puls beschleunigte sich vor Stress. Sanft strich er mit den Fingerspitzen über meine erhitzte Haut, meinen Bauch, meine Rippen und hinten an meinem Rückgrat entlang bis zu meinen Pobacken. Ich spürte eine unerhörte Erregung, als er hier weitermachte, an dieser Stelle, der ich bisher beim Sex nie Aufmerksamkeit geschenkt hatte.

Die Sitzfläche des Sessels bewegte sich, als er meine Füße an die Ränder schob, die Armlehnen stabilisierten meine Knöchel. Dann streifte er meine Beine und ich begriff, dass er Platz genommen hatte.

Scham durchflutete mich, als mir klar wurde, welche Ansicht ich ihm bot: Ich ragte nackt über ihm auf, der Berührung seines

Atems nach zu schließen war sein Gesicht nur Zentimeter entfernt. Am liebsten hätte ich mich mit meinen Händen bedeckt.

Gleichzeitig war ich scharf wie nie zuvor und hoffte auf nichts mehr, als dass die nächste Berührung seine Zunge wäre. Es waren seine Finger, die wie Schmetterlingsflügel über meinen Venushügel strichen.

»Oh Gott ...«, wimmerte ich und konnte nicht anders, als die Beine zu spreizen und zu hoffen, dass er weitermachte. Zwei seiner Finger fuhren über meine Schamlippen, langsam und neckend, während sich in mir der Drang aufbaute, sein Gesicht zu packen und es auf sie zu pressen.

Er pustete seinen warmen Atem auf meine Klit, die so empfindlich war, dass er sich fast physisch anfühlte. Wenn er das Tempo beibehielt, wurde ich verrückt! Ich war es nicht gewohnt, dass ein Mann sich Zeit mit mir ließ. Ich wusste nicht, wie ich damit umgehen sollte, aber zum ersten Mal spürte ich das Verlangen, ihn anzuflehen, es mir zu machen. Und zwar in einer Sprache, die ich sonst niemals benutzen würde.

Jetzt spreizte er die Haut und endlich, *endlich* glitt seine raue Zunge über meine Klit.

»Ja!«, schluchzte ich und rieb mich an ihm, wollte, dass er mich packte und härter machte, doch ich traute mich nicht, etwas zu sagen. Trotz allem, was er mir bisher gezeigt hatte, war er dominant und ich wusste nicht, wie lange er es unterdrücken konnte, wenn ich ihn reizte. Ein Teil von mir wollte es herausfinden - mit allen Konsequenzen - ein anderer genau dies unbedingt vermeiden, weil ich spürte, dass es zu viel für mich wäre.

»Magst du das?«, fragte er dunkel und saugte meine Klit in seinen Mund.

»Ja, sehr«, presste ich heraus.

»Und das?« Ein Finger drang in mich ein und erzeugte eine weitere Reibung. Sterne tanzten vor meinen Augen.

»Oh Gott, ja.« Ich würde verrückt werden, wenn er so weitermachte, denn ich hatte nicht das Gefühl, dass er mir schon alles gab, was ihm zur Verfügung stand.

»Soll ich weitermachen?«

»Bitte, bitte, ja.« Ich konnte selbst kaum glauben, dass es mir möglich war, mit ihm zu sprechen. Auf keinen Fall durfte er aufhören. Seine Zunge rieb immer weiter über meine Haut, die sich anfühlte, als wäre sie tausend Grad heiß.

Das war es also, worauf ich seit meinem ersten Mal wartete. Was ich mir davon versprochen hatte, seit ich als Teenager kitschige Liebesromane gelesen hatte, in denen ich auf die Liebesszenen hinfieberte. Verdammt, warum musste ich zwanzig Jahre darauf warten, diese Art von Sex zu erleben? Und wir waren erst beim Vorspiel, ich durfte gar nicht daran denken, wie es wäre, wenn er richtig loslegte.

In mir baute sich ein Druck auf, der mir beinahe Angst machte, weil ich nicht wusste, wie ich ihn bewältigen konnte. Er fühlte sich so stark an, dass er mir das Bewusstsein rauben könnte, wenn Nick weitermachte, mich weiter leckte und über den Rand trieb. Ich würde es herausfinden, denn er würde nicht aufhören, bis ich kam. Er war ein ehrgeiziger Mann und ich ... ich wollte ihm diese Bestätigung geben und ihn für das belohnen, was er mit mir machte.

»Ich komme gleich«, schluchzte ich. Mittlerweile hing ich an meinen Fesseln, weil meine Beine die Kraft verließ.

»Wie sehr willst du es?« Zu seinem Finger gesellte sich noch ein zweiter und entlockte mir einen heiseren Schrei. »So sehr also. Gut. Dann zeig es mir.«

Der Orgasmus überrollte mich wie eine Welle. Meine Ohren summten, während mein Unterleib sich geradezu auszudehnen und in einer Feuerwalze zu explodieren schien. Meine Beine knickten vollends ein und ich stieß einen Schrei aus, der mich selbst erschreckte, doch es war mir egal. Mein ganzes Sein bestand nur noch aus Nicks Zunge auf meiner Klit und seinen Fingern in meiner Pussy.

Langsam baute er den Druck ab, gerade rechtzeitig, bevor ich nicht mehr hinterherkam. Bunte Punkte tanzten vor meinen verbundenen Augen und mein Atem ging stoßweise, hart, so wie ich gekommen war.

Er richtete sich auf und legte seine Lippen auf meine, schob die Zunge, mit der er mich eben noch geleckt hatte, in meinen Mund. Ich zuckte zurück, angewidert davon, mich selbst zu schmecken, doch es war zu verlockend, zu verboten, um ernsthaften Widerstand zu leisten.

Für ihn wollte ich eine enthemmte Version von mir selbst sein. Um ehrlich zu sein, wollte ich für mich selbst diese Fessel wegwerfen und mich ganz dem hingeben, was ich tun wollte.

Und das war, ihn auf jedwede Art zu vögeln, die mir einfiel. »Was machst du mit mir?«, fragte ich. Er befreite meine Arme und stabilisierte mich, gerade noch rechtzeitig.

»Ich werde dich jetzt anziehen«, eröffnete er mir. »Dies war deine erste Lektion. Es wird mehr geben, wenn du möchtest.«

»Wir könnten gleich weitermachen«, flüsterte ich.

»Vertrau mir: es ist besser, wenn du jetzt gehst und das hier sacken lässt. Und wenn du dir morgen noch sicher bist, dass du es willst, melde dich. Ich werde dir alles zeigen, wenn du es möchtest, aber dazu brauche ich dein Commitment. Du sollst dir genau überlegen, ob es das ist, was du willst, denn heute war nur ein Vorgeschmack.«

Schauder rannen bei seinen Worten über meinen Körper, doch ich sah ein, dass er recht hatte. Ich sollte mir vollkommen im Klaren sein, was es bedeutete, ja zu ihm zu sagen, bevor ich mich kopflos hineinstürzte.

»Ich rufe dich morgen an und sage dir, wie ich mich entscheide«, versprach ich und küsste ihn.

Nick brachte mich zum Auto, küsste mich und wartete, bis ich losgefahren war. Zuhause sank ich in mein Bett und schlief sofort ein - tiefer und sorgenloser als die letzten Wochen.
Am nächsten Morgen wachte ich aus einem traumlosen Schlaf mit einem Lächeln auf den Lippen auf. Ich streckte und rekelte mich wie eine Katze und ging ins Bad.
Als ich zurückkam, sah ich mein Handy blinken, das mir diverse Nachrichten anzeigte. Sam und Claire wollten Em und mich zum Mittagessen treffen, um uns von ihrem Termin mit Aneta zu berichten. Es war alles bereits abgesprochen, doch meine fehlende Antwort war bemerkt worden.
Wtf, Sonja, wo steckst du??? War Ems letzte Nachricht von gestern Abend. Schuld und Scham überfluteten mich, weil ich nicht einmal mehr aufs Display geschaut hatte. Zumindest das Mittagessen hätte ich noch bestätigen können.
Sorry, bin eingeschlafen. 12:00 schaffe ich. Bin gespannt, was ihr berichtet, textete ich zurück und hatte ein schlechtes Gewissen, weil ich ihnen eine halbe Lüge auftischte.
Ich machte mich fertig und rief Kenichi an, um mich zu vergewissern, dass bei ihm und JP alles rund lief.
»Wir sind auf dem Weg zur Schule«, informierte mich mein Noch-Ehemann gelassen und ich hörte meinen Sohn im Hintergrund lachen. Wenigstens an dieser Front war alles in Ordnung.
»Können wir uns morgen Abend sehen? Zum Reden?«
Oder auch nicht.
»Ja, natürlich«, antwortete ich und warf meine Schlüssel in die Handtasche. Ich konnte mir denken, was er mit mir besprechen wollte und hoffte, dass meine Antwort das wenige, was wir uns seit seiner Rückkehr erarbeitet hatten, nicht zerstörte.

Im Rausgehen blieb mein Blick an dem kleinen Schmuckbaum auf dem Schuhschrank hängen, dort baumelte die goldene Kette mit dem „+"-Anhänger. Nie schien mir dieses Symbol passender als heute. Ich legte die Kette um und fuhr zur Arbeit.

Im Büro wartete Vincent bereits auf mich, die Stirn in sorgenvolle Falten gelegt. Ich holte mir schnell einen Kaffee und setzte mich zu ihm. »Was ist los?«

»Ich habe mit Paula gesprochen.« Er sah aus, als könne er schon wieder einen Gin vertragen. Mit einem unguten Gefühl im Magen setzte ich mich zu ihm.

»Und?«

»Ich habe sie gebeten, mir einige Punkte noch einmal zu erklären. Nachdem sie mich mit Fachvokabular überschüttet und festgestellt hat, dass ich ihr nicht folgen kann, meinte sie, sie würde gern Überstunden abbauen, damit wir sehen können, wie gut wir ohne sie zurechtkommen, wenn wir ihrem Urteil nicht trauen.« Vincent rieb sich müde den Nacken. »Ich habe ihr gesagt, dass sie gleich loskann und meine Fragen nichts mit Misstrauen zu tun haben, aber du kennst ja Paula. Ein Wunder, dass Karl nicht gleich mit abgezockelt ist.« Er stützte frustriert das Kinn auf die Faust und stierte auf seinen Monitor. »Es ist wichtig, sich die Bilanzen näher anzusehen. Ich will sie endlich verstehen. Und dass die beiden so einen Zirkus machen, reizt mich nur noch mehr. Ich will jetzt wissen, was los ist.«

Ich nickte, mir ging es genauso. Mein Stolz ließ es nicht zu, dass ich in so wichtigen Themen ahnungslos blieb und mich auf meine Mitarbeiter verließ. Ich ging nicht davon aus, dass Paula und Karl etwas verheimlichten, doch wie sie ihre Arbeit verteidigten, stieß mir sauer auf.

Meine Mitarbeiter sollten sich in ihrer Arbeit nicht geringgeschätzt oder kontrolliert fühlen, aber ich musste wissen, warum unser Finanzplan nicht aufging.

Mir blieb nur eine Wahl: »Ich werde Sam bitten, sich die Konten anzusehen.«

»Dann sorge ich dafür, dass beide ihre Überstunden abbauen, wenn er Zeit hat, vorbeizuschauen. Wenn sie mitbekommen, dass wir einen externen Buchhalter über die Konten sehen lassen, hatten wir die längste Zeit Frieden.«

Das war mir auch klar und der Plan war vernünftig. Und vielleicht konnte ich ihn mit dieser Bitte ein wenig von dem Stress mit L&P ablenken.

Zur verabredeten Zeit traf ich in dem Bistro ein, das die drei ausgesucht hatten. Katharina begleitete Em. Alle sahen abgekämpft und blass aus, jedem war die harte Zeit anzusehen. Mein Blick ging von einem zum anderen und mein Herz verkrampfte sich. Meine Probleme waren nicht unwichtig, aber nicht so akut und konnten zu gegebener Zeit gelöst werden.

Bei ihnen war alles dringender.

Ich biss mir auf die Lippe. Ich hatte Claire heute meine Treffen mit Nick beichten wollen, doch dies war weder der richtige Zeitpunkt noch der richtige Ort. Ich musste ihn heute noch anrufen, das wollte ich heute Abend tun. Mein Entschluss war gefasst, jetzt musste ich den Mut finden, es ihm zu sagen.

Es wäre mir lieber gewesen, vorher mit Claire zu sprechen. Die Heimlichtuerei belastete mich. Jedes Mal, wenn wir versuchten, etwas mit uns allein auszumachen, wurde es dadurch schwieriger, das hatten wir mehrfach festgestellt. Gerade meinen besten Freunden gegenüber wollte ich immer ehrlich sein.

»Die verlorene Tochter ist aufgetaucht!«, rief Em theatralisch, als ich mich neben sie setzte.

»So leicht werdet ihr mich nicht los«, erwiderte ich und versuchte, cool zu bleiben.

Falsche Zeit, falscher Ort.

Vor allem würde ich das Thema nicht mit allen gleichzeitig besprechen. Claire war diejenige, die es betraf.

»Wie war euer Treffen mit Aneta?«

»Gut soweit«, begann Sam. »Es hängt davon ab, wie es sich entwickelt, fürs Erste sollen wir abwarten und versuchen, Daten zu sichern. Das haben wir mit Swetlana und Franzi abgesprochen. Parallel bereiten wir eine Kündigungsschutzklage vor, damit wir schnell handeln können, sobald ein Schreiben bei uns eingeht.« Er sah Katharina an. »Vielen Dank für die Empfehlung. Ich glaube, bei Aneta sind wir in guten Händen.«

Katharina lächelte schmal. »Das freut mich.«

Ich musste dringend Aiko anrufen und sie fragen, was bei den beiden los war. Es schien so, als sei die Situation mittlerweile wieder angespannter.

»Ich bin mit Franzi, Swetlana und Canan dran. Wenn es etwas gibt, werden wir es finden. Roland unterstützt uns ebenfalls«, schaltete sich Em ein. Das wunderte mich nicht. Wenn es darum ging, zu netzwerken und an Informationen heranzukommen, machte ihr niemand etwas vor. Dass sie auch Roland, den IT-Leiter, eingeschaltet hatte, bestätigte das nur.

»Was meinst du genau?«, fragte ich vorsichtig. Ihr Mund verzog sich grimmig.

»Ich bin mir sicher, dass es eine Manipulation gibt. Irgendwo. Und wir werden sie finden.« Sie ballte die Hand zur Faust. »Wenn diese Wichse durchgestanden ist, werde ich kündigen. Es hängt mir schon ewig zum Hals raus in dieser Dreckskanzlei und das war die Sahnehaube auf dem Scheißhaufen. Und da Sam und Claire nicht zurückkommen werden, habe ich auch keinen Grund mehr, für diese ganzen Irren zu arbeiten.«

Wir sahen einander schweigend an. Vor einem halben Jahr hätte keiner von uns gedacht, dass wir alle die Kanzlei verlassen könnten. Im Sommer hatten wir darauf gewartet, dass Em von ihrer Weltreise mit Curt zurückkam, damit wir wieder zusammen waren. Jetzt gab es keinen Curt mehr in Ems Leben und sie war die Einzige, die jeden Tag ins Büro ging.

Katharinas Handy klingelte und sie ging nach draußen, um das Telefonat anzunehmen. Em wandte sich Sam zu.

»Was ich noch sagen wollte: wenn Tim immer noch an seiner Idee festhält, biete ich mich an.« Mir klappte der Unterkiefer runter. Ich sah Sam verwirrt blinzeln und Claire sah schockiert aus - alles Gesichtsausdrücke, die ich von meinen Freunden nicht gewohnt war.

»Was ist denn heute los?« Ich schüttelte den Kopf.

»Ist das dein Ernst?«, fragte Sam, der immer noch blinzelte.

Em zuckte mit den Schultern. »Ich hab's mir intensiv durch den Kopf gehen lassen und beschlossen, dass ich euch keiner Anfängerin überlassen kann. Wenn schon, denn schon.«

»Prost«, machte Sam und stieß sein Weinglas gegen Ems. Mein Blick zuckte hinüber zu Claire, die sprachlos schien. Sie hatte ebenso wenig mit Ems Angebot gerechnet wie ich und ich sah sie mit sich kämpfen.

Ich selbst begriff gerade nicht, was da vor sich ging. Hatte Em Sam wirklich angeboten, mit ihm und seinem Mann zu schlafen? Ich wollte mich vergewissern und nachfragen, doch mir fehlte der Mut.

Wieder sah ich zu Claire, auf deren Gesicht sich ein schwaches Lächeln ausbreitete. »Das klingt, als hätten wir eine Lösung«, meinte sie, doch ich nahm ihr die Heiterkeit nicht ab.

Sam hingegen nickte enthusiastisch, doch ich sah auch den harten Zug um Ems Mund, der mit der Trennung von Lukas aufgetaucht war und mir nicht gefiel.

Katharina kam zurück und ich hatte das Gefühl, dass wir lieber das Thema wechseln sollten. Wir alle mochten sie sehr, doch sie war kein Teil des *Inner Circle*, wie Em uns nannte, seitdem Aiko und Cat und auch Ben und Tim öfter dabei waren. Manche Dinge blieben einfach zwischen uns vieren.

»Ich wollte dich noch um etwas bitten«, wandte ich mich an Sam, dessen Mund sich zu einem breiten Grinsen verzog.

»Was immer du möchtest, meine Süße. Auch für dich finden wir noch ein Plätzchen. Und das wird nichts mit einer Aerobic-Stunde zu tun haben.«

»Eigentlich habe ich ein Plätzchen für dich«, erwiderte ich augenrollend und spürte, dass sich eine leichte Röte auf meine Wangen schlich. Obwohl ich an seine Anzüglichkeiten gewöhnt war, er schaffte es immer wieder, mich in Verlegenheit zu bringen. Und dass ich von Theos ›Idee‹ erzählt hatte, würde ich ewig bereuen.

»Es geht um meine GuV, zu der ich deine Meinung brauche. Vincents und mein Geschäftsplan geht plötzlich nicht mehr auf, als wäre alles Geld, mit dem wir geplant haben, versickert. Mit meinen Buchhaltern kann ich nicht darüber sprechen, ohne dass sie ein Riesentheater machen, weil mein Vater ihnen immer freie Hand gelassen hat.«

»Natürlich«, versprach Sam sofort. »Ich habe mehr als genug Zeit, mir das ganze anzusehen. Meiner Erfahrung nach findet sich die Kohle meistens wieder an, mach dir keine Sorgen.«

»Es sei denn, man arbeitet in einer Sozietät«, warf Claire mit blassem Gesicht ein. Sam schlang den Arm um sie.

»Kopf hoch, Liebste, das werden wir durchstehen. Du wirst sehen, am Ende werden sie uns so viel Kohle als Entschädigung zahlen müssen, dass wir erst einmal ein Jahr auf Weltreise gehen können. Bis dahin solltest du dir deine Sorgen von deinem heißen Toyboy aus dem Hirn vögeln lassen.«

»Das versuche ich jeden Abend.« Ihr Lächeln kehrte zurück. »Es klappt zwar nicht immer, aber meistens.« »Na, Gott sei Dank, dann kannst du so niedergeschlagen nicht sein«, meinte er und küsste sie auf die Wange. Mein Blick zuckte hinüber zu Em, die mit unbewegter Miene auf ihr Smartphone sah, und Katharina, die sich sichtlich um Heiterkeit bemühte.

Unbehaglich rutschte ich auf meinem Stuhl hin und her.

Katharinas Telefon klingelte erneut und sie stand seufzend auf. »Haltet mein Essen warm.«

Mein Handy vibrierte, eine Nachricht von Theo: *Hey, ich hatte dich gestern angerufen. Wann sehen wir uns diese Woche?*

Gar nicht, dachte ich grimmig.

»Und, wann seht ihr euch?«, fragte Em, die beiläufig einen Blick über meine Schulter geworfen hatte.

»Mal sehen. Ich will es ihm persönlich sagen. Dann war es das. Endgültig.«

Ich melde mich morgen bei dir.

Ich sah auf und blickte in lächelnde Gesichter. »Was ist los?«

»Ich bin froh, dass du ihn endlich abschießt«, sagte Claire, jetzt wirkte sie gelöster und weniger problembeladen. Wie ich kam sie besser damit klar, für andere die Kastanien aus dem Feuer zu holen, als für sich selbst. »Nach dem, was du von ihm erzählt hast, hatte ich ein komisches Gefühl, dachte aber, dass du schon weißt, was du tust, aber nach eurem letzten Sex ...«

»Ich fand's ja interessant, was er sich hat einfallen lassen«, warf Sam ein. Claire zuckte mit den Schultern.

»Das ist aber nicht Sonnis Ding. Wir wissen, dass du dir dabei dumm vorkommst und ich finde, das sollte das letzte Gefühl sein, das einem der Partner beim Sex vermittelt. Theo denkt anscheinend, dass er bei dir die Sau rauslassen kann und ich finde, das musst du dir nicht reinziehen. Du verdienst jemanden, der es ernst mit dir meint.«

Ich lächelte und spürte gleichzeitig, wie sich meine Eingeweide verknoteten. Ich hätte so gern mit ihr gesprochen. Die Heimlichtuerei brachte mich um.

»Selbst wenn der Typ der Bringer im Bett wäre, ändert das nichts an der Tatsache, dass er eine Blase ist«, schaltete sich Em mit gerümpfter Nase ein. »Dafür, dass er eine zweite Chance von dir wollte, brachte er sich bemerkenswert wenig in dein Leben ein. Ich denke nicht, dass JP mit so einem Typen vor der Nase aufwachsen sollte.«

»Dann sind wir uns ja einig«, krächzte ich und griff nach meinem Wasserglas.

»Wie geht es mit Kenichi weiter?«, fragte Sam.

»Er will morgen Abend mit mir sprechen. Ich ahne, warum.« Ich faltete die Hände. »Es läuft momentan gut, er ist zuverlässig, was JPs Betreuung angeht und bemüht sich sehr um ihn. Mehr kann und will ich nicht von ihm verlangen.«

»Was sagt JP eigentlich dazu?«

»Dieses Gespräch schiebe ich vor mir her«, gestand ich. »Nachdem Kenichi zurückgekommen war, hat er mich gebeten, dass ich versuche, seinem Vater zu verzeihen.«

»Fuck«, machte Em. »Das ist mies.«

»Er ist der einzige, von dem es nicht mies ist«, hielt ich dagegen. »Seitdem frage ich mich, ob es egoistisch ist, auf die Scheidung zu bestehen.«

Jetzt hatte ich es gesagt.

Claires Augenbrauen zogen sich zusammen. »Egoistisch? Warum sollte das egoistisch sein? Was bist du, eine Leibeigene? Es gibt keinen Grund für dich, Kenichis Verhalten zu verzeihen. Mit welchem Weltbild soll dein Sohn aufwachsen?«

Sie holte tief Luft und lächelte erschöpft. »So, das war die Moralkeule. In Wahrheit musst du doch selbst wissen, was du verzeihen kannst und was nicht. Wenn jemand weiß, wie irrational Liebe sein kann, dann hast du hier die richtigen Gesprächspartner.« Sam und Em nickten düster. Jeder von ihnen hatte sich bereits einen Betrug an seinem Partner geleistet, bei

Sam und Tim war die Versöhnung schneller erfolgt als bei Claire und Ben. Lukas konnte Em nicht verzeihen.

Es gab so viele Formen von Liebe und Vergebung, dass sie es mir nicht vorhalten würden, wenn ich einen Weg fand, es mit Kenichi noch einmal zu versuchen.

»Ich liebe ihn nicht mehr.«

Mein Mund fühlte sich bei diesen Worten taub an. »Er hat mit seinem Abgang alles zerstört und es ist nichts mehr da, auf dem ich aufbauen könnte.«

Ich biss mir auf die Lippe, als mir Tränen in die Augen stiegen. »Mit jeder Woche, die er weg war, ist es mehr gestorben. Ich glaube, wenn er nach ein paar Tagen zurückgekommen wäre, hätte ich ihm noch verzeihen können, aber nicht nach elf Monaten. Er hat mir viel Zeit gegeben, um mich an ein Leben ohne ihn zu gewöhnen. Er darf und muss JP ein Vater sein, etwas Anderes wird es zwischen uns nicht mehr geben.«

Wieder nickten meine Freunde und ich sah einen gewissen Stolz in Ems Augen. Sie hatte am meisten an mir gezweifelt, erkannte ich und dass sie sich geirrt hatte, machte sie froh.

»Du wirst jemand anderes finden, der dich viel glücklicher macht«, prophezeite sie.

Erneut regte sich mein schlechtes Gewissen. Ich musste bald mit Claire sprechen.

18. Kapitel

Den Rest des Tages verbrachten Vincent und ich mit Kunden-
telefonaten. Meine Neuigkeit, dass Sam sich die Konten ansehen würde, erleichterte ihn ungemein.

»Danach müssen wir uns etwas überlegen.«

»Lass uns abwarten, was Sam herausfindet«, erwiderte ich.
»Vermutlich kann er uns bei den nächsten Schritten helfen. Ein
Seminar für Karl und Paula empfehlen, mit dem wir unsere
Buchhaltung ins einundzwanzigste Jahrhundert bringen.«

»Glaubst du?« Er legte die Stirn in Falten.

»Ich muss dran glauben. Alle Alternativen sind viel unange-
nehmer.« Vincent nickte knapp, ihm war bewusst, welche
Schwierigkeiten uns blühen konnten.

Nach Feierabend holte ich JP bei meinen Eltern ab und kochte
mit ihm Abendessen. Er entwickelte seit kurzem Spaß am Ge-
müseschnippeln (ich hatte meine Mutter in Verdacht) und mich
entspannte es, mit ihm gemeinsam diese Zeit zu verbringen.

»Wie war es gestern bei Papa?«, fragte ich, während ich den
Brokkoli zerkleinerte. Er sah von seinen Tomaten auf.

»Wir haben mein Zimmer fertig zusammengebaut«, berichtete er. »Ich durfte mir Poster für die Wände aussuchen.« Er hielt
inne und wischte seine Finger in dem Geschirrhandtuch auf
seinem Schoß ab (auch das hatte meine Mutter ihm zweifellos
beigebracht). »Mama? Ich werde beide Zimmer behalten, oder?
Papa wird seine Wohnung haben und wir unsere, richtig?«

Ich legte den Brokkoli beiseite und sah ihn an. Seine mandelförmigen Augen ruhten unbewegt auf mir. Ich konnte nicht
erraten, welche Antwort er sich erhoffte. Hatte Kenichi ihn

bearbeitet, damit er mich fragte? Nein, er würde JP nicht benutzen, um ans Ziel zu kommen.

»Ja.« Ich befeuchtete meine Lippen mit der Zungenspitze. »Du hast recht, so wird es sein. Aber wir werden beide immer für dich da sein und alles Wichtige zusammen machen.«

»Bist du noch böse auf Papa?«

»Nein. Ich bin nur traurig. Aber Papa und ich sind jetzt Freunde und trotzdem deine Eltern. Wir haben dich beide lieb, deswegen werden wir zusammenhalten.«

»Jannis' Eltern haben auch eigene Wohnungen«, sagte er bedrückt. Ich kannte Jannis und seine Familie, die Eltern hatten eine hässliche Scheidung hinter sich. »Und sein Papa hat jetzt eine neue Frau. Meinst du, Papa hat auch bald eine neue Frau?«

Oder ich einen neuen Mann?

»Wenn, dann muss sie lieb zu dir sein«, sagte ich und streichelte seine Wange. »Darauf wird Papa sicherlich achten.«

»Und du?«

»Ich werde ihm dabei helfen, wenn er das möchte.«

»Mama, möchtest du einen neuen Mann kennenlernen oder auch eine Frau, so wie Aiko?«

Manchmal fragte ich mich, ob er wirklich erst sieben war. »Ich möchte lieber einen Mann kennenlernen. Wenn es so weit ist, hilfst du mir dann dabei und sagst mir, ob du ihn magst?«

»Versprochen, Mama.« Er grinste mich an und ich entdeckte eine neue Zahnlücke in seinem Mund. Gleichzeitig bekam ich Angst davor, dass er Nick nicht mögen könnte, wenn es denn überhaupt so weit kam.

Nachdem Jan-Philipp schlafen gegangen war, holte ich mein Handy hervor und starrte auf das Display. Ich hatte Nick versprochen, dass ich mich heute noch bei ihm melden würde.

Mittlerweile war es neun Uhr abends und ich fragte mich, ob er früher mit einer Antwort gerechnet hatte.

Und worüber sprachen wir eigentlich? Über Treffen für Sex, während der er versuchte, mich für seine Welt zu begeistern? Ich erhoffte mir mehr als das, wenn ich weiter Zeit mit ihm verbrachte. Nick war ein interessanter Mann, seine ruhige und selbstbewusste Art nahm mir den Stress des Alltags und ich fühlte mich gut in seiner Nähe.

Und der Sex gestern ... so wohl hatte ich mich nie zuvor gefühlt und dabei war das nur ein Vorgeschmack auf das, was er mit mir machen konnte, wenn ich ihn ließ. Ob er sich auf mich einlassen konnte? Oder würde das Ganze schiefgehen?

Bevor ich die Antworten auf diese Fragen bekam, musste ich mit Claire sprechen.

Erst dann konnte ich den nächsten Schritt gehen.

Ich möchte dich wiedersehen.

Das freut mich.

Hast du am Samstag für mich Zeit?

Komm vorbei, wann du willst.

Ich stand in Nicks Keller und trug einen Body aus schwarzer Spitze. Kühle Luft strich über meine Haut und verursachte eine Gänsehaut, meine Nippel wurden hart. Sein Blick brannte auf meiner Haut, ich spürte ihn, obwohl ich ihn nicht sehen konnte, er stand hinter mir. Ich holte Luft und kreiste langsam mit den Hüften, schloss meine Augen und gab mich dem Gefühl hin.

Ich bewegte mich für ihn, für den Hunger, den ich in ihm spürte und der auch an mir nagte. Ich würde ihn stillen - später, wenn er es sich verdient hatte und mein Plan umgesetzt war.

Langsam drehte ich mich um und ging auf ihn zu, mit langen, aber bedächtigen Schritten, mein Haar strich ich über meine Schulter zurück. Ihm gefiel, was er sah. Seine braunen Augen waren so dunkel, dass sie fast schwarz wirkten und sein Mund über dem kantigen Kiefer war erwartungsvoll verzogen.

Ich beugte mich vor und legte meine Arme um ihn, zog ihn heran und küsste diesen erwartungsvollen Mund. Dann drängte ich ihn langsam zurück, bis er sich auf dem Sessel niederließ, auf dem wir unseren ersten ›Kontakt‹ hatten. Ich kniete mich auf die Armlehnen und küsste ihn noch intensiver, noch heißer. Jede Berührung fühlte sich so gut an. Deswegen war ich doch hier, oder nicht? Seine rauen Hände wanderten über meine empfindliche Haut und hinterließen brennende Spuren. Jetzt strichen seine Finger über meine Hüften zu meiner Leiste und weiter zwischen meine Schenkel, zu dem hauchzarten Spitzenstoff, der die Stelle kaum verbarg, die sich nach ihm verzehrte.

»Ja«, flüsterte ich an seinen Lippen und rieb mich an seinen Fingerkuppen. »Oh ja ...« Ich wollte mich ihm hingeben, mich ihm ausliefern, damit ich herausfand, was er mit mir tun konnte. Nie zuvor hatte ich mich einem anderen Menschen so in die Hände legen wollen. Er würde dieses Vertrauen nicht missbrauchen, sondern mir beweisen, dass er es verdiente.

Immer tiefer versank ich in unserem Kuss, während er den Stoff des Bodys beiseiteschob und sich endlich meiner Lust widmete. Ich wimmerte, nahm seine Finger in mir auf und schloss meine Muskeln um sie, um das Gefühl noch zu verstärken. Seine Lippen wanderten über meinen Hals zu meinem Ohr, wo seine Zunge die Konturen der Muschel nachzog.

»Das gefällt dir, meine Süße, nicht wahr?« Seine Stimme klang rau, seine freie Hand knetete meine Pobacke und drückte mich noch enger an ihn.

Ich lehnte meine Stirn an seine Schulter und umklammerte seine Oberarme. Ein Schluchzen schüttelte mich, als seine Bewegungen schneller wurden. Ich stand in Flammen. Welchen Anblick musste ich abgeben, schoss durch meinen Kopf, doch es war egal, was jemand darüber denken könnte. Hier war niemand außer uns und es ging keinen etwas an.

Ich war hier, um endlich dieser Gier nachzugeben, die in mir brannte, seitdem ich ihn - das musste ich mir endlich eingestehen - das erste Mal auf meiner Party gesehen hatte. Damals hatte sich jeder Gedanke daran verboten, doch es war sinnlos, es vor mir selbst zu leugnen: Sein Anblick mit Claire hatte mich nicht mehr losgelassen.

Kein Theo und kein Kenichi konnten mit dem mithalten, was ich mir seitdem ausgemalt hatte. Was ich mir für mich gewünscht hatte und ich weigerte mich, deswegen ein schlechtes Gewissen zu bekommen.

Dieser Moment gehörte uns, egal, was danach passierte.

Mein Unterleib zog sich zusammen und ich spürte den Orgasmus aufziehen, Nick hatte mich fast so weit.

»Komm für mich, Sonja«, flüsterte er in mein Ohr und stieß seine Finger noch tiefer in mich. »Zeig mir, wie sehr es dir gefällt, was ich mit dir tue.«

»Oh Gott ...«, wimmerte ich und stemmte mich gegen ihn.

Ich hatte keine andere Wahl, ich musste kommen, für ihn und für mich. Vor meinen Augen tanzten Sterne und ich rang nach Luft, als der Höhepunkt mich erfasste und in einen Abgrund riss, so tief, dass ich das Gefühl hatte, endlos zu fallen.

Ich schrie auf, gab ihm meine ganze Ekstase und riss plötzlich die Augen auf, als sich eine kalte Hand auf mein Gesicht legte.

»Mama?«

Ich fühlte mich, als hätte mir jemand mit einer Keule gegen die Stirn geschlagen. Panisch rang ich nach Luft und spürte wieder die kalte Hand auf meiner Wange.

Endlich klärte sich mein Blick und ich erkannte meinen Sohn, der an meinem Bett stand und mich besorgt ansah. Es war seine kleine Hand. »Schatz?«, murmelte ich und verstand endlich, dass ich geträumt hatte. Scham erfüllte mich und ich wurde zweifellos rot, was JP hoffentlich im Morgenlicht nicht sah.

»Ist alles in Ordnung? Du hast geweint und geschrien im Schlaf. Hattest du einen Alptraum?«

Ich rieb mir den Schlaf aus den Augen und hob die Decke an, um ihn darunter zu lassen. Er schlüpfte neben mir auf die Matratze und ich schlang meine Arme um ihn, um ihn zu wärmen. Sein ganzer Körper fühlte sich kalt an.

»Anscheinend. Tut mir leid, dass ich dich geweckt habe.«

»Macht nichts, ich bin ja dafür da, um dich zu beschützen.«

Ich lächelte und zog ihn an mich. Gleichzeitig fragte ich mich, wie ich das alles auf die Reihe kriegen sollte. Mir war immer noch heiß und mein Körper fühlte sich an, als wäre es keinesfalls ein Traum, sondern real gewesen.

Ich war ratlos, wie ich weitermachen sollte, wusste nicht, worauf ich mich da einließ.

›Eins nach dem anderen‹, sagte ich mir. ›Kümmere dich als erstes um die Dinge, die du leicht klären kannst, dann geh den Rest an.‹ Mehr Raum im Kopf würde mir dabei helfen.

Den wichtigsten Menschen hielt ich im Arm. Alles andere würde ich hintenanstellen.

Auch mich selbst.

Der Arbeitstag ging schnell herum. Vincent und ich hatten beschlossen, die Sache mit der Bilanz abzuwarten, bis wir Sams Meinung eingeholt hatten. Die Zahlungen mussten im ersten Quartal getätigt werden. Es war der vierundzwanzigste Januar, also noch genug Luft, um nicht in Panik zu verfallen.

Anfang Februar waren Paula und Karl auf einer Fortbildung. Diese Zeit würden wir nutzen, um Sam die Bücher prüfen zu lassen. Bis dahin hatten wir andere Baustellen, unsere Auftragsbücher waren voll.

Außerdem hatte Vincent heute die neuen CI-Entwürfe mitgebracht. »Marilen ist für den zweiten Entwurf«, sagte er und wies auf das pinke Herz, das seine Tochter auf den Entwurf gezeichnet hatte. »Sie hat mich gebeten, dir das mitzuteilen.«

»Sag ihr vielen Dank«, erwiderte ich lächelnd. Marilen würde im Sommer ein Praktikum in der Designabteilung machen und ich mochte das aufgeschlossene Mädchen. Sie hatte gute Ideen, die sie Vincent mitgab, und der zweite Entwurf war der beste.

»Vielleicht ist sie ja unsere zukünftige Kreativdirektorin.«

»Wäre mir deutlich lieber als Topmodel.«

Schließlich kam der Feierabend. Ich war allein im Büro. Kenichi hatte JP heute von der Schule abgeholt und würde ihn nachher nach Hause bringen, dann stand unsere Aussprache an.

Ich schaltete gerade das Licht aus, als mein Handy klingelte.

Theo.

Verdammt, ich hatte ihn komplett vergessen!

Eigentlich hatte ich mich auf das Gespräch vorbereiten wollen, doch jetzt war offenbar der Zeitpunkt gekommen, auch ohne einstudierte Floskeln, zu denen ich sonst neigte.

Ich atmete tief durch und nahm das Gespräch an.

»Hallo Theo.«

»Hey Sonja«, er klang pikiert. »Ich dachte, du wolltest dich heute bei mir melden.«

»Entschuldige bitte, ich bin noch im Büro. War keine böse Absicht.« Nur pure Ignoranz.

»Viel zu tun?«, fragte er besänftigt.

»Allerdings. Die Jahresplanung ist sehr umfangreich.«

»Ich könnte heute Abend vorbeikommen und dir dabei helfen.« Noch vor ein paar Wochen hätte mich dieses Angebot erregt, doch jetzt spürte ich nur noch Widerwillen.

»Heute passt es mir leider nicht, Kenichi bringt JP nach Hause, wir haben noch einiges zu besprechen.«

Es war kurz still am anderen Ende der Leitung.

»Wie läuft es mit euch?«

Ich zögerte. Was wollte er jetzt von mir hören?

»Okay soweit. Wir finden einen guten Weg zusammen.«

»Will er dich noch zurück?« Alles in mir sträubte sich dagegen, ihm auf diese Frage zu antworten, es ging ihn nichts an.

»Darüber werden wir sprechen.«

»Und was ist mit uns?« Da war sie, die Frage, auf die ich die ganze Zeit gewartet hatte.

»Theo, ehrlich gesagt glaube ich nicht, dass das eine gute Idee wäre«, begann ich. Meine Hände fuhren über die Tischplatte und meine Eingeweide fühlten sich schwer an. »Inzwischen ist einiges passiert und ...«

»Schon gut, du brauchst dich nicht zu rechtfertigen«, unterbrach er mich. Ich zuckte bei seinem schneidenden Tonfall zusammen. »Ich habe schon verstanden, was du mir sagen willst: anscheinend hast du dich ja entschieden, deinem Mann noch eine Chance zu geben. Und gleichzeitig kannst du mir noch für damals einen reinwürgen.«

»Wie bitte?« Ich traute meinen Ohren nicht.

»Ist doch so, oder nicht?«

»Nein, überhaupt nicht. Es wäre besser, wenn du mir zuhörst, statt mir deine Vermutungen hinzuwerfen.« Hitze stieg in meinen Wangen auf. Ich könnte mich ohrfeigen, weil ich mich noch einmal auf ihn eingelassen hatte.

Genau so war es damals auseinandergegangen: Am Ende versuchte er, mir die Schuld für sein Fremdgehen in die Schuhe zu schieben. Er behauptete, er sei sich meiner Liebe nicht sicher und hätte deswegen an anderer Stelle Bestätigung gesucht. Ich war so dumm, dass ich seinem Geseier Gehör geschenkt hatte. Wie konnte ich glauben, dass er sich gerändert hatte?

»Sonja, leg doch einfach die Karten auf den Tisch«, forderte er und meine Hände ballten sich zu Fäusten.

»Mache ich, Theodor.« Meine Stimme war klirrend kalt. »Ich glaube nicht, dass wir zusammenpassen. Weder damals noch heute. Unsere Treffen habe ich genossen, aber das ist nichts, worauf ich eine Beziehung aufbauen kann. Es geht dich zwar nichts an, aber ich habe jemanden kennengelernt und mich weiterhin mit dir zu treffen, wäre euch beiden gegenüber unfair.«

»Schön, dass du jetzt schon damit rauskommst«, grollte er. »Konntest es kaum abwarten, mir das aufs Brot zu schmieren, oder? Geht dir einer dabei ab, wenn du es mit mehreren Kerlen parallel treibst?«

»Weißt du was, genau aus diesem Grund sind wir schon damals ein verdammt schlechtes Team gewesen«, zischte ich. »Weil du ein Egoist bist. Und ein Lügner.«

»Das sagt die Richtige!«

»So, dann bist du letzte Woche nach unserem Treffen nicht zu einer anderen Frau gefahren?«

»Doch«, sagte er triumphierend und ich verdrehte die Augen. Hatte ich es doch gewusst. »Ich bin zu einer anderen gefahren und soll ich dir was sagen: die ganze Zeit habe ich geahnt, dass du mir etwas verheimlichst und ich habe recht behalten. Leider.«

Ich schwieg betroffen.

Allerdings trafen mich seine Worte weit weniger als die Erkenntnis, was für ein Vollidiot er war. Erleichterung breitete sich in mir aus, weil ich ihn damals nicht geheiratet hatte. Weil JP nicht sein Sohn war und ich dieses Mal früh genug die Reißleine gezogen hatte.

»Ich bin froh, dass du zu demselben Schluss gekommen bist, wie ich. Hoffentlich hast du mit deiner neuen Bekanntschaft mehr Gemeinsamkeiten.«

»Das kann ja nur so sein«, zischte er. »Egal wen ich kennenlerne, es kann nur besser sein als mit dir.« Dann war die Leitung tot und ich starrte auf den Sperrbildschirm meines Telefons. Ich musste mich setzen, um das Telefonat zu verdauen.

»Mein Gott ...«, murmelte ich und rieb mir den Nacken. Das konnte ja heiter werden, schließlich hatten wir geschäftlich mit der Sternhagen GmbH zu tun. Irgendwas würde ich Vincent sagen müssen, falls es Krach gab. Zuzutrauen wäre es Theo.

Ich hätte ihn von vornherein abwimmeln müssen. Die Aussicht auf unverbindlichen Sex hatte mich offenbar blind gemacht.

Mich!

Dabei hatte ich mir eingebildet, dass ich so nicht war. Dass mir Sex nicht so wichtig war, dass ich dafür Unannehmlichkeiten in Kauf nahm.

Ich sollte dringend an meiner Selbstreflexion arbeiten, denn bei Nick steuerte ich doch in dieselbe Richtung, oder nicht? Ich musste dringend mit Claire sprechen.

Endlich packte ich zusammen, zog meinen Mantel an und verließ das Gebäude. Der Verkehr war gnädig mit mir und als ich eine halbe Stunde später zuhause ankam, sah ich überrascht, dass Licht brannte. Als ich kurz darauf in den Hausflur kam, empfing mich der Duft von Essen.

»Hallo Mama, hast du Hunger?«, rief JP fröhlich und kam aus der Küche, um mich zu umarmen und zu küssen. Hinter ihm trat Kenichi in den Flur und lächelte mich vorsichtig an.

»Wir dachten, dass du sicher hungrig bist, wenn du nach Hause kommst«, sagte er und küsste mich auf die Wange. Ich lächelte und unterdrückte den dicken Kloß in meiner Kehle. Es fühlte sich beinahe so an wie damals, als noch alles zwischen uns in Ordnung gewesen war.

»Das ist toll. Ich mache mich kurz frisch, ja?« Die leuchtenden Augen meines Sohnes verfolgten mich auf dem Weg ins Bad und ich hörte die beiden in der Küche mit den Töpfen klappern. Kraftlos sank ich auf den Klodeckel und barg mein Gesicht in den Händen. Anscheinend wollte es das Schicksal mir heute besonders schwermachen.

Das Essen stand bereits auf dem Tisch, als ich zurückkam, und ich fühlte mich befangen, während wir uns guten Appetit wünschten. Danach ließ JP uns allein und zog sich zum Hausaufgabenmachen in sein Zimmer zurück. Ich hätte schwören können, dass er bereits damit fertig war. Unschlüssig saßen wir einander gegenüber. Keiner wusste, wie er anfangen sollte.

»Danke für das Abendessen«, sagte ich und machte Anstalten, aufzustehen und abzuräumen. Er legte mir die Hand auf den Arm und hielt mich auf.

»Keine Ursache. Ich möchte mit dir reden. Über uns.«

Ich versteifte ich mich, auf ein zweites unangenehmes Gespräch hatte ich keine Lust. »Ken, ich ...«

»Warte kurz«, bat er mich. »Ich kenne deine Meinung und ich weiß, dass ich es versaut habe. Sag mir bitte einfach, ob nur der Hauch einer Chance besteht, dass du mir verzeihen kannst.«

»Es geht nicht um das Verzeihen«, erwiderte ich. »Es geht um meine Gefühle, die sich in dieser Zeit verändert haben. Ich bin mir sicher, dass wir es hinkriegen, gute Eltern zu sein, aber für uns als Paar sehe ich keine Chance.«

Ich schlug die Augen nieder und nahm wahr, dass er aufstand. Seine Hände legten sich warm auf meine Schultern und als ich aufsah, beugte er sich herunter und küsste mich auf den Mund. Vor Überraschung zuckte ich nicht einmal zurück, stattdessen durchflutete mich Traurigkeit.

Einmal mehr wurde mir klar, was ich im letzten Jahr verloren hatte: Nicht nur meinen Partner, den Mann, von dem ich gedacht hatte, dass ich mit ihm alt werden würde. Auch die gemeinsame Zukunft, auf die ich mich verlassen hatte. Das war beinahe noch schlimmer als der Vertrauensverlust und der

Schmerz, den ich deswegen empfunden hatte. Diese Erkenntnis tat fast genauso weh wie damals, als ich in meiner leeren Küche stand und seinen Brief auf dem Tisch vorfand, in dem er mir darlegte, dass er so nicht weitermachen konnte. Abstand von unserem Leben brauchte.

Damals war etwas in mir zerbrochen, das er nicht kitten konnte, egal wie sehr er es bereute und wiedergutmachen wollte.

Es war kaputt. Für immer.

Mein Mann löste sich von mir und ich sah in seinen dunklen Augen, dass er es verstanden hatte. Er fühlte den gleichen Schmerz wie ich und irgendwie tröstete mich das.

»Ich werde mich mein ganzes Leben lang dafür hassen, was ich getan habe«, flüsterte er. Ich blieb stumm. Wenn es so war, musste er damit klarkommen, so wie ich allein mein Päckchen zu tragen hatte. »Lass uns versuchen, es für JP bestmöglich hinzukriegen.« Er ließ sich wieder auf seinem Stuhl nieder.

Ich atmete auf. Kenichi war kein Mensch großer Emotionen. Jetzt schien er begriffen zu haben, was er angerichtet hatte. Und sich damit abzufinden.

Ich fühlte mich, als fiele mir eine zentnerschwere Last von den Schultern. Endlich war diese Ungewissheit vorüber und wir konnten nach vorn sehen, anstatt uns im Kreis zu drehen.

»Ich werde in die Scheidung einwilligen«, sagte er, als er sich kurze Zeit später auf den Weg machte. Sein Lächeln wirkte gequält, doch JP schien nichts zu bemerken.

Als ich später zu Bett ging, schossen mir Tränen in die Augen und ich weinte ein weiteres Mal um das Leben, das ich sicher geglaubt und verloren hatte.

Am Samstagnachmittag war ich mit Claire verabredet. Es kostete mich, zum ersten Mal, seit wir uns kannten, Überwindung, sie nach einem Treffen zu fragen.

Mein Vater und JP waren bei ihrem obligatorischen Fußballspiel und ich wollte die Gelegenheit nutzen, bevor ich mich heute Abend mit Nick traf. Sollte sie ein Problem damit haben, musste ich mir etwas einfallen lassen. Auf keinen Fall wollte ich sie mit meinem Verhalten verletzen.

Sie kam zu mir, Ben war auf Dienstreise und sie hatte sich gefreut, von mir zu hören. Um vier stand sie in der Tür und brachte Cupcakes von einer angesagten Patisserie mit.

Ich war froh, dass sie nicht mehr so blass war. Ihre Lebhaftigkeit war zurück, doch sie sah immer noch müde aus.

»Es wird besser. Aneta hat uns gesagt, dass sie es für unwahrscheinlich hält, dass Bitter und Harry etwas Handfestes vorweisen können, deswegen die Freistellung. Sie meint, dass die Kündigung noch nicht ausgesprochen ist, spricht dafür, dass sie wissen, dass sie vor Gericht scheitern werden.« Sie nahm einen Schluck Kaffee. »Ich muss sagen, dass ich am Anfang todunglücklich deswegen war, ich hätte im Leben nie damit gerechnet. Aber Ben hat recht: So wie sie mich behandeln, auch schon damals wegen der Beförderung, kann ich froh sein, dass es jetzt ein Ende hat. Ich war seit Monaten nicht mehr zufrieden. Bei Sam war es nicht so schlimm, aber seitdem du weg bist, ist alles nur noch ätzender geworden. Em wird sicherlich auch kündigen und Sam und ich haben schon eine Idee.« Sie lächelte. »Du hast uns darauf gebracht, als du Sam um seine Hilfe gebeten hast. Wir wollen uns mit einer Unternehmensberatung für Finanzen selbstständig machen.«

Ich war überrascht, doch es dauerte nicht lang, bis mir aufging, was für eine tolle Idee das war. »Dann habt ihr hiermit euren ersten Mandanten«, sagte ich und hielt Claire meine Hand hin. Sie zwinkerte und ergriff sie feierlich.

»Darauf haben wir spekuliert.« Sie seufzte. »Wenn die Sache mit L & P durch ist, können wir uns darum kümmern. Aneta meinte, dass wir auf eine Abfindung bestehen werden, die wir für die Firmengründung nutzen können. Ben wird auch versuchen, uns bei seiner Firma unterzubringen, und Em hat schon angefangen, für uns zu netzwerken.« Ems Netzwerk war mit Geld nicht zu bezahlen, ihr verdankte ich auch ein paar Aufträge, weil sie immer im richtigen Moment schaltete.

Wir verspeisten die Cupcakes, da legte sie den Kopf schief und betrachtete mich. »Ist alles in Ordnung bei dir? Du siehst so angespannt aus.« Tatsächlich hatte ich gerade nach dem richtigen Einstieg gesucht, um ihr von Nick zu erzählen. Mein Herz klopfte mir bis zum Hals und ich rang mir ein verzweifeltes Lächeln ab.

Was würde sie über mich denken? Wie würde sie reagieren? Mit Wut? Enttäuschung?

Gleich würde ich es wissen.

»Ich muss dir etwas erzählen«, begann ich. Sie sah mich erwartungsvoll und etwas verunsichert an. Offenbar hatte sie nicht die leiseste Ahnung, womit ich um die Ecke kommen könnte. Kein Wunder, was ich ihr sagen wollte, würde ihr vollkommen abwegig erscheinen.

»Ich ... also ... ich ...«, stammelte ich und brach ab. Ich hatte keine Ahnung, wie ich anfangen sollte.

»Was auch immer es ist, du kannst es mir erzählen, okay? Du hast dir schon so viel Scheiß von mir anhören müssen, so schlimm kann es nicht sein. Sag es einfach, zur Not sortieren wir es hinterher.« Ich war ihr so dankbar, dass sie einfach sie war. Im Gegensatz zu Em und mir bemühte Claire sich immer, unvoreingenommen und offen zu sein, und das schätzte ich unglaublich an ihr.

»Es hat sich etwas ergeben«, krächzte ich. »Womit ich im Leben niemals gerechnet hätte, aber ... ich weiß auch nicht ... jedenfalls muss ich mit dir darüber sprechen ... deine Meinung ist mir unglaublich wichtig, weißt du, und wenn du Vorbehalte hast, kann ich es nicht machen.«

Sie schwieg und wartete geduldig, dass ich es endlich aussprach. Ich holte tief Luft und riss mich zusammen. »Ich habe Nick angerufen wegen meines Grundstücks und ... ach, das hat damit nichts zu tun ... er hat mich an Silvester geküsst. Um Mitternacht. Und danach haben wir uns zum Essen getroffen und ... ich weiß auch nicht, da ist etwas zwischen uns. Aber ich kann ihn nur sehen, wenn du damit kein Problem hast, ich will nicht, dass wir deswegen in komische Situationen kommen ... Was sagst du? «

Ich blickte in Claires Gesicht. Sie suchte nach Worten.

»Ich habe mit vielem gerechnet, aber damit nicht«, sagte sie schließlich. »Also, du triffst dich mit Nick? Trotz all deiner Vorbehalte? Hast du deine Meinung geändert?«

Ich schüttelte den Kopf. »Nein und ich weiß, dass wir deswegen kaum eine Chance haben, uns irgendwas aufzubauen, aber ich würde trotzdem gern herausfinden, was zwischen uns sein kann. Und wenn es nur ... naja ...«

»Sex ist?«, fragte sie offensiv, ihr Gesicht war neutral.

Ich holte tief Luft und nickte. »Im ungünstigsten Fall, ja.«

»Wieso ungünstig?«

»Weil ich gern in seiner Nähe bin.« Ich rang mir ein Lächeln ab. »Bei unseren Treffen habe ich mich zwar wie ein Volldepp verhalten, aber das scheint ihm nichts auszumachen. Er ist... naja... ich fühle mich wohl mit ihm.« Auf ihrem Gesicht breitete sich ein Lächeln aus.

»Du bist in ihn verliebt.«

»Was? Nein! Nur ... ein bisschen verknallt, vielleicht.« Ich spürte meine Wangen rot werden.

»Hey, das ist doch super«, unterbrach sie mich. »Ich hatte immer gehofft, dass du einen Mann kennenlernst, der gut für dich ist. Wenn ihr es hinbekommt, umso besser.« »Ich dachte, du könntest ein Problem damit haben«, murmelte ich.

Sie schüttelte den Kopf. »Sonni, wirklich nicht. Wir haben unser Ding als Freunde beendet und was Ben angeht ... ich glaube nicht, dass er sich noch einen Kopf machen würde, wenn ihr beide zusammenkommen solltet.« Sie hielt inne. »Das möchtest du, oder?«

»Ich weiß es nicht«, gestand ich ihr. »Ich habe Angst, dass es bei uns schneller schiefgehen könnte, als bei ihm und seine Ex-Frau. Ich habe ihm gesagt, dass ich mit seiner Art nichts anfangen kann und er will einen Weg finden.«

»Hattet ihr Sex?« Manchmal war auch Claire sehr direkt.

Ich biss mir auf die Lippe. »Nicht abschließend.«

»Weißt du, ich denke, es kommt darauf an, ob man sich auf den Partner einlassen will. Ich weiß, dass Marie nie grün mit der BDSM-Sache geworden ist und ich kenne deine Einstellung dazu. Aber da ihr euch anscheinend ja schon etwas herangetastet habt, kann bei dir die Ablehnung ja nicht so groß sein.«

»Solange wir die Sache mit den Schmerzen ausklammern, sehe ich eine Möglichkeit«, rang ich mir ab. »Ich mag seine ... Art.« Ich kam ins Stocken. Claire lächelte sanft.

»Ich weiß, was du meinst. Die Dominanz ist nicht unangenehm, ich fand sie immer eher beschützend. Er ist jemand, bei dem man absolut in Sicherheit ist.« Ich nickte. Genau dafür hatten mir die Worte gefehlt. »Nick ist ein toller Mann. Der falsche für mich, aber vielleicht ist er für dich genau der Richtige. Du verdienst jemanden wie ihn und er verdient eine tolle Frau wie dich. Probier es einfach aus. Meinen Segen hast du.«

»Ich bin so froh, dass du es so locker nimmst«, sagte ich.

»Ich würde mich deinem Glück niemals in den Weg stellen.« Und ich wusste, dass sie das absolut ehrlich meinte. »Wann seht ihr euch?«

»Heute Abend.«

»Sehr gut. Geh aufs Ganze, Sonni, und gönn dir einen unvergesslichen Abend. Und die Nacht. Und am besten morgen auch den Vormittag.«

»Wir werden sehen«, winkte ich ab. »Was hast du heute noch vor?« Ein Schatten überzog ihr Gesicht.

»Nichts.«

»Was macht Em? Ich dachte, ihr geht noch aus.«

Claires Mund wurde schmal. »Em hat heute keine Zeit.«

»Jetzt musst du mir was erzählen«, drängte ich.

»Ach, es ist nichts.«

»Du glaubst doch nicht, dass du damit durchkommst, oder?«

»Scheiße, nein.« Sie verzog den Mund. »Sam hat Ems Angebot angenommen. Beziehungsweise, Tim hat es getan. Sie treffen sich heute Abend.«

Ich schluckte. »Oh Mann ...« Ich hatte angenommen, dass Em sich nur aus Spaß angeboten hatte, doch anscheinend war daraus schnell Ernst geworden. »Sie treffen sich also ...«

»Auf einen Dreier, ja.« Claire sah unglücklich auf ihre Hände. »Und *das* ist eine Sache, die mich stört. Blöd von mir, oder?«

»Ich verstehe es«, erwiderte ich. »Zwischen Sam und dich passt kein Blatt. Dass es sich komisch anfühlt, dass er und Em jetzt diese Sache durchziehen, ist normal, denke ich.«

»Es wäre mir lieber, wenn sie dazu irgendeine Fremde ausgesucht hätten.« Claire sah verzweifelt aus und ich verstand ihr Dilemma. Natürlich konnte sie dazu nichts sagen, Sam hatte sie als erste gefragt, doch sie hatte aus verständlichen Gründen abgelehnt. Wäre Em noch mit Lukas zusammen, hätte sie sich sicherlich auch nicht angeboten.

»Em geht es nicht gut«, sprach sie weiter. »Die Trennung von Lukas hat sie viel schlimmer getroffen als gedacht. Mittlerweile hat sie das sogar selbst eingesehen. Nicht mal ihre FBs können sie noch aufmuntern, und das will schon was heißen. Neulich Abend war sie bei mir und richtig down. Und jetzt ist sie auch noch allein im Büro. Was für eine Scheiße.«

»So tough wie sie ist, so sensibel ist sie gleichzeitig.«

Ich war länger mit Em befreundet als Claire. Obwohl wir so unterschiedlich waren und manchmal stritten, verstanden wir einander und hatten ein paar Krisen durchgestanden.

Ihre bissigen Kommentare kamen meist zur rechten Zeit, um mich aufzubauen und anzutreiben. Ich auf der anderen Seite gab ihr Halt und Antworten, wenn sie sie brauchte.

Claire lehnte sich lächelnd zurück. »Ich hoffe einfach, dass diese aufregenden Zeiten bald vorüber sind. Immer wenn ich denke, dass wir die größte Scheiße hinter uns gebracht haben, taucht ein noch größerer Haufen an der nächsten Ecke auf.«

»Gibt es denn irgendwas, das wir ausgelassen haben?«

Sie dachte kurz nach. »Eine schöne Sturmflut, die unsere Wohnungen verwüstet. Ansonsten fällt mir nichts ein.«

»Dann hole ich jetzt einen Sekt und wir trinken auf die Sturmflut. Vielleicht lässt sie sich dann noch ein bisschen Zeit«, bot ich an und stand auf.

Während ich die Flasche in der Küche entkorkte, merkte ich, wie die Last von mir abfiel und meine Vorfreude auf den heutigen Abend stieg.

Jetzt gab es keinen Grund mehr, sich zurückzuhalten.

19. Kapitel

Zur verabredeten Zeit stand ich vor Nicks Haustür.

Claire hatte mich in ein schwarzes Minikleid gesteckt, das hinten in meinem Kleiderschrank hing und von dem ich vergessen hatte, dass ich es besaß. Es war kalt, doch ich zitterte vor Aufregung, nicht wegen des Wetters.

Es dauerte kaum fünf Sekunden nach meinem Klingeln, bis er die Tür öffnete. Mein Herz machte einen Sprung, als ich sein hungriges Gesicht sah. Wie in meinem Traum. Er zog mich an sich und schloss die Tür hinter mir, dann legten sich seine Lippen auf meine.

»Schön, dass du da bist«, raunte er in mein Ohr und Gänsehaut überzog meinen Körper. Er nahm meine Hand und führte mich ins Wohnzimmer, in dem der Kaminofen brannte. Obwohl ich es kaum erwarten konnte, aufs Ganze zu gehen, hatten wir beide Klärungsbedarf. Er bot mir ein Glas Wein an, das ich dankbar annahm. Wenn alles so lief, wie ich es hoffte, musste ich nicht mehr Autofahren.

»Ich hatte gehofft, dass wir uns sehen«, sagte er, nachdem wir uns zugeprostet hatten. Seine Hand lag auf meinem Knie. Ich schob mir lächelnd eine Locke hinters Ohr.

»Ich auch und ich habe mir Gedanken gemacht, wie wir es besprochen haben.« Ich sah ihm ins Gesicht. »Kannst du dir vorstellen, die Peitschen wegzulassen? Egal, wie sehr ich darüber nachdenke, ich kann mich damit einfach nicht anfreunden. Was alles andere angeht ... das ist nicht halb so erschreckend, wie ich dachte. Spätestens seit Mittwoch nicht mehr und ich ... möchte mehr davon haben.«

Ich sah ihm an, dass er darüber nachdenken musste. Es war für uns beide Neuland. Für Nick gingen die SM-Komponenten mit den Bondage-Komponenten Hand in Hand. Sie voneinander zu trennen und einer von beiden keine Beachtung mehr zu schenken, forderte ihn mindestens so heraus, wie mich das Einlassen auf eine von ihnen.

Doch wenn es ihm ernst mit mir war, fand er einen Weg. Ich konnte nicht aus meiner Haut. Es gab keinen dosierten Schmerz für mich, der mich erregte. Es gab nur Schmerz und ich war mir sicher, dass er diesen Unterschied zwischen mir und seinen sonstigen Partnerinnen verstand.

Mein Zugeständnis war ebenso groß wie seins und ich wollte ihm alles geben, was ich konnte.

»Das wird für uns beide spannend«, sagte er schließlich. »Normalerweise müsste ich ablehnen. Aber für dich ...« Er legte den Kopf schief und zum ersten Mal suchte er nach den passenden Worten. »Ich hatte nicht damit gerechnet, dass wir eine solche Anziehungskraft haben. Nicht nach unserem ersten Date, als du sehr deutlich gemacht hast, was du alles nicht willst. Aber da ist etwas.«

»Ich weiß.«

»Ich bin momentan überfragt, wo es mit uns beiden hingehen wird, aber wenn du dir sicher bist, bin ich neugierig, es herauszufinden. Wenn du mich machen lässt. Aber dazu musst du bereit sein, Sonja.«

»Ich bin mir sicher«, versprach ich. »In dem Rahmen, den ich dir geschildert habe, lege ich die Kontrolle in deine Hände.« Seine Augen verdunkelten sich und ich sah ihm an, dass er es genoss, das Kommando zu übernehmen. Ich lächelte, beugte mich vor und schob meine Zunge zwischen seine Lippen.

»Du musst nicht zu sanft mit mir sein«, flüsterte ich. »Deine Art turnt mich an, du darfst mich nur nicht erschrecken.«

Er küsste mich und zog mich hoch. Jetzt stand ich vor ihm und beobachtete mit angehaltenem Atem, wie er den dehnbaren Stoff meines Ausschnitts hinunterzog und meine Brüste entblößte. Gleichzeitig schob er mit der anderen Hand den Saum des Kleides über meinen Hintern. Seine Finger wanderten zwischen meine Pobacken und streichelten mich dort.

Ich stöhnte auf und genoss seine Berührungen, mir wurde heiß. Ihm zu folgen fiel mir leicht, er überlagerte meine Unsicherheit mit seiner Kontrolle und gab mir ein Gefühl von Geborgenheit. Seine Finger wurden fordernder, sowohl an meinen Nippeln als auch an meinem Slip. Ich wurde feucht, mein Atem beschleunigte sich.

»Spreiz die Beine«, forderte er mich auf und ich gehorchte. Er zog den Slip beiseite und ich keuchte auf, als seine Fingerkuppen über meine nackte Haut strichen, zwischen meine Schamlippen fuhren und sein Daumen sich besitzergreifend auf meine Klit legte. Ich legte meine Hände auf seine Schultern und klammerte mich an ihm fest, er traf genau den richtigen Punkt.

Es war wie beim letzten Mal, seine Finger dehnten mich und erzeugten eine köstliche Reibung.

»Ja,« keuchte ich. »Bitte, ja.« Sein Daumenballen rieb unbarmherzig über meine Klit, immer härter. Ich senkte den Blick und sah seine Finger in mich eindringen. Feuchtigkeit rann über seinen Handrücken. So heiß machte mich niemand sonst.

Er würde mich kommen lassen. Bald. Und nicht nur einmal.

Sein Mund senkte sich auf meine Brüste und ich stöhnte laut auf, als die raue Oberseite über meinen harten Nippel strich und er die Haut in seinen Mund saugte. Hitze ballte sich zwischen meinen Schenkeln.

»Komm für mich, Sonja«, erklang seine Stimme an meinem Ohr, fordernd, unnachgiebig. Genau, was ich erwartet hatte. Mit einem erstickten Schrei kam ich und fiel vornüber. Meine

Hände verloren ihren Halt an seinen Schultern und ich stützte meine Stirn schwer auf sein Schlüsselbein. Er drückte mich an sich, ohne von mir abzulassen und stieß seine Finger noch tiefer in mich, ließ mich erneut kommen.

Ich schrie auf und wäre beinahe umgefallen, doch er packte mich an der Hüfte und hielt mich aufrecht. Mir wurde schwarz vor Augen. Ich verlor jegliches Gefühl für meinen Körper, nur noch mein brennender Unterleib und seine Finger existierten.

Schweratmend versuchte ich, Herrin meiner Sinne zu werden, und rutschte auf seinen Schoß, meine Stirn auf seiner Schulter. Er barg mich in seinen Armen und hielt mich fest.

Schließlich griff er nach meinem Weinglas. Ich wollte es ihm abnehmen, doch er schüttelte den Kopf. Überrascht ließ ich meine Hand sinken und beobachtete, wie er das Glas an meine Lippen führte. *Das* war die Kontrolle, die ich ihm gewährte und sie ihm zu geben befriedigte mich.

Mehr als ich gedacht hätte.

Ich trank zwei Schlucke, dann stellte er das Glas ab und fuhr mit dem Finger über meine Unterlippe. Ich schlug die Augen nieder und schauderte, mit diesem Finger hatte er mich eben zum Kommen gebracht.

»Was mache ich als nächstes mit dir?«, fragte er mehr an sich selbst gewandt. Ich sah ihm ins Gesicht, als sich ein Wunsch in mir breitmachte. Mein Mund wurde trocken und ich rang mit mir. Wusste nicht, wie ich ihn aussprechen sollte.

Nick bemerkte es. »Sag es«, forderte er. »Vor mir musst du dich niemals schämen. Wenn du etwas tun möchtest, rede mit mir.« Ich schloss die Augen und zählte bis zehn.

»Ich würde dich gern oral befriedigen, aber ich kann das nicht.« Ich sprach schnell und mit gesenkten Lidern, um ihn dabei nicht ansehen zu müssen, gleichzeitig schoss mir die Hitze in die Wangen. Nick hob mein Kinn an.

»Das würde mich sehr anmachen. Wie kann ich dir helfen?«

»Sag mir, wie ich es machen soll«, murmelte ich betreten, gleichzeitig fiel eine Last von meinen Schultern.

Ich hatte es getan! Ich hatte ihm gesagt, was ich tun wollte!

»Mit dem größten Vergnügen, aber dazu werden wir den Ort wechseln.« Er nahm meine Hände und führte mich die Treppe hinauf in sein Schlafzimmer. Hier stand ein Sessel, ähnlich dem, den ich schon kannte. Er nahm das Polster hoch und legte es auf den Boden. Dann deutete er auf seinen Hosenbund.

»Zieh mich aus.«

Ich ging mit klopfendem Herzen auf dem Kissen in die Knie und öffnete den Knopf seiner Jeans. Zog den Reißverschluss auf, um sie an seinen festen Beinen hinuntergleiten zu lassen. Ebenso verfuhr ich mit seinen schwarzen Retropants.

Jetzt ragte mir sein harter Schwanz entgegen, direkt auf Augenhöhe. Ein perfektes Exemplar, genau das richtige Verhältnis von Länge und Dicke. Ich konnte es kaum erwarten, ihn in mir zu spüren. Gleichzeitig kamen die Zweifel wieder hoch. Ich brauchte ihn, um mir zu sagen, was ich tun sollte. Aufgeregt sah ich auf und fand seinen Blick.

»Wenn du mich so unschuldig ansiehst, machst du es mir schwer, die Disziplin zu behalten.« Er streichelte meine Wange. Ein Lächeln stahl sich auf mein Gesicht. »Nimm ihn in den Mund, langsam und nicht zu tief. Atme durch die Nase.« Abermals gehorchte ich und schloss meine Lippen um seine Eichel, die sich rund und prall auf meine Zunge bettete.

»Lass den Kiefer locker«, sagte er und streichelte mich weiter, während ich es versuchte. Das Ziehen im Gelenk ließ nach und ich bekam leichter Luft. Unwillkürlich strich ich mit der Zunge über seine Spitze und hörte ihn zischen. »Nicht halb so unschuldig, wie du vorgibst.« Sein Daumen fuhr über meine Schläfe. »Erzeug einen Unterdruck, indem du saugst, beweg den Kiefer dabei vor und zurück, nimm den Kopf dazu, wenn du es intensivieren willst.« Ich folgte seinen Anweisungen, erhöhte den Druck und stellte mir vor, ich hätte ein großes Bonbon im Mund. Meine Atmung ließ ich bewusst durch die Nase ein und ausströmen, sodass der altbekannte Würgereflex gar nicht erst aufkam.

Die wenigen Male, die ich bisher geblasen hatte, waren immer unangenehm für mich. Auch Kenichi stand darauf, war aber zu ungeduldig und hatte zu tief in meinen Rachen gestoßen, sodass ich keine Luft mehr bekommen und mich fast übergeben hatte. Nick war anders, seine Disziplin ließ mir genug Zeit und Raum, um das Tempo zu finden und mich heranzutasten. Es gefiel mir, was ich mit ihm machte. Als ich aufsah, entdeckte ich seinen genießerischen Gesichtsausdruck und seine Augen, die mich gebannt bei meiner Arbeit verfolgten.

Ich machte es offenbar gut genug, um ihm einzuheizen.

Ein salziger Tropfen rann über meine Zunge, meine erste Belohnung. Vorsichtig erhöhte ich das Tempo.

»Der Übergang zwischen Schaft und Eichel ist besonders empfindlich.« Er holte tief Luft, als ich mich auf diese Vertiefung konzentrierte, die kleine Narbe liebkoste, die sich an der Unterseite befand. Seine Frequenz beschleunigte sich, je länger ich machte, mich traute, den Druck zu variieren und immer wieder meinen Kiefer zu entspannen. Wie weit konnte ich gehen? Konnte ich ihm gestatten, in meinem Mund zu kommen?

Normalerweise fand ich das widerlich und hatte Angst, dass spätestens dann der Würgereiz doch noch kam.

»Warte«, sagte er und ich hielt erschrocken inne. Hatte ich ihm wehgetan? War es doch schlecht?

»Wenn du weitermachst, kann ich mich nicht mehr beherrschen, aber ich habe noch etwas Anderes mit dir vor«, sagte er und zog sich aus meinem Mund zurück. Ich schwankte zwischen Erleichterung und Enttäuschung. Trotz meiner Angst hätte sein Samenerguss mir unmissverständlich gezeigt, wie gut ich war. Andererseits wollte ich nicht, dass es vorbei war.

Er half mir auf die Füße und zog mich hinüber aufs Bett. »Was ich jetzt mit dir machen werde, erlaube ich nicht jeder.« Er entledigte mich meines Slips, während er mir einen Finger in den Mund schob. Ich schloss meine Lippen darum und ließ ihn meine Zunge massieren, bevor er ihn zurückzog und mich damit streichelte.

Ohne aufzuhören schob er mich aufs Bett und wies mich an, mich hinzuhocken. Unter dem Kopfkissen zog er Handschellen hervor. Er hatte nicht vor, mir die volle Bewegungsfreiheit zu gewähren. Mit klopfendem Herzen nahm ich die Arme zurück und beobachtete, wie er meine Handgelenke fixierte und zusätzlich an meinen Oberschenkeln fesselte.

»Sieh hinunter«, sagte er und sein Gesicht tauchte zwischen meinen Schenkeln auf. Ich sah ihm tief in die Augen, als er begann mich zu lecken, wegen der Fesseln konnte ich ihm nicht ausweichen. Es war so gut, dass ich mir auf die Unterlippe biss und die Augen schloss.

»Sieh mich an!«, befahl er mir und ich gehorchte, obwohl es mir schwerfiel. Seine Zungenspitze schnalzte gegen meine Klit und ich spürte seine Finger, die Feuchtigkeit zwischen meinen Pobacken verrieben. Er wollte doch nicht etwa ...

Ich stöhnte lauf auf, als er seine Finger in meiner Pussy versenkte und sie dehnte, und mich dabei immer weiter leckte. Oh Gott, er wusste genau, was er tun musste, um mich scharf zu machen. Ich verlagerte mein Gewicht und bewegte mein Becken, rieb mich an seinem Mund.

Er musste einfach weitermachen, mir den letzten Stoß geben, damit ich kommen konnte. Seine Finger trieben mich an den Rand, gefährlich nah, und seine Zunge rieb so schnell über meine Klit, dass sie sich wie flüssiges Feuer anfühlte. Ich vergaß meine Fesseln und gab mich ihm hin.

Ein Orgasmus schwoll in mir an und ich stieß einen Schrei aus, dann kamen die ersehnten Zuckungen und endlich bekam ich wieder Luft. Er lächelte und machte langsamer, dann rutschte er weiter hinauf, sodass ich auf seinem Schoß saß, noch während ich versuchte, mit meinem Höhepunkt klarzukommen. Zwischen meinen Pobacken spürte ich seine Erektion und endlich verstand ich, was er sich ausgedacht hatte. Mir wurde noch heißer und ich konnte es kaum erwarten.

»Stütz dich auf meinen Oberschenkeln ab«, instruierte er mich. Seine Hände ruhten auf meinen Hüften und ich spürte seinen Schwanz genau da, wo ich ihn haben wollte. Ich rieb mich an ihm und ergötzte mich an dem Gefühl, das diese Berührung in mir auslöste.

Vorsichtig positionierte er sich und drückte mich hinab. Meine Muskeln, die sich gerade noch verkrampft hatten, umschlossen ihn und nahmen ihn gierig in sich auf.

»Gott, ja«, machte er und spreizte meine Schenkel mit seinen Händen noch weiter, sicher bot sich ihm ein vulgärer Anblick auf uns. Ich hätte ihn nur zu gern auch gesehen.

»Es liegt an dir«, sagte er rau. »Du bestimmst das Tempo.«

Das also erlaubte er nicht jeder, er übertrug mir einen Teil der Kontrolle. Ich zögerte keine Sekunde und begann, mithilfe meiner Oberschenkel und meiner Hände, auf und ab zu gleiten. Ihn zu reiten wie ein Cowgirl, während er dafür sorgte, dass wir verbunden blieben. Tiefer und tiefer und schneller und schneller bewegte ich mich und genoss das unglaubliche Gefühl. Es war so scharf.

Seine Hand rutschte an meine Klit und stimulierte sie zusätzlich, rieb sie und intensivierte den Sex noch weiter. Vielleicht würde es mir gelingen, dabei zu kommen, doch selbst wenn nicht, änderte das nichts daran, wie sehr ich es genoss. Funken schlugen in meinem Unterleib und ich fühlte mich so frei und ungehemmt wie nie zuvor. Meine Oberschenkel brannten wie Feuer, aber das war mir egal.

Er setzte sich auf, küsste mich und drehte mich herum, so schnell, dass ich nicht einmal sagen konnte, ob er dafür aus mir herausglitt. Irgendwie brachte er mich auf die Knie und sich hinter mich, hielt mich aufrecht und vögelte mich von hinten mit tiefen Stößen. Meine Hände waren nach wie vor gefesselt, es gab nichts, was ich ihm entgegensetzen konnte, außer ihn anzuflehen, immer weiter zu machen.

Das war genau das, was ich mir erhofft hatte, und ich genoss es mehr, als ich Worte dafür fand. Sein Atem strich über meinen Nacken und verursachte mir eine Gänsehaut, gleichzeitig fühlte ich mich bei ihm sicher wie in einer festen Umarmung.

Nick begann zu krampfen und kam, dabei presste er mich noch fester an sich. Ich brauchte fast genauso lange wie er, um wieder Atem zu schöpfen. Mein Unterleib brannte lichterloh und für einen kurzen Moment bedauerte ich es, dass es schon vorbei war. Andererseits, dessen war ich mir sicher, würde dies nicht das einzige Mal sein, dass wir Sex miteinander hatten.

Ich drehte mich zu ihm um und sah ihm ins Gesicht, mein Herz machte einen kleinen Hüpfer. Auch wenn nur wenige Wochen seit unserem ersten Treffen verstrichen waren, fühlte ich mich, als hätte ich ewig auf diesen Tag gewartet. Vorsichtig lehnte ich mich an ihn und suchte seinen Mund.

»Ich bin froh, dass du dich entschieden hast, herzukommen«, flüsterte er. »Bleibst du über Nacht?«

»Ja.«

Am nächsten Morgen wachte ich in Nicks Armen auf. Es fühlte sich an, als wären wir seit Jahren ein Paar. Ein Lächeln schlich sich auf mein Gesicht, bevor mir einfiel, dass dies nicht zur Debatte stand. Wir waren uns darüber einig, dass wir miteinander schlafen wollten. Dass er an mir als Partnerin - außerhalb des Bettes, Kellers, was auch immer - interessiert war, hatte er nie gesagt.

Diese Erkenntnis erwischte mich wie eine kalte Dusche. Ich musste mich aus seiner Umarmung herauswinden und aus dem Schlafzimmer schleichen. Im Bad hockte ich mich auf den Wannenrand und barg meinen Kopf in den Händen.

Verzweiflung stieg in mir hoch, als ich mich fragte, ob dies die nächste Affäre ohne Zukunft war. Ich war ehrlich zu Claire gewesen, ich hatte mich in Nick verknallt, wenn nicht noch mehr. Doch obwohl wir so viel gesprochen hatten - gestern nach dem Sex ebenfalls - war das nie zur Sprache gekommen.

Ich schluckte den bitteren Geschmack in meinem Mund herunter und fühlte mich mies. Da öffnete sich die Tür und Nick stand vor mir.

»Ist alles in Ordnung?«, fragte er und ging vor mir in die Knie. »Hey, was ist denn los?«

»Nichts«, wiegelte ich ab und wischte mir übers Gesicht. Er glaubte mir nicht und hob mein Kinn mit seiner Hand an. Ich schlug die Augen nieder, schämte mich für diese alberne Anwandlung. »Es geht schon.« Ich sollte zusehen, dass ich mir etwas überzog, wir waren noch immer beide nackt.

Nick legte den Kopf schief. »Du weißt nicht, wie du die letzte Nacht nehmen sollst.« Mein Kopf ruckte hoch. War ich so leicht zu durchschauen? Scham durchflutete mich, weil er mich jetzt sicher für eine alberne Tussi hielt.

»Weißt du, als wir uns kennenlernten, warst du mir einfach sympathisch, aber du wirktest so unnahbar. Claire hatte ein wenig von euch erzählt, deswegen wusste ich in groben Zügen, womit du dich in den letzten Monaten beschäftigen musstest.

Dann riefst du mich wegen deines Firmengeländes an und das erste Treffen war etwas merkwürdig. Du hast so viele Andeutungen gemacht, dass ich nicht wusste, ob du flirtest oder dich über mich lustig machst.«

Oh Gott, er hatte es doch bemerkt! Dies wäre der ideale Zeitpunkt, um in einem Loch im Boden zu verschwinden.

»Weder noch«, flüsterte ich. »Ich wusste nicht, wie ich mich verhalten sollte und habe mich einfach nur peinlich gemacht.«

»So peinlich war es gar nicht. Als ich mich ins Auto setzte, musste ich laut lachen, das kommt nicht so häufig vor. Immerhart, weißt du noch?«

»Das trägt nicht dazu bei, dass ich mich besser fühle.«

»Das mag ich an dir: du bist straight und unglaublich mutig.«

»Mutig? Ich fühle mich meistens wie der letzte Schisser!«

»Dann stimmt dein Selbstbild nicht. Ich fand es sehr mutig, dass du mich noch in der Silvesternacht kontaktiert hast.«

»Warum hast du mich geküsst?« Er lächelte und beugte sich vor. Als unsere Lippen sich berührten, schloss ich die Augen und versank in diesem Kuss.

»Weil ich mich schon seit jenem Tag, als du mich so irritiert hast, gefragt habe, wie dein Mund wohl schmeckt. An Silvester hat sich endlich die Gelegenheit ergeben. Und es war viel besser als gedacht.« Er zog mich hoch und sah mir ins Gesicht. »Und unser erstes Date ...«

»Oh Gott, bitte erinnere mich nicht daran«, murmelte ich.

»Ich erinnere mich gerne daran. Auch an diesem Abend hatte ich viel Spaß und fand es beeindruckend, wie vehement und offen du für dich eingetreten bist. Damit hast du mein Interesse endgültig geweckt. Und jedes weitere Mal hast du mir mehr von dem Feuer gezeigt, das in dir brennt.«

»Deinetwegen.« Erschrocken biss ich mir auf die Lippe. Nick lächelte.

»Dito. Du fragst dich, was das zwischen uns ist, oder? Das tue ich auch schon seit Tagen. Ehrlich gesagt weiß ich es nicht. Lass uns doch einfach sehen, wohin es uns bringt, ja? Ohne Druck und ohne Zwang.« Er küsste mich erneut. »Ich bin neugierig, was zwischen uns passieren wird.«

Gegen Mittag fuhr ich zu meinen Eltern. Meine Mutter hatte das Essen fertig und erkundigte sich mit schmalen Lippen, wie mein Abend gewesen sei. Ich hatte ihr gesagt, dass ich verabredet war und sie ging von meinen Freunden aus.

»Danke, ich hatte einen schönen Abend.« *An dem ich gevögelt worden war, wie nie zuvor. Du würdest ohnmächtig werden, wenn ich dir nur einen Bruchteil davon erzählte.*

»Ich hoffe, ihr seid irgendwo hingegangen, wo du einen netten Mann kennenlernen kannst.« Sie sagte das beiläufig, doch mich konnte sie nicht täuschen. Ich hatte ihr gestern, als ich JP vorbeibrachte, berichtet, dass Theo und ich uns nicht mehr sahen und Kenichi in die Scheidung eingewilligt hatte.

Es war seltsam, beinahe schon komisch, die ganzen widerstreitenden Gefühle im Gesicht meiner Mutter zu sehen: Erleichterung, Frustration, Unglaube, ein wenig Stolz und vor allem blanke Nerven. Jetzt lauerte sie darauf, dass ich mir einen neuen Mann suchte. Mit vierzig Single zu sein war für sie ein unhaltbarer Zustand.

Zu gern hätte ich ihr gesagt, dass ich jemanden traf, doch das hätte Fragen nach sich gezogen, die zu beantworten ich keine Lust hatte. Außerdem saß JP mit am Tisch und ich würde ihm erst von Nick erzählen, wenn daraus etwas Ernsthaftes wurde.

Ich wagte kaum, darauf zu hoffen.

Später, als wir uns auf den Weg machten, glitt meine Hand durch Zufall in die Seitentasche meines Kleides und ertastete etwas Metallisches. Verwundert zog ich es heraus und betrachtete den kleinen Schlüssel, der in meiner Handfläche lag.

Der Schlüssel für die Handschellen. Er war gestern nicht mehr aufzufinden und Nick musste sie zerstören - nicht schwer, denn sie hatten einen Sicherheitsmechanismus, doch egal, wo wir nachgeschaut hatten, der Schlüssel blieb verschwunden.

»Was hast du da?«, fragte meine Mutter und ich schloss schnell die Finger darum.

»Den Schlüssel für die Geldkassette im Büro«, log ich.

Sie hob die Augenbrauen. »Den solltest du nicht in der Rocktasche herumtragen. Überhaupt, ist das noch dein Partyoutfit?«

Ich hatte eine lange Strickjacke über das schwarze Minikleid gezogen und trug blickdichte Strumpfhosen, aber ja, das war noch mein ›Partyoutfit‹. Ich schüttelte den Kopf.

»Ich hatte heute Lust auf das Kleid.« Den Schlüssel fädelte ich rasch auf meine Halskette, jetzt baumelte er neben dem „+"-Anhänger. Natürlich hatte er keinen Wert und das dazugehörige Schloss war zerstört, doch es war ein angenehmes Gefühl, ihn zu haben. Ein kleines Kribbeln, weil er ein Souvenir unserer ersten gemeinsamen Nacht war.

Ich nahm JP an der Hand und überwachte geduldig, dass er sich im Auto anschnallte, währenddessen checkte ich meine Nachrichten auf dem Handy. Zu gern wüsste ich, wie die letzte Nacht für Em, Sam und Tim verlaufen war.

Also, im Groben, nicht im Detail.

Sicher hatten sich Claire und Sam bereits kurzgeschlossen, doch in der Chatgruppe stand keine Silbe. Dafür hatte Claire mir geschrieben und sich nach der letzten Nacht erkundigt. Ich schrieb ihr, dass ich sie anrufen würde, sobald ich die Gelegenheit dazu hatte. Vorerst bat ich sie, es den anderen noch nicht zu erzählen, das wollte ich selbst machen. Wir waren am Dienstag verabredet, bis dahin musste ich mich gedulden.

Wir fuhren nach Hause und machten uns einen entspannten Nachmittag. JP hatte noch ein paar Schulaufgaben, die wir gemeinsam bearbeiteten, danach sahen wir uns einen seiner Lieblingsfilme an, als es an der Tür klingelte.

Überrascht stand ich auf und öffnete Aiko, die mit verweinten Augen im Flur stand.

»Hey.« Ich schloss sie in meine Arme. Sie schluchzte leise und ich geleitete sie ins Wohnzimmer, wo ich leise die Tür schloss. Ich wollte vermeiden, JP den Anblick seiner Tante erklären zu müssen, zumal ich ja selbst noch nicht wusste, was passiert war.

»Was ist los? Ai, rede mit mir«, bat ich und nahm ihre Hand, als sie wie ein Häufchen Elend auf meiner Couch saß. Erneut stiegen Tränen in ihre Augen und sie schluchzte unterdrückt.

»Ich glaube, Cat macht mit mir Schluss«, sagte sie erstickt. »Ich sehe es schon kommen.«

»Wie kommst du darauf? Hat sie etwas gesagt?«

»Das braucht sie nicht. Sie verbringt immer mehr Abende in ihrer eigenen Wohnung und wenn sie zu mir kommt, dann viel später als sonst. Und dass sie noch Kontakt zu Aneta hat ... die beiden haben sich nur getrennt, weil Aneta ein Auslandssemester angetreten ist, sonst wären sie wahrscheinlich immer noch zusammen. Ich glaube, dass ihr aufgegangen ist, wie viel einfacher es mit einer Partnerin ist, die keine Kinder hat und selbst Juristin ist.« Unglücklich sah sie auf ihre Hände. »Ich kann es ja verstehen, ich mache ihr das Leben nur unnötig schwer.«

»Ich glaube nicht, dass sie so denkt«, widersprach ich sanft. »Sie liebt dich.«

»Aber niemand will sich in einer Beziehung schlecht fühlen. Ich weiß, dass sie sich die Schuld an dem Ausgang der ersten Sorgerechtsinstanz gibt, egal, wie oft ich ihr sage, dass das Unsinn ist. Und mein Vater hat ihr an Weihnachten den Rest gegeben. Verdammte Scheiße«, murmelte sie. »Dieser Mann ruiniert mein Leben.«

»Habt ihr darüber geredet?«, fragte ich vorsichtig.

»Ich traue mich nicht, das Thema anzusprechen«, gab sie zu. »Wenn ich nur daran denke, dass sie sich mit Aneta trifft, schwillt mir der Kamm und ich will mich nicht streiten, denn dann wird sie gehen. Davor habe ich am meisten Angst.«

Ich dachte nach, versuchte, einen Weg für Aiko zu finden, wie sie mit Katharina sprechen konnte. Ich hatte so eine Ahnung, dass das der springende Punkt war.

Sollte ich sie anrufen und ihr alles erklären? Aber wir waren nicht so eng, ich befürchtete, dass sie die Einmischung nicht gut finden würde. Mir blieb nichts anderes übrig, als Aiko zu trösten und sie zu ermutigen, sich ein Herz zu fassen und mit Katharina zu sprechen.

JP kam ins Wohnzimmer und nahm die Anwesenheit seiner Tante zur Kenntnis. Er schlang die Arme um sie und sagte ihr, dass er sie liebhatte, küsste mich und wünschte gute Nacht.

»Wahrscheinlich ist er der klügste von uns allen«, meinte Aiko düster, da klingelte ihr Handy. Stirnrunzelnd betrachtete sie das Display. »Kenichi.« Sie nahm das Gespräch an. »Hi.«

»Hey, ich bin bei dir zuhause, wo bist du?« Ich konnte seine Stimme gut hören, obwohl sie den Lautsprecher nicht aktiviert hatte. »Katharina weiß auch nicht, wo du bist.«

»Ich bin bei Sonja«, erwiderte sie. Kenichi gab die Information weiter, anscheinend stand Cat neben ihm. Aiko machte sich kerzengerade, als ihre Geliebte den Hörer übernahm.

»Süße, du hattest nichts gesagt. Ich hab mir Sorgen gemacht.« Katharina klang nicht sauer, sie sprach mit sanfter Stimme.

Aiko versteifte sich und ihre Augen füllten sich mit Tränen. »Ich wusste nicht, wann und ob du heute nach Hause kommst«, flüsterte sie. Am Ende der Leitung war es eine Weile still.

»Ich bin hier. Kommst du noch her?«, fragte Cat schließlich und ich hörte das Zögern in ihrer Stimme.

Aiko schluckte. »Natürlich. Ich mache mich gleich auf den Weg. Kenichi kann auf mich warten, ich brauche nicht lange.« Sie legte auf und atmete tief durch. »Sie wird wohl nicht im Beisein meines Bruders mit mir Schluss machen.«

»Ich glaube nicht, dass sie das überhaupt vorhat«, wandte ich ein. Aiko kam auf die Füße und schien zittrige Knie zu haben. Ich fragte, ob ich sie fahren sollte, doch sie schüttelte den Kopf und ihre Augen wurden klarer.

»Du hast recht. Und wenn ich meinen Schiss überwinde, schaffe ich es auch, die Themen anzusprechen.« Sie pustete ihre Ponysträhnen aus ihrer Stirn. »Es wäre besser, das früher als später zu machen. Ich liebe sie aber so sehr, wenn sie mich verlassen würde, wüsste ich nicht, was ich machen soll.«

»Gerade dann ist es wichtig, dass ihr miteinander sprecht«, erwiderte ich und schloss sie in meine Arme.

»Ich werde es versuchen. Eigentlich wollte ich dich ja noch fragen, nach welchem Mann du riechst, aber das kannst du mir in Kürze berichten. Bis dahin werde ich versuchen müssen, mich zu gedulden.« Sie grinste, als sie mein verdutztes Gesicht sah. »Hast du nicht gedacht, oder? Aber ganz bist du ihn nicht losgeworden und ich habe eine feine Nase. Er riecht gut, ich bin gespannt, was du erzählst. Hoffentlich hast du es letzte Nacht ordentlich krachen lassen.«

»Habe ich«, sagte ich errötend und sie nickte enthusiastisch.

»Ich kann den Bericht kaum erwarten und rufe dich morgen an.« Sie zog Stiefel und Mantel über, atmete noch einmal tief durch. »Danke. Für alles. Wieder einmal.« Sie warf mir eine Kusshand zu und verschwand durch die Wohnungstür, bevor ich antworten konnte.

20. Kapitel

Am Dienstag trafen wir uns zum Mittagessen. Ich nahm die Fähre in die andere Richtung, weil Claire und Sam sich weigerten, in Sichtweite der Kanzlei zu essen. Sie waren bereits da, als ich eintraf. Dieses Mal wirkten sie zumindest entspannt und lächelten, wie ich erleichtert bemerkte.

»Da sind wir also wieder, *pizza quattro catastrofi*«, meinte Em und lehnte sich auf ihrem Stuhl zurück.

»Willst du den Slogan auf T-Shirts drucken lassen?«, fragte Claire und zog eine Augenbraue hoch.

»Du würdest es sowieso nie anziehen, also kann ich es mir sparen«, gab Em zurück und Claire nickte zustimmend. Nein, in ihrem cremefarbenen Etuikleid fühlte sie sich sicher wohler.

Ich ließ meinen Blick zwischen Em und Sam pendeln und versuchte herauszufinden, ob sich zwischen ihnen etwas geändert hatte. Mit jemandem ins Bett zu gehen, vor allem, wenn man befreundet war, veränderte doch jeden, oder? Ich hätte das nicht durchziehen können, aber beide hatten schon so viel Erfahrung mit allen Arten von Sex, dass sie nicht einmal das schocken konnte.

»Herrje, Sonni, guck nicht so und frag einfach«, machte Em augenrollend.

»Würde ich, wenn mir die passende Frage dazu einfiele«, gab ich zurück und Sam lachte.

»Es ist eher ein Fragenkatalog, den du bräuchtest. Ich helfe dir: Ja, wir haben es am Samstagabend getrieben. Es war ...«

»Wenn du jetzt ›interessant‹ sagst, trete ich dir in die Eier«, knurrte Em.

»... selbstverständlich die beste Nacht meines Lebens«, feixte Sam. »Ich bin froh, dass ich mich darauf vorbereitet habe ...«

»Vorbereitet?«, unterbrach ich ihn stirnrunzelnd.

Sam schien das Gespräch unendlich viel Spaß zu bringen, denn sein Grinsen wurde immer breiter. »Ich habe mich mit Pornos vorbereitet, also wir, damit wir alles richtig machen.«

»Ich hätte jetzt gedacht, dass du auch ohne Pornos weißt, was zu tun ist, aber geschadet hat es nicht.« Ems Tonfall war so trocken, dass er fast knisterte.

Sam sah aus, als würde er gleich explodieren. »Glaub mir, ohne diese Filme wäre dir was entgangen, auf manche Sachen wäre ich so nicht gekommen.«

»Hattet ihr auch ...?«, ich wedelte mit den Händen, als wäre ich nicht in der Lage, die Worte ›miteinander Sex‹ zu formulieren. Gut, war ich leider auch nicht.

»Nur am Rande, es ging ja um Tim«, erwiderte Em. »Wir kommen so auch besser miteinander aus, denke ich.« Das erleichterte mich und ich sah Claire an, dass es ihr genauso ging. Das machte das ganze erträglicher und ich fühlte mich in dem Gespräch nicht mehr so unbehaglich.

»Ich kann dir nur immer wieder zu deinem Mann gratulieren«, sagte Em. »Toller Charakter, bildschöner Schwanz und er weiß damit umzugehen.«

Moment vorbei.

Sam allerdings nickte enthusiastisch, seine Augen leuchteten. »Ich weiß, trotzdem vielen Dank.«

»Es wird bei einem Mal bleiben«, sprach Em an mich gewandt weiter. »Ich denke, alles andere wird sogar für unsere Verhältnisse zu *weird*. Ich bin froh, Tims Wunsch erfüllt zu haben, aber ich werde nicht der *casually* Stargast im Hause Walker.« Auch diese Information erleichterte mich, sie ersparte mir eine Menge Grübelei und Unsicherheit.

»Du hattest dich gestern nicht mehr gemeldet«, schaltete Claire sich ein.

»Oh Gott, ja, bitte entschuldige. Aiko stand plötzlich vor der Tür und war völlig fertig wegen Katharina.« Ich umriss in kurzen Sätzen, was losgewesen war, das meiste wussten die drei sowieso schon. »Da habe ich nicht mehr daran gedacht.«

»Überhaupt kein Problem. Ben ist gestern von seiner Dienstreise zurückgekommen.«

»Und das war sicher nicht das einzige ›Kommen‹ des gestrigen Abends, oder?«, warf Sam ein.

»Sagen wir es so: Mit gefesselten Händen auf dem Bett zu liegen, während er es mir nach allen Regeln der Kunst besorgt, ist keine gute Ausgangslage, um ein Telefonat anzunehmen.«

»Dazu müsste man ja auch den Mund freihaben.«

Ich kannte niemanden, der solchen Spaß an Sex-Gesprächen hatte wie Sam. Doch auch ich merkte, dass sich ein Lächeln auf mein Gesicht schlich, weil er einfach unmöglich war.

Claires Blick ruhte auf mir, doch sie stellte keine weiteren Fragen, sondern wartete ab, ob ich Sam und Em heute schon von Nick erzählen würde.

Ich sammelte meinen Mut. Die beiden würden die wenigsten Vorbehalte dagegen haben - auch wenn die anzüglichen Sprüche und das Erstaunen vorprogrammiert waren.

»Ich saß heute Morgen übrigens mit Swetlana und Franzi zusammen«, meldete Em sich zu Wort, bevor ich etwas sagen konnte. Jetzt hatte sie unsere volle Aufmerksamkeit. Sie genoss es und trank einen Schluck Wasser, bevor sie weitersprach.

»Wir haben in letzter Zeit ein paar Überstunden gemacht, um alles zu überprüfen. Also die beiden, Tani und Alex, ich sitze immer nur dumm daneben und feuere sie an. Mittlerweile können wir sicher beweisen, dass keiner von euch Geld veruntreut hat. Dank Roland haben wir alle Buchungen kontrolliert.«

»Ich wusste nicht, dass so was geht«, sagte Claire mit weit-aufgerissenen Augen.

»Ich auch nicht, aber dafür gibt es ja IT-Cracks«, entgegnete Em achselzuckend. »Jedenfalls gibt es eine Nutzernummer, die wir nicht zuordnen können und die IP-Adresse ist von keinem Endgerät, das Roland inventarisiert hat. Wir versuchen jetzt, herauszufinden, wohin sie gehört.«

»Was ist das für eine Nutzernummer?«, fragte Sam atemlos.

»Ein normaler Account, aber er ist niemandem zuzuordnen.« Em wiegte den Kopf. »Frag mich nicht. Roland hat es mir dreimal erklärt, ich checke es einfach nicht. Auf jeden Fall hat dieser Account Buchungen vorgenommen, ganz geschickt gemacht. So sah es teilweise auf den ersten Blick so aus, als hättet ihr gebucht.«

»Das ist ja wie ein Thriller«, murmelte Claire.

»Halb so wild«, sagte Em wegwerfend. »Dachte ich anfangs auch, aber Roland meinte, dass er sowas schon öfter hatte: Accounts, die nicht richtig angelegt wurden oder deren Berechtigungen falsch sind. Deswegen ist es so schwer, herauszufinden, wer es war. Theoretisch könnte das jeder gewesen sein, der schon mal eine Buchung vorgenommen hat, wenn der Bug dahinter die richtige Macke hat. Eventuell ist alles ein Zufall, einer von der ganz dummen Sorte, aber ich habe einen anderen Verdacht.« Wieder legte sie eine Kunstpause ein.

»Wir hören, Kommissar Rotdorn«, sagte Sam ungeduldig.

»Ich glaube, es ist Harry.« Ems Augen funkelten triumphal und sie verschränkte die Arme vor der Brust. Wir blieben still und starrten sie an. »Kommt schon, das macht doch Sinn! Er kann sich in die eigene Tasche wirtschaften und wird auch noch Claire los. Es sind übrigens keine Riesenbeträge, die fehlen, meist nur hier ein paar Tausend, da ein paar Hundert.«

»Aber Harry kennt sich mit Buchungen nicht aus«, warf Claire ein. »Der Typ kann nicht mal eine Auslagenerstattung vernünftig einreichen.«

»Pfff, bei mir denken auch alle, dass ich keine Präsentationen erstellen kann, dabei habe ich einfach keine Lust.«

»Ich weiß nicht, Em«, machte Sam unbehaglich. »Du solltest diesen Verdacht nur dann äußern, wenn du dir absolut sicher bist, sonst bist du die Nächste, der die Freistellung vorgelegt wird. Hoffentlich kriegt eure Nachforschungen keiner mit, ich will nicht, dass deine Helfer ihre Jobs verlieren.«

»Erstens: Ich rede nur mit euch darüber, aber ich weiß, dass Swetlana und Alex den gleichen Verdacht haben.« Em hob den Zeigefinger. »Zweitens: sollen sie doch. Wenn ich eure Unschuld bewiesen habe, können die mich alle mal da wo ich am Hübschesten bin. Wenn sie mir noch 'ne Abfindung hinterherwerfen, umso besser.« Sie seufzte. »Wenn ich das alles gewusst hätte, wäre ich einfach bei Curt geblieben.«

Wir schwiegen. Em hatte aus einem für sie guten Grund mit Curt Schluss gemacht. Dass sie es jetzt bedauerte, ließ tiefer blicken, als ihr wahrscheinlich selbst bewusst war.

»Wie geht es Lukas?«, fragte sie auf einmal. Claire, an die die Frage gerichtet gewesen war, lächelte schmal.

»Warum fragst du ihn nicht selbst?«

»Leck mich«, knurrte Em.

»Vielleicht solltet ihr einfach miteinander sprechen«, erwiderte Claire ungerührt. »Da er sich bei Ben auch ständig nach dir erkundigt...« Ems Gesicht wurde blass, mit ihren roten Lippen sah das beinahe maskenhaft aus. Ihre braunen Augen waren weit aufgerissen.

»Das ist doch scheißegal«, sagte sie rau. »Wahrscheinlich will er nur die Bestätigung, dass es mir wegen der Trennung dreckig geht. Sagt ihm, dass bei mir alles bestens ist.«

Ich sah Claire an, dass sie Ben diesen Auftrag nicht gegeben hatte. Es war besser, dass Sam nun das Thema wechselte und von dem Plan berichtete, sich selbständig zu machen. Ich sah Em an, dass diese Information sie nur halb glücklich machte und auch ich spürte ein bisschen Wehmut dabei.

Claire hatte recht, als sie sagte, dass diese Entwicklungen noch vor wenigen Monaten unvorstellbar gewesen waren. Trotzdem: jetzt waren wir in dieser Situation und mussten sie nehmen, wie sie war.

Ich betrachtete Em und fragte mich, ob ihr Verdacht gerechtfertigt war oder einer der Partneranwälte sein Unwesen in den Systemen trieb, was auch schon mehrfach vorgekommen war.

Wir mussten abwarten.

Ich wollte ihnen noch von Nick erzählen, doch da klingelte mein Handy. Vincent rief an.

»Entschuldige, ich würde nicht anrufen, wenn es nicht dringend wäre. Es geht um Berendsen. Wann bist du im Büro?«

»Ich zahle und komme zurück.« Ich sah meine Freunde entschuldigend an, obwohl es nichts zu entschuldigen gab. »Ich melde mich«, versprach ich und machte mich auf den Weg.

Die restliche Woche war stressig. Mehrmals musste ich bis spätabends in der Firma bleiben. Die Sache mit Berendsen regelte sich, darüber hinaus mussten wir Angebote schreiben, einen Produktionsengpass ausbügeln, eine Schlichtung zwischen zwei Mitarbeitern vornehmen und an der Jahresplanung arbeiten.

Am Mittwoch kam ich erst um zehn nach Hause und war froh, dass JP bei meinen Eltern war. Mit Nick telefonierte ich zweimal spätabends vom Bett aus, brachte aber nicht den Mut auf, meine um Telefonsex kreisenden Gedanken mit ihm zu teilen. Wir wollten uns am Freitag sehen und er hatte mir bereits in Aussicht gestellt, dass er sich etwas für mich einfallen lassen würde.

Mein Puls stieg bei diesem Gedanken. Ich wollte mich auf ihn einlassen und wenn ich ehrlich war, musste ich zugeben, dass es mich erregte. Als er mir beim Sex die Hände gefesselt hatte, fühlte ich mich keine Sekunde eingeschränkt. Im Gegenteil: Seine Sicherheit und die Art, wie er mich verführte, gaben mir ein Gefühl von Freiheit, das ich so nicht kannte. Ich wollte mehr davon und fragte mich, wie viel er mir geben konnte.

Und ob wir eine Chance hatten.

Als ich jetzt am Freitagabend vor seiner Tür stand, kroch die Aufregung wie eine Injektion durch meine Adern. Von dem Treffen mit meinen Freunden war ich viel zu früh abgehauen, Sam und Em hatte ich immer noch nichts erzählt. Es hatte zu viel anderes im Vordergrund gestanden, aber sie wussten, dass ich einen Mann traf. Wen, würde ich ihnen erzählen, sobald ich das Gefühl hatte, dass es in unsere Unterhaltung passte.

Nicht einmal mit Aiko hatte ich bisher sprechen können, seit ihrem Besuch bei mir hatten wir nur geschrieben, weil sich gerade die Sorgerechtssache wieder zuspitzte. Ein neuer Termin stand an und dieses Mal, das hatte sie sich geschworen, würde sie ihre Töchter zurückbekommen. Darüber hatte sie ihre Entdeckung vergessen.

Mir hallte noch im Kopf nach, dass Sam mir »fröhliches Vögeln« durch die Bar hinterhergerufen hatte, als ich klingelte.

Wenn er wüsste. Ob er schockiert wäre oder sich für mich freuen würde?

Ich hatte dabei, was Nick mir aufgetragen hatte: meine höchsten Pumps in einem Staubbeutel. Unter meiner Jeans trug ich einen Body. Er war schlicht, aus schwarzer Baumwolle und mit rundem Halsausschnitt. Nichts Besonderes. Die durchsichtige

Strumpfhose, die ich darunter anziehen sollte, irritierte mich, noch konnte ich mir nicht vorstellen, was er damit vorhatte.

Er kam an die Tür.

Mein Herz machte einen Satz.

Die ganze Woche hatte ich auf diesen Moment hingefiebert.

Zur Begrüßung küsste er mich und mir wurde heiß.

»Heute werden wir direkt anfangen«, flüsterte er und schloss die Haustür. »Einverstanden?« Ich konnte es kaum erwarten.

Er führte mich hinunter in den Keller. Hier wollte er also seinen Plan in die Tat umsetzen. Nick nahm mir meine Jacke ab und führte mich in die Mitte des Raumes. »Zieh deine Jeans aus.« Ich gehorchte. Als er den Body sah, lächelte er.

»Nicht ganz Haute Couture«, gab ich zu.

»Genau, was ich erhofft hatte«, erwiderte er. Ich stieg in meine Pumps. Sie waren ein Fehlkauf gewesen, schwarzes Lackleder und zu hoch, als dass ich lange darauf laufen könnte. Nicks Augen glühten, als er in die Knie ging und die Fesselriemchen schloss. Vielleicht doch kein Fehlkauf.

Er nahm meine Hand und half mir, mich auf das Pferd zu setzen. Mein Mund wurde trocken, als er meine Knie zu beiden Seiten auf den gepolsterten Vorsprüngen platzierte.

Dieses Möbelstück kannte ich aus Claires Erzählungen gut. Hier hatten sie, Nick und Ben ...

Es war sinnlos, darüber nachzudenken. In meinem Bett hatte ich mit mehreren Männern geschlafen, deswegen musste ich es nicht verbrennen. Es ging nur um ihn und mich.

Die Vergangenheit war bedeutungslos.

Er griff meine Handgelenke und führte sie hinter dem Rücken zusammen. Ich hörte die Handschellen einrasten. Danach trat er vor mich und küsste mich. Sein Blick fiel auf mein Dekolleté.

»Da ist der Schlüssel also.« Ich hatte vergessen, ihn wieder von der Kette zu ziehen.

»Er war in meiner Rocktasche. Ich nehme an, es ist in Ordnung, wenn ich ihn behalte.«

Er strich mit den Fingerspitzen darüber. »Natürlich. Was für ein schöner Ort, um den Schlüssel für deine Handschellen aufzubewahren. Ich behalte das im Hinterkopf.« Er verband mir die Augen. »Bleib sitzen, bis ich dich rufe.«

»Und dann?«

»Das sage ich dir, wenn es so weit ist. Verstanden?«

»Ja.« Er war bereits in seiner Rolle. Ich lächelte und hörte ihn ein paar Schritte machen. Etwas knarrte. Er hatte auf dem Sessel platzgenommen. Schweigend wartete ich auf seinen Befehl. Was würde er als Nächstes von mir verlangen? Was auch immer es war, es würde mir gefallen und mich auf kurz oder lang kommen lassen. Genau, was ich nach dieser Woche brauchte.

»Sonja. Komm zu mir.«

»Allein? Ohne deine Hilfe?«

»Ja.«

»Aber wie soll ich das machen?«

»Indem du gehorsam bist und dich bemühst. Für mich.« Seine Stimme nahm einen lauernden Unterton an. Ich straffte mich. Ich hatte ihm versprochen, es zu versuchen. Er würde nicht zulassen, dass ich mich verletzte.

Vorsichtig richtete ich mich auf, verlagerte mein Gewicht auf meinen Hintern, zog das rechte Bein nach vorn und schwang dann das linke über die Sitzfläche. Jetzt hatte ich beide Beine auf einer Seite. Vorsichtig rutschte ich hinunter und kam mit etwas weichen Knien auf die Füße.

»Sehr gut. Jetzt komm zu mir.«

Hochkonzentriert setzte ich den ersten Schritt in seine Richtung. Der Sessel knarrte erneut.

Langsam fand ich Gefallen an dieser Aufgabe. Ich machte den nächsten Schritt und verharrte. Vorsichtig bewegte ich mein Becken von links nach rechts und strich mit der Wange über meine Schulter.

»Du sollst herkommen.«

»Das tue ich. Du hast nicht gesagt, wie schnell.«

»Den Fehler werde ich kein weiteres Mal machen. Komm her, sofort.« Es waren nur noch zwei Schritte bis zu ihm.

»Knie dich auf die Lehnen.« Seine Hände legten sich auf meine Hüften. Dieses Mal würde er mir helfen. Vorsichtig und stabilisiert durch seine Hände kniete ich mich auf die Lehnen. Sie waren genau so weit auseinander, dass das möglich war.

»Halt dich gerade, dann hältst du länger aus.« Ich tat wie geheißen. Er griff den Halsausschnitt des Bodys und zog ihn hinunter. Sein Daumen strich über meine nackten Brüste und stimulierte meine Nippel. Ich stöhnte auf.

»Jetzt bist du da, wo ich dich haben will«, raunte er. Seine Lippen senkten sich auf mich, er nahm eine Brustwarze zwischen seine Zähne und knabberte daran.

»Nick ...« Ich drohte, vornüberzukippen.

»Deine Aufgabe ist es, das Gleichgewicht zu halten. Konzentriere dich nur darauf«, befahl er. Ich gehorchte und stabilisierte meine Haltung. Nick widmete sich wieder meinen Brüsten.

Ein Lufthauch drang an meine Pussy, als er meinen Body öffnete. Ich sog zischend Luft ein. Sein Mund ließ nicht locker, doch jetzt stahlen sich seine Finger zwischen meine Schenkel und streichelten mich. Die Strumpfhose war im Weg, doch das machte das Ganze nur noch aufregender. Er rieb meine Haut, meine Schamlippen, schob sie auseinander und führte mir seinen Daumen ein. Seine Zunge glitt rau über meinen Nippel. Unter meiner Augenbinde sah ich Sterne.

»Gefällt es dir?« Er zog an dem Stoff und rieb ihn an meiner Klit. Seine linke Hand tastete sich über meinen Po, zwischen die Backen. »Darf ich?« Bevor ich fragen konnte, was er meinte, versenkte er einen Finger in meinem Anus. Ich holte erschrocken Luft und kippte vornüber.

Es fühlte sich verboten gut an. Das hatte ich nie zuvor zugelassen. Doch Nick ... Er richtete mich auf. »Willst du es?«

»Ja, bitte«, wimmerte ich und der Finger kehrte zurück. Er bearbeitete mich jetzt mit beiden Händen und seinem Mund.

Zwei Finger versenkte er in meiner nassen Pussy und stimulierte meine Klit mit seinem Daumen. Seine Zunge glitt über meinen Nippel, saugte ihn tief hinein. Ich lehnte mich an ihn und konzentrierte mich darauf, nicht erneut zu schwanken. Es würde nicht mehr lange dauern. Nicht mehr lange und ich ...

Ich kam mit einem Schrei. Nicks Hände legten sich auf meine Oberschenkel, um mich zu stabilisieren, andernfalls wäre ich vom Sessel gekippt. Ich fühlte mich, als schlügen Funken aus mir und mein Unterleib war die Explosion. Nick zerriss meine Strumpfhose, sie klebte an meiner nassen Haut.

»Ich werde dich jetzt vögeln«, versprach er mir. Seine Finger glitten erneut in mich, dann zog er sie heraus und schob sie mir in den geöffneten Mund. Ich zuckte zurück.

»Es ist nichts dabei«, flüsterte er in mein Ohr. »Vertrau mir. Lass dich darauf ein.« Seine Finger schoben sich tiefer in meinen Mund. Ich schmeckte mich selbst an ihnen. Auch das hatte ich nie zuvor getan. Es gefiel mir, auch wenn es mir die Schamesröte ins Gesicht trieb. Er streichelte meine Pussy erneut, dehnte sie mit zwei Fingern.

Mit der anderen Hand hörte ich ihn hantieren. Er öffnete seine Hose und streifte ein Kondom über. Vorsichtig dirigierte er mich von den Armlehnen herunter, sodass ich auf seinem Schoß saß. Meine Hände ruhten auf meinem Kreuzbein. Es konnten nur noch Zentimeter sein. Ich überließ ihm alles, reagierte auf jeden Druck, jedes Ziehen, jedes Wort. Ich war in seiner Hand. Und fühlte mich fantastisch.

Jetzt erhöhte er den Druck nach unten und senkte mich zentimeterweise auf seinen harten Schwanz. Ich holte zischend Luft.

»Wie gefällt dir das?«

»Es ist so gut«, wimmerte ich. »Bitte.«

»Bitte was?«

Ich nahm all meinen Mut zusammen. »Besorg es mir. Bitte.«

»Das werde ich.« Er zog mich hinunter und füllte mich aus. Ich stöhnte auf. Mit einer Hand griff er meinen Pferdeschwanz und zog an ihm, sodass ich den Kopf überstreckte. Seine andere legte sich sanft an meine Kehle, streichelte das weiche Fleisch. Dann bewegte er seine Hüften. »Reite mich.«

Ich gehorchte und passte mich seinem Rhythmus an. Ich genoss seine Hände auf mir, die Dominanz, der ich mich unterwarf. Es war so leicht. Meine Pussy umschloss seinen Schwanz und ich ritt ihn mit aller Hingabe. Er küsste mich, legte die Hände auf meine Hüften und beschleunigte das Tempo.

Weiter. Und weiter.

Ich kam außer Atem, doch das war mir egal. Er durfte nur nicht aufhören.

»Ich will, dass du kommst.«

»Ich versuche es«, keuchte ich.

»Versuch es nicht, tu es.« Ich spannte alle Muskeln an und konzentrierte mich, doch ich konnte die Funken in meinem Unterleib nicht bündeln. Es war so gut, so geil, aber ich konnte nicht kommen. Frust baute sich in mir auf. Ich würde ihn enttäuschen. Diesen Befehl konnte ich nicht befolgen.

Ein Surren ertönte und etwas Vibrierendes drückte gegen meine Klit. »Mach weiter.« Ich gehorchte und nahm meinen Rhythmus wieder auf. Der Vibrator gab mir den Kick, der gefehlt hatte.

»Komm für mich, Sonja.«

Dieses Mal war es ganz leicht. Ich kam.

Meine Stirn knallte gegen seine Schulter und ich zuckte so heftig, dass er beinahe aus mir glitt. Er hielt mich fest, setzte mich dem Vibrator aus und vögelte mich härter.

Ich kam erneut, zeitgleich mit ihm. Ohne nachzudenken biss ich ihm in die Schulter. Er stöhnte, sein Griff wurde fester.

Schweratmend legte ich meinen Kopf auf seiner Schulter ab, Schweiß rann über meinen ganzen Körper.

Ich hatte mich nie besser gefühlt.

Er löste meine Handschellen und lüftete meine Augenbinde. Ich sah in sein schweißnasses Gesicht. Er glühte mindestens so sehr wie ich und da war ein Funke in seinem Blick, den ich noch nicht kannte.

»Bleibst du wieder über Nacht?«

»Sehr gern«, hauchte ich und küsste ihn.

21. Kapitel

Am Samstagvormittag fuhr ich zu Kenichi. JP hatte bei ihm übernachtet und wir wollten den Tag zu dritt verbringen. Seitdem wir die Fronten geklärt hatten, fühlte ich mich in seiner Gegenwart wieder wohl.

»Hattest du einen schönen Abend?«, fragte er.

»Ja. Ich habe mich mit den anderen zu Drinks getroffen.« Ich stockte. Sollte ich ihm von Nick erzählen oder würde das die frisch geschlossenen Wunden wieder aufreißen?

JP kam zu uns, sein kleines Gesicht strahlte. »Ich freu mich so!«, jubelte er. Wahrscheinlich hatte sich noch nie ein Kind so über einen Museumsbesuch gefreut. Kenichi und ich tauschten ein Lächeln. Für unseren Sohn würden wir alles tun.

Jetzt wieder gemeinsam.

Am Sonntagmorgen kam Ken zu uns nach Hause und brachte Brötchen mit. Ich genoss die Familienzeit, in der ich mich meinem Sohn widmen konnte. Sie fühlte sich nach Normalität an.

Am Nachmittag, als ich JP zu meinen Eltern bringen wollte, winkte Kenichi ab. »Ich erledige das.«

»Können wir nicht hierbleiben?«, fragte JP. Er hatte sich in einer Decke auf der Couch zwischen uns zusammengerollt und folgte gefesselt einer Dokumentation über die Kreidezeit.

»Sicher. Ich sage Oma und Opa Bescheid.« Ich ging in die Küche und holte mein Smartphone hervor. Eine Nachricht von Nick war angekommen: *Hast du am Mittwochabend Zeit?*

Nichts lieber als das.

Ich checkte meinen Kalender. »Mittwoch«, murmelte ich.

»Soll ich einspringen?«

Ich fuhr zusammen. Kenichi stand hinter mir in der Tür. Ich hatte ihn nicht kommen hören. »Ich ...«

»Sonja, du brauchst es mir nicht zu verheimlichen, wenn du Theo siehst. Wir haben das Thema abgeschlossen.«

»Ich sehe Theo nicht mehr. Das ist noch viel abgeschlossener.« Unbeabsichtigt klang ich trotzig. Kenichis Züge entspannten sich. Zeit, reinen Tisch zu machen. »Aber ich treffe mich mit einem Mann.«

»Kenne ich ihn?«

»Ich glaube nicht. Ich habe ihn über Claire kennengelernt.« Kenichi nickte bedächtig.

»Es geht mich auch nichts an. Wenn JP am Mittwoch bei mir schlafen darf, freue ich mich. Ich habe Frühschicht, das passt.«

»Danke. Das können wir gern machen.« Ich schrieb Nick, dass ich am Mittwochabend vorbeikäme, und rief meine Eltern an, um ihnen abzusagen. Meine Mutter war enttäuscht, doch ich wusste, dass auch sie eine Pause brauchte.

Anschließend machte ich mich fertig und fuhr zum Essen mit meinen Freunden. Sam kam kurz nach mir an, ebenso Aiko, die heute von Katharina dazu stieß. Ich würde sie nach Hause bringen. Zuletzt kamen Claire und Em an. Ich blinzelte.

Die Veränderung war wie Tag und Nacht, Em strahlte.

»Also entweder hattest du den besten Sex deines Lebens ...«, setzte Sam an. Sie lachte.

»Was ist passiert?«, fragte Aiko und bot ihr Wein an.

Em nahm einen Schluck, ihre Wangen waren gerötet. »Ich fange einfach am Samstagnachmittag bei Claire an«, sagte sie. »Ben und ich hatten eine lange Unterhaltung ...«

»Während der du ihn beschimpft hast«, wandte Claire ein.

»Das ist wahr. Trotzdem bin ich froh, dass wir sie geführt haben. Ben meinte, dass ich meinen Arsch hochkriegen und Lukas anrufen soll. Ich sagte, dass er ein blöder Wichser ist ...«

»Was ich verneint habe«, sagte Claire.

»…und bin nach Hause. Ich habe Lukas angerufen.«

Mir stand der Mund offen.

»Wenn du so grinst, muss er dich mit offener Hose empfangen haben«, sagte Sam.

»Halt doch einfach mal die Schnauze«, erwiderte Em freundlich. »Ich habe mich entschuldigt. Dann bin ich zu ihm gefahren und wir haben lange geredet. Sehr lange, bis etwa ein Uhr nachts. Lukas kann jetzt verstehen, warum ich ihm damals nichts gesagt habe und ich weiß, wie er sich dabei gefühlt hat.« Sie machte eine Pause und trank noch einen Schluck Wein. »Es ist so: Ich musste nach unserer Trennung einsehen, dass ich in ihn verliebt bin. Deswegen ging es mir so beschissen. Jedenfalls geht es Lukas auch so und ... naja ...«

»Ihr seid wieder zusammen?«, fragte ich atemlos.

»Wir treffen uns am Mittwoch noch einmal, um das zu besprechen. Fürs Erste haben wir auf unser Wiedersehen bis morgens um vier gevögelt.«

»Das ist mein Mädchen«, sagte Sam zufrieden.

Ich konnte es kaum glauben. »Das freut mich so für dich.«

»Ich freue mich auch.« Sie senkte den Blick, aber ich hatte den Glanz trotzdem gesehen. Die letzten Wochen waren hart für sie gewesen. Sie kamen uns allen wie Monate vor.

»Mein Gott, was seit Silvester alles passiert ist«, stöhnte Aiko. Claires Blick traf meinen. Das war mein Stichwort.

»Ich muss auch etwas erzählen«, sagte ich.

»Ich ahne es.« Aiko grinste. »Heute erfahre ich endlich, wer der duftende Mann von letztem Wochenende ist.« Sam und Em hingen an meinen Lippen.

»Wer ist es?«, fragte er aufgeregt.

»Nick.« Den dreien fiel alles aus dem Gesicht.

»Waaas?«, machte Em und exte den Wein.

»Hey, das war meiner!«, begehrte Aiko auf.

»Sonni, Nick? Du?« Sam fehlten die Worte. »Wie geht das?«

»Überraschend gut.« Ich kam um einen Bericht nicht herum. Währenddessen wurden die Augen meiner Freunde immer größer. Ihre Blicke wanderten zu Claire.

»Ich weiß seit letzter Woche davon«, gestand sie. »Und für mich ist das eine perfekte Kombination.«

»Das ist nicht der Begriff, der mir als Erstes eingefallen wäre«, murmelte Em. Sam starrte mich an.

»Was denn?«, fragte ich. Er grinste.

»Du bist das Paradebeispiel für den Spruch ›Stille Wasser sind tief‹. Also hast du jetzt deine Leidenschaft für Leder und Peitschen entdeckt?«

»Nein.« Er sah noch überraschter aus. »Wir versuchen es ohne Peitschen.« Mir bemerkte den Blick, den Sam mit Claire tauschte. »Ich weiß, aber wir haben darüber gesprochen. Es ist ein Experiment.«

»Ich hoffe für euch, dass es gut ausgeht.«

Sie löcherten mich und ich hatte meine liebe Not, ihre Neugier zu befriedigen. Es dauerte, bis ich aus dem Stammeln herauskam, doch dann ging es wie von allein. Es war nichts peinliches oder verwerfliches an unserem Sex. Ich hatte jede Minute genossen und dafür brauchte ich mich nicht zu schämen. Der Bericht war nicht so ausführlich, wie sie wollten, aber für mich detailliert genug. Als ich fertig war, grinsten sie.

»So gehört sich das.« Sam nickte. »Nach den Pleiten der letzten Zeit hast du dir jeden Orgasmus redlich verdient.«

Dem wollte ich nicht widersprechen.

Am nächsten Morgen kam ich gleichzeitig mit Vincent im Büro an. Iris war schon da und bearbeitete die Post. Nach unserem obligatorischen Smalltalk zogen wir uns zurück und vertieften uns in die Jahresplanung. Mir hing das Thema zum Hals raus. Vor allem, weil wir immer noch vor dem Kostenproblem standen. Ein Lichtblick war, dass Sam heute Mittag in die Firma kommen würde. Paula und Karl waren auf ihrem Lehrgang, die Luft war rein.

Es klopfte und Iris betrat den Raum, einen Briefumschlag in der Hand. »Direkt an Vincent adressiert«, verkündete sie. »Von der Sternhagen GmbH.«

Ich bekam ein dummes Gefühl im Magen.

Vincent nahm den Umschlag stirnrunzelnd entgegen und las den Brief. Die Falten zwischen seinen Augenbrauen vertieften sich, dann reichte er mir das Papier wortlos herüber.

Theo kündigte unseren Vertrag. Schnellstmöglich, wegen unmöglicher Zusammenarbeit.

Scheiße.

Ich spürte, dass ich bleich wurde. Das durfte nicht sein. Wir bezogen Werkzeuge von der Sternhagen GmbH, einen Ersatz für sie zu finden war die Suche nach der Nadel im Heuhaufen.

»Kannst du dir das erklären?«, fragte Vincent. Ich schloss die Augen. Am liebsten hätte ich Nein gesagt, doch Vincent verdiente eine ehrliche Antwort. So unangenehm es auch war.

»Leider ja. Theo und ich haben uns in den letzten Monaten einige Male getroffen. Er hatte den Wunsch geäußert, dass wir eine Beziehung anfangen, was ich abgelehnt habe.«

Auch ausgesprochen klang es bescheuert und kleinlich, aber nicht so furchtbar, wie wenn ich die Details erläutert hätte.

Vincent zog die Augenbrauen hoch. Er war damals zu unserer Hochzeit eingeladen und hatte das ganze Drama miterlebt.

»Und wegen deines Korbs kündigt er jetzt den Vertrag?«

»Spricht nicht für seine Geschäftstüchtigkeit, oder?«

Vincent schüttelte den Kopf. »Sicher nicht. Wie willst du dich verhalten?«

Die Frage überraschte mich. Ich dachte, dass er das Thema übernahm.

Nein, erkannte ich, es lag richtig bei mir.

»Ich übernehme das«, sagte ich und legte das Blatt auf meinen Schreibtisch. »Wo haben wir den Vertrag?« Vincent deutete auf einen der Aktenschränke. Ich sah das Lächeln in seinem Gesicht. »Was ist denn?«

»Nichts. Du machst das.« Er vertiefte sich wieder in seine Unterlagen. Ich ging an den Schrank. Er hatte recht: Ich machte das. Mit Theo würde ich fertig werden. Endgültig.

Pünktlich um zwölf stand Sam in der Tür und nahm sich die Bücher vor. Ich bemerkte Vincents Erleichterung darüber, mit jemandem zu sprechen, der nicht alles persönlich nahm.

»Ich schaue alles durch und mache mir Notizen.« Er stöhnte, als er die Papierordner sah. »Ist das euer Ernst?«

»Ich fürchte, ja.«

Sam blätterte durch und hob die Brauen. »Wenigstens scheint ihr einen Ablagepedanten zu beschäftigen. Das macht es leichter.« Er zog sich an den Besprechungstisch zurück. Ich sah ihn Notizen machen und Dinge markieren. Bei ihm war unsere Bilanz in besten Händen.

Ich liebte es, mit Sam zusammenzuarbeiten. Niemand war so zahlenverliebt wie er. Deswegen waren wir so ein gutes Team in der Kanzlei gewesen: Sam überwachte die Zahlen, Claire die Prozesse und ich übernahm das Zwischenmenschliche.

Ich vermisste die Zusammenarbeit. Am Nachmittag, als wir von einem Meeting mit der Tischlerei kamen, klappte er gerade einen Ordner zu und atmete durch.

»So schlimm?«, fragte Vincent.

Sam wiegte den Kopf. »Sagen wir es so: Ich habe eine Ahnung, wo das Problem liegen könnte, möchte mich aber vergewissern. Ich muss jetzt Di aus der Kita holen. Morgen komme ich wieder und sehe mir den Rest an.« Er zog seinen Mantel an. »Macht nicht solche Gesichter. Wenn es das ist, was ich vermute, lässt sich das Problem beheben und ihr bekommt einen Haufen Geld zurück.«

»Das klingt gut«, sagte ich erleichtert. Er zwinkerte.

»Hast du etwas anderes erwartet?«

»Eigentlich nicht.« Er verließ winkend das Büro.

»Ich bin froh, dass du Sam gefragt hast«, sagte Vincent.

»Ich auch. Aber wir haben ein internes Problem.« Und ich fragte mich, wie wir das in den Griff bekommen wollten.

Sam stand am nächsten Vormittag wieder auf der Matte und vertiefte sich in die Unterlagen. Ich notierte mir die Stunden, um ihm ein entsprechendes Honorar zu zahlen - später, wenn die Sache mit L&P geregelt und seine Firma gegründet war. Darüber hinaus wollte ich mir noch etwas einfallen lassen.

Ich schaufelte mir den Vormittag frei, um zur Sternhagen GmbH zu fahren und die Angelegenheit mit Theo zu klären.

Den ganzen Abend hatte ich daran gefeilt, was ich ihm sagen wollte, und hatte Katharina das Schreiben geschickt, das ich ihm aushändigen würde.

Je mehr ich darüber nachdachte, desto wütender wurde ich.

Schließlich rief ich Nick an, um mich auf andere Gedanken zu bringen. Ich fieberte unserem Treffen entgegen, aber fürs Erste musste ich mich um mein berufliches Problem kümmern.

Als ich sein Firmengelände betrat, pochte eine Ader an meinem Hals.

›Ruhig Blut‹, ermahnte ich mich. ›Wenigstens einer von uns beiden sollte sich professionell verhalten.‹ Niemandem war damit geholfen, wenn ich ihn anschrie und ihm meine Meinung sagte. Obwohl er das mehr als verdient hätte.

Theo war in seinem Büro. Sein Assistent grüßte mich verdattert, als ich an ihm vorbeilief und die Tür hinter mir schloss.

»Was willst du denn hier?«

»Ich dachte, wenn du schon nicht den Mut hast, mir gegenüber zu treten, muss ich es tun.« Ich legte einen Umschlag auf den Tisch.

»Was ist das?«

»Die Bestätigung deiner Kündigung. Außerdem habe ich ein Schreiben beigefügt, in dem ich die Vertragsstrafe ausgerechnet habe, die fällig wird.« Seine Augen wurden groß. »Die hast du vergessen.«

»Ich zahle keine Vertragsstrafe«, sagte er gepresst. »Eine Zusammenarbeit mit dir ist unzumutbar und ein wichtiger Grund. Demnach fällt keine Strafzahlung an.«

»Ich denke nicht, dass ein Gericht ein verletztes Ego als wichtigen Grund gelten lässt.« Ich schluckte meine Wut hinunter und konnte nicht glauben, dass ich mich auf diesen Wicht eingelassen hatte.

Zweimal.

Wie er da vor mir saß, mit diesem beleidigten Gesichtsausdruck ... er war einfach lächerlich.

»Ich mache dir folgenden Vorschlag: Du ziehst deine Kündigung zurück und wir vergessen die Sache. Wenn du etwas klären willst, kannst du Vincent kontaktieren oder einer deiner Mitarbeiter ruft mich an. Normalerweise würde ich das nicht tun, aber angesichts der langjährigen Zusammenarbeit und der Freundschaft unserer Eltern würde ich es ihnen ungern erklären müssen. Oder willst du das tun?«

»Vielleicht wüssten sie gern, was du für ein Miststück bist.«

»Wir sehen uns vor Gericht. Leg das Geld schon mal beiseite, du bist chancenlos.« Ich drehte mich um. Er war ein Vollidiot, an den jedes Wort verschwendet war.

Ich kam nicht einmal bis zur Tür, da rief er nach mir. Ich sah in sein knallrotes Gesicht.

»Ich ziehe die Kündigung zurück.« Ich sah ihm an, dass er jedes Wort hasste. Er war zutiefst gedemütigt. Gut, dann waren wir endlich quitt.

»Schön, dass du es einsiehst.« Ich grüßte und ließ seine Bürotür hinter mir ins Schloss fallen.

Zusammen mit Vincent konnte ich mir überlegen, ob wir mit der Sternhagen GmbH weiterhin zusammenarbeiten wollten. Es war nur ein kleines Gefühl des Triumphs, das sich auf dem Weg zurück ins Büro in mir breitmachte, aber es war da.

Das war eine weitere Aufgabe gewesen, die ich als Geschäftsführerin gemeistert hatte. Ich war Vincent dankbar, dass er es mir nicht aus der Hand genommen hatte. Mein Vater hätte das getan.

Als ich durch die Tür kam, warteten Vincent und Sam auf mich, beide lächelten zufrieden.

»Du zuerst«, sagte Sam.

»Die Kündigung ist vom Tisch. Die Vertragsstrafe hat ihn zur Besinnung kommen lassen.«

»Gut. Ich schlage trotzdem vor, dass wir uns nach einem neuen Lieferanten umsehen. Das war nicht das erste Problem, seitdem Theo übernommen hat«, sagte Vincent. »Wer weiß, welcher Furz ihm als nächstes quersitzt.«

»Einverstanden. Ich kann auf weitere Dramen ebenfalls verzichten.« Ich sah Sam an. »Jetzt bin ich gespannt.«

»Die gute Nachricht: Ihr habt alles andere als ein finanzielles Problem. Die schlechte: Eure Buchhaltung taugt nichts. Ich habe hier einen Haufen Buchungsfehler und ihr führt viel zu hohe Steuern ab. Die können wir uns zurückholen, wenn ich die aktuelle Bilanz überarbeite und mich beim Finanzamt um eine Anfechtung kümmere. Außerdem rate ich dir, Claire über deine Forderungen schauen zu lassen, ihr habt Außenstände in Millionenhöhe.«

»Wie kann das sein?«

»Ich habe es mir schon angesehen: Das sind Kunden, die dein Vater betreut hat«, sagte Vincent. »Er hat ihnen offenbar Zahlungsziele bis zum Sankt-Nimmerleins-Tag eingeräumt. Manche sind schon über drei Jahre alt.«

»Und als Verluste verbucht worden«, ergänzte Sam. »Aber keine Sorge: Inkasso-Claire macht dir das hübsch.«

»Ich danke dir.« Fassungslos setzte ich mich an den Tisch. »Was machen wir mit Paula und Karl?«

»Was sagt die Personalerin?«, erwiderte Vincent.

»Ich möchte sie nicht entlassen, obwohl wir das tun müssten. Ich würde ihnen gern eine Ruhestandsregelung anbieten und von der Arbeit freistellen. Wenn Sam und Claire ...«

»Ihr solltet eine Buchhalterin beschäftigen«, wandte Sam ein. »Manche Dinge sollten nicht ausgelagert werden, die Buchhaltung gehört dazu. Wenn ihr möchtet, rede ich mit Tani. Ich kann mir vorstellen, dass sie Lust hätte. Was Credit Control angeht, wäre Franzi aus Claires Team eine Option.«

»Die killen mich, wenn ich ihnen die Leute abwerbe«, sagte ich. Sam zuckte mit den Schultern.

»Who the fuck cares?«

Guter Punkt.

Am Mittwoch holte Kenichi JP wie versprochen von der Schule ab. Ich bekam ein Selfie von den beiden auf dem Spielplatz. Mit gutem Gewissen konnte ich so auf Drinks ins *Rosenbergs* fahren, danach waren Nick und ich verabredet.

Ich fieberte beiden Treffen entgegen, heute fand auch Aikos Verhandlungstermin statt und ich wollte unbedingt wissen, wie er ausgegangen war.

Ich kam zeitgleich mit den anderen an, nur Aiko fehlte noch. Wir setzten uns an unseren Stammtisch und bestellten die erste Runde. Als die Kellnerin ging, kam meine Schwägerin mit leuchtenden Augen herein.

»Ich habe nicht viel Zeit, aber ich muss mit euch anstoßen!«, stieß sie hervor und umarmte mich euphorisch. »Der Streit ist beigelegt. Ich bekomme meine Mädchen zurück.« Sie brach in Tränen aus. Erschrocken schloss ich sie in meine Arme.

»Aiko, wie toll!«, rief Claire und stand auf. Wir umarmten sie, doch sie hörte nicht auf zu schluchzen.

»Hey, alles klar?«, fragte ich.

»Das waren die schlimmsten vier Monate meines Lebens.« Sie wischte sich übers Gesicht. »Ich werde Marko niemals verzeihen, was er getan hat. Aber sie kommen zu mir zurück. Der Richter sieht die Vorwürfe als unbegründet an. Leute, ihr glaubt nicht, wie ich mich fühle.« Unsere Drinks kamen und wir stießen auf ihren Erfolg an.

»Und Cat?«, fragte ich leiser. Aiko lächelte.

»Ich habe mit ihr gesprochen. Weißt du, ich bin ein Idiot. Ein Riesenidiot. Aber sie liebt mich trotzdem.« Sie wischte sich erneut übers Gesicht. »Sie muss meine Eltern nie wiedersehen, das habe ich ihr versprochen. Und da Ken neulich so lieb zu ihr war, weiß sie, dass sie willkommen ist.«

Mir fiel ein Stein vom Herzen. Und dass Kenichi der Auslöser war, machte mich aus irgendeinem Grund stolz.

Wir bekamen alles hin. Als Familie.

Mein Blick fiel auf meine Kette. Das „+" und den kleinen Schlüssel. Wir hatten alle ein Recht darauf, glücklich zu sein.

»Dann renkt sich doch alles bei uns ein.« Em streckte sich.

»Also war dein Treffen mit Lukas positiv?«, fragte Claire.

»Wir haben lange geredet. Er hat mir gesagt, dass es ihn am meisten getroffen hat, dass ich ihm nicht zugetraut habe, mich zu unterstützen. Er hätte meine Entscheidung mitgetragen.« Em holte Luft. »Obwohl er dafür gewesen wäre, es zu bekommen. Er sagte aber, dass er mich verstehen kann, es war zu frisch und es tut ihm leid, dass ich alles mit mir allein ausgemacht habe. Er ... na ja ... er mag Kinder, aber er sagte, wenn ich diejenige bin ... dann wäre ich ihm wichtiger.«

Ich riss die Augen auf. Das war für Ems Verhältnisse eine ganze Welt an Emotionen. Wenn Lukas sie so liebte, dass er seinen Kinderwunsch begrub ... Ich betrachtete ihr Gesicht. Bei Curt hatte sie wegen der kleinsten Regung Panik bekommen und sich getrennt, als er in die Vollen gehen wollte.

Doch Lukas schien derjenige zu sein, bei dem es ihr keine Angst machte. Im Gegenteil: Sie wirkte glücklicher, als ich sie je erlebt hatte. Bei Em mischte sich viel zu oft eine grimmige Genugtuung in positive Gefühle, ihr Zynismus war beinahe übermächtig. Doch jetzt ... Ich hoffte, dass ihr diese Beziehung endlich Zufriedenheit schenkte.

»Ich bin übrigens noch dran, Leute«, sprach sie weiter. »Und ich glaube, dass wir es bald haben. Roland hat eine IP-Adresse hinter dem Account gefunden. Wir schaffen das. Und dann wissen wir, bei wem die Kohle versickert.«

»Wieviel ist es?«, fragte Aiko.

»Was wir bisher gefunden haben, sind etwa vierhunderttausend, die fehlen.«

»Das ist die Sache nicht wert«, sagte Sam kopfschüttelnd. »Für schlappe halbe Million würde ich nie kriminell werden.«

»In einem halben Jahr«, stellte Em klar. »Wer weiß, wie viel es noch wird, wenn wir nicht herausfinden, wer es ist. Über Jahre kommt was zusammen. Ist ja auch egal, wir finden ihn.«

Keiner von uns zweifelte daran, dass sie nicht eher aufgeben würde, bis sie dieses Ziel erreichte.

»Was steht bei dir heute noch an?«, fragte mich Sam.

»Ich fahre nachher zu Nick.«

»Und lässt es dir besorgen?«

»Ja, das ist der Plan.« Ich wurde nur ein bisschen rot.

»Ich muss euch zusammen sehen, um das zu glauben«, sagte Em kopfschüttelnd.

»Beim ... Sex?« Jetzt wurde ich ganz rot. Sie warf mir einen schrägen Blick zu. Claire lachte.

»Mir würde ein Drink reichen, aber wenn du es anbieten möchtest, gerne.«

»Ach, lass uns bei Drinks bleiben.«

»Ich würde auch mit in den Keller kommen«, warf Sam ein.

»Das glaube ich, aber wir haben uns auf Drinks geeinigt.«

»Unsere kleine Sonni und der Folterknecht.« Em lehnte sich zurück und betrachtete mich mit hochgezogenen Augenbrauen. »Du warst einfach immer zu brav.«

»Ich fand Theos Fitness-Work-out nicht so brav«, sagte Sam.

»Brav nicht, aber bescheuert«, winkte Em ab. »Dieser kleine Wichser.« Ich hatte ihnen schon erzählt, was abgelaufen war. Em hatte versprochen, ihm in die Eier zu treten, wenn er ihr begegnete. »Bei Nick bist du in besseren Händen.«

»In härteren und sichereren auf jeden Fall«, nickte Sam.

Ich sah hinüber zu Claire, die mich anlächelte. Sie würde sich nicht an solchen Gesprächen beteiligen und dafür war ich dankbar. Wenigstens eine mit Taktgefühl.

»Wenn wir uns das nächste Mal sehen, musst du uns alles erzählen, was er mit dir gemacht hat«, sagte Aiko. »Ich brauche Anregungen für meinen nächsten Entwurf. Es soll etwas Großes werden.« Claire schüttelte den Kopf, doch Sam stieg voll darauf ein und machte Vorschläge.

»Hab einfach einen schönen Abend mit ihm«, sagte sie. »Wie ist es für dich?«

»Überraschend leicht«, antwortete ich leise. »Er hat diese Art, bei der ich mich nicht unwohl fühle, obwohl ... na ja, es ist ja nicht alltäglich, was er sich ausdenkt.« Sie nickte. »Aber für ihn möchte ich es tun. Ich denke nicht darüber nach und lasse ihn einfach machen.«

»Ich hätte nicht gedacht, dass du eine devote Ader hast.« Ich sah sie überrascht an. Darüber hatte ich gar nicht nachgedacht.

»Wie meinst du das?«

»Die Kontrolle abgeben und sich unterzuordnen muss man erst einmal können. Sieh dir Em an: ein Ding der Unmöglichkeit. Aber dir fällt es leicht.«

»Weil ich mich sonst so dumm anstelle«, gestand ich.

Sie schüttelte den Kopf. »Das glaube ich nicht. Du bist gehemmt, aber du willst. Du brauchst nur jemanden, der dich an die Hand nimmt.« Sie legte ihre Hand auf meine. »Ich glaube, ihr passt hervorragend zusammen. Aber auch er wird sich bemühen müssen, denn wir beide wissen, wie tief er drinsteckt.« Als sie mein Gesicht sah, lächelte sie. »Keine Angst, du bist so stark, du wirst es ihm leicht machen.«

Wie immer, wenn jemand so etwas zu mir sagte, fragte ich mich, wie sie darauf kamen.

»Ich gebe mein bestes«, sagte ich und rang mir ein Grinsen ab.

22. Kapitel

Um halb zehn stand ich vor Nicks Tür.

Er empfing mich mit einem Kuss, der mich schwindelig machte. War es erst fünf Tage her, dass wir uns gesehen hatten? Es kam mir viel länger vor.

»Möchtest du ein Glas Wein?«, fragte er.

»Gerne.« Er geleitete mich zur Couch. Wir prosteten uns zu und ich kuschelte mich an ihn. Er roch so gut.

»Schön, dass du da bist.« Er schlang den Arm um mich. Ich schloss die Augen und genoss seine Wärme.

Es war nicht nur Sex. Es war mehr und ich hoffte von ganzem Herzen, dass es ihm genauso ging.

Ich erzählte ihm vom Treffen mit meinen Freunden und richtete die Grüße aus, die Claire und Sam mir mitgegeben hatten. Von den Ereignissen in der Firma hatte ich schon erzählt, so wie ich von den Aufträgen wusste, die er diese Woche bearbeitete. Wir telefonierten mittlerweile fast jeden Abend. Wie ein frischverliebtes Paar.

Viel mehr als nur Sex.

»Dein Sohn ist bei deinem Mann?«

»Bei Kenichi, ja.« Ich mochte es nicht, wenn er ihn so nannte. Das versetzte mir einen Stich, als dürfte ich nicht hier sein. Der Termin für die Scheidung stand. Ende März war es erledigt.

»Wie geht es dir damit?« Ich sah ihm ins Gesicht.

»Ich weiß, dass Jan-Philipp in den besten Händen ist. Deswegen freue ich mich umso mehr, bei dir zu sein.«

»Tust du das?« »Seit unserer ersten Verabredung. Ich bin gern bei dir und ...« Ich befeuchtete meine Lippen und sammelte meinen Mut. »Und ich frage mich die ganze Zeit, was du dir einfallen lässt.«

»Worauf freust du dich am meisten?«

»Auf den Moment, wenn du mich das erste Mal küsst. Das ist ein wenig, wie nach Hause kommen.« Etwas flackerte in seinen Augen. Ich hielt den Atem an.

War das zu viel? Zu früh? Zu emotional?

Er stand auf und zog mich mit sich. »Möchtest du wissen, was ich mir für dich ausgedacht habe?«

»Bitte ja.«

»Dann komm mit.« Mein Puls beschleunigte sich, gleichzeitig war ich froh, dass wir die Situation hinter uns ließen. Auch, wenn ich auf eine Reaktion gehofft hatte.

›Warte ab. Ihr habt viel Zeit. Stürz dich nicht kopfüber hinein.‹ Auch wenn ich genau das tun wollte.

Kurz darauf kniete ich auf dem Boden seines Schlafzimmers. Ich trug einen schwarzen Spitzenbody und meine Lackpumps. Er hatte meine Hände vor dem Körper mit einem schwarzen Satinband zusammengebunden, das an meinem Hals befestigt war. Mit dem gleichen Material waren meine Augen bedeckt.

»Warum verbindest du mir immer die Augen?«

»Es schärft deine Sinne. Und es gibt mir noch mehr Kontrolle über dich. Behagt es dir nicht?«

»Ich liebe es. Auch, wie du mich führst. Ich vertraue dir.«

»Damit beherzigst du die wichtigste Lektion, die ich dir beibringen konnte. Jetzt schweig, bis ich dir gestatte zu sprechen.«

Ich nickte stumm und senkte den Kopf. Ich konnte meine Hände benutzen, doch mein Radius war eingeschränkt. Nick verortete ich auf dem Bett.

Was hatte er sich ausgedacht?

Wie sehr würde ich es genießen?

Wie oft würde ich kommen?

»Komm zu mir, Sonja.« Ich erhob mich gehorsam. Dabei achtete ich sorgfältig darauf, keine unbedachten Bewegungen zu machen. Die Pumps waren immer noch verdammt hoch.

Die Spitze raschelte auf meiner Haut. Der Body hatte einen hohen Beinausschnitt und bedeckte nur wenig mehr, als er entblößte. Nick hatte ihn für mich besorgt und genau überwacht, wie ich ihn anzog. Das machte mich schon so scharf, dass das Warten mich halb umbrachte.

Jetzt war es vorbei.

Ich erreichte das Bett. Er dirigierte mich auf Knie und Hände, ich spürte seine Wärme unter mir. Ich kniete über seinen Beinen. Seine Hose hatte er bereits ausgezogen.

»Ich will, dass du mich mit deinen Zähnen ausziehst.«

Mein Puls beschleunigte sich, als ich mich hinunterbeugte und mit den Lippen das Bündchen seiner Pants suchte. Dabei streifte ich seinen Schwanz, der sich hart gegen den Stoff drückte. Ich verharrte einen Moment und fuhr mit der Zunge über den Stoff.

»Noch nicht. Tu, was ich dir sage.«

Ich erreichte das Bündchen und zerrte mit den Zähnen daran. Es war schwieriger, als ich dachte, dann sprang seine Erektion heraus und streifte mich an der Wange. Ich hielt inne, doch er gab mir keine Erlaubnis. Ob ich ihn ...

»Zuerst die Pants, Sonja.«

Ich widmete mich dem letzten Stück, dann hatte ich sie endlich über seine langen Beine gezogen und ließ sie zu Boden fallen.

»Das war brav. Dafür hast du dir eine Belohnung verdient.« Seine Stimme war plötzlich an meinem Ohr und der Stoff des Bodys wurde beiseitegezogen. Seine Finger legten sich auf meine feuchte Haut und teilten meine Schamlippen mit etwas Kaltem. Ich holte erschrocken Luft, da war es schon in mir.

Und vibrierte. Ich biss mir stöhnend auf die Lippe. Das war noch besser als gedacht.

»Jetzt tu, was du eben tun wolltest.« Seine Hand fuhr durch mein Haar und zeigte mir die Richtung.

Ich hatte es gewollt. Jetzt konnte ich es noch einmal versuchen. Vielleicht ließ er mich diesmal bis zum Ende machen.

Ich öffnete den Mund und schloss meine Lippen um seine pralle Eichel. Sanft fuhr ich mit der Zunge über die glatte Unterseite. Ich brauchte seinen Schwanz in meinem Mund. Mit ihm war es anders als mit allen vor ihm. Es ekelte mich nicht, es machte mich nur scharf.

Die Vibration des Bullets nahm zu und ich stöhnte, als ich ihn tiefer in mir aufnahm. Konzentriert bewegte ich meinen Kopf auf und ab. Meine Hände konnte ich genau so weit bewegen, dass ich mich abstützen konnte. Er hatte das geplant!

»Mach weiter«, sagte er, doch er klang nicht halb so beherrscht wie sonst. Ich schien es richtig zu machen, auch wenn ich mich konzentrieren musste. Die Vibrationen verlangten mir dabei alles ab. Ich würde nicht mehr lange durchhalten.

Mein Atem ging stoßweise durch meine Nase, als ich meine Anstrengungen intensivierte, ihn immer tiefer in meinen Mund nahm und den Unterdruck erhöhte.

Warum war es mir bisher so schwer gefallen?

Es war so einfach. So sinnlich. Ich wollte es unbedingt.

Nick stellte den Vibrator noch eine Stufe höher. Meine Hände verkrampften sich im Bettlaken. Ich konnte nicht mehr.

»Hältst du noch durch?« Ich schüttelte verzweifelt den Kopf. »Nimm ihn so tief es geht in den Mund und komm.«

Ich nahm seinen Schwanz beinahe bis zur Wurzel in mich auf, seine Eichel drückte in meinen Rachen. Und ich kam. Mein Körper krampfte und zuckte, es verlangte mir alles ab, nicht die Zähne zusammen zu beißen.

Er vertraute mir auch, anders ließ es sich nicht erklären.

Meine Muskeln spielten verrückt und ich bekam keine Luft mehr. Ich riss den Kopf nach hinten und gab ihn frei, legte meine Wange schweratmend auf seinen Oberschenkel. Er strich mein Haar zurück und streichelte meine Wange. Ein Schluchzen entkam mir. Finger stahlen sich zwischen meine Schenkel und befreiten mich von dem Bullet.

»Wunderschön.« Er zog mich an sich. »Du solltest dein Gesicht sehen, wenn du kommst.«

»Danke«, flüsterte ich.

»Wollen wir weitermachen?« Er entfernte die Augenbinde und küsste mich. Tief und lang.

Ich versank in diesem Kuss. In ihm.

Nick zog mich hoch und führte mich an das Kopfteil des Betts. Dort öffnete er den Knoten, der meine Hände mit meinem Hals verband und band mich stattdessen an das Holz. Ich beobachtete seine geschickten Hände, die mich fesselten, mich aber im Zweifel mit einem Zug befreien konnten.

Er schob meine Knie ein wenig auseinander, ich hörte das Knistern, als er das Kondompäckchen herausholte. Er öffnete den Body und entblößte mich. Ich hoffte, dass wir zu dem Punkt kamen, an dem wir das nicht mehr brauchten.

Seine Finger fuhren zwischen meine Pobacken und glitten zwischen meinen Schamlippen zu meiner Klit. Er verrieb die Feuchtigkeit und ging zurück. Ich keuchte auf, als seine Finger in meine Pussy und meinen Anus gleichzeitig eindrangen.

»Gefällt dir das?« Ich nickte und biss mir auf die Lippe. Er machte langsam. Sanft. Fast zu sanft. Ich drückte den Rücken durch und spreizte die Beine noch etwas weiter. Zeigte ihm, dass ich es wollte.

»Nicht so schnell«, raunte er in mein Ohr. »Was möchtest du?« Es kostete mich Überwindung, zu antworten.

Doch er verlangte es. Das war der Deal. »Ich will dich spüren«, flüsterte ich. »Tief in mir.«

Er zog die Finger aus mir. »Du warst brav. Das hast du dir verdient.« Ich lächelte und beobachtete über meine Schulter, wie er sich in Position brachte. Meine Lippen öffneten sich, als er seinen Schwanz langsam in mir versenkte.

»Oh Gott«, wimmerte ich und schloss die Augen. Seine Hände legten sich auf meine Hüften.

»Sieh mich an«, befahl er und ich gehorchte. Es war noch besser, wenn ich in sein Gesicht sehen konnte. Nick vögelte mich mit kontrollierten Stößen, die immer intensiver, immer tiefer wurden.

Ich schluchzte und gab mich ihm hin. Ganz und gar. Immer tiefer fiel ich in den Taumel aus Lust, sah, wie seine konzentrierte Miene härter wurde. Auch ihm verlangte es einiges ab, ich sah, dass er mit sich kämpfte.

Schweiß rann über seinen Hals und seine Brust.

Ich hielt es nicht mehr aus und klammerte mich an den Sprossen des Kopfteils fest. Lautes Stöhnen entfuhr mir mit jedem Stoß. »Ja, ja, bitte mach weiter!«, rief ich, als er noch schneller wurde. Funken schlugen in meinem Unterleib.

Dieses Mal, das fühlte ich, dieses Mal würde ich kommen.

»Nick, oh ja, bitte!«

Plötzlich explodierte mein Körper vor Schmerz. Er raste durch meinen Körper und ich schrie auf. Nick hörte sofort auf, ich hörte ihn fluchen. »Sonja, oh Gott...«

Ich kam nicht mehr klar. Was war passiert? Woher kam dieser Schmerz? Was ...

»Es tut mir so leid ...«, murmelte er und ich spürte, wie er meine Fesseln löste.

Jetzt erst konnte ich den Schmerz lokalisieren, er strahlte von meinem Hintern ab.

Er hatte mich geschlagen.

Die Erkenntnis war fast so schmerzhaft wie der Hieb selbst.

Fassungslos drehte ich mich zu ihm um. Meine linke Pobacke brannte wie Feuer. Er war bleich, seine Augen vor Entsetzen geweitet. Zögernd nahm er mich in den Arm.

»Es tut mir so leid«, wiederholte er. »Das hätte nicht passieren dürfen. Ich habe kurz nicht aufgepasst.«

Ich atmete tief ein, langsam wurde es besser. Das schlimmste war der Schreck gewesen, aber ich vermutete, dass ich einen blauen Fleck bekommen würde.

Das war es also, was Claire so anmachte?

Langsam schüttelte ich den Kopf und lehnte mich an ihn. Sein Atem war zittrig, er entschuldigte sich noch einmal. Ich sah in sein Gesicht. Er war völlig fertig.

Dass es ihm leidtat, war nur ein Teil des Ganzen. Natürlich hatte er mir nicht wehtun wollen. Doch viel schlimmer, das sah ich ihm an, war, dass er die Kontrolle verloren hatte.

Entsetzt beobachtete ich, wie sich seine Miene veränderte.

Er fällte eine Entscheidung.

Allein. Ohne mich.

»Ich kann das nicht«, sagte er leise und wandte den Blick ab. »Ich dachte, ich kann es einfach ausschalten, aber der Sex war so gut. Es tut mir leid. Sonja, ich kann dir nicht versprechen, dass das nicht wieder passiert. Ich kann das nicht trennen. Und dir gefällt es nicht. Ich will nicht, dass noch einmal eine Beziehung deswegen kaputtgeht.«

In meinem Inneren zersplitterte etwas. Scharfe Scherben fuhren in meinen Brustkorb und raubten mir die Luft zum Atmen.

»Es ist doch nur einmal passiert«, sagte ich rau. »Die letzten Male war alles gut.«

»Weil ich eisern die Kontrolle behalten habe. Aber wenn ich mit dir schlafe, ist es anders. Ich vergesse mich. Das kann ich nicht. Und ich weiß nicht, ob ich dauerhaft ohne SM glücklich werde.« In seinem Gesicht las ich die Frage. Die Splitter bohrten sich noch tiefer in mein Herz, als ich den Kopf schüttelte.

»Ich kann damit nicht glücklich werden.« Zaghaft strich ich über meinen Hintern. Die Haut fühlte sich an wie Feuer und pochte. »Nein, es geht nicht.«

Er nickte unglücklich und zog sich zurück.

Mir blieb nichts anderes übrig, als mich anzuziehen. Ich sah in sein Gesicht, doch er wich meinem Blick aus. All seine Beherrschung war verschwunden. Ich sah, wie enttäuscht er war. Meine Enttäuschung war genauso groß.

»War es das?«, fragte ich leise.

»Ich weiß es nicht.«

Ich war fertig angezogen und ging die Treppe hinunter.

Er folgte mir.

An der Tür blieb ich stehen und drehte mich zu ihm um. Er zuckte zurück, als ich die Arme um ihn legte und ihn küsste.

»Gute Nacht.«

Ich verließ das Haus und setzte mich ins Auto. Fuhr los, nach Hause, ohne, dass ich hinterher hätte sagen können, wie ich dorthin gekommen war.

Ich ging langsam in meine Wohnung und machte mich bettfertig, legte mich hin und zog meine Decke bis ans Kinn.

Dann konnte ich nicht mehr.

Ich schluchzte laut und rollte mich zu einer Kugel zusammen. Mein Körper wurde durchgeschüttelt.

Das durfte doch alles nicht wahr sein!

Am nächsten Morgen wachte ich vor meinem Wecker auf. Ich fühlte mich wie ausgekotzt, meine Glieder waren schwer wie Blei. Mühsam schleppte ich mich ins Badezimmer und traute mich zum ersten Mal, meinen Hintern im Spiegel anzusehen.

Ich keuchte auf: Der blaue Fleck war so groß wie Nicks Hand, sogar seine Finger waren zu sehen. Ich schlug die Hand vor den Mund und sank auf den Rand der Badewanne.

Ich rieb mir die Augen. »Verdammte Scheiße.«

Mir war klar gewesen, dass seine Art von Sex nichts mit meiner zu tun hatte. Ich hätte nur nie gedacht, dass ich so damit konfrontiert würde.

Ich war nicht wütend auf ihn. Wie könnte ich, nachdem ich den Schock in seinem Gesicht gesehen hatte?

Ich ließ ihn sich selbst vergessen.

Was mir auf der einen Seite schmeichelte, verletzte mich auf der anderen. Er wollte die Kontrolle nicht verlieren, sie war ihm das wichtigste. Wichtiger als ich. Wichtiger als unsere Beziehung, wenn man das schon so nennen konnte.

Er wollte sich meinetwegen nicht verlieren.

Das musste ich akzeptieren. Er war der Falsche für mich.

Ich konnte es nicht. Wollte es nicht.

Mir tat alles weh, jeder Zentimeter meines Körpers. Dagegen war der Schmerz, den der blaue Fleck verursachte, ein Witz. Der Gedanke, ihn nicht mehr zu sehen, war viel schlimmer. Trotzdem: Er hatte recht. Wenn er nicht ohne SM leben konnte, funktionierte es nicht. So konnte ich mich nicht fallen lassen.

Ich machte mich fertig und trank dabei drei Tassen Kaffee. Dies wäre einer der Momente für den Gin-Vorrat in meinem Schreibtisch, doch ich wollte nicht. Ich wollte nicht darüber nachdenken, wie sehr ich litt.

Einfach weitermachen. Heute kam Claire ins Büro, um sich mit Iris die Forderungen anzusehen.

Das war das wichtigste. Ich musste die Firma klarkriegen.

Dort angekommen erwarteten mich Iris und Vincent bereits. Paula und Karl waren wieder da. Mit ihnen wollten wir noch einmal reden, bevor wir uns abschließend entschieden. Ich ahnte, wie das Gespräch verlaufen würde.

Claire konnte problemlos hier sein. Wir hatten niemanden, der sich ausschließlich um das Forderungsmanagement kümmerte und Iris freute sich über die Hilfe.

»Liebes, du siehst ja furchtbar aus«, sagte sie erschrocken. Ich biss mir auf die Unterlippe. Um meine Augenringe zu kaschieren, hatte ich viel mehr Make-up als sonst aufgelegt, erfolglos. »Alles in Ordnung?«

»Ich habe schlecht geschlafen«, winkte ich ab. Iris warf mir einen langen Blick zu, sagte aber nichts. Ich wollte mit ihr nicht darüber sprechen, was hätte ich auch sagen sollen? Viel schlimmer würde es werden, wenn Claire kam.

Ihr entging nichts.

Tatsächlich sah sie es beim Reinkommen. Ihre Augen weiteten sich und hafteten an mir, auch, als sie Vincent und Iris begrüßte. »Sollen wir einen Moment rausgehen?«, fragte sie leise. Ich schüttelte den Kopf.

»Ich kann darüber jetzt nicht reden«, flüsterte ich.

»Heute Abend?«

Ich schüttelte den Kopf. »JP ist bei mir.«

»Dann morgen. Spätestens«, sagte sie streng.

Geschlagen nickte ich. »Einverstanden.«

»Es ist wegen Nick, oder?« Ich nickte unglücklich. Sie machte ein bekümmertes Gesicht. »Ich bin immer für dich da.«

»Das weiß ich.« Ich musste mich umdrehen und in mein Büro gehen, bevor ich in Tränen ausbrach. Claire setzte sich zu Iris und durch die offene Tür hörte ich sie miteinander sprechen. Sie verstanden sich auf Anhieb gut, etwas anderes hätte ich auch nicht erwartet.

Vincent saß mir gegenüber und betrachtete mich. »Gibt es etwas, das ich für dich tun kann?«

»Nein, aber vielen Dank. Ich kümmere mich jetzt um das hier« Ich breitete die Arme aus. »Und anschließend schaue ich, was ich tun kann.« Er nickte und ließ mich in Ruhe.

Das Gespräch mit Paula und Karl lief schlecht. Sie fühlten sich angegriffen und wurden wütend, als wir gezielte Fragen nach den Fehlbuchungen stellten.

»Ihr kontrolliert also unsere Arbeit«, erboste sich Paula. »Ein tolles Gefühl, wenn einem misstraut wird!«

»Das hat mit Misstrauen nichts zu tun«, erwiderte ich. »Aber wir haben ein Problem, weil uns viel Geld verloren geht.«

»Dann zeig uns doch an!«, kiekste Karl mit hochrotem Kopf. Er stand kurz vor einem Kollaps.

»Nein, das haben wir nicht vor«, sagte Vincent. »Und wir machen euch keinen Vorwurf. Ihr seid mit diesem Thema allein gelassen worden und habt nicht die Unterstützung bekommen, die ihr gebraucht hättet.«

»Nein, wirklich nicht«, sagte Paula etwas ruhiger. Diese Taktik zog immer. Ich atmete durch und schlug ihnen vor, was wir vorher besprochen hatten: Wir würden sie in Altersteilzeit schicken. Sie brauchten nur noch die Übergabe machen und konnten dann zuhause bleiben. Rechtlich hatte ich mich um alles gekümmert und die Verträge erstellt. Ich gab sie ihnen mit, mit der Bitte, in Ruhe darüber nachzudenken.

Ich wusste, dass sie das Angebot annehmen würden, ihr Stolz ließ nichts anderes zu.

Danach rief ich Tani an und bot ihr den Job an. Sie wollte am selben Tag vorbeikommen und Vincent und die Firma kennenlernen.

»Für dich würde ich gern arbeiten, Sonja«, sagte sie. »Jetzt, wo Sam weg ist, ist es nicht mehr dasselbe. Ich glaube, dass bald viele gehen werden.«

»Dann würde ich mich umso mehr freuen, wenn du zu mir kommst.« Ich erinnerte mich, was sie in der Kanzlei verdiente, und machte ihr ein gutes Angebot. Mit dem Geld, das wir vom Finanzamt zu erwarten hatten, konnten wir uns eine weitere Kraft leisten, auch, wenn wir Paula und Karl weiterhin bezahlen mussten.

Anschließend gingen Vincent und ich mit Claire essen.

»Sam hatte recht: Eure Außenstände sind gigantisch«, sagte sie. »Iris und ich haben bereits bei ein paar Kunden angerufen und an die Zahlungen erinnert. Die meisten haben sofort versprochen, innerhalb von vierzehn Tagen zu zahlen, aber Iris schafft das nicht allein.«

Claire hatte ein geradezu magisches Händchen für säumige Zahler. Etwas in ihrer Stimme und ihrem Ausdruck brachte sie dazu, beinahe umgehend zu zahlen. Jedes Mal. Doch Claire konnte ich mir - auch mit der Rückzahlung vom Finanzamt - nicht leisten, außerdem wollte ich nicht, dass sie für mich arbeitete. Das wäre nicht gut für unsere Freundschaft. Zusammen mit Sam war sie besser aufgehoben.

»Sam hat vorgeschlagen, dass wir Franzi abwerben.«

Claire nickte. »Eine gute Idee. Als Familienunternehmen seid ihr genau das Richtige für sie.«

»Wie sieht es bei euch aus?«, fragte Vincent. Sam hatte ihm erzählt, was in der Kanzlei passiert war.

»Unverändert. Em sagt, sie kommt der Sache näher. Mal sehen, wann sie etwas findet.«

»Glaubst du auch, dass es Harry ist?«, fragte ich.

Sie zuckte mit den Schultern. »Ich weiß es nicht. Eigentlich traue ich nicht einmal ihm zu, dass er so mies ist. Ich hätte gedacht, dass das, was er mir angetan hat, reicht.«

»Warten wir auf Em. Sie ist wie ein Bluthund auf der Fährte.«

Sie lachte. »Ein sehr treffender Vergleich.«

»Danke für eure Hilfe«, sagte Vincent. Claire lächelte.
»Dafür sind Freunde da.« Sie sah mich an. »Wir helfen einander. Immer.«

Ich holte JP von der Schule ab und fuhr mit ihm nach Hause. Wir kochten zusammen und ich half ihm bei den Schularbeiten. Er sah mich gedankenverloren an.
»Ist alles okay, Mama?«, fragte er. Sonst klebte ich nicht wie Kaugummi an ihm, doch heute fühlte ich mich, als wäre er das einzig beständige in meinem Leben. Mehrmals hatte ich ihn in den Arm genommen und dann so getan, als wäre nichts.
»Es geht«, sagte ich. »Ich habe viel auf der Arbeit zu tun. Es ist nicht leicht, Chef zu sein.«
»Musst du jemanden entlassen?«
»Eigentlich ja, aber ich habe eine andere Lösung gefunden. Eine, die fair ist.«
Er nickte. »Es ist wie beim Sport: Man muss fair sein.«
»Genau.« Ich küsste ihn auf die Wange. Gemeinsam beugten wir uns über seine Mathehausaufgaben.
Es half mir, mich darauf zu konzentrieren. Dann musste ich nicht darüber nachdenken, wie beschissen ich mich wegen der Sache mit Nick fühlte.

Der Termin mit meinen Freunden am nächsten Abend war gesetzt. Ich hatte mit Kenichi gesprochen, der erneut einsprang. Er sah mich lange an, als ich ihn darum bat.
»Du siehst nicht gut aus.«
»Es geht mir auch nicht gut.«
»Warum?«
Ich wollte nicht mit meinem zukünftigen Ex-Mann darüber sprechen. Das brachte ich nicht über mich, vor allem nicht jetzt, wo es zwischen uns so gut lief. Deswegen schob ich es

wieder auf den Stress auf der Arbeit und hoffte, er würde nicht mehr nachfragen.

Der blaue Fleck war immer noch sichtbar.

Jetzt stand ich vor dem Eingang des *Rosenbergs* und konnte mich kaum überwinden, hineinzugehen.

›Tu es. Die drei sind die Einzigen, die Verständnis für dich haben.‹ Ich ging hinein und blickte in ihre Gesichter. Claire hatte sie offenbar in Kenntnis gesetzt, denn Sam und Em sahen besorgt aus. Dabei wusste keiner von ihnen, was passiert war.

Es dauerte einen Drink, bis ich den Mut aufbrachte, es ihnen zu erzählen.

»Fuck«, murmelte Em.

»Mehr als das«, sagte ich und rieb mir die Augen. Ich fühlte mich uralt. Als ich aufsah, blickte ich in Claires Gesicht. Sie wirkte verunsichert. »Was denn?«

»Ich ... muss kurz darüber nachdenken«, sagte sie und wich meinem Blick aus.

»Nick ist die Disziplin in Person«, schaltete sich Sam ein. »Wenn er sich bei dir vergisst, hat das was zu bedeuten.«

»Soll heißen, er hat Sonja deswegen den Arsch versohlt, weil sie ihn um den Verstand gevögelt hat?«, fragte Em mit hochgezogenen Augenbrauen.

Ich wäre rot geworden, wenn mich diese Aussage nicht so aus dem Konzept gebracht hätte. »Was?«

»Könnte man so sagen, ja.« Sam legte den Kopf schief.

Ich hob abwehrend die Hände. »Ich habe nichts gemacht. Und ich weiß nicht, was ich tun soll. Er hat sich nicht geäußert, aber ich habe das Gefühl, dass er mich nicht mehr sehen will.«

»Was willst du?«, fragte Claire.

Ich kämpfte mit mir. »Ich will nicht, dass es das war. Aber ich habe sein Gesicht gesehen. Er war so erschrocken. So schockiert. Ich weiß nicht, ob er mir das verzeihen kann.«

»Ich glaube nicht, dass du diejenige bist, der etwas verziehen werden muss«, sagte Sam vorsichtig.

»Seine Disziplin ist ihm so wichtig, dass ...«, Claire brach ab.

»So wichtig, dass er die Frau, die ihn um den Verstand gevögelt hat, sitzen lässt?«, fragte Em.

Ich schluckte trocken. Claire zuckte hilflos mit den Schultern.

»Wenn er dir so wichtig ist, musst du um ihn kämpfen«, sagte Sam und legte seine Hand auf meine.

»Ich weiß nicht, ob er das will.« Meine Zunge fühlte sich schwer an. »Und ich weiß nicht, ob das ein guter Start für uns ist. Ich muss darüber nachdenken.«

»Du hast nichts von ihm gehört?«, fragte Claire.

Ich nickte unglücklich. Wie ich es auch drehte und wendete, ich hatte das Gefühl, dass alle meine Befürchtungen wahrgeworden waren.

Wir passten nicht zusammen. Es war eine dumme Idee gewesen, überhaupt mit ihm auszugehen.

»Lass ihm noch ein bisschen Zeit«, riet Sam. »Dann meldet er sich sicher bei dir.«

Davon war ich nicht überzeugt, aber es war eine kleine Hoffnung, an die ich mich klammern konnte.

»Und wenn nicht, fährst du hin und diesmal bekommt er den Arsch versohlt.« Em verschränkte die Arme vor der Brust. »Das könnte er gebrauchen.«

Ich lachte, auch wenn ich das Gefühl hatte, dass meine Brust zu eng war und jederzeit platzen könnte.

23. Kapitel

Das ganze Wochenende über herrschte Funkstille.

Ich hörte nichts von Nick und brachte nicht den Mut auf, ihn selbst anzurufen.

Mehrmals hatte ich das Telefon bereits in der Hand und legte es wieder weg. Wenn mich jemand anrief, machte mein Herz einen Satz und ich war tief enttäuscht, wenn ich feststellte, dass er es nicht war.

Vor meiner Familie spielte ich krampfhaft die Fröhliche, doch die argwöhnischen Blicke meiner Mutter sagten mir, dass ich es nicht gut machte. Sie durchschaute mich, fragte aber nicht mehr nach, nachdem ich dreimal abgewinkt hatte. Sie konnte mir nicht helfen. Ich könnte es ihr nicht einmal erklären.

Ich verstand es ja selbst nicht.

Am Dienstag traf ich mich mit meinen Freunden zum Mittagessen beim Italiener. Sam und Claire waren schon da, doch Em ließ auf sich warten.

»Dieses Rumsitzen zuhause macht mich verrückt«, seufzte Claire. »Es war schön, letzte Woche bei dir im Büro zu sein. Ich freue mich schon auf Donnerstag.«

Übermorgen wollte sie sich die restlichen Konten mit Iris ansehen. Tatsächlich waren schon über hunderttausend Euro von unseren säumigen Kunden eingegangen. Ein Riesenerfolg, den ich ihr nicht genug danken konnte.

Sam würde am Donnerstag auch kommen und sich um die Bilanzen kümmern. Ich hatte Paula und Karl darüber informiert, dass sie Hilfe bekamen, und war mir sicher, dass sie sich gegen Sams Charme nicht wehren konnten.

Sie nahmen unser Angebot. Bevor sie gingen, würden sie zusammen mit Sam die Buchhaltung in einen Zustand bringen, mit dem Tani arbeiten konnte. Sie war am Montagabend bei uns gewesen und hatte ihren Arbeitsvertrag unterschrieben.

Am Freitag kam Franzi vorbei, die sich ebenfalls über meinen Anruf gefreut hatte. Sie und Tani gaben ein gutes Team ab und ich war froh, sie an Bord zu haben.

Meine Eltern allerdings waren von den Neuigkeiten nicht begeistert. Mein Vater verließ kopfschüttelnd den Raum.

»So geht man nicht mit Mitarbeitern um«, sagte er und schloss die Tür. Ich sah in das vorwurfsvolle Gesicht meiner Mutter. Ausgerechnet sie, die seit meiner Geburt nicht gearbeitet hatte und die Unternehmergattin gab, wollte mir jetzt ein schlechtes Gewissen machen. Mir stieg Galle hoch, die ich nur mühsam heruntergeschluckt bekam.

»Das war das Beste, was ich ihnen anbieten konnte. Ihretwegen verlieren wir seit Jahren Geld. Sam wird sich darum kümmern. Wir rechnen mit weit über hunderttausend Euro.«

»Du hast ja recht, Kind. Aber denk daran, dass dein Vater es anders gemacht hat als du.« Sie überraschte mich mit ihrem Verständnis. »Ich bin stolz auf dich. Du gehst die Sachen an. Aber denk daran, dass dein Vater immer noch mit ganzem Herzen an der Firma hängt. Sie ist quasi sein zweites Kind.«

»Jetzt ist sie mein zweites Kind. Und ich möchte, dass das noch lange so bleibt.« Sie nickte und lächelte.

»Du machst das.«

Ihr Vertrauen tat mir gut, genau wie die Unterstützung meiner Freunde. Dank ihnen bekam ich alles in den Griff.

Zumindest beruflich.

Em kam hereingefegt. In der Hand trug sie einen Hefter, den sie mit großer Geste auf den Tisch klatschte.

»Freunde, haltet eure Höschen fest, wenn ihr welche tragt. Ich habs.« Wir starrten sie an. »Glotzt nicht so. Ich hab ihn. Den Beweis, dass es eine Kontenmanipulation gab. Roland hat einen Freund, der ... ach, Scheiß drauf, interessiert niemanden. Ich hatte recht: Es ist Harry.«

Claire verschluckte sich an ihrem Wein und hustete.

»Ich muss schon sagen, er hat es geschickt gemacht. Hat Scheinverträge abgeschlossen und die Zahlungen so lange hin und her gebucht, bis niemand mehr nachvollziehen konnte, was passiert ist. Wie damals, als du bei ihm warst.« Em nickte in Richtung der immer noch hustenden Claire.

»Er hat die Fallnummern kopiert, verändert und bei jeder Buchung ein paar Euro mehr verschwinden lassen. Dumm für ihn, dass Swetlana sich aufführt, als wäre sie beim KGB und alles so akribisch nachverfolgt, als ginge es um ihr Leben. Wir haben ihn am Arsch, Leute.«

»Und ... in der Mappe ...«, fragte Sam mit schwacher Stimme.

»In der Mappe ist meine fucking Kündigung!« Em erschauderte wohlig. »Ich habe um vierzehn Uhr einen Termin mit Bitter, dann werde ich ihm die Scheiße aufs Butterbrot schmieren und ihm anschließend die Kündigung hinwerfen. Ihr solltet Aneta anrufen. Die Abfindung wird gigantisch sein. Ich würde darüber nachdenken, eine Verleumdungsklage gegen Harry anzustrengen.«

Sam verließ mit dem Handy am Ohr das Restaurant.

»Ich weiß nicht, was ich sagen soll«, murmelte Claire.

»›Danke, göttliche Em, dass du das gemacht hast.‹ Dabei darfst du mich küssen.«

Claire lachte und küsste Em. »Danke, göttliche Em.«

»Da nicht für. Ich hätte niemals zugelassen, dass diese Wichse an euch kleben bleibt. Es konnte nur ein Irrtum oder eine miese Nummer sein. Ich glaube, von den Kollegen haben es euch die wenigsten zugetraut, aber ohne Swetlana, Alex und Roland hätte ich das nicht hinbekommen. Ich weiß nicht, wie oft wir bis abends um zehn im Büro saßen und gesucht haben.«

»Wenn wir nicht schon gevögelt hätten, würde ich es dir jetzt anbieten«, sagte Sam, der gerade wieder hereinkam. »Aneta hat morgen Vormittag Zeit für uns. Wenn du ihr noch ein paar Informationen zukommen lässt, verwendet sie das in ihrem Schreiben. Sie meint, dass wir das außergerichtlich hinkriegen werden. Bitter hat sicher kein Interesse daran, dass es irgendwer mitbekommt.«

Damit hatte Aneta recht. Schließlich war Claire nicht befördert worden, weil die Partner Angst hatten, die Kanzlei könne in Verruf geraten, weil sie eine haltlose Schlampe war. Das war zumindest das Gerücht, dass Harry gestreut hatte.

Damals konnten wir es nicht beweisen.

Jetzt schon.

»Fuck, wie ich diesen Scheißladen hasse«, sagte Em. »Ich bin froh, wenn ich da rauskomme.«

»Und was machst du dann?«, fragte Claire.

»Ich gehe zu KLMP.« Die Firma, in der Lukas und Ben arbeiteten und bei der Curt im Aufsichtsrat gesessen hatte. Wir machten große Augen, doch Em zuckte mit den Achseln. »Ich kenne da den ganzen Vorstand. Es waren zwei Anrufe. Ich übernehme das Eventmanagement und Employer Branding. Ein Selbstgänger.«

»Kein Wunder, bei deinem Netzwerk.« Sie zwinkerte Sam zu.

»Und ich nehme noch ein paar Leute mit. Lichtenfuck & Partner können sich warm anziehen.«

»Änderst du vorher noch den Namen der Kanzlei?«

»Sagen wir es so: Das wäre kein Problem. Roland und ich könnten die Welt beherrschen.«

»Das muss ich erstmal verdauen«, murmelte ich.

»Tu das. Am besten bis morgen Abend. Das muss begossen werden. Ich habe unseren Stammtisch im *Rosenbergs* reserviert. Ai und Cat kommen auch.«

»Abgemacht.« Wenigstens etwas, worauf ich mich freuen konnte. Ich lächelte, doch es fühlte sich traurig an.

Sie merkten es. Natürlich.

»Hast du was von Nick gehört?«, fragte Claire.

Ich schüttelte den Kopf. »Morgen ist es eine Woche. Ich sollte die Sache abhaken.«

»Willst du das denn?«

»Was bleibt mir anderes übrig?«

»Ruf ihn an, fahr hin. Du hast viele Möglichkeiten.«

»Ich denke darüber nach, ja?« Sie sah mich lange an.

Ich erinnerte mich an die Situation, als wir sie völlig aufgelöst zuhause vorgefunden hatte, nachdem Ben ihr gesagt hatte, dass er sie nicht mehr wollte. Es war ihr mindestens so schlecht gegangen wir mir jetzt.

Ich erinnerte mich genau, was wir ihr damals gesagt hatten.

Mich würden sie nicht ins Auto stecken und zu ihm nach Hause fahren, wie wir es bei Claire gemacht hatten.

So weit waren wir noch nicht.

»Tu es nicht für mich, sondern für dich. Wenn du es willst.«

Und das war der springende Punkt.

Ich wollte.

Aber ich hatte Angst vor dem, was er mir sagen würde.

Ich kaute den ganzen Tag an den Neuigkeiten. Viel hatte ich noch nie von Harry gehalten, doch was er getan hatte, war schwer zu begreifen. Ich verstand nicht, wie niederträchtig ein Mensch sein konnte. Wie er mit Claire und Sam umgegangen war und ihnen die Lebensgrundlage nahm, um für sich Geld abzuzweigen.

Wie erbärmlich musste ein Mensch sein, um so zu handeln? Mich schauderte es bei dem Gedanken.

Jetzt war es also so weit. Wir verließen alle die Kanzlei.

Ich vermutete, dass Katharina sich auch etwas Neues suchte.

Am Mittwochnachmittag erhielt ich eine Nachricht von Sam: *Könntest du schon zehn Minuten eher im Rosenbergs sein?*

›Ja, natürlich‹, schrieb ich zurück. ›*Warum?*‹

Ich will noch kurz allein mit dir sprechen.

Ich war ratlos. Was konnte Sam mit mir besprechen wollen, ohne dass die anderen dabei waren?

Ich fand mich zur verabredeten Zeit im Restaurant ein. Sam war schon da und lotste mich an den Tisch.

»Du machst mich nervös.«

»Es ist mir aber lieber, wenn ich es dir in Ruhe erzählen kann: Ich war gestern mit Tim essen, um auf Ems Entdeckung anzustoßen. Im Restaurant haben wir Nick getroffen. Mit Brina.«

Ich starrte ihn an. Tausend Gedanken rasten durch meinen Kopf, ich bekam keinen einzigen zu fassen.

»Also, das ...« Ich senkte den Blick auf die Tischplatte. »Habt ihr miteinander gesprochen?«

»Nur kurz. Ihr Thema schien ernst zu sein. Und kurz danach sind sie gegangen.«

»Dann ist ja klar, warum. Nick ist zu Brina gegangen, weil sie ihn am besten versteht.«

»Exakt.«

»Sie ist sicherlich die bessere Partnerin für ihn.«

Sam schüttelte den Kopf. »Das meinte ich nicht. Außerdem würden die beiden nie etwas miteinander anfangen.«

»Warum denn nicht? Sie leben in der gleichen Welt.«

»Weil sie beide dominant sind. Sie sind wie zwei gleichgepolte Magnete. Sie stoßen einander ab. Also, bildlich gesprochen.

Nicht ... du weißt, was ich meine.« Er schnaubte. Ich zuckte mit den Schultern.

»Ich verstehe nicht, was du von mir möchtest, Sam.«

»Ich vermute, dass er sich mit ihr getroffen hat, um über dich zu sprechen. Er und Brina sind eng befreundet, sie könnte ihm einen Rat geben, wie er sich in den Griff bekommt.«

»Wenn er das denn überhaupt will. Er hat zu mir gesagt, dass er ohne die SM-Komponenten nicht klarkommt. Sie gehören für ihn einfach dazu und er kann es nicht trennen. So gern ich es will, ich kann ihm diesen Wunsch nicht erfüllen. Als der Schlag kam ... ich dachte, ich drehe durch.« Ich lächelte traurig. »Ich muss die Sache abhaken, weißt du? Ich kann behaupten, dass das der beste Sex meines Lebens war, aber mehr wird davon nicht zurückbleiben.«

Ich kämpfte mit dem dicken Kloß in meinem Hals, der immer größer wurde. Tränen stiegen in meine Augen, die ich nur mühsam wegblinzelte.

»Sonni ...« Sam legte seine Hand auf meine. »Ich verstehe dich ja. Aber ich sehe, wie verliebt du in ihn bist. Du solltest kämpfen.«

»Damit habe ich keine guten Erfahrungen gemacht. Der letzte Mann, um den ich gekämpft habe, ist nach Japan abgehauen.«

»Weil er ein Idiot ist. Und sogar der Idiot hat verstanden, dass er ohne dich arm dran ist.« Sam faltete die Hände, er wirkte mutlos. »Ich will nur dein bestes.«

»Ich weiß. Aber ich glaube, ich habe mich da in etwas verrannt. Jetzt muss ich versuchen, da heil herauszukommen.«

»Ich bin immer für dich da.«

Ich küsste ihn auf die Wange. »Auch das weiß ich.«

Die anderen kamen und lenkten das Gespräch auf neue Themen, doch ich war nicht bei der Sache. Zu viel spukte mir im Kopf herum.

Wieder spürte ich die scharfen Splitter in meiner Brust.

Sie waren noch da.

Und schmerzten mehr als je zuvor.

Am Freitag machten wir die Verträge für den Vorruhestand von Paula und Karl fertig. Sie hatten sich beraten lassen und waren versöhnt.

»Das Angebot ist großzügig«, knurrte Paula und mied den Blickkontakt zu mir. Beim ersten Gespräch hatte sie uns vorgeworfen, sie über den Tisch ziehen zu wollen.

»Wie wir gesagt haben, wollen wir fair zu euch sein.« Sie nickte knapp auf Vincents Worte.

»Dann arbeiten wir die Neue noch ein. Ich weiß zwar nicht, wie einer das allein schaffen soll, aber das werdet ihr ja sehen.«

Ich schenkte ihr ein unverbindliches Lächeln. Ohne Sticheleien konnte sie nicht gehen, aber das hatte ich auch nicht erwartet. Tani startete am ersten April, die beiden schieden zum Ende des Monats aus. Den Rest, da war ich mir sicher, bekam sie allein hin. Sams Schule war die Beste.

»Ich bin froh, dass wir dieses Problem beheben konnten«, sagte ich zu Vincent, als wir wieder in unserem Büro saßen. »Danke, dass du mitgezogen hast. Ohne dich hätte es sich ewig hingezogen.«

»Danke, dass du die Sache angegangen bist«, erwiderte er. »Wir hatten schon seit Jahren Probleme, die wir nie auflösen konnten. Dein Vater hat seine Hand immer schützend über die beiden gehalten.«

»Er ist deswegen wütend auf mich.«

»Mag sein, aber du bist jetzt für die Firma verantwortlich. Er sollte dir danken, dass du es so machst.«

»Erzähl ihm das.«

»Habe ich schon.«

»Warum überrascht mich das? Er hat dich sicher angerufen.«

»Nein, ich habe ihn angerufen, um ihm zu sagen, wie gut du dich machst. Dass er die bestmögliche Wahl getroffen hat und stolz auf dich sein kann.«

»Ich kann mir die Antwort denken.«

»Du irrst dich. Er hat einen Moment gebraucht, aber mittlerweile hat er die Kröte geschluckt, dass er es nicht mehr ist, der die Entscheidungen fällt.« Er nahm die Unterlagen zur Hand, die Sam erstellt hatte. »Sieh dir das an. Jetzt haben wir sogar wieder Geld, um das Gelände auf Vordermann zu bringen.«

Mir wurde eiskalt. Den Auftrag hatte ich völlig vergessen.

Meine Gefühle überrollten mich, ich erstickte beinahe an ihnen. Schnell wandte ich den Blick ab.

Das konnten wir trotzdem machen, es war dringend notwendig. Ich könnte Vincent nicht erklären, dass es schon wieder Probleme gab, weil ich mich auf einen Mann eingelassen hatte, mit dem mein Verhältnis besser dienstlich geblieben wäre.

Mir würde etwas einfallen. Iris könnte den Kontakt zu Nick übernehmen. Ich würde es nicht ertragen, ihn zu sehen.

Ich bekam das hin.

Vincent schwieg. Keine Ahnung, wie viel er erriet, aber er hatte mich schon mehrmals überrascht.

Ich rang mir ein Lächeln ab. »Das ist toll. Das Tüpfelchen auf dem i.« Er sah mich lange an, dann wiegte er den Kopf.

»Das sehe ich auch so. Seitdem du hier bist, habe ich einiges gelernt. Vor allem, dass man alles tun kann, was man sich vornimmt. Man muss nur den Mut finden, es umzusetzen. Das gilt übrigens auch fürs Privatleben. Ganz egal, wie verzwickt die Situation zu sein scheint. Ich bin kurz in der Tischlerei.« Er schenkte mir ein Lächeln und verließ das Büro.

Ich sah ihm nach und kämpfte gegen aufsteigende Tränen.

Scheiße.

24. Kapitel

Später am Abend saß ich allein am Schreibtisch.

Ich war die Letzte im Büro, um mich herum war es dunkel.

Ich wollte noch zwei Sachen fertigmachen: Ein Angebot schreiben und die Vorruhestandsregelung an unser Lohnbüro schicken. Nachdem ich auf ›senden‹ geklickt hatte, starrte ich auf meinen Bildschirm, ohne etwas zu sehen.

JP war heute Abend bei Kenichi. Was anfangs nach entspannter Zeit für mich aussah, erfüllte mich jetzt mit Grauen.

Ich wollte nicht allein zuhause sitzen.

Ich wollte nicht grübeln.

Und ich wollte mich nicht beschissen fühlen.

Es nützte nichts. Mein Blick streifte die Datumsanzeige meines PCs. Vierzehnter Februar. Valentinstag.

Auch das noch.

Welt-Fleurop-Tag und ich saß hier wie ein Häufchen Elend.

»Fuck«, murmelte ich in bester Em-Manier. Was für ein beschissenes Ende für einen mittelmäßigen Tag.

Ich sollte zusehen, dass ich nach Hause kam.

Schlechtgelaunt schloss ich ab und lief zu meinem Auto. Wenigstens sollte der Verkehr jetzt in Ordnung sein. Stau würde mir den Rest geben.

Ich fuhr über die Köhlbrandbrücke und warf einen Blick auf den Hamburger Hafen auf der anderen Seite. Sobald ich zuhause war, war alles gut. Ich ...

Mein Gedanke riss jäh ab, als ich die Straßensperrung sah. Der Elbtunnel war wegen Bauarbeiten an diesem Abend gesperrt. Das hatten sie auch im Radio durchgesagt, ich hatte es vergessen. Das durfte doch nicht wahr sein!

Ich musste geradeaus weiterfahren und dann eine Möglichkeit suchen, um zu wenden. Vor mir erschien das Schild, das den Weg nach Finkenwerder anzeigte. Zu Nick.

Meine Hände verkrampften sich am Lenkrad.

Den Weg kannte ich ohne Navi, aber das war egal. Ich würde wenden und nach Hause fahren.

Ganz einfach.

Ich fuhr den Deich entlang und kam seinem Haus immer näher. Ich passierte eine Kreuzung, an der ich hätte wenden können und fluchte leise.

In meinem Kopf formte sich eine Idee. Eine Scheißidee.

Nächste Kreuzung. Wieder verpasst.

Scheißidee, Sonja. Wende endlich!

Ich fällte meine Entscheidung.

»Okay, von mir aus«, sagte ich laut und trat das Gaspedal durch. Das war nicht geplant, aber gut, ich war heute spontan.

Eine Woche hatte ich nichts von ihm gehört. Nicht ein Wort.

Ich war es leid.

Ich sollte Mut haben, hatte Vincent gesagt. Das war meine Gelegenheit. Ich könnte ihm sagen, was mir im Kopf herumging. Wie schade ich es fand, dass es nicht geklappt hatte. Wie viel ich mir versprochen hatte. Dass ich ihm verzeihen könnte, wenn er es auch tat.

Ich schnaubte. Wahrscheinlich war er nicht einmal zuhause, sondern mit Brina auf einer SM-Feier, wo sie zusammen Leute auspeitschten.

›Ganz ruhig, Sonja‹, sagte ich mir. ›Das ist nicht der richtige Gemütszustand, falls er doch zuhause ist. Du fährst hin, guckst, ob er da ist und wenn es so ist, dann klingelst du und redest mit ihm. Letzte Chance. Danach kannst du es abhaken.‹

Ich nickte nachdrücklich, doch mein Mut sank, als ich vor seinem Haus hielt. Es brannte Licht. Er war da.

Scheiße, damit hatte ich nicht gerechnet.

Meine Handflächen wurden feucht.

Ich legte den Gang wieder ein und rollte los.

Trat auf die Bremse.

Nahm den Gang raus.

»Mist«, murmelte ich. Ich atmete tief ein und kontrollierte mein Gesicht im Rückspiegel. Blass war ich, ansonsten ging es.

Ich stieg aus, bevor ich es mir anders überlegen konnte, und ging zur Haustür.

Ich klingelte. Und wartete.

Der Drang, sich umzudrehen und abzuhauen, wurde übermächtig. Ich presste die Füße gegen den Boden.

›Nicht wegrennen. Zieh es durch. Du ziehst immer durch.‹

Ich ballte die Hände und biss die Zähne zusammen.

Es dauerte einen Moment, bis das Licht im Flur anging.

Dann stand er vor mir.

Seine Augen weiteten sich, als er mich sah. Mein Herz machte einen Satz, so groß, dass es beinahe schmerzte.

»Hey.«

»Hey. Hast du Zeit für mich?« Meine Stimme war ruhiger, als mir zumute war. Er trat zurück und ließ mich hinein. Ich sah in sein Gesicht, sah seine Unsicherheit. Mein Besuch verwirrte ihn. Er hatte nicht mit mir gerechnet.

Hatte er mich schon abgehakt?

»Möchtest du ein Glas Wein?«

»Wasser wäre nett. Ich muss noch fahren.« Am liebsten hätte ich um Tequila gebeten. Er geleitete mich ins Wohnzimmer und ich wartete auf der Couch, während er das Wasser holte.

Mein Herz schlug mir bis zum Hals.

Am liebsten wäre ich wieder abgehauen.

Dafür war es zu spät. Jetzt war es an der Zeit, all meinen Mut zusammenzunehmen. Zu kämpfen.

Dieses Mal wollte ich gewinnen.

Er kam zurück und stellte das Glas auf den Tisch. Dann setzte er sich neben mich. Sein Blick glitt unruhig über mein Gesicht. Er war gut darin, seine Gefühle zu kaschieren, doch ich sah seine tiefe Unsicherheit. Es tat mir leid, dass es ihm meinetwegen so ging, aber darauf konnte ich keine Rücksicht nehmen.

»Ich will dich nicht lange aufhalten, sicher hast du noch etwas vor.« Er schwieg. »Ich bin hier, um dir zu sagen, dass ich es bedaure, wie es mit uns abgelaufen ist. Ich ... ich hatte mir mehr erhofft, weißt du? Bei dir fühle ich mich gut und ich hätte zu gerne gewusst, wie ... na ja, ob wir zusammenpassen.« Ich rieb mir die Nasenspitze. »Ich bin gern mit dir zusammen und ich möchte alles dafür tun, dass es funktioniert - wenn du daran auch ein Interesse hast - im Rahmen meiner Möglichkeiten. Dass wir keinen Kontakt hatten, war schwer für mich.«

»Für mich auch.« Seine Stimme war belegt.

Ich lächelte zaghaft. »Wenigstens etwas. Ich kann dir nicht alles geben, was du willst. Ich kann nicht aus meiner Haut und ich will ich bleiben. Mich zu verstellen würde uns nicht glücklich machen. Das kann ich dir anbieten. Mehr wollte ich nicht.«

Er zögerte. Brauchte einen Moment, um die richtigen Worte zu finden. Ich gab ihm diese Zeit. Ich hatte schon so lange gewartet, dass es darauf nicht ankam.

Ich hoffte nur, dass das Warten sich lohnte.

»Es tut mir leid, dass ich mich nicht gemeldet habe«, sagte er. »Ich wollte es tun, aber ich wusste nicht, was ich dir sagen soll. Ich brauchte ein bisschen, um mich zu sortieren. Dass ich mich mit Brina getroffen habe, hat Sam dir sicher erzählt.«

Ich nickte. »Manche Dinge muss man mit Freunden besprechen.« Tausend Fragen lagen mir auf der Zunge, doch ich schwig. Ich hatte schon so viel gesagt, so viel preisgegeben. Jetzt musste er mir etwas zurückgeben.

»Ich habe ihr von dir erzählt. Sie war überrascht.«

»Wie du dich auf mich einlassen kannst?«

»Wie ich so dumm sein kann.« Ich starrte ihn an. Sein Mundwinkel verzog sich.

»Sie hat mir den Kopf gewaschen, weil ich ...« Er holte Luft. »Sie hat mich gefragt, ob ich dich verlieren will, weil ich an etwas festhalte, das bei Weitem nicht so wichtig ist, wie das, was ich für dich empfinde.«

Meine Welt verengte sich, ich sah nur noch sein Gesicht.

»Deine Ehe ist daran zerbrochen«, flüsterte ich.

»Ich weiß.«

»Was bedeutet das?«

»Ich dachte, du meldest dich nicht, weil ich dich so verschreckt habe, dass du nichts mit mir zu tun haben willst.«

»Ich habe dir gleich gesagt, dass das nicht so ist.«

»Wie sah dein Hintern am nächsten Tag aus?«

»Nicht so, wie ich ihn haben möchte.«

»Das dachte ich mir.«

»Dein Gesichtsausdruck hat mir alles gesagt, was ich wissen musste. Ich habe gesehen, dass es dich mehr schockiert hat als mich.« Ich richtete mich auf. »Das ist für mich kein Grund, den Kontakt zu dir abzubrechen. Ich weiß, dass du es anders gewohnt bist. Ich auch. Wir müssen uns beide umgewöhnen.«

»Ich will nichts tun, was du nicht möchtest.«

»Gut.« Ich beugte mich vor und schlang meine Arme um seinen Nacken. »Lass uns damit anfangen.«

Als unsere Lippen sich berührten, war es, als fiele eine zentnerschwere Last von mir ab. Nick zog mich auf seinen Schoß und fuhr mit den Händen durch meine Haare.

Die Unsicherheit war verschwunden. Auf beiden Seiten.

Ich wollte diesen Mann. Ich wollte mit ihm zusammen sein.

Ich wollte morgens neben ihm aufwachen und ich wollte, dass er Teil meines Lebens war. JP kennenlernte. An Feiertagen an meiner Seite war. Ich wollte ihn unterstützen und ihn hinter mir wissen, wenn ich ihn brauchte.

Doch fürs Erste wollte ich ihn spüren.

»Lass uns hochgehen.«

Nick ergriff meine Hand und zog mich hinter sich die Treppe hinauf. Mein Herz pochte noch immer, doch vor Erleichterung.

Es war richtig, herzukommen. Zu kämpfen.

»Ich habe eine Möglichkeit gefunden, wie wir beide bekommen können, was wir wollen.« Er sah mich über seine Schulter an. Die Kontrolle war zurück und ich sah ihm an, wie wohl er sich damit fühlte.

»Und wie?«

»Da du dich ganz hingibst, werde ich mich intensiv mit Fesselungstechniken beschäftigen.« Wieder ein Blick. »Ich hoffe, das ist in Ordnung.«

»Ist es.« Diese Art der Dominanz konnte ich gut nehmen. Ich vertraute ihm. Er gab mir Selbstvertrauen und Sicherheit.

»Wir werden es ausprobieren. Aber fürs Erste habe ich etwas Anderes vor.« Wir kamen oben an und er drückte mich an die Wand. Seine Hände fuhren über meinen Körper, zogen meine Bluse aus meinem Hosenbund und öffneten alle Knöpfe, während er mich heiß küsste.

Ich schmiegte mich an ihn und ließ ihn machen. Schauder rannen über meine Haut, als er mir die Bluse und den BH auszog. Seine Lippen senkten sich auf meine Brüste, zeitgleich verschwanden Hose und Slip.

Ich keuchte auf, als zwei Finger in mich eintauchten und sein Daumen sich an meine Klit legte. Er fingerte mich tief und nachdrücklich, seine Zunge bearbeitete meinen Nippel.

Ich krallte mich an seinen Schultern fest und lehnte mich an ihn. Genau, was ich mir seit meiner Geburtstagsfeier gewünscht hatte. Mir entwich ein Stöhnen, es fühlte sich gut an.

So sollte Sex klingen.

Ich rief seinen Namen, als ich kam. Mein Kopf schlug gegen die Wand und meine Beine knickten unter mir weg. Er schlang die Arme um mich und trug mich hinüber ins Schlafzimmer.

Ich fand mich sitzend in etwas Schwingenden wieder.

Eine Liebesschaukel.

Er fädelte meine Füße durch die Schlaufen und spreizte meine Beine. Atemlos verfolgte ich, wie er seine Hose öffnete, ein Kondom überstreifte und seine Arme um meine Oberschenkel schlang. Unsere Blicke versanken gleichzeitig mit unseren Körpern ineinander.

Ich holte keuchend Luft, er hielt mich mit seinen Augen fest.

Ich biss mir auf die Lippe und ließ mich fallen, als er zu stoßen begann. Mit den Händen klammerte ich mich an die Schaukel und genoss das Gefühl der Schwerelosigkeit.

Warum war ich vorher nie auf die Idee gekommen, eine Liebesschaukel zu benutzen?

Weil ich auf diesen Mann warten musste.

»Berühr dich selbst«, befahl er mir. Ich nahm die Hürde der Scham, die sich in mir aufbauen wollte, und machte es einfach. Mein Mittelfinger ertastete meine Klit und rieb sie langsam.

Zu langsam, denn Nick intensivierte die Stöße. Ich sah, wie es ihn erregte, mir zuzusehen.

Ich wollte es ihm zeigen.

Für ihn kommen, wenn er in mir war.

Seinen Blick festhaltend erhöhte ich den Druck, kreiste schneller. Intensiver. Es fühlte sich an, als würde ich meinen Körper verlassen. Mein Kopf summte und meine Welt reduzierte sich auf sein Gesicht.

»Nick«, keuchte ich. Gleich war ich so weit.

Er spreizte meine Beine noch weiter, drang tiefer in mich ein. In seinem Blick sah ich ein Feuer, das er sonst sorgsam zügelte. Für mich ließ er es frei.

Diese Erkenntnis ließ mich mit einem Schrei kommen. Ich schloss die Augen und rang nach Luft. Meine Muskeln spielten verrückt, ich hatte kein Gefühl mehr in den Beinen.

Er war noch nicht so weit, doch er hörte auf und presste mich an sich. Schluchzend lehnte ich mich an seine Schulter und genoss den Moment.

Spürte, wie mein Herz gegen meine Rippen hämmerte.

Schweiß rann über meinen Hals und sammelte sich zwischen meinen Brüsten.

Er roch so gut, ich saugte seinen Duft ein und schloss die Augen. »Wir sind noch nicht fertig«, flüsterte er mir ins Ohr.

Er befreite mich von der Schaukel und trug mich hinüber zum Bett. Ich fühlte mich schlaff wie eine Puppe und leistete keinen Widerstand, als er mich an Händen und Füßen fesselte.

Ich lag auf dem Rücken und beobachtete jede seiner Bewegungen. Meine Hände waren am Kopfteil zusammengebunden, meine Füße mit den Pfosten verknüpft. Er stellte sich ans Fußende und betrachtete mich.

Seine Lippen verzogen sich zu einem Lächeln. Ihm gefiel, was er sah. Und noch viel mehr.

Langsam kniete er sich aufs Bett und beugte sich über mich. Seine Zunge strich über meine Klit, versenkte sich zwischen meinen Schamlippen und leckte die Feuchtigkeit meines Orgasmus auf. Ich wimmerte und versuchte, die Beine anzuziehen, doch sie hatten keinen Spielraum. Ich war ihm hilflos ausgeliefert. Und ich liebte es.

»Darf ich um etwas bitten?«, fragte ich erstickt. Er sah auf und wartete. Ich musste meinen Mut zusammennehmen.

Aber ab sofort würde ich meine Wünsche formulieren. Diesen hätte ich noch bis vor Kurzem niemals über die Lippen gebracht. Heute würde ich es schaffen.

»Knie dich über mich. Damit ich mich gleich revanchieren kann.« Ich biss mir auf die Lippe und fragte mich, ob ich zu weit gegangen war. Doch er lächelte.

»Wie du wünschst. Aber das ist nicht leicht, also hab keine Scheu, es abzubrechen, wenn es dir zu viel wird.«

Ich nickte und beobachtete, wie er sich über mich kniete. Sein harter Schwanz schwebte über mir. Ich war nervös, konnte es aber kaum erwarten.

Auch ich brauchte eine Herausforderung, merkte ich. Und Nick würde dafür sorgen, dass es immer neue für mich gab. Ich brannte darauf.

Er senkte sich herab und ich nahm seine Erektion tief in meinen Mund. Konzentriert atmete ich durch die Nase und stöhnte unterdrückt, als er mich leckte. Ich machte vorsichtig und war froh, dass er so kontrolliert war. Ich konnte es schaffen. Und dieses Mal würde er mir nicht entkommen.

Von Nick wollte ich alles.

Ich wollte die Bestätigung, dass ich ihn genauso über den Abgrund treiben konnte wie er mich.

Meine Zunge strich immer schneller über seine Eichel und ich saugte sie in meinen Mund. Er keuchte auf und ich bedauerte es, dass ich meine Hände nicht benutzen konnte. Plötzlich hatte ich viele Ideen, was ich noch mit ihm machen könnte.

Der Druck auf meine Klit wurde immer größer. Obwohl er sich nur minimal bewegte, so wie ich es nehmen konnte, spürte ich doch, dass er sich dem Abgrund näherte. Wie ich auch. In mir ballte sich ein Höhepunkt zusammen, der dritte, und ich hoffte, dass wir dieses Mal zusammen kommen würden.

Ich erhöhte den Unterdruck und bewegte meinen Kopf schneller. Es war wie ein Fieber, dass mich alles ausblenden ließ: Den Würgereiz, das Unbehagen, es spielte keine Rolle. Ich wollte nur noch, dass er in meinem Mund kam.

Mein Orgasmus kam über mich wie eine Welle und mir wurde schwarz vor Augen. Nick gab einen heiseren Schrei von sich und kam. Heißes Sperma füllte meinen Mund und ich keuchte erstickt auf.

Es war noch besser als gedacht.

Er kam auf die Knie und gab meinen Mund frei, jetzt bekam ich wieder Luft, doch der Orgasmus hatte mich noch fest im Griff. Ich riss den Mund auf und schluckte den Großteil, der Rest lief aus meinen Mundwinkeln.

Oh Gott, war das scharf!

Seine Lippen legten sich auf meine und seine Zunge drang tief in meinen Mund ein. Ich schmeckte mich selbst und was mich vor Kurzem geekelt hatte, erregte mich jetzt umso mehr.

Ich war frei.

»Sonja«, flüsterte er an meinen Lippen. »Ich bin so froh, dass du hier bist. Ich hätte es nicht ertragen, dich zu verlieren.«

Er machte meine Fesseln los und schloss seine Arme um mich, sodass ich auf ihm lag. Mein Körper war erhitzt und meine Pussy fühlte sich an, als liefe flüssiges Feuer aus ihr. Unter meiner Wange klopfte sein Herz.

»Ich auch nicht.«

Ich sah auf und blickte in sein Gesicht. »Wer hätte das gedacht, nachdem unser erstes Treffen so eine Katastrophe war?«

»Niemand. Damit ist es umso besser.«

Er küsste mich erneut und ich versank in ihm.

Eine Woche später waren wir im *Rosenbergs* verabredet.

Claire und Sam hatten heute einen Termin mit Bitter und den Arbeitsrechtlern. Sie wollten sich außergerichtlich einigen, und ich war gespannt, wie sie auseinandergehen würden. Bei Bitter musste man mit allem rechnen, auch, dass er ihnen anbot, ihre Jobs wieder aufzunehmen und so zu tun, als sei nichts passiert.

Außerdem war heute der Abschlusstermin von Aikos Prozess.

Wenn er so ausging, wie es sich abzeichnete, hatten wir einen Grund mehr zum Feiern.

Ich parkte vor dem Restaurant und zupfte meinen Jackenkragen zurecht. Dabei kam ich an meine Kette mit dem +-Anhänger, an der der Schlüssel baumelte.

Ich hatte ihn vergolden lassen.

Eine sentimentale Idee, die mir immer besser gefiel.

So kam zusammen, was für mich zusammengehörte.

JP hatte ich eben zu Kenichi gebracht und ihm einen dicken Gutenachtkuss gegeben. Ich war so froh, dass mein Kind endlich wieder glücklich war.

Ken und ich würden alles dafür tun, damit es so blieb.

Em war schon da und begrüßte mich mit einem Cocktail in der Hand. »Ich bin so gespannt, dass ich es kaum aushalte.« Sie nahm einen Schluck. »Kommt Nick nachher auch?«

»Ja, ich habe ihm gesagt, dass er gegen halb neun zu uns stoßen kann.«

»Ihr beide ... das muss ich mir unbedingt live ansehen. In meinem Kopf geht das noch nicht zusammen.«

»Ich gewöhne mich langsam daran«, erwiderte ich lächelnd.

»Das ist die Hauptsache. Wie sieht es mit JP aus?«

»Ich habe ihm erzählt, dass ich einen netten Mann kennengelernt habe. Ich warte noch ein paar Wochen, aber dann wird er mich zuhause besuchen. Für JP geht das klar.« Ich seufzte. »Das Kind hat mehr emotionale Reife als manche Erwachsenen. ›Wenn du glücklich bist, bin ich auch glücklich, Mama‹, hat er gesagt.«

»Umso besser. Und Kenichi?«

»Hat es akzeptiert. Ich denke, ihm hilft, dass es nicht Theo ist. Ich bin mir sicher, dass er nicht lange allein bleiben wird.«

»Denn wer sagt schon Nein zu einem mit 'nem schönen Schlauch?«, ertönte Sams gut gelaunte Stimme. Er und Claire setzten sich zu uns, sie sahen zufrieden aus.

»Du bist unmöglich«, lächelte ich.

»Und dafür liebt ihr mich.«

»Leugnen ist zwecklos. Wie war der Termin?«

»Wir haben sie fertiggemacht.«

»Aneta hat sie fertiggemacht. Wir saßen nur daneben und haben fies geguckt«, korrigierte Claire. »Wir haben einen Vergleich geschlossen. Nachdem Bitter verstanden hatte, dass wir nicht zurückkommen.«

»Aber ... aber ... Frau Sander«, stammelte Sam in bester Bitter-Manier. »Das hatte doch nichts mit Ihnen zu tun. Versetzen Sie sich doch in meine Lage.«

»Danke, kein Interesse.« Claire rollte mit den Augen. »Die Externen hatten dann schnell Aufhebungsverträge zur Hand. Aneta hat die Summen frisch gemacht und wir sind raus. Ich muss sagen, ohne ihre Hilfe wäre das bei weitem nicht so glattgelaufen. Wir schulden Katharina was.«

»Das klingt nach einem positiven Ausgang.« Katharina kam zusammen mit Aiko an den Tisch. Sam fasste den Termin in drei Sätzen zusammen und sie strahlte.

»Perfekt. So hatte ich es mir gewünscht. Dann haben wir zwei Gründe, zu feiern.«

»Mina und Rika kommen zurück«, sagte Aiko mit glänzenden Augen. »Morgen Mittag holen wir sie bei Marko ab und dann ist der Spuk endlich zu Ende.« Ich umarmte sie.

»Mann, Mann, Mann«, sagte Em kopfschüttelnd. »Ich muss schon sagen, noch vor Kurzem sah es nicht gut für uns alle aus. Mit der Kanzlei sind wir einiges an Ballast losgeworden. Sollen die Wichser doch sehen, wie sie alleine klarkommen.« Sie lachte fies. »Ich sehe sie sang- und klanglos untergehen.«

»Wie gut, dass ich mich auch umsehe«, sagte Katharina. »Ohne euch bringt es nicht halb so viel Spaß.«

»Wenn mich nicht alles täuscht, wird bei KLMP noch jemand in der Rechtsabteilung gesucht. Die passenden Qualifikationen hast du jedenfalls.« Em war in ihrem Element.

»Und falls ihr noch jemanden sucht, der euch Dildos designt, sagt Bescheid.« Aiko lachte sich tot.

»Das wäre doch ein neues Standbein für die Lippmann GmbH«, sagte Sam. »Du kannst mit Holz umgehen, oder?«

»Süßer, ich kann aus allem, was hart ist, einen Dildo machen.« Sie wackelte mit den Augenbrauen.

»Oh Mann, Leute ...«, stöhnte ich. Die anderen lachten.

»Ich ziehe bei Ai ein«, sagte Katharina. »Meine Wohnung ist gekündigt.«

»Ein großer Schritt«, lächelte Claire. »Glückwunsch!«

»Ist das hier jetzt so ein Treffen, bei dem wir uns selbst beweihräuchern, weil endlich alles gut ist?«, fragte Em und zog die Nase kraus.

»Verdient hätten wir es.«

»Es gibt immer Baustellen.« Claire zuckte mit den Schultern. »Am Dienstag haben wir unseren Gründertermin bei der Handelskammer. Mal sehen, was dabei rumkommt.«

»Hallo Selbstständigkeit!«, sagte Sam dramatisch. »Der Schritt, den ich nie gehen wollte!«

»Es ist so viel passiert, was keiner geahnt hat, dass das jetzt auch keinen Unterschied mehr macht«, winkte Em ab. »Außerdem habt ihr mit KLMP schon einen Großmandanten und Sonni wird euch auch nicht hängen lassen.«

»Ich denke, wir werden eure Hilfe länger brauchen«, sagte ich achselzuckend.

Tim traf ein. Er begrüßte Sam mit einem Kuss und quetschte sich dann zwischen ihn und Em. Irrte ich mich, oder hatte sich die Stimmung zwischen ihnen verändert?

Jetzt, wo sie wieder mit Lukas zusammen war, war eine Wiederholung sicher ausgeschlossen.

Andererseits konnte man bei Em nie wissen.

Lukas und Ben trafen kurz danach ein, langsam wurde es voll am Tisch. Ich sah in die Runde und grinste.

Es war toll, dass jetzt auch Claire und Em in glücklichen Beziehungen waren, trotz aller Schwierigkeiten, denn sie schienen es beide hinzubekommen. Gleiches galt für Aiko, die sich an Katharina schmiegte.

Was mich anging ...

Mein Blick ging zur Tür, als Nick hereinkam, und mein Herz machte einen Hüpfer.

Er begrüßte alle und ich merkte, dass die Anspannung zwischen ihm und Claire und Ben verschwunden war.

»So, dann wollen wir mal anstoßen«, verkündete Em und hob ihr Glas. »Auf unsere Freundschaft. Sie ist tief, dunkel und absolut hingebungsvoll. Wie guter Sex.«

Es bleibt mir nur eins zu sagen:

DANKE.

Deine K.I.M. SOMMAR

Wir sehen uns wieder in „Tied – Gib dich hin"

9 783752 658422